精神的家园

心 灵 的 故 乡

尚
书
房

第六届老舍散文奖获奖作品集

北京文学月刊社　主编

地震出版社
Seismological Press

图书在版编目（CIP）数据

第六届老舍散文奖获奖作品集 / 北京文学月刊社主编 . —北京：地震出版社，2013.4（2017.5 重印）

ISBN 978-7-5028-4224-6

Ⅰ. ①第… Ⅱ. ①北… Ⅲ. ①散文集－中国－当代 Ⅳ. ① I267

中国版本图书馆 CIP 数据核字（2013）第 055519 号

地震版 XM2977

第六届老舍散文奖获奖作品集

北京文学月刊社 主编

责任编辑：范静泊

责任校对：孔景宽

出版发行：**地震出版社**

北京民族学院南路 9 号 邮编：100081

发行部：68423031 68467993 传真：88421706

门市部：68467991 传真：68467991

总编室：68462709 68721982 传真：68455221

E-mail：seis@mailbox.rol.cn.net

http://www.dzpress.com.cn

经销：全国各地新华书店

印刷：北京一鑫印务有限公司

版（印）次：2013 年 4 月第一版 2017 年 5 月第二次印刷

开本：710×1000 1/16

字数：278 千字

印张：17.5

书号：ISBN 978-7-5028-4224-6/I（4904）

定价：32.00 元

第六届老舍散文奖评委名单

李敬泽：中国作家协会书记处书记，评论家

雷　达：中国作家协会创研部原主任，评论家

梁鸿鹰：中国作家协会创研部主任，评论家

孙德全：中国作家协会创联部主任，散文家

阎晶明：《文艺报》总编辑，评论家

白　烨：中国社科院文学所研究员，评论家

张颐武：北京大学中文系教授，评论家

石钟山：武警创作室专业作家

徐　坤：北京市作家协会专业作家

程惠民：北京文联党组副书记

杨晓升：北京文学月刊社社长兼执行主编

第六届老舍散文奖授奖辞

1. 阎 纲《孤魂无主》

作者以真挚的情感、凝重的笔触描写"三伯"孤独高傲的一生，文笔简洁老到，生动传神，一位安于贫穷，与世无争，自食其力并保有心灵自由空间与人格尊严的传统文人形象跃然纸上。作者对这位三伯"生前，我恨他；死后，又想他"的复杂感情也写得让人揪心。"三伯"的身上折射出中国传统文人的普遍特征，读来令人感慨。

2. 陈奕纯《月下狗声》

《月下狗声》保持了陈奕纯唯美、流畅的语言优势。作者的想象力天马行空，出人意外！狗的声音是乡村风景里必不可少的一部分，也是作者想念故乡的心声，月夜是乡村传奇故事上演的最佳时刻，月光下的第三个影子是故乡的影子。陈奕纯由此构成一篇结构完整、叙事流畅、跳出了一般俗套的高境界的乡土散文。整个故事水到渠成，读来活泼有趣、如沐春风。

3. 凸 凹《山石殇》

凸凹以北京乡下风情圣手著称。他的《山石殇》是篇讲故事的散文，保持了其一贯的深沉与朴实，文笔简劲的风格。学与义的故事中有人和人的命运，也有民间的人生教训，平静而有波澜，不失为一首动人的爱情挽歌。"人心不古，世风浇薄，而我人微，爱着爱情，顿生忧伤"，我们可以看到，如此安稳、可信赖的情感在易变的时世中却充满了悲凉，令人心疼。

4. 马 语《一言难尽陪读路》

这称得上是作者生命旅程中流淌出来的心血之作，甚至可以是血泪之作。在陪读成为当今中国蔚为大观的独特社会现象之时，作者以一位亲历女儿陪读和陪考的父亲身份，倾诉女儿成长历程的真切感受。有爱，有痛，刻骨铭心，既有感染力又具有典型意义。此作从一个角度折射出当今中国教育的一个软肋。

5. 王十月《父与子的战争》

该文真实记录自己和父亲之间几十年来的亲情史，从不解、冲突最终走向理解和融合。文章对父亲形象的描述，从一个严父形象到最后"老小孩"式的至真，夹杂着两代人之间的冲突与融合过程，最后突显出父子情深的主题，同时借家族中父子关系的描述，对天下父子情寄予了自己的期望。该文以其粗厉的真实性打动人心，欲扬故抑，阳刚，内敛。

6. 耿 立《谁的故乡不沉沦》

作者以独特的视角和深入的思考，阐述故乡对人的意义，表达人与故乡难以割舍的血脉联系和绵绵不断的民俗文化情结。文字凝重沧桑，充满忧虑和哀伤。这是中国城市化进程中，中国人唱给故乡的挽歌，忧伤动人，深沉厚重。引人共鸣，启人遐想。

7. 毕淑敏《马萨达永不陷落》

作者从一个景点的观感出发，和读者一起回忆了一次历史上的战争及其中的人物。发生在公元前的一幕旷世惨剧，同时是人类伟大尊严的浩然之歌，惊天地而泣鬼神。文中毕淑敏还加入自己的西藏经历，将这人世间难以想象的历史重述。文章的人文含量丰厚，即有考古学家的精密、严整与细腻，也可以在波澜壮阔的叙事中，看到一颗良知之心的剧烈跳动。

8. 凌仕江《西藏的石头》

西藏已经成为一个有点过剩的文学题材，但这篇散文可以说别具一格。作者对石头的诗性、西藏的神性特征进行了个人化的描述和表达。可贵的是这种表达不是抽象式的空论，而是通过自己的切身感受，探寻西藏的历史，展开对西藏的认识。表达出对生活、对西藏的真挚热爱。

9. 韩小蕙《面对庐山》

风景散文已经成为最不讨好的散文品类，但资深报人韩小蕙的《面对庐山》写得让人血脉贲张。"面对庐山，人类可以从头再来吗？"那么多的恩怨、那么多的风云，一句话，问得我们哑口无言，把一个火药味儿很浓，人人皆知其来历的题材，写得层层深入，形容恰当，简洁得体，感人至深，殊为不易。

10. 雪小禅《风中的鸟巢》

此文无论是写景还是状物，都由"孤单"、"简洁"等最初的观感，生发开来，走向写意，并由此联系现实人生，写出了女性的柔软、女性的韧性、女性对女性的不容。作者笔底有灵性，笔端有灵气，在遣词用语中敢于打破常规、直抒胸臆。这种有生气又有锐气的散文，应是散文写作中新的实力派代表。

目 录

1

孤魂无主 |阎　纲|

《北京文学》（精彩阅读）2011 年第 4 期

　　阎姓聚族而居，远房的伯父不少，但三伯生性怪异，涉世传奇，全身都有戏。生前，我恨他；死后，又想他。

　　三伯从小喜爱读书，据闻，四书五经"可以通背"，之乎者也烂熟于心，肚里有文墨，算得上本姓大族里不大不小的一个文人。后来抽大烟（吸食鸦片）成瘾，没有赶考，自甘堕落。

　　三伯的老屋在祖宅的正院，作为老大的一支，庄基阔大，屋舍俨然。他把祖上留下的家业卖个精光。

　　三伯变卖房地产的办法很特殊，今天拆几根椽，明天拆几条檩，卖了钱便买大烟棒子。大烟棒子是把生土熬熟以后，用小片粽叶包起来，一小团拧一个棒子，酷似现在的水果糖。那时，醴泉县城（20 世纪 50 年代改为"礼泉县"，唐·昭陵雄踞县城北山）有烟馆，上街拐弯就到，三伯是那里的常客。一份家产全让他"抽"光了。落魄之后，每天只须一两个棒子即可过瘾，但愧无分银，一狠心，拿媳妇换了几两"生土"，媳妇哭哭啼啼，连人带娃，硬让人贩子给领走了。

　　房舍、庄基、老婆、孩子，全卖了，无立锥之地，他便在家族各个支系的公用粪场，搭造起一座简易的屋，大不过半间。他不做庄稼，不养牲畜，无粪土可堆，在粪场占据粪堆大的一块地方安身，于情于理都说得通，所以无人过问。门外是林立的粪堆，人来人往，群蝇乱飞，窗小，门狭，屋檐低矮，你想进房门，焉敢不低头！三伯蜗居其中。

这半间小"窝"，面南，屋后紧贴糖坊大院，大院的门墙向阳，避风，每到冬天，老人聚集在这里晒太阳。从上午10点到下午5点，人们懒洋洋地蹲靠在墙角，说长毛造反、西太后西逃，说袁大头登基、张勋复辟和孙大炮二次革命，谁家媳妇孝顺、儿子听话，谁家婆媳又上演《小姑贤》。有人脱掉上衣捉虱子，有人在砖墙上蹭痒痒。午饭时分，儿子或媳妇给老人把饭端来，那碗大得像小盆儿，吃一碗就饱得打嗝。老人们以能在这里安全过冬为幸事，大白天不必回家。我爷爷是私塾先生，教书育人，老年爱说笑，是这伙哥们儿的核心人物，但是爷爷不愿意蹲在墙角吃饭。不论是门前污浊的粪场，还是南侧热闹的老年活动中心，这一切的一切，都与独来独往的三伯无关。

三伯谋生了，在半间瓦房的门外挂了个"代写文书"的牌子，从此有了"阎代书"的称谓。

三伯没有早晨。从凌晨3点到午前11点，是他最香甜的睡觉时间。11点前后起床，躬着腰从窝里走出，低头，背手，迈方步，穿过柴市，上了大街。先到"一窝鳖"要一竹碟羊肉包子，要么到馆子吃上一碗红肉码子。然后，"刘二茶馆"落座，边品茗、边招揽生意。这时，总有乡下人向他拢来，这个要写一张地契，那个要写一份诉状。他不慌不忙，点头应允，不紧不慢，继续喝茶，直到喝足歇够才起身，求他的人尾随其后。三伯途经柴市，在烟馆买好棒子，回到小屋，先过瘾，过足了瘾，然后像医生叫号一样，按先来后到依次靠近炕桌，挨个儿给他们代书。三伯一天最为繁忙的时刻开始了。

写一张诉状或地契，没有规定的价钱，但来人留下钱财才肯离开。三伯从来不跟人争多嫌少，给多少收多少。整钱放在炕桌的抽斗里——土炕超大，炕桌也不小，是他的书案，是屋里唯一的家具。小钱装在衣袋里。接着便听下一个来人说道，聚精会神，问问答答，提笔，搽墨，刷——刷——刷，无论长短，一挥而就。干这一行，醴泉县城他是独一份，因而，收可抵出。不过，这些钱全用在吃喝开销上，极少数购买笔墨纸张，大多数换了大烟棒子。正由于他做的是独门生意，一桩案子要是有两家原告的话，两家原告都会来找他，他都应承下来，而且把两张状子写得全都在理。因了这一点，有人背后议论他，骂他是"黑心代书"。他不管这些，打官司嘛，或输或赢，全靠各人的本领和门路，与他代书有什么相干！我收的，是代书该收的，多少由你，你我心安理得。

除了诉状、地契，他还写书信、分约、婚单、对联以至"天荒荒，地黄黄，我家有个夜哭郎"。他精通农村一切应用文，靠一支秃笔换钱，有饭吃，有衣穿，有烟抽，倒也自由自在。

打发走一群来人，三伯感到疲累，从床上搬下矮桌，摆好烟盘，再足足过上一把烟瘾。此刻，日近黄昏，对门祖宅的台阶上下已经聚拢了嬉戏扯闲的人，他也躬身其中。孩子们要他讲包公、济公，他不拒绝，而且加添上施公，绘声绘色没个完，直到天黑。可惜，没有茴香豆送给孩子们："多乎哉，不多也！"

入夜，被本家一座座粪堆包围起来的小小瓦屋安静极了，静得有些恐怖，粪堆刹那间变成坟堆！夜无月，漆黑可怕，月光如水，阴森可怕，但是三伯不怕，好像只有这时候才好使他进入神游的最佳境界。他睡得很晚、很晚，一盏小油灯常常亮到凌晨甚至于鸡叫三遍。他在小屋里做什么呢？人们说不清楚。有人说他挑灯夜读，有人说他心系国难，有人说他借酒浇愁。总而言之，此时的三伯回归到文人的本真，难怪他特别适应甚至期盼着夜幕降临后这种死尸般人的寂静。睡得晚也就起得晚，他的生活里只有夜晚和晚半晌儿，没有前半晌儿。即便是大年初一，也要睡到大晌午。我们家族有个不成文的规则，大年初一一大早，家族四个支系的男男女女，分性别排好长长的队伍磕头拜年，拜祖先的灵位和活着的长辈。队伍经过粪场，三伯尚在梦中，只好在他的窗外跪下磕头。尤其是年轻媳妇们，对他十二分的尊敬，一边下拜，一边对着窗里挑衅地喊："伯，给你拜年咧！"她们故意把嗓子扯得很高。他被吵醒了，想起今天是大年初一，便翻了一个身，在床上懒懒地应道："磕吧！磕了搁在窗台上！"一阵笑声渐渐远去。妯娌来拜年，在他房外喊："三哥，给你磕头了！"他仍未起床，照样对着门窗说："磕吧，磕吧，磕了搁在窗台上！"窗外说："快吃饭了，你还不起来？"他说："正安零件呢，安好了就起！"族里的长者听了这话，不高兴，长叹息："他白领了族人的跪拜，祖先何曾领受过他一个头呢！"

话虽这么说，全族的男女老少，没有一个人讨厌他，没一个人反对他的。不知人们是不屑讨厌他、反对他呢，还是不敢讨厌他、反对他。冬天来了，他要烧炕，自己不耕不种，没柴没草，又懒于捡拾，便随手提上个粪笼，找到柴禾堆就动手，扯呀扯，塞呀塞，塞满后大大方方走开，无人干涉，无人计较。

就这样，在这半间瓦房里，三伯度过了15年的日日夜夜。到了第16年，一个突然，儿子笃笃从外省远远地跑回家来，年方一十七八。年轻的小伙子不显身份，在整条街上来回乱窜，暗中打问，最后在父亲最繁忙紧张的时刻，绕过粪场，推门走进半间瓦屋。屋内有人一字排开，挤在东墙的墙根，娃也不声不响地蹲在队尾。等人们一个个离开后，父亲以为这年轻人也是求他写诉状什么的，抬头便问："你是啥事？先口诉吧！"孩子扑通一声跪倒在地，连呼亲爹，热泪盈眶。

笃笃从母亲口里知道了自己的身世，不愿寄人篱下，决心千里寻父，身背母亲准备的干粮，空着两只手，跋山涉水，返回醴泉城关阎家什字。他哪料到父亲竟然蜷缩在巴掌大的小屋里，不觉悲从中来，一腔怨怼顿时化为怜父之情。

三伯老泪纵横，16年来，他何曾如此伤心过！

笃笃大我四岁，我叫他"笃娃哥"。那时的我，正陶醉在街道的自乐班里，说唱念打，愉悦乡民。一次，自乐班在我家演练，笃娃来看热闹。16年来，笃娃哪里见识过此等兴高采烈的场面？他沉迷其中，惊喜，然后发呆。大家心疼他，本家的娃嘛，可怜家的，让吃让喝让拿，"叫娃下回再来！"

凭着是刘二的老顾主，三伯给儿子在茶铺找到一份苦差。我们醴泉县城，只有西门外的井水最甜，可是茶铺劳力不足，对外说是西门外的水，实际却是骗人的。用西门外的水沏茶，味道甘醇，斟入怀中，高高鼓起，一清不溢，半点不流。自笃笃当了伙计后，刘二茶铺改用西门外的井水，从此客人蜂至，生意兴隆。笃笃为人老实，整日烧水拉风箱外带挑水。先是日挑十多担，后来陡增20多担。挑回的水倒在两个大瓮里，清幽幽地打闪，照人可真呢！

笃笃睡在茶铺的板楼上，茶炉的热气准准地对着他铺下的被褥。他不曾料到板楼的这一部位，虽然暖和，却最为潮湿，不几年便染上风湿病，腰疼腿痛，终于在抗日战争的中期郁郁而亡，不满20岁。

儿子死时，三伯63岁，事后100多天不曾接待过一个顾客，不曾写过一份文书。一天午间，有人远远发现一个老妇在笃笃坟上烧化纸钱，前仰后合，捶胸拍土，号啕大哭，哭得死去活来。这人把这见闻告诉三伯，三伯估摸着笃笃他妈寻她娃来了，连忙跑向墓地，等他赶到时，娃他妈无影无踪，杂草丛中只剩下一大堆纸灰，随风飘散，乌鸦惊叫几声，然后飞去。四野死一般地寂静，三伯在杂草丛中来回踱步，最后晕倒。

三伯一病不起，劝吃劝喝，不吃不喝，呻吟夹杂着梦呓，如泣如诉，几天后便死了。孤魂无主。全族人为他筹办葬礼，一切遵照乡规里俗：阴阳看了地穴，掘圹七尺，青砖镶砌，三寸柏木棺材漆得油黑，十六抬棺罩，细乐吹吹打打，一群族里的侄儿、侄孙披麻戴孝，倒也热闹非凡。这样的葬礼使整个醴泉县城的老人们钦羡不已，说："够了，够了，他这一生也值！"说："有儿有女又能咋样呢？"

也许，三伯想为自己写一张诉状，控告不平的人世，同时控告他自己，但他没有写。所幸的是，他死后，人们没有忘记将他用了一生的那方似砚似瓦的东西置入棺内，没有忘记为他献上一支上好的小楷狼毫。

三伯从粪场被转送到坟地，活棺材变成孤魂野鬼。那时中国农村，识文断字的极少，三伯死了，人们感到很不方便。很长一段时间，乡下人不知道他已经不在了，找他，在半间房的周围索索地转悠、等候，阎家的人看见了，说："不要等了，等不来了！"说着，眼里涌出了泪。

三伯生前，常来我家蹭饭，我最怕他来家里蹭吃要喝。他来家，母亲连声不断地"三哥！三哥！"叫着，殷勤待承。爷爷将他让上正座。我得先叫声"三伯！"然后沏茶倒水。他一点也不客气，随便夸你几句，便推杯、挥箸忙活起来。我恭恭敬敬，双手把饭碗递到他的面前，一碗又一碗。我神情漠然，何等地厌恶啊！三伯看出来了，说："吃多了，吃好了，够了！"母亲盯着我直翻白眼。

三伯一生，唉，怎么说呢？好吃懒做大烟鬼，卖房产卖媳妇卖儿败家子，不可原谅，我恨他、厌恶他。也怨他代写诉状，包揽词讼，为什么不见贤思齐，像《四进士》里的宋士杰那样，打抱不平，击鼓鸣冤，舍得老死边外，一举撂倒他三个贪官！

笃娃哥死了，三伯也跟着死了，70年过去了，我又想三伯了。想起那座粪堆群里的坟头活棺材，想起那杯苦茶，那方代砚而濡的瓦片，那些不值钱的秃笔，那孔乙己般的惶可怜穷酸相，那岁月的萧索、颓丧、衰败与沉重，不禁低下头来，彻心彻骨地忧伤。

笃娃哥死了，三伯跟着死了，他的那个社会也死了，我原谅三伯了。三伯品行罪错招人怨，为人所不齿，可是乡下的受苦人离不开他，而他，只要填饱肚子过把瘾便知足。他有他的活法：安于贫穷，与世无争，自食其力，保有自我的一席之地——自由的空间；也有安全感，莫谈国是，和孔乙己一样"从不拖欠"，你官府管不着，不担心"偷书不算偷"，结果被人打折一条腿。

月下狗声|陈奕纯|

《北京文学》（精彩阅读）2011 年第 11 期

月下狗声

山月照得累了，河水不响，风也不响，大山的影子鬼鬼祟祟就出来了。

就看见了影子。

就看见了山月下的门，"吱扭"一下，亮出一道缝，把一团红彤彤的颜色漏泻开来，是墨，非墨，红和墨晕染成了夜，四下里乱爬，如蛇，如蚯蚓，还有它们狡猾的呻吟声，在小镇上不知不觉地重复播放着。也就几秒钟，一条影子从门缝里蹿出来，"呵哧呵哧"的，肚皮贴着地皮，一股烟似的刮了出去，逃遁在小巷外的月下，辨不清是黑还是白，就没影了。秋凉天阔了，看那山月，看出了皎白，看出了莲花，看出了一幅幅山水流转的中国水墨画，竟然，是大雪纷飞时的一丝静。

影子停下了，一条腿就那么斜斜的，愣怔了一会儿，看了看东西南北，选了西。我们都不记得影子的名字，影子本不需要名字的，影子就是影子，是黄河里的月亮，一晃，一道一道的，全都变成了波纹。是活在老虎身后的狐狸，就像做贼，踩着人家的脚印一寸一寸地走，生怕在雪地里乱了章法，贼眉鼠眼，收腹提臀，小蛮腰，猫步，像是在走独木桥，整个儿打忽悠。的确，影子走了不远，就看见了另外的一大片脚印，错乱，重叠，反衬出一片银光，影子望望这雪地，发现雪地的一条弯弯曲曲的线痕，很淑女地拿鼻子嗅了嗅，一下就嗅出是谁了，贼兴奋，看看左，看看右，想叫对方的名字，却有些害羞，只好半叫半羞着小跑，有目标，却没有方向地朝前跑。雪下大了，被子似的披在影子的身上，不得劲儿，影子就停下步子，狠狠抖了抖，被子就没有了，再抻一下细细的身子，抬起后面的一条腿，热热的，也尿出了一条线痕，贼舒坦，舒坦得想笑。影子就笑着小跑，笑着跑着，一直向西，也不管什么下雪不下雪了，也不管什么山路好走不好走了，就这样，一个劲儿地跑呀跑，突然，影子就不跑了，再也不跑了，打死她都不跑了。

影子的不远处，站着另一个影子，斯斯文文的，贼清高，像李白，影子叫他秀才。

影子说了声："汪。"

秀才答了句："汪。"

影子腻味着秀才的身子，咬了一下右耳朵，咬了一下左耳朵，又咬了一下秀才的屁股，一直那么轻唤着。秀才很不安分，心痒痒得厉害，一直"汪汪"地答应着。"汪"是爱称，像保险箱被加了密，意思是"亲爱的"。直到，直到山那边传来了熟悉的一个字——"汪"，两个影子方才停止所有的小动作，吃惊地望着山那边。"汪"是一个人，但那个人，不是主人，不知道他或者她是"谁"。到底，是谁还在月亮下面叫呢？

就看见影子小跑下去了，坡下，岭上，下下上上，上上下下，影子内心汹涌着一股股说不清的冲动，她不知道自己小跑下去的目的是什么，也许什么都不是，但她就是想一直这么跑下去。秀才迟疑了一会儿，看见了前面的影子，也情不自禁地跑下去了。不同的是，影子小跑，秀才大跑，是那种甩开大步的样子跑，奔了声音的源头。

就看见两个影子一前一后在山路上移动，就看见雪花把他们俩的身子染白，就看见脚印和脚印纠缠一处，诞生消失，消失诞生，一条线一条线地迅速消失。

月下出差

秀才的主人叫陈八成。

就说说陈八成出差的事情吧。陈八成喜欢晚上偷东西，喜欢把偷叫"出差"，而且他一出差，就是十几年。所以，但凡第二天一早看见陈八成大眼笑成小眼的时候，村人都会这样说："哼哼，这个二流子，八成又去出差了！"

这一晚，秀才和影子在村口分了手，影子回陈子善家，秀才回陈八成家。

秀才是熟门熟路进了巷子，进了院门，刚要拿前腿扒门的时候，不想，脑瓜子被一只破军鞋踢了一下，就听见陈八成在骂："滚！"按照以往惯例，秀才立马闪到了一边。陈八成正穿戴整齐了呢，精神头正足着呢，秀才猜想，陈八成看来要出差了呢！

"秀才，想不想明天跟着你陈爷爷我吃香的喝辣的？"陈八成蹲下身来，得意洋洋地这么问秀才。陈八成光棍一根，没有一个亲人，秀才就是他的亲人，有时候当他的儿子，有时候当他的孙子，有时候狗屁不是。

"汪！汪！"秀才说。其实陈八成知道问也白问。

"汪你奶奶那个头！"陈八成又踢了秀才一脚道。

秀才很委屈地叫着跑了，远远躲着陈八成。

出了院门，陈八成屏住呼吸，脚步就放轻了，放快了，鞋底抹了油似的，一溜烟飞快。跑到最后，你根本听不见一点人的脚步声、喘息声、甩手甩脚声。

这时刻，山月藏起来了，大地一片混沌，雪花也在一群群地走路，雪花齐刷刷的脚步声超过了人，这样，你更听不见了。大街直直的，好走。小巷子岔多，难拐，容易添一些动静。陈八成不怕，偌大的一个陈家坪，只不过是他脑子里一张巴掌大的地图，谁谁家的院门、正屋、侧屋的格局，他都摸得贼清楚。别看他眼睛小，眼睛小聪明，胆大，不是当官，就是做贼，爱极端。贼的眼睛不光长在鼻子上面，而且还有一对眼睛，长在脑袋瓜子后面，也就是说，贼干活时，一般都留一手。

这叫"后眼睛"。

说归说，陈八成可没有后眼睛，秀才就是他的后眼睛。每一次出差，秀才都在场，秀才从头到尾都假装哑巴。

偏偏这一晚，陈八成去了陈子善家，目标是偷鸡。

山村的鸡，半野不野，白天满山跑，夜晚上树睡觉，斤两足。陈子善家的鸡更多，一下子养了二十几只，清一色的红，而且公少母多，一下蛋，乱叫唤，惹人眼馋呐。这时候正是冬天，鸡已经是三年的鸡了，只只五六斤，再不动手就晚了。陈八成一想到这里，心脏就一个劲地跳呀跳，贼厉害，再跳，恐怕要跳出胸脯之外了。他使劲咽了一口唾沫，静了静心气，方才摸到陈子善家的东边，一手搭着墙头，一提气，约摸大半个人高的墙头就翻过来了。眼神定了定，才辨清楚个东南西北，东南方是陈子善家的正屋，西北方的树上卧着公鸡母鸡。正想着呢，一道影子叫都不叫，就恶狼似的扑了过来，"哎呀不好，陈子善家有……"陈八成两眼一闭，心说完了完了。

老半天了，竟然没有什么动静，一睁眼，两个白影子正在摇着尾巴纠缠着，想好事呢。

是秀才解的围。

不能久留，趁两个白影子还没有叫。

鸡是不能偷了。那就，办理办理别的业务吧。

陈八成摸到了侧屋的一间，摸到了柴禾垛，摸到了灶台，摸到了水缸和水瓢，摸到了乱七八糟的洋瓷碗和盘子，最后的最后，两手才向下摸，一路下去，都是他不感兴趣的，唯一感兴趣的，是一个十五六斤重的大冬瓜。怎么办？这个大冬瓜到底要不要？要吧，太重;不要吧，出差无所收获，心不甘……干脆，要了它算了。

等陈八成抱着大冬瓜摸回到墙头边，一下子傻了眼，这么高的墙头怎么翻呀？陈八成正乱乱的呢，秀才丢开影子，一溜烟儿也追到墙头边上，时不时拿脑袋蹭他的裤腿，乱上添乱，心里就越发烦躁了，拿脚踢了一下秀才，只是这次，他没敢骂出那个"滚"字来。秀才也挺识趣，这次，居然没有叫，悻悻地退回到院门的方向。

活该陈八成这小子走狗屎运！关键时刻，是影子拿脑袋一下下蹭掉了反顶住院门的那根木棍，秀才拿前腿一点点拨开了大门，又是秀才拿嘴咬着陈八成的裤腿扯到院门口，示意他赶快脱身。陈八成惊讶地看见，那根顶门口的木棍，足足有碗口一样粗。

出了院门，陈八成放下怀里的大冬瓜，起身把陈子善家的两扇院门轻轻地合上了。

出了院门，陈八成走路时就不再是鞋底抹油的样子了，就不再怕秀才叫不叫了，有几次，他反而故意拿脚踢踢秀才，逗他叫，逗他朝前小跑呢。

出了院门，就是小巷子，就是陈家坪的大街，最后，就是他陈八成自己的家了。

把大冬瓜放在案板上，削皮儿，洗了洗，然后对准大冬瓜的将军肚，"咔嚓"，就是一刀，一股刺鼻的臭烘烘的气浪铺天盖地袭来——

细细看了看，刀落处，是一摊是屎非屎的东西。

谁干的？怒不可遏中，陈八成踢飞了一只塑料碗。

谁干的？这个问题，秀才也想问问影子。

月下瓜地

月亮的一根根白胡子，是陈子善家的冬瓜秧。

想一想八九月里，陈子善是多么地风光啊。除了养二十几只鸡，他还有一块五亩大小的山地，全都种上了冬瓜。两三场雨过后，冬瓜们好像比赛似的，满地里乱爬，一个比一个大，从大约指甲盖似的说起，到长得宛如石磙那么大，体重至少二十来斤，甚至有个别的重二三十斤，白嫩嫩的，圆滚滚的。再仔细一瞧，简直就是一头头熄了毛的过年猪，一斤能卖两分钱，这么大一块山地里的冬瓜得值多少钱哪？这小日子，眼馋死人啊。陈子善越来越得意了，以至于得意忘形，一忘形，说话就没轻没重、没先没后了，就不知道王二哥贵姓了，更何况，他陈子善还不是王二哥那么大的腕儿呢！

在陈家坪，大家都穷没事，因为大家都会一个个穷横！穷到横行无阻，天王老子都不怕！大家都富也没事，可关键是，这种情况不可能有！关键的关键，是只有陈子善家和村支书家富，能吃香的喝辣的，大部分人家还在眼馋呢。你想想，他陈子善家的日子会好多久？

第一个向陈子善借钱的，是陈子善的堂叔。当时陈子善家刚刚卖了头茬的冬瓜，满满 29 车，一下子卖了 100 多块钱。堂叔家准备给儿子定亲下彩礼，打算腊月里把儿媳妇娶进门。陈子善卖冬瓜发大财的事全村人都知道，所以堂叔狮子大张口，想借 90 块钱，相当于这茬收成的三分之二，堂叔还想把借的钱一次花掉，从明年起的 4 年当中，可以分 6 次还，可见，堂叔这如意算盘还是贼精贼精的！不料，堂叔借的 90 块钱却被陈子善除以 6，得出了 15 块钱，也就是说，陈子善只借给堂叔 15 块钱。陈子善的理由很简单，当年借次年还，借多少还多少，最好都是一次性的，如果借得多了对方还不起，等于自己吃了亏，赔本的买卖绝不能干！钱借到了，堂叔却弄了一肚子的气，当面也不敢发作，只好背地里发牢骚，骂陈子善一心钻到钱眼里，连一个老祖宗的情分都没了。这些话，拐弯抹角就传到了陈子善的耳朵里，心里凉了半截，但钱已经借出去了，收也得等到明年了，只好自认倒霉。等到第二个乃至第若干个亲戚再借钱时，陈子善干脆当了"恶人"，不管是谁，一口拒绝，彻彻底底的"恶人"。他想，不就是不借给他们钱嘛，有钱不借不算作恶，全中国有钱不借的人多了去了，说到底，总不能老拿有钱人开刀不是！

陈子善想得太天真了，他不知道，那些鸡人看他时，已经由"眼馋"过渡到"仇富"。

所以，就有了第一起地边纠纷，起因是陈子善家的冬瓜秧长到了邻居陈桂生家的玉米地里。冬瓜无错，人有错。换换别人，这纠纷根本就不算个屁事，笑笑也就过去了。可轮到他陈子善就不一样了，陈桂生就要和他理论理论，杀杀他陈子善家的威风，他不就是有几个臭钱吗？那好，就让他出点"血"，看他知道疼不疼！这一下，陈子善彻底变成了一个孙子，对陈桂生又是点头哈腰，又是递烟送酒，陈桂生就是整天拉长了一张驴脸，一言不发。实在没有办法了，陈子善想到了堂叔，托堂叔向陈桂生求情。堂叔说，这个忙，不好帮啊！话里话外，都是一个意思：你陈子善不能让我白忙活吧？陈子善拖着一副哭腔说，叔，我的亲叔哎，你不帮我的忙帮谁哩？谁叫你是我的亲叔呢？堂叔摆摆头说，算了吧，花上个十块八块的请请客，大家都是一笔写不出来两个"陈"字，抬头不见低头见的，何必伤和气？陈子善心说，到底是谁一个劲儿地伤和气呀？但，表面仍旧还得当孙子样儿。有了堂叔的周旋，事情渐渐就不再算是个事情了。

所以，就有了和陈富来家的第二起地边纠纷，和陈钟祥家的第三起地边纠纷，和陈美丽家的第四起地边纠纷，说到罪魁祸首，都是陈子善家的冬瓜秧。看起来，单单是陈桂生一家也不能说明什么，但现在是陈富来、陈钟祥、陈美丽三家加在一起，找你陈子善的麻烦了。这个时候，你陈子善就应该认真想想了。世上的大事情小事情，都是有头有尾的，好比你面前有一个气球，越吹越大，大到不能再大了，"嘭"，就爆炸了！

所以，就有了一个月下之夜，一个 8 岁的山里娃拿着一把竹篾子刀，潜伏进陈子善家的冬瓜地里，挑了一个 15 斤重的冬瓜，拿刀子切开了那冬瓜，取出一小部分瓜瓤儿，然后对准瓜里空空的那部分，撅起小屁股，拉了一泡屎，最后，再严丝合缝地将那冬瓜合上，刀口处，涂上一层薄薄的稀稀的泥巴。

所以，就有了这年冬天这一晚，陈八成出差回家，糊里糊涂的，就切开了那个冬瓜。

所以所以，有些仇不能结，有些恨不能留，谁也不知道这些仇恨会在哪里落地生花。

月下三个影子

大雪一样的月光漫卷开来，只剩下了一种白。

月光把全世界的山川都藏了起来，把全世界的江河都藏了起来，把大大小小的村落、山寨、沟壑都藏了起来，把星星点点的人畜、飞鸟、山林都藏了起来，独独留下了路，一条向上爬行着的山路。雪花不紧不慢，一朵两朵十几朵，落在山梁梁上、鼻尖尖上。两个影子才不管这些呢，天不怕，地不怕，除了亲密，还是亲密，爱情的细节在一丝丝燃烧、融化。

一道道山，一道道岭……越跑越多的一个阿拉伯数字。

直到两个影子的脚步越来越沉重了，直到谁也数不清了，就不跑了。彼此望望山那边，彼此望望彼此，再也不跑了。第三个影子，也许，根本就不曾存在过。也许原本，声音就是一个谋杀你自己的凶手。

就听见突然地，山那边又响起了一个字："汪！"

是第三个影子！

两个影子你望望我、我望望你，再就是一起朝山那边望望，眼神疲倦，疲惫，一副很知道天高地厚的样子。原来，雪那么远，第三个影子那么远，远得一塌糊涂。秀才和影子又跑到原来的地方，对着山那边叫，长一阵、短一阵地叫。他们很像自己的祖先，一只狼。

山月里，第三个影子也在叫。

三个影子，一起把西天的山月叫落了，就剩下一片天籁了。

天籁，轻轻托起了一片大地。

多么像我和你的这个世界啊。

山石殇 |凸 凹|

《北京文学》（精彩阅读）2011年第10期

　　家族里，在我这一辈人中，继承了祖父的俊美和高大的，有两个人，一个是我，一个是堂兄——学。我们同庚，命运却不同。

　　伯母和母亲同年有孕，一同来到祖父跟前，求他为未来的孙嗣起大名。祖父捻着他的玲珑须，沉吟良久，开口道，好说，先来的叫学，后来的就叫义。

　　两房儿媳走了之后，他对祖母说，那个叫学的，日后是个种庄稼的，有三次婚姻；义则是做学问的，虽多有杂念，却只娶一次。祖母说，亏你还是个做党员的，也搞神迷六道，简直是个经不得官的老不正经。经不得官，是京西的一句土语，意思是说，这个人言谈举止鄙俗猥琐、轻浮荒唐，上不了官面（台面）。祖父笑笑，说，我也就是随便说说，不可当真。

　　祖母是个快嘴儿，把祖父随口说的话传布出去了。两个媳妇觉得这可不是一件随便的事，因为对公公敬重，所以笃信。两个人之间就生出薄怨，再见面的时候，就都指着对方的肚子打趣道，你也是的，连怀孩子的事也一起凑热闹。便都不跑不颠、小心谨慎，都想生在后头，生出个"义"来。

　　人算不如天算，那个"义"字终究是冠到了我的头上。

　　不过，两个人同年出生，一同长大，同样俊美高大，不分彼此，两个生母就都欢喜，觉得祖父的话，真的不必当真。

　　我们俩更不当真，觉得祖父虽有威仪，毕竟只是个放羊的，不是那种未卜先知的角色。在生活里，我们形影不离，如同一人。以至于伯母和母亲也被感染，也和好，也亲密，觉得学和义是分不开，学就是义，义就是学，如同己出。

然而，学好动，义好静，渐渐就有了区别。

上学的时候，义亲近书本，学习专心。学则以学为苦，上课的时候，致力于把前桌女生的长辫子拴在椅背上，静等下课时，女生的一声尖叫。即便是这样，那个女生还喜欢他，整天跟他黏在一起。别人认为那个女生轻贱，我则看到了人的复杂之处，觉得人性很是莫名其妙。

我单纯，一进书本就忘我；学早熟，陷在青涩的情爱之中。虽然在学业面前，我们有了很大的差距，但都不以为然，因为各自有各自的喜乐，都欢悦。

他变得越来越爱惜容貌，小小的年纪就梳了分头，零乱时，会吐口唾液，用手在头发上抿一抿。他爱穿白网球鞋，一有脏污，就用粉笔偷偷地涂一番，鞋子依旧白。我则不讲究穿着，灰头土脸，形象猥琐。女生笑我是书呆子，男生则嫉愤，常欺负我，并质问：凭什么你学习好？每到被欺负的时刻，学总是及时到场，怒斥道，他就是爱学习，碍你们蛋疼！

高中毕业，我考学出山，学则回家务农。他依旧有说有笑，说，你读你的书，我种我的地，都好。但送我上车的时候，他小声地说了一句，我知道，将来你会比我混得好。然后无所谓地笑一笑。但我还是看得出，他的笑中有一丝隐忍的忧伤。不见他人影之后，我忍不住哭了。因为都说义和学是一个人，却终究分离。看来，在时运面前，再好的感情，也不能自己主宰。不能主宰，便忧伤。

一如早熟的果子常常会掉落，他与那个女生的感情也终于无果。因为那个女生也考出山外，距离间隔了话语，也离间了心。

一如山里的太阳也是太阳，回乡务农的学依旧保持了阳光本色。他学会了开汽车，开了一家石板厂。他说，大山有上好的石材，却一直沉睡，想要一见天日，须我。颇有天生我材必有用的豪迈意绪。

他的石材销路很广，即便是新西兰、澳大利亚，都有他的出口份额。他走上了富裕之路。

荧光之下，钞票的额面上也有奇采。伯母点着儿子挣来的大把的现钱，乐而忘忧。钱、学问，在她眼里，后者是轻的。在义与学之间，还是义的忧烦更多些，因为义毕业之后，当了一个小干部，每月薪水是很有限的。

倒是母亲生出一丝辛酸，对我说，你看人家学，发了。我说，这很好，我祝福学。母亲说，你倒想得开。我说，是人家学先就比我想开了。

在我眼里，义和学，是没有贵贱的，只要能活出自己，都好。

日子殷实了，自然就有人找上门来。一个远房亲戚主动给他保媒，介绍了一个女子。因此就生出变故，影响了他日后的生活。

那个女子，家境一般，长相也很普通。见过面之后，学不置可否，无动于衷。但不知为什么，她博得了伯母的好感，执意要学依从。学是个孝子，不愿拂逆母亲的意志，也就半推半就了。

这就铸成了大错。婚后，他一直找不到感觉，对那个女子很冷。他心中有自己的度量，度量衡就是那个相好过的女生。横比竖比，总不能一比，便虽同在一个屋檐下，却异常陌生。那个女子虽处弱势，但却异常自尊。既然你不对我好，我也就不悉心伺奉，以至于学疲惫地归来，家里也是屋冷灶冷。学很愤怒，妈了个巴子，老爷们儿在外奔命，你连个热汤热饭都不弄，即便是养条狗，也会对主人挤个媚眼摇个尾，也会让你心里暖暖烘烘。

女子说，然而我是人。

学说，既是人就做人事，我这里不养闲人。

女子说，那好，我走。

学说，你说得倒轻巧，为了娶你，我又盖房子又送聘礼，婚事也铺张，我是花了大价钱的。

人毕竟不是狗，狗吐出来了，还可以吃进去。人一旦伤了，表面的伤口虽然复原了，心里还是痒。他们之间没有一天温馨日子，女子即便是有孕在身，也没有温厚之念，头疼脑热，专挑孕妇忌服的药物，孩子生下来，即是脑瘫的残儿，只好悄悄地处理掉了。学冲动之下，大打出手，把女子打成残废，最终离异，赔偿了一笔大钱，人财两损，伤了元气。这之后，一个阳刚的汉子，有了忧戚之色，常一个人枯坐，恒久无语。

伯母说，都怨这个媳妇。

学说，怎么能怨人家，横竖是自己的选择，再说，她这个人贱而尊，倒是应该被敬重。

学本心板正，后悔于对无辜的伤害，所以，他的忧戚中，潜藏着一层很重的自责。

多年之后，他到唐山去送板材，遇到了后来的媳妇敏。敏是唐山地震的孤儿，一直寄居在做石材生意的叔父家里。学每次去唐山，都是敏侍候家炊，给学做很精致的菜肴，殷勤温厚。敏相貌端庄，语调婉约，让学喜欢。更重要的是，行止间有那个女生的余影，更让学心热，便很自然地走到了一起。

娶到家门，果然好合。敏，一如悯，她知冷知热，很悯惜男人的辛苦，变着花样给丈夫侍弄吃喝。不管学归来得多晚，她都耐心地等，且待男人拿起了饭筷，很适时地斟上一杯酒。学感到很甜美，恨不得马上就到床上去，爱她到肉里。爱到床上时，敏一切都依，怜他，宠他，学欢快得像个孩子，叫她小母亲。外人问敏怎么好，学羞然一笑，说，她很女人。

有了敏，学就不像原来那样不管不顾地做生意了。尽可能少出门，尽可能早回家，不愿让生意拴住自己，而冷落了爱情。在他眼里，钱与恩爱，前者是轻的。他进入了知足常乐的境界，常说，挣钱为了什么？是为了过好日子，既然好日子就在眼前，抓紧过就是了。他的意思是说，他可不愿做那种为了多余的钱而耽误了好日子的傻事。

学不仅过好日子，也想到了住在平原的义。那时义住的是周转房，难在冬天的取暖。他便每近冬季就送一车原煤下来，他觉得义的日子好不好，跟他有关。每次见了义，学盈于口的话语，都是对敏的称赞。义被深深感动，爱上了爱情，并为爱情祈福。

敏给他生了一个女崽，他给取名叫檀。檀是京西名贵木，且有淡香。学开始有了寄情于娇儿绕膝的兴致，常用短髭贴檀的嫩脸，惹檀且笑且咻。净洁的庭院里，葫芦花开得当时，粉蛾也游弋得多情，而立于此间的人，学俊美，敏端庄，檀娇艳，如花美眷，只天庭方有。那次我回家看母亲，见到了此番情景，不禁慨然生叹，不妒之心，居然也生出一丝妒意。

好日子也是要传的，学想要个儿子。敏虽身型高挑，但体质是弱的，怀孕之后，整个人都"锈"了。到医院胎检，医生也说，敏患贫血，产龄也大了，存有高危，你们要慎重。一如阳光普照不虑屋漏，志得意满不察逆旅，学觉得自己的日子如花似锦、顺风顺水，生活给他预备的皆是幸运，便一笑而过，不以为然。

不幸，像赴一个邀约，果然来了。敏难产，继之大出血，去了。临走前，抓住学的手，纸白的脸上，露出一丝歉疚的笑，说，她爸，对不起，我不能陪你了。

学轰然倒下，昏去三日。醒来时，敏已进了坟茔。由于先殁于本夫，依京西规矩，不能归入正坟，便葬在祖坟旁处的一个小山包上。荒草蔓茂，一块小小的墓碑，马上就被湮没了。敏生前团圆，死后孤单，学百感交集，抱着墓碑，大哭三日，形貌为之改观，不见俊美模样，一如拾荒者。

接下来的时日，他不思茶饭，只饮酒。酒后絮语敏之好，说，不如也死。因为只有夫妻双亡，才能并骨，才可迁入祖坟，有祖先照应，他与敏还是好合的。

伯母说，你得挺起腰来，因为还有檀。

学病恹恹地说，好吧。

但是学再也无心打理生意，托人经营。经营不善索性把产权卖了。伯母痛惜不已，说，你真不像个男人，敏不过是个小小的女人，家庭的前景才是江山，才是大。学说，你老不懂，家境再富裕，如果没有圆满的人，也是穷的，既然我已经穷了，就不怕穷了。

伯母说，然而檀怕穷。

他说，檀也不怕穷，手中这点积蓄，足可以给你养老，足可以给我送终，也足可以把她培养成人，到钱财散尽的时候，檀就有自己了。

伯母认为学满嘴胡话，是中魔怔了，无奈之下，只有听之任之。

待檀考学离家之后，学的庭院里，就再也不见炊烟了。他向隅呆坐，终日只泡两碗方便面。到了冬天，也不生炉火，冰天冰地，直挺挺地躺在床上，不忌生冷。对家人的规劝，他只是凄然一笑，说，你们到底不是我，只有冷在冷处，我才能感觉到我。

学也不收拾颜面，胡须凌乱，指甲脏长。檀每次回家，都要坐在父亲的腿上，给他刮刮胡子、剪剪指甲。他听之任之，面带微笑，像在敏面前那样乖巧。他对檀说，都是爸害了你妈，在好日子面前不知道节制，心里太贪，等醒悟过来，已为时过晚。檀说，然而妈也是贪的，他想让爸过得更好。

父女俩有共同的思念，同病相怜，便爱得很深，无人处，常相拥而泣，互问暖温。旁人窥得，心酸难耐，怨老天昏蒙。看来，学之所以还能继续自己的日子，全因为檀还有淡香，还有最后的一点点滋润。

学虽然吃得少，但每天三顿酒，而且喝的是塑料桶散装的劣质酒。

节日相聚，我对他说，我也不劝你戒酒，只是想劝你喝就喝点好酒，年龄也不小了，身体要紧。

他说，好酒，赖酒，在我这里都是一样的，不过是在恍惚中，见一见敏而已。

除夕之夜，几家人聚在一起，大杯小盏，纵情畅饮，说见闻，话亲情，共论家族兴旺。学也陶醉其中，一如霜梅开出艳花就扎眼，他的笑便格外引人注目。大家顿生宽慰之情，认为那个俊美的学，又回来了。

但就在大家酒酣情浓时刻，独不见了学的身影。欲分头去寻找，伯母说，不用找了，他肯定是去坟地了。

学坐在敏的坟前，一张一张烧纸钱，且嘴里念着，泪水流着，令人心起皱。纸烧过，人也不归，躺在坟前的山石上，索性睡下了。夜深风寒，山石阴冷，都说把他劝回来，伯母说，依他吧，他有他的团圆。

以为年关增想念，依就依吧，伯母却说，不是的，他每天都这样——上半夜还睡在床上，到了子时，就去烧纸，然后就躺在那块石头上，一直到鸡叫，魂灵不得不回去的时候，他才蔫头耷脑而归。

伯母说完，竟嘿嘿地笑，好像她的叙事，是别人有趣的传奇，与自己无干的，我便惊在脸上。伯母瞥见，说，你也别纳罕，我被他弄得都不会哭了。

学的行径，弄得大家惊恐无眠，均唏嘘不止，感生活沉重。

我觉得，义对学是有责任的，便单独找他谈了一次。自然是晓之以理、动之以情。一番苦心之后，他竟说，你说的道理我都懂，都懂的道理就不是道理了，所以，说什么对我都没用。倒是我要劝你几句——

他说，小时候你用功读书，别人就眼气，就欺负你，现在也如是。你事业有成，名气大了，未必人人都服气，都敬重，所以你千万要自知、要节制，要低调，别太看重自己。一如爬上高处，千万别推倒梯子，上去了，得想着怎么下来，得给自己留着后路。听说你现在正跟弟媳妇闹生分，这是不对的。因为以前尽听你说她的好，而现在却不再听到你说她的好了，肯定是你不好。好媳妇是用来稀罕的，不是拿来抛弃的，除非你从来没有看上过，不是你自己的选择。

一个伤在爱中的人，再说爱的事，声音是有重量的。我被他"劝"得面红耳赤，半天喘不过气来。我只好说，依你就是了。

你还得依我一件事，他说，等我不在了，你侄女檀你要把他当亲闺女看。

我说，年纪轻轻的，不兴说这么老暮的话。

他说，鬼的事，其实人是懂的，到了一定地界，你就知道了。

他弄得我毛骨悚然。觉得学阴气太重，虽然依旧生在阳光之下，却早已半截子入土了。

我说，我们能不能说点轻松的话？

他说，就说说咱们的祖父。你别看他只是个放羊的，可天底下的事他都懂。一些邪怪的事发生之后，大家都惊异，只有他不惊不奇。他整天在老山老岭里转悠，那里就藏着事理。还有，旷野寒山里，除了兽，包括狐仙，就是游魂野鬼，他每天都跟他们打交道，自然就通了心曲，身上就有了神性，能预见未来。为什么祖父满脸净洁，唯独右腮上孤零零地长了一根长须（玲珑须）？那是仙人貌相。譬如他说咱俩的前程和婚姻，岂不就准了？悔不该把他的话当儿戏，如果早一点放在心里，且谨慎处事，或许会往如意里变的。

我说，你怎么又开始弄玄虚？其实祖父的预言也是不准的，譬如他说你有三次婚姻，事实上，你不过两次迎娶。看现在的情况，你已无心再娶，他的话便不会落到实处。

已落到实处，学说，那个女生虽没正式过门，在我心中，也是娶了的。只不过凡人都目盲，看不到本质。再譬如说你吧，祖父说你只娶一次，那肯定是注定了的含义，如果你执意改变，或许就会招来灾异，应好自为之。

他的话，真的对我发生了作用，这之后，我摒弃杂念，善待婚姻。虽多有龃龉，也能忍耐，一如熟透了的麦穗，自然就退了麦芒，只有籽粒。渐渐地，竟能和谐相处，多了眷恋，相看不厌，类似甜蜜。

人总是能疗治别人的伤痛，一到自身，就混沌了。学依旧不能放下心执，依旧整日里喝他的劣质酒，冰冷的山石上，依旧是他热的身影。

他期待着一个日子。

那个日子终于如期而至——去岁的一个冬夜，他心脏病突发，抽搐中，从床上滚落在地，磕破了额头。他挣扎着站起身来，想扶着墙壁走出门去。然而不能，依着墙壁，慢慢地委顿下去。在那个过程中，他沾着额血，从上到下写了三个敏字。字迹从大到小，从清晰到模糊，一如他生命的气息。

去见他最后的遗容的时候，我惊呆了。仅一年不见，那个高大身形竟小得像个儿童，一味地收缩，瘦得像魂灵。

他仅仅48岁，刚进入生命的旺季。伯母说，其实他早就有心痛的毛病，但就是不去医院，也不备下自救的药物。他觉得自己经得住磕碰，因为感情的磨难尚未到头，最后的幸福还不属于他。

檀不哭，只是一直站在学的面前，默默地望着他，好像父亲刚刚睡下，不忍惊扰。檀白皙、净洁，有庄重之美。她已是二十几岁的大姑娘了，但一直不动婚嫁之念，因为她害怕，既怕嫁给不爱的，又怕嫁给太爱的。

想到学给义的托付，我也不哭。拍拍檀柔弱的肩膀，告诉她，接下来，该我们自己怜惜自己了。

檀点点头，叔，我懂。

凸凹云：学的故事，即便真实，以人类的情感历史衡之，也很老套了。但是，放在重物轻心、重利轻义、重性轻情的世风之下，便不啻一阕反拨今人的爱情挽歌。一如主人公学所说，"家境再富裕，如果没有圆满的人（爱情），也是穷的。"贫穷但是有爱存焉，也是能够承受的，因为感情能够涵养人，生出自足而强大的心力。这虽是老生常谈的浅显道理，但是浅显的道理如果常说，便深刻了，便成了人的价值取向和行为准则。要紧的前提是，今天的人已经很久不说。不仅不说，反而认为迂阔。学的故事还告诉人们，爱情是机缘，婚姻则是命运，是神秘的存在。因为神秘，所以神圣，一如敬天敬地，我们要庄重把握，心存敬畏、敬惜和敬重。人心不古，世风浇薄，而我人微，爱着爱情，顿生忧伤，便感慨系之。

2011年5月28日于北京良乡昊天古塔之下石板宅

一言难尽陪读路 |马　语|

《北京文学》（精彩阅读）2012 年第 4 期

1

这一生很难忘的一件事，那是 1987 年盛夏，走在故乡的黄土山道上，去小镇上找中专录取通知书的情景。

25 年后 7 月的这个清晨，一个陌生的电话，打给了我。电话那头说他们是邮局的，特别热情地说，他们想把马小雨、我孩子的大学录取通知书送过来，由礼仪小姐手捧鲜花搞个仪式。我慌忙热情地回答，别、别送了，我们一家人去乡下，开车已出发，我绕路到你们邮局自己取一下。

电话那边同样热情。我知道在我们陕北之北榆林这样一个城市的邮局，一年一度收到这所大学寄来的录取通知书是很不多的。可邮局的人并不知道，我们一家人这些日子心里有多不平静。

这时候，最先出现在我思绪中的是这样一些片断。

落日的最后一抹余晖消失在黄河对岸的山巅上，我从河边简易公路上来，开始爬山。天一点一点黑了，群山如涛，漫山遍野只有风从高粱、糜谷叶子上走过时的声音。爬上几里长的山坡路，直到山神爷下的北豁口，忽然看见父亲站在豁口——他在等我。

这时银亮的星星已爬满天幕。

父亲说，他想沿公路下去找我，又怕两个人走岔别了。就焦急地站在这里，在夜色中目望群山间的弯弯山路，在风吹动漫山遍野庄稼叶子的声

24

音中，倾听、搜寻着他的孩子的脚步声。

这是我去 30 里外的小镇上取中专录取通知书。16 岁那年的盛夏，我初中毕业，考上了地区的师范学校。一番苦读，标准地完成了那个"鲤鱼跃龙门"的动作，考上了小中专，跳出了"农门"。

转过身，黄土高坡上，我沿着父辈们用那千层底的布鞋踏出的小道离开大山，到山外的城市上学，我的人生之路就此改变了方向。

从此，我要用这双沾满泥巴和露水、早已习惯了崎岖山路的脚，去丈量这个世间的万水千山。

2

100 多公里的路，还不到中午，我们就来到了妻子在三边乡下的娘家。青石片垒砌的院墙，大门上贴着对联，大门外场院上有羊圈、狗窝，一群鸡在场院上刨食。妻子她父母从院子里迎了出来，这一年为了女儿高考，一家人春节都是在西安过的，已有一年多没到乡下了，这生我们养我们的乡村世界。一大盘新煮的玉米、土豆端上来了。刚坐下，妻便说，你今年腰背又驼多了。这是她母亲的话。我们从车里下来进屋的一瞬间，她们就看得这样清？

腰背的确是弯多了。

而这一年高考的女儿，是我最大的作品。

大门外是洁净的黄土麦场，麦场南是菜园、田地，西边是杨树林。透过树林绿叶间，能看到午后的太阳，静静地悬挂在西边的地平线上方。我在麦场上踱着步，或默默地望着那轮安静的落日。浮云游子意，落日故人情——1000 多年前，李白早就在这诗句里寄托过他思念故乡亲人的心事。

夜晚，风从田园里或林梢间拂来，这时星光下的麦场特别凉快，只有我的心仍旧安静不下来，像那草丛中不安静的蛐蛐、鸣蝉。我望向故乡那里。

十年寒窗，孩子考上大学，我该领着孩子回我的老家那里，拜望父母。走走我当年去找录取通知书走过的那山神焉的岔口——我们村出村的路，有南北两条。村北是出村的大道，从村里上来，到了第一座山头，是山神爷，黄土岭子上，一棵枯枝虬曲、老态龙钟的酸枣树下，立着一座风雨剥蚀布满苔藓的石刻门楼。这里是父老乡亲出村回村歇脚最多的地方。路从这里分支成了几条，马家由此蜿蜒而向四面八方。

可我却回不了故乡。

我一直在想着母亲的事。不只此时，它一直就在我的大脑里搁着。半年多了，自她从西安回了老家，这事就时时困扰着我。不，它是在折磨着我。我怎么能与自己的母亲，相处成这样呢？

有一片阴影飘浮在我心里。母亲为什么不能理解我？几年前一位画画的朋友跟着我去过我的故乡，他说真是个原始的地方，他以后要领着几个画家朋友悄悄去我的故乡写生、画画。从那样一个小山村走出来，在这个世道上，苦苦奔波、挣扎，连自己的父母都不能理解、支持，那还有谁会理解、支持你？

3

那是去年秋天的事，开学几周后，我来到西安，请女儿的老师们吃饭。那天中午雨下得特别大，在西安南二环雁翔路上，风将雨水吹过来，打着雨伞都无法出行。老师们都来了，他们说这是个好孩子，吃饭间还几次重复这话，英语老师说这个孩子还给她考过年级第一呢。这次吃饭，老师们最重要的一个建议是，高三了，最好是能租一套房子，父母来西安陪读。因为工作，我走不了，而且妻也无法请假。租房子的事很快就定了，陪读的人最先想到了我的母亲，很快又去想别的亲朋好友，很快就都否定了。

我想父母应该知道孩子上大学的重要性，懂得哪个重哪个轻。电话打回去，父亲接的电话，乡下正要开始收秋，电话那头好一会儿没有声音。那天我把电话摔了，我后来有时给父母发一点脾气，你们就不知道儿子在城市里的难吗？儿子能做成些事，有一些出息了，难道与你们毫无关系吗？

母亲被我送到了西安。在西安的楼房上，母亲不敢坐电梯下楼。有一天，电话里她这样对我说，她去市场买菜，一下头昏开了，赶忙抱住一棵树，后又在树下坐了半小时，才提着菜回去的。除过非要买东西，母亲很少敢下楼去，就在落地玻璃窗前，放个毯子，坐在那里晒太阳。在那样一个禁闭的地方，是没有农历的痕迹的，手机上只有阳历。那天我打电话给母亲，说女儿明天过生日。电话挂了后，她又打过来，问我，不是今天吗？可见她在掐算农历，她竟然还掐算着农历！逢三逢八是菜园沟赶集，集市上的羊卖得怎样？春风来了，山野田里的土肥都送上了吧？清明过了，寺河畔菜园子里的瓜豆能种了吧？

她在大脑里曾想过些什么？故乡庭院里的那两畦菜园，黄瓜、辣椒、柿子，有些是留种子用的，不会都给遭害了吧？那群小鸡也都成半大母鸡了吧？这阵该不怕猫，能放开在院畔上自由觅食了吧？那块谷子地，今年不知被麻雀吃成啥了？家里就剩他爷爷一个人，今年的枣子怎么往回打？二儿、三儿在城里务工，就不能抽上几天，回去帮爹把枣打回去？你们就是回家向老人要钱的时候，寻土杂粮品的时候，跑得比谁还快。

种了一块谷子，夏天的时候，母亲和父亲轮换着照应谷子地。那天中午，母亲到谷子地顶替父亲，刚走到地楞边上，就踩上了一条青蛇。电话很快就到了我这儿，很少听说有人被蛇咬，我给县里的医院打电话。医生说他们还没有这方面救治经验，到榆林路太远，叫先到他们那儿清洗、包扎，观察稳定一下。随后很快转到了榆林的医院，榆林的大医院此前同样没有救治经验，只能试验治疗，一位老大夫凭经验看，不像毒性强的蛇咬了。

险些没了命，住院花了那么多钱，一块谷子地能收多少？

刚刚好了一些，没有危险了，母亲硬要回家，我怎么都劝不住。一气之下，我说要回你一个人回，我们不送你。她说走就走，其实是早就想走了。等我追到街道上，她已走出了一大截，一个老人，背着一个旧布包，挂着一根棍，一拐一拐地向前方的汽车站走去……

我至今也没发现母亲对孙女考上重点大学有一点什么认识。我们举全家之力，送女儿到西安上学，是想要她考上名牌大学。母亲好像根本不关注上什么大学的事，考上大学，或考上全国一流重点大学，意味着什么？于她或许没有意味什么。她时常与孙女说不对话，我只有给在神木务工的三弟二弟做工作，让他们平时给母亲多打打电话，做工作，凑合凑合，说什么也别影响了女儿的情绪和功课，离高考已越来越近了。她最疼的三弟在电话中骂她，用你做这么点事，你都不好好做，你这一辈子在土地上做成一件事没？

母亲在土地上这一生，收获了什么？

那次把母亲送下去，安顿的时候，她老说老家那盘土炕有多好，冬暖夏凉。当时因为事多，匆匆返回，没有顾得买到电褥子。回到榆林，我心里一直记挂的就是那个东西。西安的天还不是太冷，我电话里"指导"着母亲去超市买回了电褥子，她睡在西安楼房里电褥子上，梦里是些什么呢？

4

不太放心，遇周日，我和妻轮流下西安打理一些事情。在西安，我请女儿的老师们吃饭，一顿饭少则上千元，这就是最廉价的了；请西安的朋友们吃饭，有时一顿达几千元。

一桌饭的花费，是母亲在土地上刨挖一年都换不来的，是她不敢想象的。这女儿就算够争气的了，她的同班同学，没考上，还是到西安的二流高中就读，仅高价费、人情费就出了 20 多万元。

当然我在榆林，差不多每天也都坐酒店里，大鱼大肉，大吃大喝。这年头好多人都过着这样的日子，一桌饭有多半桌吃剩倒掉，是极为普遍的现象？这些母亲估计更不敢想象，她连见都没见过，怎么能想象得来？像母亲一样的许多中国农民，不知道他们起早贪黑、苦一点汗一点，喂养的家禽家畜，耕种的米面副食，在城市的饭桌上被半桌半桌端走倒入泔水桶。

母亲嫌花费太大，出去买东西总是很小气，春上一斤洋芋两元钱，她去菜市场只买一颗回来。我几乎天天要在电话里催问，鸡、鱼、果、菜都买回去了没有？母亲听得很不耐烦，常是回对我：要是不放心，你们下来侍候。其实，她一定是早就看不惯这些了。母亲愈是这样，我在榆林愈是放心不下，每天都得给打电话。她嫌我麻烦，嫌我对她不放心。每打电话，都要在电话中吵架。

红柳或桑条织的囤子，其上红高粱秆做的盖子，就是我的书桌，一盏墨水瓶煤油灯映照出苦学的身影。小的时候，我最大的梦想就是能和同伴们一样，到神木县城里去上初中。初一读完的暑假里，在寺河畔的石坡上放羊，大石沟对面一个走路的人，向这面喊话，要我们给马启郎家捎个话，说他去神木城上学的事没办成。要给捎话的那个马启郎就是我，至此我彻底断了去城市上学的梦想。在小镇中学读书的三年，我很少带着干粮，连点干咸菜都没有。在这里第一次暴露隐私，那时的自习课上，我回到宿舍，在没有人时，曾拿吃过同学的干咸菜，也有窝头片。1987 年初夏，去神木县城考小中专，老师带着学生都住进了招待所，我去了同村在神木上高中的一个堂哥那里打通铺。在每天回住地路边的小吃铺买饭吃，这是郊区公路边一个小铁皮房，一个人卖饭，一时来几个吃饭的，那人顾不过来，就吆喝我自己动手挖着吃，反正一顿饭交给他一元钱。直至我到榆林上师范学校的时候，还吃不起一碗炒面，路过学校背后小巷口那个炒面馆，望着里面的人发呆。

我母亲的记忆里，有的可能只是以上这些。

一个农村老人，在西安那么大的地方，她懂得个什么？走街道上，会不会遇上骗子，骗了她的东西倒不要紧，要是知道了底细寻着她，追到租住的地方可怎么办？还有她与小区里面那些老年人，常坐到街道边拉闲话，听说现在小区里练这个功、学那个教的人不少，我们都不在身边，如果一旦沾染上邪教怎么办？我要在电话里不停地告诫她，因为母亲在电话里告诉二弟，说她哪里也能找上，她已坐着公交车，把大半个西安跑过了。以前我只知她头昏得哪儿都不敢去，上下电梯都有问题。在骨子里，我的母亲是一个从不服气什么的人，她能坐着公交把大半个西安跑过就是明证。那样大的城市，就住着她和孙女两个啊，一旦出点事，可怎么办？可她就是不爱听我的话，每回答我就是：不放心你们下来。特别在她上街时金耳环被人抢了后，我更不放心。农村里的人，戴个金耳环就被视为身份、地位，她们攀比，她总以为西安也是这样。

5

今年3月底的一天，女儿忽然打来电话，说她奶奶不盛了(盛：陕北方言，不在那个地方住了，要走的意思)，要回老家。这时已是高考的倒计时。

我单位正有紧事，只好打发妻子，当天晚上就上了南下西安的火车。

次日早上8时，妻下了火车到了租住的小区，刚一进房门，母亲就背上她的包，气呼呼地从门里走出，撂下这句话：我这辈子死也不求他。他指她的儿子。我接到妻的电话，说母亲出门走了，去了火车站。一时顾不了别的，我只要妻赶紧追，幸好追到了小区大门外就追上了。火车是晚上8点多的，那天中午饭后，母亲又要走，妻强行把她留到中午休息起来。我在千里之外的陕北，插翅都是飞不过来的，只有在电话这头，强行命令妻将母亲送到火车站。

既然如此，只有说明母亲对我们已完全不信任。

看来，母亲是把自己晚年的岁月，全靠在了土地之上，或者是把命全押在家门前那片土地之上，她一生打柴割草、放牧牛羊、耕种收割、哭了笑了的土地，完全不准备靠我们这些子女了。

母亲特固执，对晚年靠子女，早不抱希望。不管我们怎么努力，都无法改变她的固执与那份认识。从三弟身上也看清了，她最揪心的三弟，一连生了四个娃，母亲在他身上下了很大的功，到现在日子还是过得一烂包。从我身上也看清了，唯一吃公家饭的大儿子，又能给一家人顶什么用？低保、各类补贴，需要公家门上要钱的事，常是别人家拿到了，他们还拿不上。这么多年，她的大儿子，回来看过几回他们？几个儿媳又是怎么对待她的？二儿子、三儿子在城市务工，只有索要，最好的就是从城里带回来一点劣质的哄人的货，捞取他们用汗水从土地上换来的钞票，拉走他们用劳苦从土地上收获的土畜产品。

6

用母亲的话说，我们太宠爱女儿了。宠成那样，什么也做不了，就会念个书本本。这一辈子她走到哪儿，你们就跟到哪儿侍候吧。我对女儿其实是很严厉的，她的许多同学都看见了，背后曾说，你怎么那样一个老爸啊？不断地在心里给女儿说着话，一定要扎扎实实，可不敢像温室里的花木，经不住风雨。什么事都是硬拼出来的，可不是虚浮地抬爱出来的，高考一定也是那样；高考，可是要拼真刀真枪。

可是在现实面前，历经风雨、几十年锤炼的意志与信念，还是一次次被粉碎、击垮。高三这一年，很少敢厉声责骂（指教）女儿，只能哄着她，宠着她，头上顶着她。离高考仅剩八个多月，决定从学校公寓搬出来，自己租房子住。那回请女儿的老师们吃饭，所有老师都认为，最好是让孩子她妈能过来陪读，从现在开始，进入全面复习阶段，要历经18次高考模拟考试，爬雪山过草地。这期间，这些学生，这回考好了，下回考砸了，情绪波动很大，今天笑明天哭……

从偏远的乡镇一路来到这座城市工作，我们家在这里无根。因为工作和事业，我和妻一个都走不了。想了多少天，目标只能锁定在我的母亲身上。人家都是父母过来买房或租房，陪读三年，我们家仅这一年，还来不了。选择我的母亲下西安陪读，也是不得已，我们是知道她那观念的，可实在是再找不到第二个人了。几周没过，母亲对孙女的好些行为已看不惯，这个也不吃，那个又不喝，实在是没法给做饭。母亲认为，做好的饭就一定要吃了。她不管她做得怎样，她认为好吃就好吃，更不管当天女儿从学校考完试回来的情绪。

她只想着我们那会儿，一切就那样简单，书本本学好学坏，全是孩娃自己的事，父母能怎样？

也许与此有关吧，我们弟兄姊妹四个，只有我上了中专，其余三人连初中都没读上。母亲与孙女见面的时间都不多，孙女中午放学回来，匆匆吃了饭，回自己房子门一关，睡半个多小时，就上学去了。下午饭一吃，直接就去学校了。晚自习下了10点多回来，回了自己的房子，关门学习到深夜。母亲只有在孙女回来吃饭的当中，不停地唠叨，见孙女不听，又开始数落；越数落，孙女越不想吃饭，越不吃，饭剩得越多，母亲越数落。

大多数时候，是骂她的儿子。这时母亲改了口，为培养你爸，当年他们怎样怎样下苦，把一头牛都拉到集市上卖了。你爷爷一个人拉着架子车，翻山过河，去镇里的学校给送口粮。真是前人栽树，后人乘凉，这句话也不知母亲说了多少年了。

不过她说的父亲一个人拉着架子车，炎炎烈日下，翻山越岭，给我去小镇中学交口粮，那画面是一直存在我的记忆深处的，随时都可以翻出来。

打电话，怕干扰女儿的学习和生活。因放心不下，我们几乎每天夜里，约摸女儿晚自习下了，走在回去的路上，都要给她打一个电话。她要是走在街道上回家，我们是绝不敢这个时候给她打电话的，怕影响她走路，是因租屋不用出校门就能走到。每天打电话主要是劝女儿听话，好好学习。不管奶奶做了什么，都要好好吃。只当奶奶是过来给你做伴的，再有谁下来陪你？你奶奶能来就不易了。

母亲回老家后，我设法找到了一个朋友的妻子。朋友在陕北工作，他的家在西安，妻子一个人在家里，他们的孩子已在西安上了大学。说好四月里给我照料一个月，五一放假，妻就请假下西安，陪到六月高考。其实我们早就该请假下西安，陪护孩子。这个时候，什么大也大不过孩子高考的事，世人都知道这个，谁都是这么说的。然而真正要这么做的时候，却又是千难万难。"五一"放假，妻下西安，可是两周后，学校那校长说妻没请好假就走了。我的天哪，真的是好事多磨吗？找了几位在本城有头脸的人，说情周旋均未果，又是不得已，妻返回榆林上班，我请假下西安陪护女儿。

时间仅有半月余，我们一方面劝女儿不敢太疲劳，一方面还是期望着她能发起最后的冲锋。设想着她能在高考的考场上成功一搏，去首都北京上大学。

7

许多次一个人走在路上，或静夜，我在想，在这个混乱、芜杂甚或荒谬的社会，一个心细的人，能听到风和树叶对话的声音；一个爱思考的人，从街头走过碰见一些物事，常会驻足沉思，他吃的苦，受的累，会很多很多。以前总是很悲凉地认为，自己被重负压弯了腰，现在又不得不清楚地看到，自己的个子也缩短了一些，才 40 岁的本来就个子不高的我。

也许，很少有人能受了这番罪，包括我的妻子。

已是记不清多少回了，她抱怨我，等孩子上大学一走，咱就去离婚。我一点也不相信的这句话，却一直在我脑中未去，她实在是说的次数太多。在这个世道上，我个人的生命仿若一块石头，可以历经日晒风吹雨淋，在重压面前，是一块铁；而妻早受不了这些了，只是不得不在后面跟着我。

面对生活的疾风苦雨，凄风恶浪，我只要是认准的事，就一头扎入。她却只能在岸边观望。看着在惊涛之中挣扎的我，搏击的我，沉浮的我。她哆嗦，后悔、愧疚、担忧完全盖过了我击破恶浪时带给她的那份欣喜，从来没见过我收获、成功之时她的惊叹与夸赞。

有的时候，我是要她跟在我身后的，所以我会骂着她，拽着她。跟在我身后，进入生活的激流，不被呛几口水，也得被风雨淋透。我以为她常说的要与我离婚的那句话的根源在这里。

8

现在，在我心底，一直在追问着一个问题——我的母亲，在西安为我照看孩子，为什么贵贱不住了，死活要回？一刻不等往家跑呢？这样一个问题一直在诘问着我。

我一直在找，必须找出一个答案。但我只是得到了这一简单的答案：相距千里之远，有时太急躁了，我在电话里给母亲生过气，发过火，这是直接的导火线。

还有什么？我实在找不下去了，只想到了这里——几代人在这个世间的不同身世、经历，面对这个世界，不同的姿态，不同的观念，会不会也是问题的症结所在呢？

往回看，几乎是从女儿会走路起，到离开我们去西安上高中前，我多次教训、责骂过她，还多次动过巴掌，在她的同学眼里，马小雨怎么有这么个爸？几代人之间的鸿沟，我与女儿观念的不同，有很多地方很不同，何况奶奶与孙女呢？何况一个20世纪50年代生、一辈子在大山深处黄土沟洼上刨挖的老人，与一个城市出生、高考前的女孩呢？

母亲本来就对我们生了一个女孩从心底里很灰，几乎一切信心都不存在。

这些90后的孩子，他们有时的举动，实在是不会让你能想得通的。女儿被西安交通大学建筑设计专业录取，我们决定带她到鄂尔多斯的新区康巴什看看，那是云集中国一流，甚至世界一流建筑大师，设计建造的一座新城，许多建筑物很具有后现代主义。开车已出了榆林城区，单位突然打来电话，说有特别重要的事要我回单位，我说我已上了高速走出几十公里了。当我们跑了150多公里，终于到了这座耳目一新的草原城市时，女儿并没有显出多少激情。在我想象中，女儿一到这座城市，会惊喜得又蹦又跳，会为自己未来五年大学生涯上第一堂课而特别兴奋激动。情况完全不是这样，她一句话不说，无精打采。再三追问，妻对我说，女儿身体不舒服。我火气直往上冒，就是有病也可以坚持啊，我们跑了几百里路才来到这里啊。我越生气，女儿越不高兴。我妹妹十岁的女儿萌萌，见着面前这新奇的建筑物，腾空嘶鸣的骏马雕塑，惟妙惟肖的动物群雕，早跑得不见了影。萌萌按压不住兴奋说，舅舅，让我考上大学，学建筑设计，可就太美了。可我的女儿，这个就要去大学里人居学院上学的大学生，面对中国超前几十年的建筑设计、城市景观，从去到离开连一张照片都没拍。

9

这件事，会不会也是母亲心里的一个结？或许是这一生的一个心病。

孩子也够难的了。祖宗八代都是乡里受苦人，从13岁上学离家走了，后来到城市谋生，一年见面也没几回，谁拉扯帮扶过他一把？城市的石头街上打拼，不是老家的黄土坡上，那真是刀刃子上跳舞。一个无亲无故、无依无靠的农家孩子，他是要爬着前行的。

世人都这样说，父母给你身子，就足够了。可在我们的现实生活里，许多的父母，不仅给儿女票子、房子、车子，还要给位子和靠山。现实之中，有的人与生俱有的，是有的人一辈子都奋斗不到的。母亲如果想到这里，心里该是怎样的痛苦？

也许，她根本就没想这些。把你们生下，养活大了已可以了，任务已交代了。她脑子里终日全是天气节令，多会儿才能盼来一场雨，和她的那些场院上的鸡呀羊呀，菜园的茄子、柿子，山里的谷子、向日葵……

到底会是什么，我不得而知。

孩子上大学是我们家生活的一座分水岭，过去的一切仿佛都留在了山那边。可妻子却不行，她不能容忍母亲在西安撂下挑子强行回家。她不是光说在嘴上，这一意识渗透了她的全部。

那时妻子几乎一两周就下一回西安。那天她刚到，我打通母亲拿着的那部手机，我说这两天你把这个手机叫我妻子拿上，她不住地出去采购东西，我在榆林要不断地给她打电话的，安顿这安顿那，她拿的手机有漫游费。妻说母亲过去把手机往沙发上一扔，很没好气地说：谁要拿她大的骨殖就拿上。现在的婆婆，有几个敢在媳妇面前这样的？

为了自己的孩子，她都忍了。现在她又回到了自己媳妇的位置上了。

11

这个我们家最为重要的夏天，这个艳阳高照、特别喜庆的夏天，我们一家人心里却忽喜忽悲，时阴时晴。

西安上高中的三年，匆匆吃着大灶饭，日日按时按点到校上课；没有节假日，所有的节假日都在补习补课。整个一大间卧室，满墙壁都贴着与高考有关的内容，满地摆的都是高考用的资料与书籍。每日中午只睡半小时，假日可以稍多一点；夜里，夜夜三更灯火。女儿为没有考上京城那几所名牌大学，心里不甘、难过。

看着女儿的难过，我和妻心底也很不是滋味。天晴天雨，天明天黑，夫妻俩这几年跑了多少回西安？ 20 多年前，烈日下，父亲拉着架子车走在黄土高坡上，去小镇中学给我交口粮；20 多年后，西安城的火车站台上，公交站牌下，红绿灯前十字路上，我吃力地提着大包小包，躬着身疾步穿行……

西安交通大学，是国家"九八五"工程院校，位列中国名牌大学前十。我们一家却开始为女儿的未来担忧，从填报志愿到收到录取通知书，从未有过的焦虑。可能把以前以后所想的、要想的人生前途问题，都集中到了这一个月。

考上了中国名牌大学，我们对女儿的未来却不敢有多么好的设想，前途一片迷茫。

那天领女儿去鄂尔多斯新区观赏建筑景观的事，就让它过去了，一个朋友讲的这件事，让我的心得以释然。有朋友的孩子从京城的大学毕业，去美国洛杉矶留学。刚去时，孩子还经常与父母联系，渐渐地联系就少了。往美国打电话是很贵的，又有时差，就在网上发信息报平安。听说美国那地方校园治安不好，夫妇俩每天晚上守着电脑，轮流值班，老公值前半夜，老婆就值后半夜，直到网上发来孩子平安的消息，才睡觉。日日如此，两年下来，夫妇俩搞得神经兮兮，三四十万积蓄全部花光。孩子从美国留学回来，父母在西安给找了工作，孩子不干。到北京去了，除过三资企业，哪儿不去，在京城漂着，很少给家中父母打一个电话。每提起孩子，朋友的妻子眼泪涟涟……

想来，这个世上，家家有本难念的经。

上大学出发的这一天，我们家没有安排欢送或者团圆饭，每个人都有情绪。看着女儿不声不响，我气极了。后来才体会到，那是女儿给父母撒娇，要起飞了，要出阁了。小的时候，她不懂得给父母撒娇；上中学，课业已是那么重，已经来不及了；西安苦读，更是三更灯火五更鸡，一头扎入书山题海……

可这一天的时间不容我去想这些，看着女儿一言不发，无尽的担忧。孩子啊，今天就离家去上大学，这是真正的离家走向社会，有多少座山要翻越，有多少苦头要吃，就你那文弱样，总不爱听大人的话，终要迷路、跌跤的，前面山重水复……

出发前一天，我给榆林移动公司的朋友打电话，叫他给西安移动通信的朋友打电话，找人给我女儿办一张好记一点的手机号。未来的时间，手机是陪伴她极为重要的一件工具，新的大学生活开始了，用一个新的号码。又向我的一个朋友要来了他女儿的手机号，他女儿北大毕业，在西安交大任教。电话打通，朋友的女儿很是热情，说我如果有事，不想下来的话，让孩子自己下来吧，她可以领着我孩子报名。有什么事让孩子找她，要我全都放心。录取通知书上也写明，学校不鼓励家长送孩子入学报到。

这些年一直跑西安，女儿嫌坐飞机花费大，相差好几倍，硬要坐火车。这时去西安的火车票已很不好买，为三张票，我四次给那个火车站站长打电话。出发前一天找到站长，站长说叫我第二天快到走的时候再来找他。我说这可是孩子上大学的事，开学报名只一天。那站长瞪着眼看我，生硬地说，你要相信我。我慌忙赔上笑脸，心里却已作好另一种准备，如果第二天买不到火车票，就自己开车送女儿去上大学。

火车票买到了，我们一家上了南下西安的火车。火车疾速驶离陕北高原，我们家翻开生活的新的一页。

2011 年 9 月 5 日修改于榆林

父与子的战争 |王十月|

《北京文学》(精彩阅读) 2011 年第 1 期

我一直觉得，我和父亲前世肯定是仇人。上一世的恩仇未了，这一世来结。

父亲生于旧社会，长在战乱中，听他说起小时候的事，记忆最深的便是"跑老东"——躲避日本兵的追杀；其次便是对我爷爷的控诉。我父亲和我爷爷是一对冤家。父亲九岁时，我奶奶去世，据说爷爷扔下了父亲不管，自己去湖南华容县讨生活了。在我小的时候，每每不听话时，父亲就会板着脸吼我们，"老子九岁就自立了。"然后数落我们如何无用。父亲每数落一次，我在心里对他的不满就加深一层，以至于后来听到"九岁就自立"这句话就反感，无论他是以何种语气说起，也无论父亲是对谁说起。

父亲也曾说过，他一定是前世欠了我的，这一世还债来了。因此，在父亲和别人的交谈中，我被塑造成了"讨债鬼"。每次和父亲争吵之后，父亲总是痛心疾首地对我说："养儿方知父母恩。"又说，"天下无不是之父母，只有不孝的儿女。"我像反感父亲说他九岁就自立一样反感这两句话。我觉得父亲这句话太霸道，不能因为你是父亲，你就永远是对的；我是儿子，就永远是错的。其实现在想来，我当时不单单反感父亲说这样的话，我对父亲的反感是全方位的，觉得父亲一无是处。

我和父亲曾经度过了短暂几年亲密时光，待我稍大一点，便开始了长达数十年的父子之战。我很愿意回味和父亲有过的短暂的亲密时光，但那些记忆大多发生在我六岁之前，因此还留有模糊记忆的便很少了。我记得冬天的晚上，父亲教我唱"我是一个兵，癞子老百姓，革命战争考验了我，打倒解放军"。我一直不能理解这歌词，"癞子老百姓"倒好理解，那时农村的卫生条件极差，长癞子的人很多，我的妹妹就长了一头的癞子，但为什么要"打倒解放军"呢？多年以后我才知道，原来歌词是"我是一个兵，来自老百姓，革命战争考验了我，打倒蒋匪军"。和父亲在一起的时光，还有一个亲密的记忆，是我五岁时，跟随父亲一起去镇上的剧院看了一场舞台剧《刘三姐》，结尾时，穆老爷被一块从天而降的石头砸死了。我不能理解，每演一次戏，就要死一个人，那谁还愿意演穆老爷？父亲没有回答我，只是摸着我的头笑笑。父亲的这个动作，让我多少有点受宠若惊，也许是父亲极少用这样亲昵的动作表达他对孩子们的爱吧。这个摸头的动作，在我童年、少年的记忆中，就显得弥足珍贵，以至于多年以后，我依然记忆犹新。除此之外，我搜肠刮肚，实在找不出还有什么深切的，能体现父子间曾经有过亲密时光的佐证。而对于挨打的记忆，却是随手可以举出一箩筐。

父亲说：不打不成材。

父亲说：棍棒底下出孝子。

父亲说：三天不打，上房揭瓦。

父亲甚至有些绝望了：你狗日是属鼓的。

我不知道，少年的我有多么调皮，有多么讨人嫌。俗语云：七八九，嫌死狗。我就属于那种能嫌得死狗的孩子，而且不只局限在七八九岁。我把堂兄的头打破了，堂兄扬言："么子亲戚亲戚，把亲戚拆破算了。"为此，我被父亲猛抽一顿，罚跪半天，不许吃饭；我不上学，偷偷去游泳，又被父亲狂扁一顿，外加罚跪到深夜；我在外面和同学打架，被打得头破血流，天黑了才敢回家，天没亮就溜去学校，直到头上的伤口长好，最终被父亲知道，还是补了一顿打；我和同学打架，以为神不知鬼不觉，结果同学的父亲打上门来，我再挨一顿揍；在我们兄妹中，我大抵是挨打最多的孩子。父亲打我时，我站着不动，任父亲打。任父亲打也罢了，我偏偏还嘴硬，说，"你打呀，反正我的命是你给的，打死我算了。"父亲说，"你以为老子不敢？打死儿子不犯法。"父亲举出了一堆父亲打死儿子大义灭亲的典故，那些不知哪朝哪代的传说，对我没有威慑力。我还记得，大年三十，孩子们都在撒欢玩耍，而我却被罚去野外拾满一筐粪才能回家吃团年饭，原因是我期末考试的成绩不理想。为了完成任务，我从别人家的粪坑里偷了一筐粪，没想到英明的父亲一眼就看穿了我的把戏，说，老子晓得你不会老老实实去拾粪。自然，我受到了更为严厉的惩罚……我不知道自己为何记住了这么多挨打的往事，而且记忆如此的深刻。如今我回忆起这些往事时，心里涌起的，全是幸福与温暖，这是我与父亲几十年父子情最为生动的细节。而在当时，每一次挨打，都在我的心里积累着反叛的力量。还没有能力反抗父亲，我所能做的，就是摆出一副不服气的架势，任凭父亲将竹条抽打在我的身上。跪在地上几个小时，我也不会服软认输。这让父亲更加恼火，对我的惩罚也更加严厉。父亲打骂我时，母亲是不能劝解的，若是劝解，父亲会连母亲也一起骂。父亲说，老子不信收拾不了这个油盐不进的枯豌豆。母亲能做的，就是偷偷拿一个枕头垫在我的膝下，让我跪着舒服一点。父与子的战争，从一开始，就是不对称打击。我只有挨打的份，而没有丝毫反击的能力。但是我在积蓄着力量，我梦想着早一天长大，长大了，就可以和父亲分庭抗礼了。

我还没有长大，庇护着我们兄妹的母亲就去世了。那一年，母亲38岁。我读小学五年级，小妹才八岁，哥哥和二姐都在读初中，因此，喂猪做家务，都压在了大姐的身上。父亲拉扯着我们五个孩子，那几年，家里显得清冷而凄惶。父亲变得温和了一些，一家人在一起时，有了点相依为命的感觉。母亲的去世，也让我们兄妹五个仿佛一夜间长大了。大姐是没有上学读过书的，自然成了家里的顶梁柱。很快，二姐初中毕业后，也回家务农了。接着哥哥也不上学了。那时，我经常能听到一些我认识或不认识的人，在经过我们家门口时发出的赞叹——

说：这就是昔文的几个伢们，没有姆妈，伢们一个个还穿得干干净净；

说：你看他们家门前收拾得那个干净；

说：看那菜园子，菜长得极喜人，没妈的孩子早当家；

说：唉，又当爹又当妈，不容易！

每当听到这样的话，我的心里就会发酸，会有一种莫名的屈辱感。读初中后，我渐渐能体会到父亲的艰辛，觉得父亲是真的了不起，我也在心底里发下誓愿：要带着我这个贫穷的家庭走向富裕。但这并不代表我和父亲的关系开始走向和解。比如，邻居们当着父亲的面夸奖我们姐弟。

说：你的这几个伢们个个懂事。

父亲说：懂屁事，没一个成器的。

说：我看世孝将来能上大学。

父亲说：上农业大学，摸牛屁股的命。

说：世孝长得好，将来不愁说媳妇了。

父亲说：鬼才看得中他，打光棍的命。

说：你不愁啊，再过几年，伢们大了，你就退休享福了。

父亲说：老了不像《墙头记》里的那样对我就阿弥陀佛了。

那时正在放电影《墙头记》，讲两个不孝儿子的故事。

父亲把他对儿女的贬损看成是谦虚，但我听了很是不满。我觉得父亲把我们和《墙头记》里的不孝儿子相比，是对我的侮辱。我觉得父亲一点也不了解他的孩子，为此我甚是讨厌父亲那所谓的谦虚。有一次，当父亲再次在别人面前谦虚时，我终于忍受不了，大声地吼叫了起来。父亲那次倒没生气，只是说，"你要真有出息，那就是我们老王家祖坟冒青烟了。"我说，"你等着瞧。"父亲说，"我还看不到？你能出息到哪里去？"现在我知道了，父亲当时心里其实并不这样想，父亲也认为他的孩子们是懂事的，也认为他的孩子们将来会有出息，但嘴上偏偏不这样说。多年以后，我和父亲小心地谈到这个问题，父亲说，请将不如激将。原来父亲是在以他的方式激励我们。从记事起，到现在，我快 40 岁了，还从没有听父亲夸奖过我，鼓励过我一次。父亲不知道，在欣赏中长大的孩子和在贬损中成长的孩子，内心深处有着多么大的不同。

父亲本来话就不多，母亲去世后，父亲更加沉默寡言。他的心里装着五个孩子的未来。他有操不完的心，为了我们这个家。但父亲从来不与我们沟通，不会告诉我们他的想法。我和父亲总是说不到一块儿，我们兄妹几个，都和父亲说不到一块儿。吃饭时，父亲坐在桌子前，我们兄妹就端着饭碗蹲在门外吃，父亲吃完下桌子了，我们呼啦一下都围坐在桌前。有时我们兄妹有说有笑，父亲一来，大家就都不说话了，我们兄妹无意中结成了一个同盟，用这种方式孤立着父亲，对抗着父亲。时至今日，我也无法想象，当父亲被自己含辛茹苦拉扯大的孩子们孤立时，心里是什么感受。

后来我出门打工，也为人父了。真的如父亲所说，"养儿方知父母恩"，我开始忏悔了。回到家里，吃饭时，我会和父亲坐在一起，我吃完了，也会继续坐着等父亲吃完饭。虽说有那么一点别扭，有那么一点不习惯。但我开始懂得了反思，也试图去理解父亲，父亲是爱他的孩子们的，只是父亲不懂得怎样去表达对孩子们的爱。

父亲是希望能在他的儿女中出一个大学生的。这希望首先寄托在我哥哥身上。我哥哥读书很用功，学习成绩也很好，但不知为何，平时成绩很好的哥哥，中考却考得一塌糊涂，以至于老师都深感惋惜。父亲希望哥哥复读，老师也希望哥哥复读，但我哥哥死活不肯读书了。那时我妹妹读完小学四年级，也不肯读了，于是父亲的希望便寄托在了我的身上。小学升初中，全乡五所小学，我考总分第一。父亲知道了这个消息，没有夸我，但我知道，父亲对我寄予了厚望，希望我将来能上大学跳出农门。

然而我终于让父亲失望了，上了初中，我的代数、几何、英语出奇地差。这几门功课考试从来没有超过 50 分。初中毕业，我回家务农。父亲劝我去复读，父亲说，"万般皆下品，唯有读书高。"我实在对上学没了兴趣，也做好了被父亲狠揍一顿的准备。出乎我意料的是，这次父亲没有打我，也没有骂我，劝我无果之后，也尊重了我的选择。相反，较长的一段时间，父亲对我说话都有一些小心翼翼，甚至低声下气。父亲以为我一定为没有考上高中而伤心欲绝，父亲不忍在我的伤口上撒盐。我度过了一段难得的幸福时光。

这年，收完秋庄稼，农村就闲了。其时打工潮还没有兴起，乡村里许多像我一样辍学的孩子，一到冬天就成了游手好闲的混混。第二年春天，父亲相信我心灵的伤口已经痊愈，说，"从今年开始，要给你上紧箍了，这么好的条件供你读书你不争气，也怪不得我这做老的了。从今年起，你老老实实在家里跟我学种田。"于是这一年，我像个实习生一样，跟着父亲学习农事。清明泡种，谷雨下秧，耕田耙地，栽秧除草，治虫斫谷，夏收秋种……从春到秋，几乎没有一天闲。忙完水田忙旱地，收完水稻摘棉花。好不容易忙完这些，又要挑粪侍弄菜园。冬天到了还要积肥。沉重的体力活，压在了我的肩头，那年，我 16 岁。父亲对我说，"要你读书你不读，受不了这份苦吧，受不了明年去复读。"而我想到读书要学英语，还有那让人脑袋发麻的代数、几何，就说自己不是读书的料。父亲于是开始叹息，说他那时是如何的会读书。我反驳，说那时只读"三百千"，我要搁过去，也能考个秀才举人，说不定还能中个进士呢。因为整个初中时期，唯一能引以为豪的是我的语文成绩，作文总是被当作范文贴在墙上。父亲说，那我还会打算盘，你可会？我哑口无言。

遵祖宗二家格言，曰勤曰俭；教子孙两行正路，唯读唯耕。父亲恪守着这样的古训，认为既然他的儿子成不了读书人，那就当个好农民吧。父亲常说，你连耕田都学不会，将来我死了，你的田怎么种哟？我不满意父亲的唠叨，说车到山前必有路。那时我 16 岁，个子比父亲还高了。和父亲说话，像吃了枪药，常常是父亲一句话还没说完，便被我呛了回去。父亲就不再说话，发一会儿呆，然后长叹一声。我和父亲的战争态势，随着我的成长，渐渐发生了变化。由过去的力量悬殊的不对等打击，变得渐渐有点旗鼓相当。父亲还是骂我，但我总是还以颜色，表现出我的反感与不满。那时我迷上了武侠小说，只要有一点空闲，就捧起小说看。这也是父亲无法忍受的。父亲说，让你读书你不读，现在回家种田了你又读得这么起劲，根本就是想偷懒。父亲在多次教训我无果后，也只好长叹息而听之任之了。

在几个孩子的婚事上，父亲再一次显示出了他的专制。大姐的婚事是父母之命，媒妁之言，自然是较让父亲省心的。我二姐和小妹，年轻时都是村里数得着的美女，追求者众。父亲说，男怕入错行，女怕嫁错郎。父亲觉得他有责任帮女儿把好这一关。

二姐的婚事，一开始就遭到父亲的强烈反对。父亲并不是反对后来成为我二姐夫的那位青年木匠，青年木匠手艺不错，人也还本分。父亲不满意的是青年木匠的家庭，自然也不是嫌贫爱富，青年木匠的家庭还算富裕，比我家强得多。父亲不满意的是青年木匠家的家风，觉得那一家人有点虚浮，做事不踏实。没想到一贯文静内向的二姐，用激烈的方式表达着她对父亲的不满。二姐把自己关在家里哭了半天之后，选择了自杀。幸亏当时家里没有农药，二姐喝下了大量的煤油。二姐的自杀，对父亲的打击和震惊是巨大的。之后，父亲不再反对二姐的婚事，也不敢再用过重的言语苛责我的二姐了。父女的关系，也陷入了一种紧张的、小心翼翼的状态。

二姐出嫁那天,临出门时,给父亲下了一个长跪。二姐哭了,父亲也哭了。我跑到山顶，看着接我二姐的车远去，泪如雨下。我以为二姐是怀着对父亲的恨离开这个家的，我以为二姐用一跪斩断了父女20多年的感情。但是我错了，二姐出嫁之后，父亲对二姐的态度发生了180度的转变，二姐对父亲的态度也同样发生了极大转变。我想，二姐出嫁之后，父亲和二姐一定都在许多的夜晚思念过对方，二姐会想起父亲的养育之恩，想起母亲去世后父亲的艰辛。二姐有了自己的孩子，正如父亲常说的那样，养儿方知父母恩。父亲呢？我只知道，许多的夜晚，他和衣躺在床上，很久，很久，然后用一声沉重的叹息结束一天。父亲一定是后悔了，后悔没有给这个早熟、懂事、坚韧、勤劳的女儿多一些理解，少一些言语上的伤害。现在，二姐出嫁20多年了，她的孩子都已成人外出打工。我也目睹了这20年二姐所过的日子。我不知道我的二姐是否幸福，最起码，从我的角度看，我觉得二姐不幸福。那个青年木匠，我的二姐夫，没能好好呵护疼爱我的二姐。这一切，父亲都看在眼里，但父亲再没有对二姐和二姐夫的生活多说一句什么。父亲说，那是她自己的选择。

　　命运总是惊人地相似，同样的事情，在小妹的身上居然重演了一次。当年一头癞子的小妹出落成一个漂亮的大姑娘时，一位青年教师走进了小妹的生活。青年教师聪明，帅气，读过我们县最好的高中，能言善辩，才华出众。从某些方面来说，他和小妹是很般配的一对。但他们的爱情，同样遭到了我父亲的强烈反对。父亲甚至不许那个青年教师到我家里来。父亲反对的理由很简单，他觉得青年教师的父亲不成器。父亲深信那句"有其父必有其子"的老话，并反复用这句话提醒我妹妹。然而小妹深爱着那位青年教师。小妹的性格和二姐相反，二姐外柔内刚，小妹却是个烈性子。她不会像二姐那样选择用死来对抗，而是坚定地和青年教师交往，非他不嫁。我坚定地站在小妹这一边。青年教师来我家，父亲不理他，而我却热情地接待他。二比一，我和小妹终于战胜了父亲。父亲说，你们都大了，你这当哥哥的做了主，我也不说什么了，只是你们将来别后悔。

　　小妹出嫁时，我在南海打工，没能回家。那天，故乡下大雪。南海也很冷。我想到那天我的妹妹出嫁，从此她的生命中，将有另一个男人用心爱她，照顾她，感到很欣慰。也有一些伤心，一个人躲在宿舍里默默流泪。

妹妹出嫁后，父亲接受了这一现实，他对小女婿一样地疼爱，把他当成自己的孩子，仿佛过去的对立统统不曾存在过。妹妹和二姐一样，出嫁后仿佛变了个人，和父亲开始有说有笑，回到家，吃饭自然是坐在一桌。后来小妹也有了自己的孩子，她和青年教师一起在外面打工，东莞，中山，深圳。青年教师迷上了赌博，还在澳门的赌场赌过，欠了"大耳窿"的高利贷，弄得我妹妹也被"大耳窿"追杀，连夜仓皇从中山逃到深圳，投奔我这不成器的哥哥。青年教师说他没办法改掉这些毛病，自认没救了。妹妹的婚姻走到了尽头。离婚时，妹妹坚持要孩子。我说，不管你选择什么，我都支持你。那一刻，我想到了父亲。我想，也许当年我错了，父亲是对的。父亲以他几十年的人生阅历，能透过人的表象看到本质。也许，我们谁都没有对，谁都没有错。但我知道，此时此刻，还有一个人心里和我一样难受，甚至比我要难受得多，那就是我已年迈的父亲。

多年的父子成仇人。如果不是我出门打工，和父亲有了空间上的距离，我和父亲的战争，也许还会升级，更不会像现在这样得到化解。我和父亲关系最为紧张的是1987年到1992年，那段时间，我们对于任何事情的看法都有分歧。记得有一次，荆州地委行署要来我们村检查计划生育，村里下了通知，谁也不许乱说话，如果乱说，家里有学生的要开除，种地的，要把地没收，总之是下达了封口令。这个封口令让血气方刚的我和我的几位同党深感不满。我们叫嚣着，说每个孩子都有上学的权利，谁也无权开除，并扬言要去告状，要揭发我们村的黑幕。地委检查组的人来的那天，我们一行人守在村部，做好了"告御状"的准备。也是不凑巧，地委的人在来我们村的路上，接到通知，说是邻村因计生工作不当，出了人命，于是他们直奔邻村而去。事后，村里的领导开始秋后算账，几位干部来到我家质问我，我当然是跳起来和他们对着干，并扬言，他们要是敢整我，我就把村里的事曝光到报社。干部说，好，你狠！将来总有一天你会落到我们手上。我说你放心吧，不到法定年龄我不结婚。干部说，你敢保证你头胎就生儿子。我说生儿生女都一样，我只生一个。干部认为我说大话，虽说不至于没收我家的土地，但对我甚为不满，本打算来教训我一下，出一口气以儆效尤，谁知碰上我这样的二百五。父亲深为我感到担心，怕我将来在村里没法混，被干部穿小鞋，便大声喝斥，教训我，让我认错。我的叫声比父亲的声音

第六届老舍散文奖获奖作品集

还要大，我觉得我是正确的。父亲气极，随手抓起一把椅子砸向我，我还是和小时候一样，站在那里不动，说，砸啊，你砸死我，我也没有错。村干部并没有去夺我父亲手中的椅子，父亲手中举起的椅子终于是向我砸下，正砸中我的肩膀。肩上的痛是次要的，我觉得这一椅子，砸碎了本来就脆弱不堪的父子之情。我离家出走了，而且一走就是一个多月，我跑到县城一位开餐馆的同学家，同学家做鱼糕鱼丸卖，我给他们当帮工，杀鱼，打鱼糕。眼看要过年了，父亲让小妹来县城找我，我才回家过年。

那时我觉得我们家庭的贫穷，是因为父亲不会持家造成的。父亲只会死种地，而我却总是想着搞一些新的实验。并在深思熟虑之后，向父亲的权威提出了直接的挑战，说，从明年开始，我来当这个家。父亲冷笑，告诉了我家庭的财政赤字是多少，我吓得打了退堂鼓。

出门打工后，我和我出嫁的姐姐们一样，开始觉出了父亲的好，觉出了父亲的不容易。我给在家里的妹妹写信，总是要问父亲好不好。妹妹给我回信，也会报上家里的平安。我们的信，都是报喜不报忧，而报喜时，也是把喜夸大了许多。父亲觉得儿子终于是出息了，我回到家里时，父子间，有了难得的亲密。记得有一次，打工多年的我回到家中，家里已没有了我的床铺。晚上，我和父亲睡在一张床上。我觉得很陌生，很别扭，也很温暖。我想父亲也多少觉出了一些不自在。父子俩都不说话，我不敢动一下，父亲也不敢动。我佯装睡着，很晚，很晚。父亲粗糙的手，小心翼翼地放在了我的脚上，见我没有反应，父亲轻轻地抚摸着我的脚。温暖在那一瞬间把我淹没，我觉得我还是个没长大的孩子，是那个童年时和父亲睡在一张床上，跟着父亲学唱"我是一个兵，癞子老百姓"的孩子。我不敢动一下，享受着来自父亲的关爱与温暖。我的泪水，打湿了枕头。我的脚终于动了一下，父亲的手像触电一样，弹了回去。我渴望着父亲再次抚摸我的脚，但父亲没有。良久，父亲发出了一声长长的叹息。我突然发觉，我不再讨厌父亲的叹息声，在外面流浪多年，历经冷暖后，我终于读懂了父亲沉重叹息里的爱与无奈。

我以为，我和父亲，再也不会发生冲突了。我以为我长大了，再也不会惹父亲心烦。但儿子终究是儿子，在外面受人冷眼，受人打击时，我也学会了隐忍。可是在父亲面前，我永远也学不会，我还是我，我不想压抑自己的情感。而父子之间微妙关系的真正转折点，是在我结婚之后。婚后，打工多年的我回到了家，做起了养殖发家的梦。我养了许多猪，为了这些猪，我再次和父亲发生了冲突。自从我结婚后，父亲心甘情愿地退居二线，什么事都不再做主，由着我来。两次争执，和从前也有了很大的转变。一次是我想把菜园全部种上猪菜，父亲却一定要在大片猪菜中辟出一小片来种辣椒。父亲把我种好的猪菜锄掉，说他要种辣椒。在我们那里，没有辣椒，简直是没办法吃饭的。但我反对父亲在那块地里种辣椒，我说可以去另一块菜地种。父亲坚持，说他就要在这里种，似乎没有什么理由。父亲买来了辣椒苗，自顾自地栽他的辣椒苗。我生气了，说，你栽了也是白栽，今天栽，我明天就给你挖掉。父亲挥动着锄头，说，你要是敢挖掉，老子就一锄头挖死你。我突然觉得，父亲还是从前的父亲，儿子也还是从前的儿子。不过父亲在说完这句话后，突然变得很伤感，不再言语，默默地栽完了他的辣椒苗，回到家中，发呆。我也并没有挖掉父亲的辣椒苗，但这件事，还是伤了父亲的心。还有一次，栏里的猪开始转入育肥期，这时要让猪多睡，由过去的一日三顿改为一日两顿，猪们开始不习惯，在栏里叫得凶。父亲看着猪们可怜，自作主张拿了青菜去喂，我觉得父亲不该干涉我科学养猪，于是把父亲数落了一顿。父亲很委屈，一言不发，回到房间就睡了，也不吃饭。父亲用绝食对抗着来自儿子的暴力。我投降了，彻底服输，第一次自动地给父亲跪下，我说，你不吃饭，我就不起来。

父亲老了。老小老小，父亲变得像个孩子。

父亲再不骂人了，再不打人了。父亲变得平和了，慈祥了。

但我们兄妹一个都不在他身边。我们常年在外，也难得顾上父亲，除了给父亲寄生活费，实在没尽过什么孝道。父亲说他其实不需要钱，父亲需要的，我们却不能给他。父亲需要我们在身边，哪怕烦他，让他生气，也比看不到我们，听不到我们的声音强。好在，那些年，大姐一直在家，每月回家帮父亲洗一次被子。父亲的生日，端午，中秋，她都会回家看看。这是父亲唯一能享的亲情。2004 年，我的大姐突发心肌梗塞去世了。父亲一下子老了许多。父亲说，人生最大的不幸，少年丧母，中年丧妻，老年丧女，都被他遇上了。

次年春节，我把父亲接到深圳过年。父亲第一次来深圳，我的女儿子零天天陪着爷爷到处转。父亲像个孩子一样，陪孙女去公园钓金鱼，花了几十块钱钓到三条金鱼，又花钱买了一个鱼缸，和孙女兴冲冲地回到家里。那时我失去了工作，在家自由撰稿，文学刊物还没有开始接纳我的小说，发表极困难，差不多是在吃老本，经济状况极差，父亲却花了近百元，只是为了逗孩子开心。我再次数落了父亲。不过这次父亲没有生气，只是像个做错了事的孩子，也不辩解。我一走，他就和孙女一起喂金鱼吃食，爷孙俩笑得很开心。

过年时，一家人围在电脑前看中央电视台为我录制的纪录片。看着看着，父亲突然痛哭失声，说，没想到，这些年你在外，吃了这么多的苦。不过很快又笑了起来。父亲说起了我小时候的一些事，说起我与别的孩子不同的淘气，没想到父亲记得那么多我儿时生活中的细节。有好多，我都没有一点印象了。在父亲的讲述中，我过去那些嫌死狗的往事，都成了今天能成为一个作家的异秉。父亲说，你从小就与别的孩子不一样，我知道你会有出息的。

37年来，我第一次听见父亲夸我。

过完年，父亲说，我要回家了。父亲不习惯住在这里，瘦了好几斤，三天两头打针吃药，父亲说他怕死在我家里，以后我女儿会害怕。送父亲上车时，我说明年过年再来吧。父亲很伤感，哭了。然而父亲一回到家，身体就好了，人又精神了。故土难离，父亲与那片生活了一辈子的土地，已经是一个整体。而我，却成为故乡的逆子，再也回不去故乡。父亲回去后，我想，从今年起，没事多给父亲打打电话。但一忙起来，就把打电话的事忘了。父亲就把电话打过来，问我好不好，父亲说，没有什么比看到孩子都好，更能让他开心的事了。父亲说，你活100岁，在我眼里，也是个伢。

写作这篇文章期间，我连襟打来电话，诉说他的儿子不懂事，快把他气死了，希望我能劝劝。我笑笑。没两天，又接到我姐夫打来的电话，劈头一句就是，"他舅舅，你帮我说说云云，这孩子，真是要气死我了。"云云是我二姐的儿子。接下来，我姐夫就历数了他儿子的种种异端。我笑笑，劝姐夫，孩子大了，要放手，让他们去按自己的方式成长。父与子的战争，在天下众多的父子间上演着，这是人生的悲剧还是喜剧？但现在，今天，当我回忆起与父亲在一起的往事时，所有的战争，所有的冲突，都成为我成长中最动人的细节，成为我与父亲今生为父子的最朴素的见证。这就是人生，许多的未知，要到多年之后回首往事时，才能觉出其中的奇妙。

多年的父子成仇人，多年的仇人成兄弟。诚哉，斯言。写下这些，献给天下的父与子。

谁的故乡不沉沦 |耿 立|

《北京文学》（精彩阅读）2011 年第 6 期

一

　　曾看到过一幅照片，一个农民在被拆迁房子的瓦砾上跌坐，茫然吃着午饭，只是一个馒头和一棵大葱。那模样是我久在风雨暴晒下才有的酱色的父兄，这是一副为"农村上楼"而配发的照片。看到这个片子，看到一片狼藉，像是涌动起莫名的风雨飘絮的黍离之情，只觉得无边的乡村在沉沦，或者说一点点坍塌一点点沦陷，真的有点愤怒。

　　多少乡村在哭泣！多少乡村被连根拔起，乡村成了一种空间飘浮。我看到报道：一场让农民"上楼"的行动，正在全国 20 多个省市进行，拆村并居，无数村庄正从中国广袤的土地上消失，无数农民正在"被上楼"。

　　乡土的中国，故乡的中国真的转换这么快？我对某些举止向来是不惮于恶意来揣测的。不错，乡村是需要引导的，农民是需要引导的，但一夜之间，土地里不再种出庄稼而种出了高楼，这是农民的狭隘所到达不了的。在农民没有意愿的情形下，是否有的人对土地别有图谋？城市化是人的市民化，而不是土地的城市化楼房化。

　　农民被上楼，就如镰刀割下了谷子，这不是一次收割的事件，而是一个精神的事件。有人说这世界消失方式不是一声巨响，而是一声呜咽。我想镰刀碰到谷穗是呜咽，谷子倒下时也是呜咽，推土机的巨响脚手架的巨响龙门吊的巨响，他们听不到故乡的呜咽。农历没有了，节气没有了，一种生活方式一种生存伦理被改造了。

　　古人有揠苗助长的话头，也有夜雨剪春韭的诗意，但乡村的消失证明着一种东西，故乡的脆弱，美的危险，土地不再为农人服务，土地开始为GTP服务。没有了故乡的人是无根的，离开了地气的脚步注定是走不稳跟跟踉踉跄跄的。

　　有一成语叫背井离乡，背是背离，这是孩子都能理解的；但我宁愿理解背为背负，一个背负着故乡井水的人是有底气的，无论走到哪里都有故乡井水的滋润，有故乡做依靠。记得，在一次文人雅集的酒桌上，有个人问我，你的眼睛为何这样亮？我说那是故乡的水井！你的头上隐隐像有什么东西，那是什么呢？也许，是我醉酒的缘故，我回答；那是故乡的屋檐。友人愣住了，不知如何回答，他有点黯然，然后醉了。他说，我没有故乡的屋檐。然后就伏在桌子上呜呜大哭起来。

　　故乡是一个人的血地，你离开了那空间那地址，你离不开那里蒸腾的气场，那里的细节，虽然有时光的流逝和空间的隔阻。但"任它草堆也好，破窑也好，你儿时放摇篮的地方，便是你死后最好的葬身之所"。台湾把故乡叫做原乡，作家钟离和说"原乡人的血，只有回到原乡，他的血才能停止沸腾"，真是透到了骨髓，彻骨彻肤。

　　但原乡在哪里？即使你千里迢迢回到放摇篮的地方，但拆迁的速度，要比你的脚步快几倍。在某些趾高气扬者烟灰弹落的瞬间，无论老房子无论老城墙，都会谈笑间灰飞烟灭。故乡小桥的容颜你无法再睹物思情，没有铜雀台可以锁住那也叫小乔的恋人，即是铜雀台也会被拆迁成瓦砾。你有的不只是乡愁，而是目睹故乡的凌迟，故乡的死亡。

　　我想，拆迁那仅仅是一座座老屋么？拆迁的是那些有形的表面的东西，那融入人生的部分呢？那故乡的气味呢？要是再向人回答30年前的故乡，你准会遇到听众的不解，因为你的斜阳流水，你的蛙鸣溪头荠菜早已无有踪影，大家以为你在说谎，说不曾存在的诗意，说你的梦呓。拆迁的巨响，它不仅仅伤到了我们的骨头，它给我们不能指认故乡的人一种暗伤在咯血，你看不到那血丝，你感到那虚空，那是一种大地的整体失忆和乡村历史的短路。

　　故乡是一种容器，故乡是收藏我们童年哭声的地方，一石一础，一草一叶，井栏榆树，那都是我们的见证，那里勾留了我们的年轮，涂抹了黄昏时我们读书的影子，还有那塞满草的窗子。当我们夜晚背诵课文的时候，常仰着脖颈望着窗外的星空，像是背诵着夜。现在那里的夜还是那样纯净么？没有一丝的阴翳，没有污染没有毁容？

我知道故乡之故，是旧的意思，衣不如新人不如故，但家还是老的好，但当下一切唯新是尚，人们喜新厌旧，不再喜欢原配的故乡。现在城市的家是没有光阴刻痕的，没有记忆的负载，没有积淀没有历史，这样的家，就是给你提供一张床供你安眠，给你一片空间供你栖身，这样的家，是名词，不是动词，没有让你冲动让你念想的精神成分。

人们说故乡现在已被穿上了制服，你的和他的，他的和你的，没有了个性，互相模仿，互相雷同。楼房是一样的，猫眼是一样的，这种批量生产的所谓的乡村，这样的地方还能称之为故乡么？那牵动我们心灵抒情的滚动的河水，那林子间白色的如棉布的雾帐，那货郎的鼓声，那如旧照片一样发黄的夕阳，好像如今成了梦幻，成了失踪。（写到这里，有网友"知了的秋天"留言：只记得故乡原貌的淳朴风貌，却忘了小巷土路的坑洼、没有排水设施的泥泞，用柴火煤炭烧水做饭时的烟熏火燎呛人口鼻，用电的不便接水的不便上厕所的不便。城市化乃是大势所趋，但城市化中保留地方特色确应注意。让农民享受现代化成果不应是空话。）

我想说，我不反对现代化，我反对的是过度和对故乡的损伤。我是怀念一种乡村的精神质地，一种氛围和一套完整的乡野价值观，那种安恬那种惬意。故乡是我们生命的一部分，也是我们人类历史的保姆，她提供的是一种见证，是我们的童年。但现代化现在成了一种不容商榷的规则，顺我者昌逆我者亡，有着吊民伐罪讨伐一切的权力。

过去那种低碳的生活，那乡村的牛粪和泥泞，曾是我发誓逃离的，那不是矫情，当走过了人生，当失去了故乡，当看到沉沦的故乡，失去了的才知道珍重。现在城市的人手不能提物，肩不能负重，腿不能远足，心灵逼仄如蜗牛。城市里没有牛粪，但城市里也没有可以仰望星空的精神屋顶，对城里人来说，失去牛粪也许不是失去营养，但失去星光，人类的夜晚该是多么的黯然。说白了，故乡伦理给我们的是一种精神的守护，是一种恩养。

在我们人生的路上，应该有故乡。

二

故乡是美学，故乡不是经济学。有些是可以用数字计算的，有些则无法计量。

乡愁是不可用数字换算的，但故乡的土地可以丈量；故乡的芬芳不可丈量，但故乡的花朵可以点数；炊烟不可丈量，但故乡的烟囱可以点数；可丈量可点数的能被钞票收购，不可丈量的也就失去了生命力开始隐形。

曾有美的传说，说人死后，他的魂魄要把生前留在世间的脚印都重新捡起来，把生平经过的路再走一遭，到阴间交差。无论是乘过的船，走过的板桥，无论是泥泞的雪雨土路，无论老屋的檐下，那些脚印都会在某个你看不到的地方封存。纵然板桥的梁木已经朽腐，纵然船已经沉入河底樯橹无影，纵然土路已被铺上了柏油垫上了石子，即使那河水枯干，渡口无存，但魂魄一旦重访，那过去留存的脚印自会一个一个走出与主人相见。

我想这也许是一个思乡人打造的美的童话，说明一个漂泊在外的异乡人，对故乡总有一种搁不下的念想。生不能还乡，死也要还乡。如不捡回脚印，就会成为孤魂野鬼，在野外啾啾，享受不到牲醴，享受不到香烟。

说起来，这是一种美轮美奂的逆向倒流，是从老年向中年、向青年、向少年、向童年的回溯。最后，返回到故乡的草垛土炕，返回到母亲的子宫返回到缘起。当放学的路上，你脚印浮现时，正是 7 岁，小呀么小儿郎，背着那书包上学堂，不怕太阳晒，也不怕那风雨狂，只怕先生骂我懒哪，没有学问呀，无颜见爹娘，朗里格朗里呀朗格里格朗……这随脚印倏然醒来的儿歌，记得你的 7 岁；当第一次脸红的脚印浮现，正是 15 岁，在草垛旁，你看到了姑娘的乳房在衣襟里凸显；在挥别家乡的渡口，那脚印浮现了，你 25 岁，你挥去的是炊烟，挥不去的是母亲送别的白发边的草棒；还有，还有很多的脚印，脚印多了，就成了路。

其实故乡就是一种依靠，也是一种收藏，她永远站在我们记忆的深处，召唤我们灵魂柔软的部分，让我们在夜深人静的时候反顾来路，反顾我们血脉的上游。

曾记得一个台湾老兵的故事。说刻骨铭心的思乡者，把一装着故乡土的玻璃瓶子弄丢了，他的魂魄也随之丢弃了。老兵住院，什么样的医术也疗救不了他这种思乡的痛，他的事传播开来，人们同情他，给他送来各种各式的土，特别是一研究生翻找资料，在实验室里，为老兵配制了家乡的土。研究生说：用科学来看，配制的土才是真正华北平原的黄土。研究生在配土的时候特别多放了一点盐分，用以配出老兵家人在这土地上所流过的汗水。但细心的老兵呢？看出了黄土是用色素染成的！他说平原的土，是可以用比例配制的，但故乡的土，是不可以用实验室来配制的，那些童年的声音留在土里的，那些炊烟留在土里的，那些牛羊的哞叫，怎能够培植出？土的颜色可以用色素，那些情感蛊惑的元素，怎能用一克两克的色素配制呢？

老兵说，他感激那些人，为他送各种各式土的人，他感激那研究生。老兵最后说，这一瓶配出的黄土里面缺一样要紧的东西。当初，妈妈把黄土在白纸上摊开低下头去审视的时候，有两滴眼泪落在土里，这一大瓶里却没有！

是啊，那半瓶黄土里有祖父和父亲的汗，有母亲的泪。母亲有胃病，长年吃中西大药房的胃药，母亲亲手把土装在空玻璃瓶里。在老兵的家乡，玻璃瓶也是好东西。母亲把土摊在白纸上，戴好老花镜看过、拣过，弄得干干净净，才往瓶子里装。老兵带着这个瓶子走过7个省，最后越过台湾海峡。

我不知道这个老兵最后的所终，但我知道揪心的是灵魂还乡，被毁容整容后的故乡，灵魂能顺当回返么？他找得到胡同口遥望的母亲么？

当故乡变成了一个词，当这个词没有了具体所指而被抽空，就像阿房宫只是一个词，地面上没有了廊腰缦回，檐牙高啄，没有了负栋之柱，多于南亩之农夫；没有架梁之椽，多于机上之工女。这样的阿房宫是否叫阿房宫？阿房宫这样的词是贫血的，没有了人的声口没有了活的内容。如果故乡也是如此，这样的故乡也就是死掉的了。

当毁容的故乡只留下一个名头时，这样的故乡也是半死不活的。我要追问，当故乡被毁容，你的魂魄还能找到过去的印记么？门前的石墩没有了，记忆的原址没有了；老屋的燕巢没有了，睹物思情的指示没有了；家族的墓地没有了，祭奠就成了十字路口随风飘扬的纸灰。这时你面对的不是"儿童相见不相识，笑问客从何处来"的诗意尴尬，而是看不到故乡遗容的那种孝子的锥心之痛。

祭祀无日，哀痛不已！

毁容的故乡与记忆完全不符了，但故乡不能忘记；故乡可以忘记，但童年的记忆不能忘记。故乡不仅仅是地名，三棵树，也许那是祖辈的记忆，当初移民的时候就有三棵树；刘举人庄，当初村子里就走出了举人，成为后辈的炫耀；观上呢？也许村子当初就在道观的旁边；九女集呢？是一个老太有九个女儿而叫的村庄？

我知道在故乡整容的时候，人也有的退化而整容，祖籍是父辈走出的故乡的印记，但却是履历中的死的文字，不再是炊烟和泥腥的土味。我的故乡是什集，是明初移民，十家人家聚居而成了集市。提到什集，我的脑海里闪回的是炒焦花生的沙土，还有冬夜啃羊头的热腾腾的气与噼啪的木柴的炸响。但对出生在城里的儿子，什集只是一个词，没有了体温，没有了那种几百年的生活的和暖与安详，什集的什字，本来念什（shí），是古代十字的大写，儿子也许会念什么的什（shén），不是一字读音的差异，而是一种文化符号的转变，是一种故乡变成了异乡，是别一种物质，是地点异化成了虚空，是名词变成了代词变成了反问句式：什么？好像在不友好地审视！

我知道现在有的人为了加薪为了提干，在私下篡改履历、年龄和学历，这也算是别样的整容吧。不知道这些整容的独在异乡为异客的人要走回故乡，碰到整容的故乡，怎样和那片土地对视，都是赝品，都是一样的货色，都是失去了本色的家伙。那真是近乡情更怯，不敢问来人。

三

故乡在沉沦，有的乡村虽躲过了拆迁，但也是精神沦陷，年轻人走了，土地荒芜了，村子里多的是暮年的老人和留守的孩童。这些暮年人和儿童是否能抵抗住故乡的沦陷，我是持怀疑态度的。农民是弱势，农民的父和母和农民的孩和子，一老一童更是弱势。若是现在还乡，鬓毛未衰的你就会看到故乡一方面是苍颜，一方面是毁容。

我读到过一首诗：村里的动物越来越少／村里的童年越来越少／原来的童年有狗陪着／狗当童年的影子／原来的童年当牛的影子／ 跟着牛到

处阅读青草阅读蝴蝶／村小学由五间教室减少到两间／最后村小学取消任何一间教室／这个村和那个村还加一个村／拼成一个小学／三个村共用一个童年／三个村的动物越来越少／消失的还在继续消失／陪伴童年的狗牛比童年的数量似乎更少／动物越来越孤独／童年越来越单调。

现在的乡村再也没有了牛耕地，也没有了猪圈，多的是狗，也许世相变化太快，现在要人仗狗势，让强悍的生灵来看家护院，来陪伴老弱病残。我想，如果我们失去故乡，给我们留下的是一代人的痛，而要是失去童年呢？这些孩子从小就接受流浪和孤独，那我们就失去了明天，因为明天是孩子们的。

"没有故乡的人是不幸的，有故乡而又不幸遭遇人为的失去，这是一种双重的不幸。"虽然生养我的故乡依然存在，但她最终也难逃那逐渐蔓延的乡土的沦陷。其实故乡还在，母亲去世经年，早就断了还乡的愿望。母亲还在的时候，我就曾体悟到失去老家的痛苦，我说的是我的母亲。在母亲的晚年，我曾把母亲接到城里，在我居住的三楼上，母亲如囚徒，这样的楼房，没有了土地平旷，屋舍俨然。没有良田美池桑竹之属，阡陌交通，鸡犬相闻。这样的楼房，春天与燕子毁约，不再接纳这玄鸟，即使回到毁容的故乡呢？燕子也是旧巢无觅处了。母亲在这钢筋水泥里，如牢笼，邻居变成了猫眼里的瞭望，门是安全门，窗是防盗网。贼是难入，人却难出。

有一次，我下班回家走到楼下，蓦然一惊，看到了母亲在窗口的茫然的眼神，母亲在张望。囚犯每天还有放风的时候，母亲一月半月也没有到楼下挪动半步，楼的雷同使母亲惧怕，怕走出家属楼，再也分不出子丑寅卯的差异，找不回返家的路。

秋天了，母亲说，在楼里，听不到一丝老家的声音，老家该掰棒子了吧？我知道暮年的母亲寂寞了，过去城里的街头还有人卖蝈蝈，而今这风景也绝迹了。我走出城市很远，在野草蔓生的瓦砾间捉到了几只促织，夜间，就放到母亲的房间，蟋蟀入我床下，促织一叫，我所住的楼房好像安静了，多好的秋声，天地间好像一下在肃穆寥廓了。

但我知道这是对故乡秋天的模拟，是故乡秋的赝品。

故乡沉沦了，蟋蟀的鸣叫也成了绝响。我不知道蟋蟀到城里的感受，但看到街头的一棵棵被移栽的大树，那些委顿的焦黄的树枝，看到那些打着点滴的树，那些吊瓶满身的树，如五花大绑，我哭了。

老家的村口也曾有几株明代的柿子树，有400年的历史，但前几年被一些树贩子连根移走了，说值上万块钱。就如吹灯拔蜡，老家的历史记忆成了空缺。有一年，我回老家为母亲上坟，看到移走留下的大大的树坑，如枯干的泪眼，无助无望。我童年留恋的柿子树，老家的指示物种和地标，那曾荫庇故乡多年的古树没有了，只剩下裸露的斑驳的树根。

我心里一阵揪痛，我想到台湾老兵的故事，如果他的灵魂还乡，他走到村庄看不到母亲曾在村口瞩望的柿子树，那将会上演怎样的情景？

我看到很多脱离故土进城的古树，由于水土不服而死掉。我曾想写一篇大树的悼亡词，看到那机声隆隆中的大树被移栽进城，真想对着街头喊一声：停！

让它们回到它们的故乡去！

让它们回到它们的本源，给乡间的鸟兽以栖息。

我想到《伊耆氏蜡辞》用作悼亡词给那些大树最恰如其分：土反其宅，水归其壑。昆虫毋作，草木归其泽！（土　回到你的地方去／水　回到你的沟里去／虫　不要吃我的庄稼／草木　回到你的河边去。）

我想那昆虫就是那些树贩子吧？移栽进城的大树和没有故乡的人一样，是痛苦的，整日煎之熬之。

在韩国，超市货架上出售大米的时候，如若袋子上印着"身土不二"的字样，则价格要昂贵不少。身土不二？是的，身土不二，这是一个深植中国的外来词。她强调一株树也好，一根草也好，一枝一叶，还是一个人，最好不要离开自己的土壤，一个人的身子骨不能与生存的土地分离，吃本地产的食粮，才有利于身心。

中国有句话，一方水土养一方人。其实，水土是有脾性的，它不是什么人都养的，只有故乡的水土才养人。故乡除了给你生物的 DNA，还有精神的 DNA，这看不见的 DNA 序列的排列有排他性。

四

没有故乡的人，没有根基，没有身世。

叶赛宁说：我抵达故乡，我即胜利！

第六届老舍散文奖获奖作品集

归去来兮，田园将芜，胡不归？是千年前的陶潜在时空外呼唤如今疲惫的心灵么？

其实对沉沦的故乡来讲，连荒芜也不配，只是一片钢筋水泥的狰狞。

我看不见灵魂的归路；

我只隐约听见灵魂的巨响，灵魂的呜咽！

马萨达永不再陷落 |毕淑敏|

《北京文学》（精彩阅读）2011 年第 7 期

马萨达是以色列死海边高昂的头颅。

马萨达这个名称，最早出现在希腊文手抄本中，在亚拉姆语中是"堡垒"之意。它位于死海西岸边的峭壁上，看不到丝毫绿色，和周围充满盐土气息的绵延小丘，没有大区别。马萨达山脚下的砂石大地上，绘有粗糙的水纹状痕迹，这位不拘一格的大手笔涂鸦者，乃是死海日复一日的咸浪。想当年这世界上最低的咸水湖，面积比现在要大，波涛汹涌。由于气候干旱变暖，死海不断瘦身，留下了这身宽体胖时的飘逸衣褶。马萨达凭山扼海，是绝佳的制高点。站在山下遥望，想起让诸葛亮挥泪斩了马谡的"街亭"，似乎有某种神似。这里的易守难攻不言而喻，当年的人们如何解决水源呢？它的最终沦陷，是否和缺水也有关呢？怀抱疑问，开始上山。

从山脚到山顶，有两条路可选。一是乘坐箱形缆车，然后自己再爬 80 个台阶，即可抵达山顶的堡垒处。还有一条是呈"之"字形的粗糙土路，名叫"蛇道"，蜿蜒曲折。我胆怯地瞄了一眼，估计以我的体力，至少要两个小时吧。

我年少时在西藏当兵，手足并用攀爬雪山落下了心理伤，凡有工具可借用时，必定偷懒。上了缆车，人们纷纷倒向右侧车厢，那一边可以看到正午时分的死海，如巨大宝镜，迸射烂银一般的强烈反光，晃得人睁不开眼。人又偏竭力想去看，个个眯缝着眼皮仄着身子，坠得缆车似乎都歪了。

马萨达海拔 50 米。你可能会说，原以为是壁立千寻的高山，原来不过区区 50 米。请注意啊，此处高度虽然以海拔标注，但周围却是低于海平面 440 米的死海。也就是说，马萨达高出周围海面计 490 米，峭壁和峡谷，刀剁斧劈般直上直下，让它显出桀骜的高耸。即使在今日，这突兀而起和与四周几乎完全断离的身姿，也属绝佳的军事要地。更不消说在 2000 多年前的冷兵器时代，它成为天造地设的堡垒之冠。

上得山来，马萨达的顶部倒很平坦，大约有 650 米长，300 米宽，像一幅巨大的土黄色桌面。放眼四看，它是森严堡垒和华美宫殿的奇异混合体。堡垒见过，宫殿见过，在同一个视野中，坚不可摧的防御工事和绚烂华美的宫廷遗址绞缠一处，比肩而立，你中有我，我中有你，真是第一次目睹。这两组遗址的使用主人是不同的，宫殿属于残暴多疑的希律王；萧索的古战场，则属于沥血而亡的犹太勇士。

希律王时期的建筑，包括宫殿、浴室、储藏室、居室、防御工事和供水系统等等，设计精良，施工考究。残存的壁画栩栩如生、马赛克地板精雕细刻、硕大无朋的石头梁、千年不倒的罗马柱……显示着皇家的威严与工匠的鬼斧神工。有个足有几十平米的宽大浴室，还可以看到地板下预留的半尺高的悬空间隙。导游请我们猜猜这是干什么用的？我们一脸茫然，想不出它的奥秘。我觉得可能是埋藏武器的地方，希律王怕有人趁他洗澡的时候加害，故备下暗器……但不敢贸然作答，怕说错了显得很蠢。导游告诉我们，这是 2000 多年前用来作为蒸汽循环加热的装置，类似今天的"地暖"设备，不得不叹服帝王之家源远流长的奢靡。待走出温暖的享乐窝，扑面而来的是森冷的断壁残垣，持续向人们释放战火纷飞时储存下的杀戮之气。

一只鸽子在岩壁上用喙啄水，紫褐色的头羽点得捣蒜一般。我原以为这里有泉眼，走近来，才发现是一处如何向马萨达输水的模型，旁边放着一个矿泉水瓶子。想得很周到，游客若看不懂，可以用水瓶接了水，浇在模型的山麓上。水一洒下，等于撬动了机关，水会顺着山势，流向模型中的蓄水池。野鸽子们也深谙此道，时不时地来模型处喝水。马萨达聚水的法子，说起来复杂，其实就是将远方山脉降下的雨水，用一个复杂的集水系统收集起来，再经过暗渠，顺着辗转水道，让水最终流进峭壁西北侧的蓄水池。据说蓄水池总容积为 4 万立方米，可以提供丰沛的水源。

约瑟夫曾写道:"希律王在每个地方都建造了蓄水池,这样他就可以成功地为住在这里的人提供水。甚至好像在使用泉水一样。"

谈到马萨达,必须要说到约瑟夫。他是一个犹太历史学家。公元66年时,他指挥兵马,成为加利利地区反抗罗马帝国统治的犹太军队司令,不幸兵败被俘。此君后来投降了,归顺罗马军总部。就是他记录了有关马萨达的史实。

据他考证,在以色列哈希曼王朝,马萨达就修建了原始的碉堡。到了公元前40年至公元4年的希律王时期,这里开始大兴土木。这个希律王,就是圣经中记载的曾想杀害刚出生的圣婴耶稣的那个人。此君的残暴多疑,可见一斑。虽说罗马人一直庇护着希律王,不过来自朝廷内外的敌意和各种潜在的威胁,还是让希律王忧心忡忡寝食难安。他在辖区内四面八方地睃寻,最后在死海边找到了这座孤独的峭壁之山。他设计了别宫加要塞的格局,为自己备下既可以享受也可以避难的场所。至今还可以看到能够凭栏远望死海的奢华宫殿(那时的死海距离山脚比现在要近很多,景色更为壮观),还有鳞次栉比的仓储室、营房、军械库等等。天险和人工相得益彰,共同构筑了1.3公里长、3.7米厚的带有很多塔楼的城墙。

希律王死后,罗马人占据了马萨达。公元66年,在以色列加利利地区,开始兴起了反抗罗马帝国统治的运动。不堪重压的犹太教徒,组织起来,身佩短刀,在闹市潜伏着,遇到有罗马人经过,就猛地扑上去,白刀子进,红刀子出,专门刺杀罗马人。这种短刀类似匕首,十分利于近战夜战和贴身肉搏,故此他们得了一个绰号——"匕首党"。匕首党英勇骁战,辗转迁徙,从罗马守军手中,一举打下了马萨达。反抗者开始把这座孤零零的山岭,作为反抗罗马大军的根据地,拖家带口聚集到了马萨达。其中艾塞尼派的首领梅纳哈姆,在耶路撒冷被敌人杀害后,他的追随者们也逃到了马萨达。梅纳哈姆的侄子爱力阿沙尔,成了马萨达要塞的指挥官。希律王为自己享乐和防身所度身而做的宫殿,成了犹太教徒顽强抵抗的最后据点。他们在山顶各个地方修筑工事,建造生活设施;把王室住宅分隔成很多小房子,挤住了很多人;还养了鸽子,主要是为了通讯联络;还养了鸡,那是为了改善生活。他们还造了犹太会堂、议事大厅……总之政治、军事、生活设施,一应俱全。

公元72年，在提图斯占领耶路撒冷并且毁坏第二圣殿3年之后，罗马的军队，决定要拔掉马萨达这个眼中钉，肉中刺。希尔瓦率领大约15000人的罗马大军，包围了马萨达。马萨达是一座面积并不很大的孤山，把它合围成针插不进水泼不进的铁桶，并不是很难的事情。希尔瓦刚开始没想到这会是一场持久战，他认为山上不过是乌合之众，一看到大兵压境，加上断水断粮，挨不了多久就会土崩瓦解举手投降，或许不费一兵一卒兵不血刃呢。当时马萨达要塞有多少犹太人呢？真的不多，大约1000人，其中还有很多妇女儿童。如此的寡不敌众，马萨达已是在劫难逃。铁壁合围之下坚守的时间有多久呢？各种记载不一样，有说几个月的，也有说3年的。就人们的感情来说，更愿意相信3年的说法。顽强和不屈，就像河流，旷日持久源远流长更值得人感佩。总之，在相当长的一段时间内，马萨达严防死守巍然挺立，让罗马人伤透了脑筋。他们心生一计，逼迫成千上万的犹太犯人当苦力。驱赶他们运送泥土，沿着马萨达的西壁，修建一道攀援的坡道。用个通俗点的比方，罗马军队使用浩大的人工，堆砌起了一架斜插山顶的云梯。

站在马萨达西围墙处，迎猎猎罡风，俯瞰这处长堤，会感受到它志在必得的凶险用心。再放眼，可看到山下平坦地，有8处呈长方形或是菱形的营盘痕迹，那就是罗马大军的驻扎地。以色列的四月，正是仲春，加之死海地势低洼，类似一面凹透镜，将太阳光聚焦于此，炙热已似镶坑。此刻山风如刺刀般尖锐地刺穿耳膜，全身不由得渗出冰冷。试想当年的马萨达将士们，也曾站在此处，目睹天梯一天天迫近山顶，那是怎样的惊觉和无奈？其实居高临下地打击修堤的犹太苦力们，并不是难事。马萨达山上有的是石头，现在还堆放着大如磨盘的石弹。抬起石块，一撒手，骨碌碌地滚下去，杀伤力肯定不小。但马萨达山顶的犹太人，觉得修堤的都是同胞，不忍下手。于是索命的长堤，就在罗马军吏的吆三喝四下，在守军眼皮子底下，一天天隆起，不断地长高，终于在某个晚上，长到就要抵达马萨达山顶了。铁打的营盘滴水不漏，土夯的巨蛇红芯吐焰，马萨达的每一个人都明白，末日近在咫尺，最后的时刻到来了。天亮时分，罗马军队必将攻占马萨达。

这一天是公元73年4月15日，也就是逾越节的前一天晚上。马萨达首领爱力阿沙尔发表了那篇著名的讲话。

"勇敢忠诚的朋友们！我们是最先起来反抗罗马的犹太人，也是坚持到最后一刻的人。感谢上帝给了我们这个机会，当我们从容就义时，我们是自由人！为了让我们的妻子不受蹂躏而死，让我们的孩子不做奴隶，我们要把所有财物连同整个城堡一起烧毁。不过一样东西要除外——那就是我们的粮食。它将告诉敌人，我们选择死亡不是由于缺粮，而是自始至终，我们宁愿为自由而死，不愿做奴隶而生！"

话语在马萨达上空激荡，如同钢铁的风铃被飓风抽打，坚硬的声响摇撼夜幕，群星颤抖。

这是全体殉难的信号。但是犹太教律法规定教徒不可自杀，这就使得如何集体死去，成为一道难题。

约瑟夫在《犹太战争》中，记下了其后的惨烈过程："他们用抽签的方式从所有的人中选择了 10 个人，由他们杀死其他人。每个人都躺到地上，躺在自己的妻子和孩子身边，用手臂搂住她们，袒露自己的脖颈，等待那些中签执行这一任务的人的一击。当这 10 个人毫无惧色地杀死了所有人之后，他们又以同样的方式为自己抽签。中签的人将先杀死其余的 9 人，再杀死自己……那最后剩下的一个人，检查了所有躺在地下的尸体，当看到他们已经全部气绝身亡之后，他便在宫殿的各处放起火来，然后用尽全身的气力将剑刺进自己的身体，直没至柄，倒在自己的亲属身边死去。"

在马萨达遗址中，展示有最后抽签时所用的死签。是考古发掘出来 11 个陶片。每片上面都写有一个名字，其中一片写的是 ben Yair，是首领。其余 10 片可能是抽签出来杀死同伴的人的名字。人们指着第 2 排第 4 块陶片说，这就是那个最后抽到死签的人。

小小陶片里埋藏着多少深沉的苦痛和不屈！这该是怎样的无畏和担当！

第二天一大早，罗马人以为会遭遇马萨达守军的殊死抵抗，他们披上铠甲，搭好梯桥，对城堡发起了猛烈的袭击，不料迎接他们的只有早起的鸽子咕咕啼声。罗马人走入焦黑的城堡，没有看到一个敌人。正确地讲，是他们没有看到一个活着的敌人。殚精竭虑攻下的，不过是一座死城和 960 具尸骸。

我凝视着那块写着古老文字的名字，思绪溯流而上，游走到了1900多年前。

　　月黑风高死期已定的马萨达山顶。抽到第一次死签（实际上是暂时活着的签。不过这种活着，需要比引颈受死更大的勇气）的10人以外的所有人，和自己的妻子儿女一起躺在地上，相互拥抱，彼此感受着最后的温暖。那10个人走向大家，锋利白刃一一穿喉而过。很快，地上血流成河。在杀掉了所有人以后，他们又开始了新一轮的抽取死签。那个名字排在第2排第4个的人，领受了这一艰难使命……

　　思绪集中在最后那个勇士身上。据记载，当时城堡中共有967个人。这就是说，第一次中签的10勇士，平均每个人要杀死将近100个人，才算完成任务。被杀的人中，不但有共同迎敌苦苦守城的同胞，还有很多孱弱的妇女和熟睡的婴童。杀敌固然是一种勇敢，杀死亲人，更是需要异乎寻常的勇敢吧？连续杀死100个人啊，看多少鲜血倒海翻江飙射而出，听多少呻吟嘎嘎作响惨绝人寰！一剑封喉，手腕不能有丝毫的抖动。动作要手起刀落干净利落，任何拖泥带水，都会增添亲人的杀痛……一串串热血烫弯了雪亮利剑，溅满了勇士残破的征衣。

　　当他们再次把写有自己名字的陶片聚拢在一处后，最惨烈的英雄被遴选出来了。他要继续杀人，鲜血之上，再铺新红。如果说刚才还是一支团队，这一次，他是彻彻底底孤独了，陪伴他的只有呜咽悲风。

　　他没有退路，只有不眨眼地杀下去，直到静悄悄的山顶，只遗有他一个人浓重的呼吸。他的工作还没有完，还需一个又一个地翻检尸体。如果有人残存一丝生机，他会毫不迟延地补刀，让所有的挣扎都湮灭在黎明前最稠厚的黑暗中。之后，他带上火种四处跑动，将一间间房屋从容不迫地点火焚烧。在火光的映照下，那满山遍野的鲜血，一定美艳如花。

　　一切都完成之后，天已经蒙蒙亮了吧？杀人放火，这不是简单的事情。人要一个个地杀，火要一把把地放。人要确保必死无疑，火要力求烈焰冲天。

　　在微茫的晨曦中，一抹猩红从死海东岸娩出，带着咸而湿的冷冽，一如渐渐暗凉下去的忠魂之血。

　　现在，他要完成最后一件工作了。他把短刀刺进了自己的胸膛，看着自己的鲜血喷薄而出，和天边的朝霞混为一体。按照教义，作为犹太教的教徒，自杀是不该的。他的忠勇成为叛逆。

死海的日出，有一种惊魂动魄的美。死海看起来无比清澈，水的浮力很大，手指在其中摆动，遭遇阻力，好像在黏稠的膏汁中搅动。死海比普通海水浓烈 10 倍的含盐量，让它成为地球上的奇特存在，你永远无法在死海沉没。在无风无浪非常平静的日子里，死海也会蒸腾似岚似雾的光影。绝不像普通水面在此刻会倒映出清丽影像。

一位摄影朋友说，死海总是莫名其妙地朦胧，在镜头中迷离。这或许因为它无时无刻不在蒸发，水汽抖动……水的盐分太高了，如同烈日下被曝射的沥青路面。

死海的日出由于这种特殊的地貌，宛如从微沸的油锅里蹿起亿万朵燃烧的火炬，惊世骇俗。无数跳跃的光芒在黏腻的海面上飞速滑行，如同金红翅膀的鲲鹏展开血羽，以迅雷不及掩耳之势席卷而来，俯冲着扑到了马萨达山下。无际光焰卷起滔天银浪，镀亮了山崖。

也许有人会说，既然马萨达的勇士们都集体殉难了，后人如何知道这可歌可泣的故事？是不是编撰出来的？

原来，有两个妇女和 5 个小孩躲在一处蓄水池里，得以在集体殉难中幸免。一名妇女历尽艰辛，找到了犹太史学家约瑟夫，向他叙述了亲眼所见的故事。人们因此得知了罗马军队破城之前发生的一切。从此，犹太人忘却了家园，足迹从迦南大地上蹒跚远去，背井流散到了世界各地。

在犹太民族的历史上，马萨达于是成为英雄主义的象征。这里曾经以少抗多以弱抗强，当失去赢得宗教和政治上独立的希望之时，万众一心地选择了用死亡代替奴役的命运。这是理想主义的千古绝唱，这笔精神遗产，不仅属于犹太民族，而且属于整个人类，反抗压迫的斗争精神将永远不朽。

以色列国防军每年都会在马萨达举行庄严的仪式，以纪念英烈。在以色列，参军服兵役是每一个公民的神圣职责，男子 36 个月，女子 24 个月，谁也不能当"逃兵"。入伍后的第一课，就是到马萨达瞻仰，这里是爱国主义教育基地。每一个新兵，必得从山脚下沿着那条我望之生畏的蛇道，以最快速度爬到山顶，然后对着飘扬的国旗宣誓。还据说，摩萨德——也就是全称为"以色列情报和特殊使命局"（它是由以色列军方在 1948 年成立的。与美国中央情报局、前苏联内务委员会"克格勃"一起，并称为世界三大情报组织）的人员，不单要徒步攀爬这座陡峭的堡垒遗址，而且必须是在夜里，在熊熊火把的映照中起誓。

既然是宣誓，就一定有宣誓词。我听到了两个版本。第一种是："马萨达永不陷落！"第二个说法是："马萨达永不再陷落！"

两个版本，相差一个"再"字。我特别请教了一位希伯来语的博士，她说，那句宣誓词最准确的翻译应该是第二个——"马萨达永不再陷落！"

一个"再"字，寓意深刻。它说明马萨达曾经陷落过，但这样的悲剧，以色列人民再也不允许它发生了。他们必将用生命保卫马萨达，当然也包括整个国土。

"陷落"是一个可怕的词。世界上很多地方很多城市很多国家，都曾经陷落过。原因不外乎天灾和人祸。长安的陷落、罗马的陷落、君士坦丁堡的陷落、巴黎的陷落、南京的陷落……陷落之后是血泊和杀戮，是肝脑涂地和尊严尽失，是文化的倒退和文明的坠毁。

来自大自然所致的陷落，多因为山呼海啸。人世间的陷落，就一定源自有人前来攻占，抵抗不及，于是沦亡。如果杜绝了攻占，就不会再发生陷落。

国与国之间所有的攻伐，说到底，是为了争夺资源和空间。

面对无法调和的利益之争时，如果不想进入殊死的博弈，人们通常会说——把"蛋糕做大一点"。意思就是只要利益变大变多，所有参与其中的人都可以多分到一块，可能就会化干戈为玉帛，平息争端，缓和冲突。我以前觉得这是一个好方法，各方各得其所，谁的利益都不受损失。直到2008年春夏，我买一张船票环游地球。3个多月绕地球一圈航行下来，最重要的发现却是——地球这块蛋糕，不可能做得更大了。它就那么大，没有任何法子让地球长个了。

其实，这是一个非常简单的道理，不用走那么远的路，花那么多的旅费，只要坐在房间里用脑筋稍微想想一分钟，就彻底明白了这件事。世界上的事情，有时真是诡异。越简单的东西，越是要付出大代价，才能参透。地球上所有发生过的领土之争，说到底就是资源之争，空间之争，尊严之争。巴勒斯坦地区只有3万平方公里，大家都要有生存的权利。为了争取持久和平，为了让每一座城市都不再陷落，是所有爱好和平的人的共同愿

65

望。人类必须找到兼顾所有人最大利益的平衡点，这个星球才能平安。那种为了自己的利益，以剥夺他人的生存权为出发点的"陷落"之战，是再也不能重演了。

我相信马萨达永不再陷落！期待世界上所有爱好和平的人民和地区，都永离陷落！保证这个世界"永不陷落"的支点，原本就掌握在文明人类自己手中。

西藏的石头 |凌仕江|

《北京文学》(精彩阅读) 2012 年第 8 期

　　"一块孤独的石头坐满整个天空。"这是诗人海子自杀前,对西藏的吟咏。在此之前,我只感觉海子是个热爱西藏的人,他心甘情愿地把西藏当作自己对故乡的倾诉。可西藏这块精神高地并没有听懂他的热情与忧伤,但作为世界最后一块圣灵充满的净土,西藏的确承载了诗人们太多的想象与乡愁。我甚至在解读海子的诗中,认定他是一个对石头有着浓烈兴趣的人,否则他不会面对西藏满目光怪陆离的石头说:"在这一千年里我只热爱我自己。"

　　年轻的海子真的能够读透苍老的石头之心吗?

　　在西藏,石头的本质是孤独,是苍凉,是圣洁,是夜晚的冷,是正午的烫,是风过子夜的冥。

　　那么多结在天空的果实:是飞鸟与鱼的结晶,是佛的牙齿,是妖的眼睛;是树生的蛋,是文成公主进藏途中飞出的泪花;是拉萨河产出的卵,是毕加索画笔下一张张变形的脸;是朝圣者垒在路边的愿望,是雪融化不了的灵,是高高在上的苍鹰坐在高处等待千年万年的魂……

　　海子渴望用诗歌去唤醒睡在天空里的石头,更多的人只能在远方用湮灭的理想去埋葬那些石头。因此,对于远方的西藏,每个人都有一块属于自己的石头;也可以说,每个人都有一个属于自己的西藏。

　　我在西藏的时候,并没有太在意西藏的石头,那时我的身边到处都是石头。开门关门的瞬间,眼里都躲不开石头的探寻,我随时有一种被石头包围的感觉，不是一圈，而是一重一重的石头。它们像浑身长满了眼睛的佛，面色安详地看着我。那是尼玛的祖父？还是达娃的祖母？我在想，它们一定将我认作了佛。是的，在西藏，有许许多多的佛生长在石头里面，但更多时候，人在石头眼里，人便成了实实在在的佛。

直到走出西藏，在被车轮碾碎的日常生活中，忽然感觉西天离我越来越远了，才又猛然想起那些通灵的石头，它们懂得欣赏离去者的表情吗？就像此时我坐在垂直的射灯下，欣赏它们比夜色更安静地坐在书橱里的表情。它们比城市里的麻木者清醒多了，而他们和他们有时真的连石头都不如吗？在归去来的公交车上，他们除了得寸进尺地拥挤，有时眼睛也懒得睁开，仿若一张张与生命无关的面具。

我曾经客居的拉萨窗前有波涛阵阵的拉萨河，岸边是褐色的山峰。当然严格地讲拉萨河也应该是褐色的，我现在怀疑那些把拉萨河过分诗化为蓝色的诗人，他们太不负责任了。诗人有时只为满足浪漫，什么现实科学也不顾及。我知道山顶上有些雪是可以终年不化的，雪与河流之间的距离是排山倒海的石头。被雪水浸染的石头，面对太阳，浑身是胆；你看见它的第一眼，它就成了你的胆。很快，你会发现你真是太大胆，居然想独自去高原之上的雪地里走走！

我曾光着脚丫，躺在石头上面做梦。后来，我发现那些比石头更多的梦，在西藏是永远做不完的。因为它们从不畏惧黑夜的来临，它们的热情吞噬了来不及发育的梦的种子，滚烫的目光覆盖了大地冰层之上的忧郁——那是手挥乌尔朵的牧羊人眼睛里透视出来的苍天般的忧郁。

下午，约三点半开始展开的时光。一个男人常常坐在办公室，透过蜘蛛织就的一张巨大的网，在两棵古老的梧桐与红柳之间，看夏天的河水从远古的寺院冰凉流过。他不抽烟，也不喝茶，只喝采自海拔 5000 米的神水。他手上握着一瓶小小的神水，他在想一块石头在黄昏能吞没多少雪的眼泪？一颗心能跟随河水跑多远？而一座山究竟又能藏匿多少块石头的秘密？铁线杆上一掠而过的鸟儿暗示他：你不能知道答案，风一定可以知道答案。但风无语。在西藏，风最愿意干的事情就是把往事彻底带走。所以鸟儿们常常站在凌乱的梧桐枝上唱：蓝高原的风像一件件往事。

但风不语，水知道。当往事还在水里踯躅，眼光与思绪便被夕光镀金的布达拉宫凝固。

　　紧接着，拉开我视线的是那些石头铺成的天梯，它们在转转折折中将一座神秘的宫殿挺举到天空中，望着这个世界伟大建筑的高度极限，我努力的眼睛如何还能向上迈进一步？即使我看清了天堂为众生敞开的比星星更密集的窗户，然而在军号响彻四周的营地里，我却第一次感受到自己肉身的沉重和脚步的无力……那时，我从未有过进入布达拉宫的历史记录，但我时刻想着布达拉宫隐藏的秘史。每一次仰望，高度对于任何一座伟大的建筑都可能构成魅惑，使欲望之眼不顾一切地攀升到天眼里去。从山底一级级升上去的石梯、锯齿状的院墙、下宽上窄的梯形宫堡，以及宫顶那组歇山顶式的金顶，使布达拉宫摆出一个类似于飞天的姿态，令人们确信这座神乎其神的宫殿始终不停地沿着时间的纵向轨迹向宇宙挺进。

　　每当华灯初上，脱离人群，一个人望着霓虹流转的楼阁，想起布达拉宫，感觉时间和空间的交织与变奏，已让我彻底走出那一片魔幻的天空。剩下的只有石头，高于天空的石头，难以穿越的石头，比城市里房子更多的石头。它使我相信宗教指示的方向是一切生灵的必经之途，只是我忘记了布达拉宫的重要组成部分原来全都是石头，它们构成了马布日红山的标志。十万个生长于西藏的石头，在阳光与风雪的雕饰下，成为宫殿不朽的注解，它们把岩石内部的力量转化给朝圣宫殿的每一颗心灵。

　　早在公元前2世纪，雅砻王统第一代赞普聂赤赞普时期，藏人就凭借自身对世界的认知，修建了西藏第一座伟大的宫殿——雍布拉康。在西藏的山南地区，我曾多次攀上这座耸入云天的袖珍宫殿，它比拉萨的布达拉宫更接近于天空的距离，甚至它就是青稞与马群仰望的天空。而在一株生长于天葬台石头缝隙里的邦锦梅朵眼里，它则是被念想或俯瞰的一座山下的村庄。每一次与这座宫殿相遇，我都看见它满身散发出迷人的气息与光束，我丝毫不怀疑那些白白胖胖的云朵是从宫殿的窗户里跑出来的，只是一旦离开宫殿，她们的生命便有了新的分娩过程。宫殿里的各路神仙在不同时辰将她们放飞。她们形似自然万兽，说变就变，这样的光景，一般出现在午后两三点。通常她们在天空里一阵乱跑之后，天色就会重新呈现另一张面孔，不再任人看清她的表情。我喘着粗气跑上去，一分钟跑过了马蹄划过的烟尘，最终看见的只有或白或红的石头，它们组成了宫殿外衣的全部。这一证明与梁思成在他著名的《中国建筑史》中的结论"与欧洲比较，中国缺乏石构建筑的历史"刚好相反。我不知梁先生在书写他那部伟大的建筑史时，是否考察过西藏的宫殿？莫非，那时通往西藏的路遍布石头？人只能像野兽一样在天空中飞吗？中国石构建筑的技术在 2000 年前就已成熟。而在这一系列复杂的力学与几何关系之上，以西藏宫殿为例，高不可攀的天堂已一天天降低它的高度。更绝妙的事情在于：脚手架搭建于布达拉宫内部，那些被布达拉宫借以向天空攀援的无数只手被掩蔽起来，人们看到的是布达拉宫在马布日红山上不断长高，这不是诗意的曲解，它暗示了一个事实：所有的功绩都属于永恒的石头，所有创造奇迹的手都将消失于石头的背后。

我第一次进入布达拉宫是一个下午。阳光普照的下午。而且是布达拉宫对一个特殊群体的法定节日免费开放的下午。那天因为只开放了两小时，里面许多小殿堂不得不止步，还有许多殿堂根本就不对游人开放。1000 间房子，我只记住了其中一间里坐着不同朝代的佛，他们坐在不同的位置上，陪伴他们的是一样的珊瑚、一样的玛瑙，一样的绿松石，它们在不同的人眼里闪着不同的光。佛隔绝了外部所有的光，沉浸在自己独幽的天堂。之后，在拉萨城幽深的寂静里，我度过了一个无眠的难熬的夜晚，因为布达拉宫里面闪闪发光的石头。记不清那是我在拉萨度过的第几个八一建军节了。因为读不透的布达拉，因为数不清那些长满了眼睛的石头，它们看上去既有艺术的气质，又充满宗教的血肉。它们从此像结石一样驻扎在我的胆里，它们教会我只要进过布达拉宫的人，就应比常人多一点儿胆识，毕竟宫殿里还藏匿着比人胆更完好的人皮。

多年以后，在布达拉宫以西的远方，我还能想起那些来来往往的膜拜者，他们手里数着白色的念珠，脖子上挂满了各种色彩斑斓的石头，有的形状像草莓，还有的像巧克力。那些打远方赶来的游人，他们在阳光下从各个方向面对布达拉宫磕头作揖，其实他们并没有融入布达拉宫，只是将自己的贪嗔痴慢匍匐在布达拉宫折射的影子里，显然他们的表情里还残留着阳光洗不尽的俗世气息。

在一个真正的信徒眼里，一座宫殿意味着一个人的前程，而布达拉宫就是世界上最高的墓碑，无论是西方还是东方，南方还是北方，方方面面去去来来的人都在膜拜，1300多年前它已标明了死亡的尊贵和生命的卑微。走出宫殿，走不出石头的内心，很久很久，我想我应该说出那句佛让我不要随便说出的话，我说布达拉宫终将有一天会成为天堂倒塌在人间的一个碎影。

常有天南海北的朋友向我问起西藏。他们更多问及西藏的石头。仿佛那是他们掉在西藏的一块肉，尽管他们没有机会去西藏。莫非石头也可以化作人心？这样想，就可以明白是西藏偷走了他们的心。再确定一点，是布达拉宫偷走了他们的心。因为世界有了太多的隔膜，心便渴望更多的照应，于是布达拉宫的灯火日夜通明。我想把心和石头连在一起也是容易相通的。往往身在西藏的人，对于石头却有得来全不费功夫之感。在我西藏的那个简陋的家中，书桌上、门帘上、窗台上到处挂的都是生长于西藏各地的绿松石、水晶石、九眼石等等。家住成都龙泉的女诗人姓龙。多年前，龙诗人常常写信给我，奇怪的是她提笔开始问候的是西藏的石头，而不是我。虽然她没有像海子那样在最年轻的时候游历西藏，但她一直惦记着西藏的石头，惦记着我从西藏给她带石头回去。而且要带那种在路上随便拾起的古朴一点，形状怪异一点的石头。在她看来，那是天堂里流浪的孩子，她很想将它们领回家喂养。可我从没把此事当回事儿。明明记得有过此事，但却不能将此当回事。因为西藏的石头一旦离开灵的土壤，后果不堪设想。但这其中的缘由，我一直没有告诉龙诗人，这只是种在我个人心里的不能言说的秘密。那些易知和未知的答案只有水知道。

有一年，龙诗人早早就向远在拉萨的我提出，她生日，只愿收到我从西藏带给她一块石头，足矣！但直到我走出西藏，她的愿望仍是泡影。我想我不能因为石头的美丽，而让自己内心的西藏变得矫情。这是包括龙诗人在内有所不知的隐情。关于石头的隐情，即使在文字里，我也很少提及。

后来，一次十分偶然的机缘，在南方的都市里，我一次性会晤过装满博物馆的石头，发现这个世界最爱石头的人并非海子，也并非龙诗人。早在2005年7月，我被一位爱石人士迎接到了他的石头组成的世界里。这位爱石之人曾经开办过工厂，盈利颇丰，数年间却驾车全国各地，散尽千金，广纳美石。人们多不能理解，以为这是疯子才干得出的事。在一座三层楼的家院里，上上下下摆满了石头万件，有大若柜的，有小如珠的，五光十色，千奇百怪。一边喝茶，一边赏石，爱石人将一本书画集递到我手上。我发现上面有作家贾平凹的题名：观云奇石。序言中，有一句：今没梁山伯，却有观云庄。遗憾的是我在观云庄琳琅满目的石头里没有发现一块产生于西藏的石头，那么多石头，在我眼里即刻失去了鲜活的生命力。其实，我知道是西藏影响了我的审美与判断。当时我的表情多少让他有些失望吧。

其实，我算不上爱石之人。但因为我的生命里有了西藏的血脉，在通往珠穆朗玛的路上，我遇见过真正热爱石头的人，仿佛他们与石头有着生命般的关系。

算起来大概是五年前的事了，从阿里转道珠峰的路上。同车有几位法国老人，白发飘飘，和蔼可亲。一位60多岁的老太太名字叫芳汀，另一位70多岁的老先生名叫塞莱蒂·伊恩达。每当吉普车停下来休息，我们去雪山上摘莲花，坐下来听风，或唱歌，他俩就顶着高原的烈日，满山遍野地找石头。石头捡来后就放在他们随身携带的麻袋里，一个麻袋装满了，他们就踩在脚下。久而久之，那后座便俨然耸起了麻袋堆，估计不下五六个吧。

第二天，芳汀从珠峰脚下的藏族人家里搬回一块偌大的经石，起码有五公斤重，形状怪像牦牛的心脏，把大家吓了一大跳。但不幸的是，同行的藏族向导低估了他俩对石头的真挚与热爱，把那块最大的上面刻有经文的石头，悄悄抱回到了一座玛尼石堆积的山里。可想而知，这对极其有个性和原则的法国人是多么的不可接受。返程路上，塞莱蒂·伊恩达始终不愿与向导多说一句话，甚至拒绝给向导付小费。他俩的脸上一路写满了惆怅！

回到拉萨，塞莱蒂·伊恩达邀我去参观他们住在雅鲁藏布大峡谷酒店的房间。那里面从浴室到卧室，从床上、桌上到窗台，摆放的都是各种各样的石头。他俩分工用牙刷把石头上的灰尘洗净，然后用阳光将它们吸干，用绸布把它们的部分身子包裹，再给它们施上各种滑油形成的养料。我看见组成千军万马的石头面前是一个木头盒子做的佛龛，里面插满了各种颜色的青稞，他们说看见这些石头，就看见了圣地西藏的灵魂。桌面上还有一本藏纸做的笔记本，上面分别记下了每一块石头的来历，还有其命名。

这些石头多数是他们在路上捡回来的。他们想，有一天，将这些石头托运回法国，测试他们离西藏究竟还有多远？芳汀忽然说起了那块写满经文的大心石，她甚至在梦里也将它捧在怀里。脸上布满了抒情的波纹，那不是光阴的皱纹，那是西藏路上丢不下的遗憾。我一直将芳汀说那话时的表情记在心里。没隔几天，我替芳汀找来了那样一块模样同等的石头，只是它的体积比那块石头小一些。那是一位长发飘飘的诗人从珠穆朗玛峰脚下花钱买回来的海螺化石，他说他买了一口袋，愿意让我从中挑选一块。我闭上眼睛很不经意地从中摸出一块，他望着我，说它多像亿万斯年前那颗等待的心呀。我看着石头，没作答！当时，我想起了马原和马原笔下的《等待蓝湖》。

芳汀捧着那块石头，端详了许久，然后望着天空，嘴边忽然哼起法国导演拍的电影《喜马拉雅》里的音乐，那可是她的孩子？还是大地的婴儿？当她转过身，停下来，看着我的眼睛，突然蹦出一句话：这石头原本就是一座海子，先生，你信吗？

我心里念念有词，海子，海子，原来海子只不过是一块小小的石头。只是我在西藏一直没有对任何人说起，芳汀听不见，塞莱蒂·伊恩达听不见，西藏也不可能听见。

离开西藏后，有一天在成都的窄巷子巧遇芳汀，在一家私人石头收藏馆里，我看见她与那块与我亲手送给塞莱蒂·伊恩达的一模一样的石头时，我大声喊出了人类迫切认知自己内心的一句话——我与西藏好像离别了亿万斯年。

世界你听见了吗？

面对庐山 |韩小蕙|

《北京文学》（精彩阅读）2012 年第 9 期

题 记

当光焰万丈的羲和之车轰隆隆飞驰而来时，早已迫不及待的晨光，瞬间，就把庐山每一座雄雄健健的山峰、每一棵粗粗细细的树木、每一枚宽宽窄窄的草叶，每一粒大大小小的石子，全都照射得金亮金亮的——像诗，像歌谣，像民间故事和传说。于是，庐山的历史便又开始续写了。

这书写，从春夏秋冬而言，已经有了 300 多万年；

这书写，从赵钱孙李来说，也已记载了 2000 多年。

庐山是一个山峰连着山峰、峻岭接着峻岭的名人大榜，从远古，到封建朝代、到军阀混战、到民国革命、到抗日战争，再到新中国，到改革开放乃至一直到当下，曾有多少英雄、枭雄、仁人、佞臣和普通人……登临于此，演出了一幕又一幕活剧，给自然、给历史、给子孙，给感觉、给经验、给心情，留下了无尽的话题！

面对庐山，我觉得心鼓怦怦敲，难以表达！

上 篇

面对庐山，最早出现的人物是殷周时期的匡氏七兄弟。他们来此结庐隐居，后皆成仙而去。临行前，七兄弟盘桓不舍，一一将所居之庐幻化成庐山诸峰，为我们留下了这片稀世珍宝的群山。今人已将"世界自然遗产"

和"世界文化遗产"两顶光荣的桂冠，戴在它绿意葳蕤的峰顶上。

面对庐山，陶渊明终于下决心离开恶俗的官场，回到庐山南麓的故里上京，过上艰苦却没有了任何压力的"采菊"生活。处江湖之远，开一代崭新诗风，竟使庐山成为中华田园诗的发祥地。而更为重要的是，陶公给我们留下了一个自觉从既得利益集团抽身，还原为"平民"的辉煌榜样。

面对庐山，李白大笑着书写出"疑是银河落九天"的惊天绝句后，却糊里糊涂地离开了仙境的庇护，从此走进险恶的宫廷皇位争斗，终至被流放，慢慢咀嚼着拿得起、放不下的人生苦果。

面对庐山，白居易一直在这里疗伤。胸怀壮志的他被贬为小小的江州司马，青衫濡湿时，便来庐山寻求精神慰藉，以至于桃李不言自成蹊，竟然走出了一条"山寺桃花始盛开"的花径。他是这样的信任庐山，最后，竟将毕生心血凝结而成的诗文 2964 篇，勒成 60 卷《白氏文集》，悉数交由庐山东林寺收藏。

面对庐山，一生坎坷多难的苏东坡似乎是找到了知己，一来再来，一诗再诗，扬着他那睿智的头颅，欣赏美景"横看成岭侧成峰"，感悟宦海"远近高低各不同"，慨叹世人"不识庐山真面目"的同时，追悔平生"只缘身在此山中"。庐山，一点一滴地宽阔了他的胸怀，升华了他笑对穷达的傲骨。

面对庐山，范仲淹也是在力主改革而遭排挤之后，来这里寻求大自然的支撑。一腔"去国怀乡，忧谗畏讥，满目萧然"的他，看到秀峰瀑布从云崖中奔腾而下，把万颗闪亮的珍珠洒向人间的壮美之时，不禁触景生情，援笔疾书，深深吐出了"长雷无敢蛰"，"浊水不能入"的胸中块垒。

中　篇

面对庐山，康有为在 1889 年初次登上东林寺，居然就在它的厨房地上，发现了柳公权的真迹，是一块刻于唐宣宗大中十一年的碑石，至今还是庐山现存石刻中历史最早的珍品。然而谁又能料想到，这位满腹经纶的学者，后来慷慨投身国事，竟在中国近代史上，成为影响了整个中国命运的改革鼓吹者，复又落于保皇党之列，黯然退了场。

面对庐山，孙中山只有一次机缘，时在 1912 年秋天，专程到庐山石门洞凭吊晋代名僧慧远大师。整个行程匆匆忙忙,没有浏览其他名胜,便抱憾离去了。那时,他早已不是民国临时大总统了,所做的大事即为水利。为什么他单单要去"拜见"慧远?是因为一股失败的情绪主宰了他?

面对庐山,蒋介石多次上上下下,或盘桓,或久居,或几度把办公室搬到了这里。美庐更是他喜爱的行宫——能把这个行宫和他的美妻并列,可见他对这里的喜爱程度。有很多"党国大事"也是发生在这里的,比如与红军代表周恩来、秦邦宪、林伯渠的谈判,最终建立了第二次国共合作为基础的全民族抗日统一战线;又比如日寇对庐山的进攻,迫使他不得不撤离美庐。而最终,使他永远告别了庐山的,是中国共产党人把他永远赶出了大陆。

面对庐山,杨虎城将军的登山是在"丙子双十二"半年后的 1937 年 6 月。当时他的心情肯定很激动,有点委屈、有点幻想,但更多的还是戒心,因为他已在两个月前被老蒋"革职留用"。此番老蒋招他上庐山,是在逼他出国之前,要亲自进行一番"面训",而比起 12 年之后对他全家的魔鬼式杀戮,"训"简直可以列入"亲抚"的范畴了。

面对庐山,胡适 1928 年春首度登山。考察了 3 天,便提出著名的"三大趋势说",既是说庐山,也是在说中国:(1)东林寺代表中国佛教化与佛教中国化的大趋势。(2)白鹿洞代表中国近代 700 年的宋学大趋势。(3)牯岭代表西方文化侵入中国的大趋势。这最后一条,似乎与"美国的月亮也比中国的圆"有了不小的异质,却是一位揣着学术良心的大学者的实话实说。

面对庐山,国学大师陈寅恪比他父亲——印度大师泰戈尔推崇备至的清末"同光体"诗派领袖、一代宗师、著名爱国诗人陈三立,不幸却又幸运。1937 年,为抗议日寇侵华在北平绝食而死,做父亲的再也没有回到庐山自家的松门别墅。2003 年,做儿子的骨灰在他逝世 33 年后,被迎回庐山,安葬在庐山植物园的景寅山冈;翌年 6 月 16 日,在他 113 岁诞辰之日,陈寅恪夫妻合葬墓在此寂静山坳里落成。墓碑采自庐山山谷中的冰川石,上面镌刻着大师的名言:"独立之精神,自由之思想。"

下 篇

面对庐山，周恩来 1937 年第一次来到这里时，一身戎装，削瘦、英俊、年轻。他是来跟蒋介石谈判的，开展第二次国共合作，共同抵抗日寇侵略。一个月以后，他率领着秦邦宪、林伯渠二上庐山，继续就红军改编后的领导权等问题进行谈判。紧张的会谈间隙中，游览了仙人洞，他仔细端详着两幅石刻"纵览云飞"和"霍然贯通"，对国民党谈判代表张冲说："只要我们站在国家利益的高度上，以民族大业为重，很多问题都能霍然贯通。"在后来的生命中，他多次复登庐山，无论风和日丽还是雨骤风狂，他的生命一直践行着为国家、为民族、为民众的原则，赢得了无与伦比的敬重。1976 年他去世时，联合国降半旗志哀。据说当时有人置疑，为什么对他这位国家的第三把手如此礼遇？当时的联合国秘书长瓦尔德海姆回复说："如果哪个国家的领导人能像周恩来一样，没有一分钱个人存款，我也给他降半旗……"

面对庐山，李立三也交上了一张优秀的答卷：1960 年 6 月，时任中共中央高官的他偕妻子、带二女上庐山休息，坚决拒绝了组织上安排的高级别墅。他说，我不是来工作的，带了这么多家人，只需在一般招待所安排两间客房即可。工作人员向他说明，按规定，部级以上干部都可以住别墅。李却坚持说，即使我夫人可以和我住别墅，两个女儿也不能享受部级待遇。就这样，他为庐山、为老百姓、为信仰，留下了真正的共产党风范。

面对庐山，毛泽东来得很晚，1959 年才第一次登临，他是来参加中共中央政治局扩大会议的。初上庐山，"跃上葱茏四百旋"时，毛泽东心情大好，对满山美景赞赏不已，以至于他住进"美庐别墅"时，还得意地对着战败者的旧居陈物，满面春风地来了一句："蒋委员长，我来了。"他曾指示这次要开一个轻松的"神仙会"。谁想后来风云突变，彭德怀等几人真的提了意见，真的想当"神仙"，毛泽东便"乱云飞渡仍从容"，以迅雷不及掩耳之势，当头击退了彭（德怀）、张（闻天）、黄（克诚）、周（小舟）四人"反党集团"的"猖狂进攻"，为中国共产党的历史档案留下了著名的"庐山会议"。等他下山时，他的心情更好了，从此爱上了庐山。两年后又回来长住，并且还在 1970 年第三次登临。

面对庐山，邓小平初上庐山的时间已不可考，但满山的青松记住了 1961 年 8 月，他来参加中共中央庐山工作会议，下榻的是 267 号别墅。他负责制定的"工业七十条""高教六十条"，均在会上顺利通过了，对当时整顿全国工业企业、搞好教育界，起到了很好的推动作用。这是不是一次练兵呢？或者，预示着 15 年以后，他将走到前台，为中国的改革开放大业掌起航舵。

面对庐山，彭德怀是最沉重的。上山的时候，他还是朗声大笑的彭大将军；下山时，却已是被羁押的反革命阶下囚了！打下江山的赫赫战功也救不了他，抗美援朝的挺身而出也救不了他，戎马一生的所有功绩都救不了他，因为庐山的浓雾实在是太霸道了，你好端端地走着路，它们突然就张牙舞爪扑过来，顷刻间就把人吞噬了。说来，当年彭总所住的 176 号别墅，与毛泽东住的 172 号别墅，也就相隔着百八十米，然而他求见毛不得，只好连夜写出著名的《万言书》。本以为自己是为民请命的赤胆忠臣，却不知政治就是翻云覆雨的浓雾。有意味的是，172 号和 176 号，到今天虽然皆变成高档宾馆了，掏钱谁都可以住，可是 172 号修得富丽堂皇，灯光明亮，温暖舒适；而 176 号的地板是破的，窗户闭合不上，管道和马桶漏水，寒冷潮湿，阴气重重。不知道彭总后来还上没上过庐山？然而即使再没有机会回头，他的英名，也永远和这座名山联系在一起了。

今 篇

面对庐山，今天，我也来了——带着一腔纠结，满脑子玄想。

我们是来参加第四届"中国作家庐山国际写作营"活动的。刘宪平主任能量大，本届发挥到了极致，邀请来意大利、拉脱维亚、印度、以色列、立陶宛、新加坡以及台湾等 12 个国家和地区的作家们，是真正的金发碧眼，是真正的海外作家，是真正的国际文学交流。对话的语言是英语，对话的思维是开放式的，对话的视角是全球。

跟他们讲贬官白居易、苏东坡、范仲淹？

跟他们讲"公知"（公共知识分子）康有为、孙中山、陈寅恪？

跟他们讲国共两党的争争斗斗、杀杀戮戮、分分合合？

跟他们讲风云翻卷的"庐山会议"？

即使他们愿意听，即使他们努力学会理解中国人的思维方式，我还不愿意讲了呢！政治家们追求各自不同的人生理想，千百年来，古今中外，在历史舞台上长袖善舞，与人奋斗，与邻为壑，与他国为敌。他们感到"其乐无穷"，我却扼腕叹息：我们是不是应该结束这一贯金钱的、利益的、资本的、资源的、政治的、黑幕的……争斗，去考虑另一些更重要的事情了？

今天，人类已经繁衍生息到70亿还多的人口。人人都想要香车宝马、花园洋房、吃香的喝辣的。还想要蓝天，还想要绿色，还想要尊严，还想要幸福指数。但是，地球已经被贪婪的人类糟蹋得黑了肺、烂了心、折了骨头、瞎了眼睛、瘸了腿，伤痕累累，满目疮痍。动物们离我们远去了！珍禽们离我们远去了！嘉木们离我们远去了！连水都离我们远去了！

然而人类，还是不知改正自己的劣行，还在继续变本加厉地攫取着和饕餮着。于是，天公发怒了降下滔天的洪水，地刹发怒了掀动地心的红焰，山神发怒了撞倒一座又一座高山，药师发怒了掷来一场又一场瘟疫。荒沙大漠逼近了！地球温度升高了！干涸、饥馑、癌症、艾滋病、各种传染病、各种毒素，乃至偷盗、抢劫、械斗、杀戮、战争……黑色的魔鬼们，纷纷攘攘，全都降临人间了！

各国的政要们，各党的党魁们，各个利益集团的首领们，奥巴马、普京、默克尔、卡梅伦、萨科齐、查维斯、霍梅尼、克林顿、希拉里、梅德维杰夫、拉嘉德……他们号称是人中精英、群众领袖，是不是应该停止政治争斗、饕夺利益的旧式思维，领导全球人民共同投入挽救地球家园的全新视角之中呢！

奥巴马、克林顿、希拉里：别老狗揽八泡屎这儿那儿到处掺和。先管好你们美国人大手大脚的浪费吧。君不闻，如果全球人民都以现在美国人的生活方式消费的话，那么地球上的所以资源加起来，也仅仅够用3年时间！

默克尔、卡梅伦、萨科齐、拉嘉德：你们也别老指责亚洲、颠覆非洲、批评拉美。先整治整治你们懒惰的欧洲人吧，每周连40个小时都不愿工作，天天躺在国家的温暖怀抱里吃喝玩乐，天上能无缘无故掉馅饼吗？

我们生而为人，有幸来到这个世界上，除了享受阳光、沙滩、绿树、鲜花和各色美食、友好的人际之外，还必须承担起相应的责任：

——我们必须具有正直、善良、诚实、守信、勇敢、坚毅、乐观、自信、谦虚、谨慎、自尊、友爱、宽容、忍耐、律己、助人的品格。

——我们必须勤奋工作，虚心好学，坚忍不拔，开拓创新，建设创造。

——我们不仅要爱亲人、爱友人、爱同事、爱孩子、爱老人、爱人人，还要爱动物、爱植物、爱山川大河、爱世界。

——我们不仅应该自己过上幸福生活，也要成全和帮助别人，都能同样享受到高品质的世界之美。

世界大同，自古以来人类追求的美景！

当然，我知道现在说这番话，只不过让人嘲笑为幼稚、小儿科、痴人说梦。也知道以人类现有的道德水准，是远远做不到的，起码在整个21世纪都做不到。22、23、24、25乃至30世纪，做得到做不到，都不敢说。可是我坚信，人类是一个会修复和塑造自己的高等生物，总有一天，我们是会做到的。

这就是我，今天，来到庐山，面对山山岭岭、峰峰丛丛，面对各国文学同人，禁不住想表达出来的玄想。你们可以嘲笑我太浪漫主义，太夸张，太没边没沿了，但请尊重我玄想的权利，并请助力我的期盼。

面对庐山，人类可以从头再来吗？

风中的鸟巢 |雪小禅|

《北京文学》（精彩阅读）2011 年第 1 期

我真喜欢那些风中的鸟巢。

在冬天的荒野里，在肃杀杀的寒风里，我看到那些枯枝上的鸟巢，挂在树梢上，看着岌岌可危，无限孤单，但又具有饱满的坚挺的力量。

它在风中，在一片枯黄的冬天的树梢上，独自承担风给它的力量。我喜欢那鸟巢的样子，圆圆的，有毛刺，不规则，在茂盛的夏季和秋天，鸟儿们一点一点衔来树枝，然后和着唾液一根根地搭着——这是一个多么巨大的工程！

那些风中的鸟巢，多么疏离，每隔几十米就会突兀地出现一个鸟巢，黑黑的，远远看去，很孤单。

可是，我喜欢那孤单。

那是应该有的孤独样子——它独立于时间之外，好像偌大的冬天只有它了。在空旷的冬天，我路过那些鸟巢，路过那些孤单——好像我也是一只风中的鸟巢，游走在这冬天的寂寞里。

这鸟巢像印度女歌手 Koaly 的歌，足够寂寞，也足够打动人。我在听她的歌的时候，常常想起那些风中的鸟巢。我在那些歌声中游走着，凉凉的，薄薄的，感受这风中的冷和凄然。但真的很好——那些风游走在销骨的寂寞里，和那些鸟巢一样吧？我坐在车里，车里的空调开得很足。不，不冷。那些鸟巢在寒风中偶尔抖动，但不会掉下来。它们高高在上，它们在冬天里，但又在冬天外。

这样的寂寞其实销骨。但又别有风情——似大雪天一个人行走在天地间。我把车里的空调开得很大，热气扑到脸上，Koaly 的声音很空灵，似一条小蛇游进我心里。她带着印度特有的神秘和巫气，带着一些前世的味道，款款而来。声音是紫色的，略带忧郁，又一声声让人心醉。在关键的地方，一下能击中你，动弹不得。可真好。

它和鸟巢相辅相成，都孤单得很饱满，恰如其分。

有一个人说，"无论睡在哪里，我都睡在夜里。"这句话让我想起风中的鸟巢。无论睡在哪里，它们都睡在风里。

想想吧，睡在风里。像一个人的名字，是的，林风眠。他喜欢自己这个名字，他说，就是小鸟在风中睡着了。他说的风，是春风。

但鸟巢是睡在冬天的风里，更有一种意境上的美感和孤清。有些孤芳自赏吗？有！有些文艺吗？当然也有！可这是文艺不是装的，不是小情小调，是刻骨的！是带有腐蚀性的！它侵略了我的灵魂。

我在路上，在冬天的路上，伴我的有这些风中的鸟巢，还有那永定河边的一排排枯树，桑树，柳树，槐……都有古意。旧得让人可以发呆，黑黑的树皮皲裂着，我试图走近那些树，那风中的鸟巢，可我知道，走近了，一定没有了现在的荒凉味道。

它们就应该在时间之外，在冬天之外。

我只喜欢那些冬天的鸟巢。它们和春天夏天秋天的鸟巢不一样，春天的鸟巢还单薄，夏天的太狂躁了，秋天稍显俗气的热闹，只有冬天的鸟巢，显得这样的饱满又这样诱人。那种诱人，是鸦片似的诱，越孤单，越寂寞，越寂寞，越诱惑。

整个冬天，我时常路过那些风中的鸟巢。我习惯了它们的姿势——有些过分的清高和薄凉，稍微有些弱势，可是，恰到好处。它似一个寂寞的男子，人到中年，无人能知，无人能懂，人前是欢笑的，颓败时，就做了这样一只独立于世的鸟巢。

如果你没有绝世的容貌，那么，你有绝世的姿态也是好的。这样想的时候，我打开一包雪茄烟，我不是抽烟的女子，但喜欢这孤独傲世的雪茄烟，它和冬天的鸟巢如此相配。我点燃一支雪茄，试图加速这孤单的速度。在这冬天，在这空旷的田野里，其实，我是试图做一只冬天的鸟巢。

我身边剩下的东西越来越少了。是我，刻意减去那些不必要——我才知道生活中不必要原来这样多！它们占据着我太多私人空间，霸占着我的精神硬盘，到现在我才知道，我只想做这样一只风中的鸟巢。

不沟通，不奉迎。冬天的旷野里减去了很多东西，就剩下这一个小小的鸟巢。把自己放在里面，独自、很独自地发呆——我忽然很羡慕那些风中的鸟巢，它任凭世间如何繁华，一个人在那冬天的树梢上高高地挂着，寂寞都寂寞得这样风华绝代！

铁线蕨

我一向对不开花的植物抱有持续的好感。

何况，铁线蕨的名字实在是好。

像一个稳妥的中年男子，一直稳妥着，坚定地走着自己的路线，而且，干净雅致——蕨类植物，历来有着难得的干净与简洁，并且带着深深的古意。

没有织锦繁华，没有裂帛之痛，只是这干净与简单，不开花，只绵延跌宕着这绿意，很流畅地铺排开。做植物，干净和简洁是难的，大多数全是繁花似锦，努力表现的样子，而蕨类植物的铁线蕨，有着异样的温暖和朴素。

初见是在我的院子里。

春天里，在阳光下散步，看到墙角布满了这种小叶子的植物，很听话又安静地待在角落里。

再见是在贵州的原始森林里，青苔上爬得到处都是，非常浓郁。

带着湿绿和苍茫的味道，我喜欢那种绿——一下子可以把人的心都染绿了，湿润着，却不芬芳。只是湿润，带着凉凉的温度，可是，我愿意告诉它——这是最踏实的湿意呀。如果一个中年男子温文尔雅深情款款，如何能不吸引你？单是他的眼神，就足够让你觉得安定、稳妥，心神荡漾，倒是其次的事情了。

铁线蕨，实在有一种飘逸的静寂之美。

读清少纳言的文章时，常常会想起这样的植物，而清少纳言，也配得起这样的静寂之美：

"淡紫色的衣，外面罩了白衫的人，刨冰放进甘葛，盛在新的金碗里，藤花梅花上落雪积满了……"真美呀，每每于午后，一杯午后红茶放在阳台的小几上，就有这种蕨类植物的美感，好像自己也成了一株植物似的，那样接近了空灵与美丽……

幽寂，玄妙。我实在喜欢这样的光阴，于是也养了一盆铁线蕨，长势并不好。我养什么东西都不易活，而尤其不喜花，极少种花。我性格中偏阴偏冷，易与不开花的植物相缠相伴，似是它们的知音，用沉默表达高贵——沉默是难得的。是的，我就在角落里，你们说吧，你们说够了吗？不，我不解释，我不争辩，我做一枝这样的孤寂的蕨类植物，展示着内心饱满的寂寞和喜欢。

我不把铁线蕨想象成女子。确切点说，更安静的内心，更强大的东西，男子身上更多一些。

它一样呈淡淡的阳性，或者中性，有一点点颓，可是，也有一点点向上，叫人恰巧喜欢的那种——喜欢穿麻，白色，头发黑，而且传统的那种发型，眼神清澈，带着难得的明亮，虽然历经岁月，却依然被淘洗得特别动人。至少，可以看得到干净的东西。这样的男子就是铁线蕨吧？

他一定是文雅的，低沉的。一定有着自己最动人的落寞，即使寂寞，他也是优雅的——他不愤世嫉俗，一点也不。

他最迷恋不动声色。却也温暖。很书卷，很儒雅，很中国。哲学的味道在绿意和舒卷的姿势上非常达意，难得有这样不动声色的植物——是的，真难得呀。不动声色是难的，大多数时候，喜形于色，张狂，惆怅百结，一日豪似一日的花开富贵，能够低眉的人简直太少了。

只有风安静了，雨停歇了，所有的繁华终于不再车水马龙一样的出现，才会有那样的时刻吧？收敛了所有的傲气，在大雪压住红尘的夜色里，就着冷银的月光，照在雪地里，有了听雪超尘的心情。这时，已经是株寂寞的铁线蕨了——这样的寂寞，素素然，是我喜欢的格调。

有些植物，虽然看似茂盛，但是，"格"不好。可是，铁线蕨有着别样的一种气质，虽然所有的东西都会随着时间消失掉。可是，终究有一些东西会永远沉淀在心里，比如思念铁线蕨的这个冬天的早晨。这是 2009 年的 11 月，才刚进 11 月，第二场雪又来了，远远地看去，屋顶上有了白白的一层，雪意总会让人感觉到清冷和洁白，这恰巧和铁线蕨的格调是一样的。所以，在这个听雪超尘的早晨，我写到了铁线蕨，我知道，无论再喜欢多少种植物，铁线蕨，还是我最爱的那一种。

它呀它，低低地朗润着，在这个落雪的早晨，一点点地，蔓延到我的心里，喜悦着，沁凉着。

精神强度

我喜欢"精神强度"这个词语。

非常达利。我在看达利的油画时常常会想起这个词语。他反对时间，把时间变成变形的钟表挂在树上，把沙发做成马桶。那种精神强度可以把一切扭曲。他的画不凌厉，但看后的震撼是无限的激荡，好像得了脑震荡的人，好长时间会缓不过来。

我在给一个美国朋友写信时说，精神的强度超越一切，超越年龄、性别、地域、时间……它的弹力最大，可以绵到心的任何一个角落。

他在丹佛画画，说丹佛的白天真亮啊。又说那里的夜黑。

丹佛是哪里？我不知道。我喜欢这两个字的发音。有一种奇妙的香。他又说丹佛有金矿。我说金矿好，用什么工具可以把金矿挖出来呢？我们说着一些精神世界里的花朵，他种了一园子，我种了一园子。都争先恐后地开着。

其实精神真是最形而上的东西。最不可靠，也最可靠！就像过分美于一种植物的叫法。我喜欢铁线这个植物。只是喜欢它的叫法。它有一种突兀的美。我喜欢类似于它的人，干净、倔强、饱满……喜欢长风浩荡，喜欢渺目烟视……内心里越是野旷人稀，它呈现给艺术的越是生动疼痛。

一个作家说，三十岁以下的爱情不靠谱。因为完全是肾上腺素分泌太多的结果。三十岁以上，意识形态完全成熟了，步入了一种精神领域，再喜欢一个人，精神的成分要站得住脚。

即使和爱情不沾边，有精神强度的人，不会轻易被打倒。虽然有时候他很脆弱，但这脆弱，其实是艺术里必不可少的精神支架，犹如寂寞花园里一朵绮丽的花，安静地开，安静地谢。

看过一个纪录片，是记录清华物理系教授叶企荪的。钱学森、杨振宁全是他的学生，他开中国物理系先河，终身未婚。把自己交给了物理，交给了学生。在"文革"时期，被说成特务，为了不牵连学生，在清华遇到学生时，他假装不认识。有学生上前打招呼，他摆着手说，不要来，不要来。那时他背已驼发已白，每天不说一句话。他的小屋，只有一张床，床上，放着整摞的物理书。而他睡觉的地方，只是一把椅子。事后有人问过他，觉得寂寞吗孤独吗绝望吗？他答，我有物理，有书，有天空，有深的精神。如果不是精神世界的强度，或许他早就和一些大师一样选择自杀，投湖或吊梁。他倔强地活在自己的芬芳世界里，一直到生命最后。

看《杜拉斯传》，惦记于这个女人的精神强度——她的一生，总在打倒别人，从来没有被别人打倒过。即使爱情。她用她的文字打倒读者，用她的爱情打倒男人。在离别时，她不哭男人哭。在爱着时，她得意地说，你多幸运呀，你爱上我，你爱上这么著名的一个作家！一点不自卑微，一点不示强弱。不，一点也不！

我在她的强度里感觉到了无限的软弱。她没有性别，她是杜拉斯。她说，我渴望堕落。

而大师黄永玉，一直在用画来表达他的精神强度。"三月间杏花开了，下点毛毛雨，白天晚上，远近都是杜鹃叫，哪儿都不想去了……我总想邀一些好朋友远远地来看杏花，听杜鹃叫。"这是黄永玉同他表叔沈从文聊天时说的话。

黄永玉问表叔，这样是不是有点小题大做？沈从文答："懂了就值了。"

是啊，懂了就值了。

这世间，必有一种懂得是精神，穿越灵魂，幽幽而来。总有那个明白三月间杏花开了，下点毛毛雨的惆怅的人，总有发个信儿就刹那间说慈悲的人。因为，他的精神强度恰巧与你在一个线上，不远，不近。你说，他懂；他说，你懂。

即使没有那个一起来看杏花的人，还是饱满的。因为内心是强大的，是蓬勃的，是生生不息，是杏花春雨里最美的笛声，是一个人的自斟自饮。是徐悲鸿说的那句，我就要一意孤行。

那些有精神强度的人，是金，藏于内心，不显露。但在合适的时间合适的地点，会闪现出非常动人的光芒。

即使在最孤寂的地方，他也不凋落；在最热闹的地方，他也不张扬。

他用精神支撑着内心，那个花园里，妖妖地开着一朵又一朵世间难寻的花，如果你进得去，那么你看得到。

潦　草

看过莫迪利阿尼的一张画：《露妮柴可夫斯基》，我很喜欢那个女人的神态。突然冒出来的词就是潦草！我喜欢潦草！很潦草！从眼神、发型到嘴唇，都带着暧昧的潦草和不安！

潦草！多好的潦草，坚决不细腻不动人不精致，不盲从！当然不！

这样的潦草让我心生欢喜。生活太细腻太格调太朝九晚五真是一件要命的事情。这种潦草让人安心，很健壮，很无所谓。

想起陆小曼也是这样的女人。生活得没有章法，潦草得一塌糊涂。处处是口红、丝袜、过度的爱情、没有节制地花钱、感情泛滥……不，不精致——虽然她梳爱司头，穿软缎衣服、着绣花鞋，用法国化妆品，没有用的，她的眼神，透出无限的潦草。她的生活，更是潦草得一败涂地，一点也不像林徽因，在精神上都井井有条，在生活里井然有序，反映在眼神上，坚定，固守。是的，固守。据说，生活中的林徽因是一个坚硬的脾气坏的女人，脾气坏到可以用暴躁来形容——我非常满意这种说法，她和她的长相，就应该背道而驰。

在安妮宝贝的小说中，她常常写到这样的女子，目光清澈，穿着洗得发了白的白衬衣，白球鞋。在写到头发的时候，她说，她的头发非常潦草，干枯……我很被打动，我喜欢这样的女子。不喜欢太过精致的女子，提着LV 的包，一丝不苟的发型，几千块钱的衣服闪着蕾丝和钻石的光芒，对于红地毯上的那些露着大部分乳房穿着华服的明星，我从来抱有微词，并且，嗤之以鼻。

那头发潦草的女子，于我而言是一株野生的植物，有着自然中最暗哑的光泽，生动，饱满，不修人际中最无聊的边幅。

我迷恋那些过度青涩的东西——白衬衣、球鞋、潦草的头发、干净的眼神、简明扼要的语言、寡言的男子……在淘宝网上，我看到"江南布衣"的一款深蓝裙子，下面只有一句话就打动了我，"如果配上一双白球鞋，会非常动人"。我几乎没有停留半秒钟就订购了这条裙子，一是因为蓝，二是因为，可以配上白球鞋，这真是一种要命的情结。

那些无耻的精致与我何干？有一天我穿了一身黑衣出现在一个人面前，他说我是一个非常精致的女人。这让我反感至极。不，我不接受"精致"这个词！我潦草得像一团草，从生活到内心——我决不渴望精致。精致是那些无所事事的女人的事情，我的内心，匆忙，慌乱，一副张望的样子。我了解它，它渴望动荡，渴望一波未平一波又起，也渴望有迫不及待的潦草。

曾与一个戏曲演员同桌吃饭，她化精致的妆，那精致让人肃然。连粉底都透出油腻，头发更是梳理得纹丝不乱，手上画了七彩图案，指甲极长，嗓门是高亢的——大概因为唱河北梆子的缘故，身上脱不出世俗的艳气，而且，油粉的世故让她生出艳俗的种种可能。我与她邻座，一直寡言。我穿了白衬衣灰裙子，没有任何饰品，手上寡白白的。她的金项链据说有30克，在香港购得。又尖声说着许多男女趣事。我的头发泛出了潦草的荒意，我的眼神更加潦草。有男人逗她，她就开始唱梆子，很高亢，难以自制的得意。声音绕上去，在空气里，好似在炫耀，完全附和当时的酒场气氛。我看着她，忽然庆幸——幸好，我这么潦草，潦草得这样干净。也幸好，读了些诗书，让我沉静似水，面露清水之色。

那些精致离我有多远呢？我决不肯文了眼线眉线，决不肯洒了香奈儿五号才去一些场合，也不肯镶钻镶银地去穿一件衣服。我更靠近那些野生的自然的东西，近乎潦草，带着率真的苍老和墨绿，内心清醒，不茫然，想想，这是多么奢侈。

如果在风中，我是那穿了布裙的女子，顶着一头潦草的短发，不怀幻想，果断而坚韧地迎着风走，怕什么呢？我不怕风吹乱了我的头发，不怕沙打在脸上。那样的味道，是历经了几百年的青花吧，虽然褪了颜色，但是，谁能不承认，它比新鲜出炉的东西更有味道，更迷人？

有一天我彻底不再年轻，而且有了再也褪不去的皱纹和更为潦草的心时，我会和那个叫杜拉斯的女人一样，不怕老不怕丑地抽着一支烟，很强硬地面对着这个世界，傲然地说：我的内心很庞大，我可以同时爱上几个男人。

这样坚硬的潦草，是我所羡慕的。

粉

如果用一种颜色来形容苏州，真没有比粉更合适的了。

一定是粉，绝对是粉。

可以用来听的，可以用来闻的，可以用来看的。我一直找不到合适的颜色来形容苏州，或者说，找不到恰到的气息来表达苏州。

它让我迷惑，因为离得远，或者说，因为离得近。近或者远，都会稀释一些东西。

我游荡在苏州的街巷中，游荡于粉墙黛瓦间，游荡于小桥流水的苍茫与纯真，吴侬软语的绵软。那过马路时偶然邂逅的侧身而过的苏州老女人——她穿着软缎的粉绣花鞋，她烫了栗色的头发，皮肤松了，可是仍然感觉出了当年的细腻和水粉。她个子不高，眼睛眯起来，张嘴说着苏州话，和唱评弹一样。这就是苏州了，到老了都风情万端。

我更喜欢叫它姑苏。

因为突然有了人间烟火气。姑这个词，沦落到乡间，突然与苏州相遇，居然有一种夫唱妇随的妙处横生。

还有一种暗。

我迷恋那种暗，绸缎微凉的暗。摸上去，凉凉的，但是光泽很温柔。比如那些千年的桥，或者旧墙，凋落的皮，和北方的富丽堂皇形成了鲜明的对比。这旧是宋词，是南宋凄凉的月光，是从山水画中找到的视觉审美，不跌宕，就这样委婉地提醒着，这是苏州了。

暗和旧，可以让眼睛很舒服。因为旧，就带来稳妥。又因为暗，可以柔软。

但又隐约散发出一种气息。

是格非常高的气息。

有点像远古。人们都去忙着奔命了，可是，剩下这一个小地方，依然故我。不慌不忙，听听评弹，唱唱昆曲。破旧的小店里，摆着当天的《姑苏晚报》和新做的青团子、酱汁肉。

早春里，粉就更有那种味道。

黄昏里，有老人在桃花树下聊天。小桃花就三两枝，还开得不茂盛。

他们顶着一头银发说着苏州话。吴侬软语就一种极美的意境，说不清的婀娜，说不清的湿润呀。也是粉色的，勾魂的。不似红的夺目，不似白的骄人。红和白在一起，其实就是粉。

昆曲《牡丹亭》里，在游园和惊梦两场戏里，杜丽娘着粉装出场。其实是更惊艳，粉有一种暗俏。不是第一眼就豪夺人目，可是，目的还是要夺你的目。

苏州街上，有一家照相馆就叫"粉青春馆"。拍照片叫做粉。多好听呀，多引人呀。

还有卖戏装的，挂着一件粉衣，就在春风里飘摇着。我看着香樟树下飘着的戏衣，听着远远近近的昆曲。平江路上埋下了很多暗线，小音箱里整日在放着苏州评弹。这样的城，是引人堕落的，至少，想发发呆，喝杯散淡的茶。

我坐在评弹博物馆中听评弹。

一男一女，一琵琶一三弦，坐于高高的台子上。女人穿了廉价的旗袍，妖艳的蓝色，开始唱曲调婉转的评弹。其实我一句也不懂，但重要吗？太不重要了。

我坐在那里两个小时，听着他们很烟火又很入戏地又唱又说。天色将晚，我看着天光渐渐沉下去。我身边全是当地苏州老人。我就这样把苏州的下午一个个耗了下去，很粉。

这粉，是闲情逸致。是小桥，是流水。是几千年的风致骨头，即使成了残渣，仍然是苏州的。

那粉，还表现在苏州的细节里。

整个城市是慢的，不慌不忙，不急不徐。——几千年就这么过来了，有什么着急的呢？

在苏州的老街上游走，常常觉得自己的脚步太快。那些古老的铺子，散发着沉年的暗香。甚至卖生煎包子的俏女子，脸上的表情都是寡寡的，并不着急，慢工出细活的样子，好像要把时光雕成油画或者散文。

只有苏州，留下了那么多老建筑。把新城全建在了城外。我喜欢游走在老城，柔软的绸缎那样起伏着。意识形态之惰性，之味道，只有苏州有。只有苏州。

粉，除了艳，其实还有颓的味道。颓，是要有资本的。经历过时光打磨的东西才颓得起，白云怡意，必是经过了朝飞暮卷。

在姑苏，小试宜春的面，只得由它缱绻。三春好处有人见，见了那苏州的粉，可真端然。

那小金铃，那苍苔，那老绿，那花愁颤，都是粉又颓的苏州。

金粉半零星的早春，我怀揣一帘幽梦，为苏州的粉，浅吟低唱一声罢。

春　耻

最怕春天。

一到春天，春就放荡了。一副不要脸的样子，简直不知羞耻了。

大片大片的花。

桃花、杏花、梨花，一个开完一个开，比赛似的。

仿佛晚了来不及赶上这一场春天的合唱了——生怕被落下，生怕错过了这一季，下一季真的来不及了。

还有蔷薇。

不仅是热烈，简直有一种一起赴死的决然。只有春天，艳成了爱情最初的样子——多艳也不怕艳。桃红柳绿，红也是那个红法，绿也是那个绿法。很要命的深情，无可救药了。

却感觉大面积的忧伤。一片，又一片。

凛冽到铺天盖地了——谁说我不爱你？这春天就是最无耻的证据。

就这样为你盛开着。近乎恬不知耻，近乎贱。

这是爱情的春天。不沉醉，不沉溺，不算完。

却有一种逼仄的惆怅，款款而来。

那种纠缠的不安，和春天有关。

太意兴阑珊了。

太放肆了。

一点也不内敛。一点也不温柔。

就像一支浩如烟海的军队，席卷所有堆积在你脚下——谁都再也无有还手之力。

硕硕的花们呀，开吧，开吧。那些总嫌不够的抒情，那些永远不嫌腻

91

的甜言，就在春天发酵吧。

不知今夕是何年。

更不知要如何地收起这一颗已经燃烧成灰烬的心——零落成泥散作尘，香如故。

只有春天可以浩荡成这样，多浩荡还嫌不够，像一个女人贪婪地爱着她的男人，倒在他的怀中，深深地缱绻着……

候选
作品

猫　咪 |王广谦|

《北京文学》（精彩阅读）2011 年第 1 期

　　小心地给猫咪洗完澡，眼角、嘴边的污垢都认真地清洗过。猫最爱干净。我不知道这是不是最后一次给他洗澡，他无力站起已有两周，吃饭已经很困难。他老了。

　　13 年前，平儿上 3 年级。那年"五一"，李健带平儿去西直门南边的少儿活动中心游玩，中午时分，李健打电话给我，说平儿看到一只非常漂亮的小猫，喜欢得不得了，想买回家。我说，不是商量过几次了？还是劝平儿别买了。李健说，孩子实在是喜欢，久久不愿离开，小猫也确实可爱。我说，最好还是别买，你们再商量一下吧。下午 2 点多，听到门外平儿兴奋地喊声，爸，快开门，猫咪来了。

　　买只小猫，女儿嚷嚷过多次。我不同意，并不是不喜欢，也不是怕耽误女儿的学习和我们的工作。喜欢小动物，更接近自然。有小动物相伴，生活情趣更浓。与小动物相伴长大，童年是幸福的。长在城市中的独生子女，虽然有那么多的玩具，那么多的亲人疼爱，但总是少看了蚂蚁上树、昆虫搬家，总是少听了鸡鸣犬吠、蝉噪鸟啼。城市中的大楼一幢高过一幢，立交桥一座比一座宏伟，往来的汽车一辆比一辆豪华，但总觉得这不是真正的自然。大自然中的丰富多彩，总少不了那些叫得上名和叫不上名的种种小生灵。过去生活在乡村的孩子，都是在与这些小生灵的玩耍中长大。但事情并不都是完美的。那些小生灵的不时死去，也每每让孩子伤感，特别是那些已习惯被人类驯养又极通人性的大小动物。

我在少年时养过不少动物，其中伴我 10 年的那条聪明懂事、漂亮勇敢的黄狗，给我带来无限的快乐，至今仍不时想念他。可是他年老时的可怜景象，也让我每当忆起他时清晰再现。我当兵离家之时，他竟在多日不起的情况下艰难地爬起来半摇半倒地送我到大门口，他那忧郁的眼神和眼角中浑浊的泪令我心碎。在亲人们的注视下，我紧紧地抱了他好长时间。那时我就想，我不再养这些可爱的精灵了，我受不了看他老，看他死去。

　　在城里学习、生活长了，整天忙忙碌碌，便淡忘了那些曾经亲密的和不太亲密的，熟悉的和不太熟悉的动物朋友，忘了他们的好，也忘了他们的"坏"。女儿的出生，女儿对小动物天生的喜爱，又使我对曾经的想法难以坚守。女儿在牙牙学语的时候，每当看到小动物和电视中的动物影像，就手舞足蹈，咿呀叫个不停。姥姥、姥爷带平儿去得最多的地方，就是动物园。在路边、在街心花园，在许多许多的地方，只要看到小动物，她总是不肯走。我们买了好多的动物玩具，女儿喜欢，但不满足。在李健已经布置得十分恰当并养了许多花草的狭小居室里，又多了一盆小金鱼。女儿 3 岁后，又开始养小鸡和小兔。女儿的天真快乐和这些小动物的自然天性，使家中充满了生机。可是，这些小生灵离开了基因中让他们自然生存的原始环境，生命都变得很脆弱。每当死掉一只小鸡、一只小兔，女儿都会很伤心。我们也只好陪着。能说什么呢？黛玉对花的凋落都那样伤感。虽然花也有生命，但比之这些小动物，还是差了一大截。我理解女儿的悲伤。女儿喜欢他们，对他们那么好，他们怎么不领情，怎么不能陪女儿一块长大呢？对于死去的小动物，我们三人都会很精心地放在一个小纸箱里，一起到附近农科院在城中保留的那块试验田里挖个深坑，让他们入土为安，回归自然。当埋掉最后那只小鸡后，我对女儿说，咱以后不再养小动物了吧，你看，当他们死的时候，我们多伤心啊。女儿点点头。大约过了一年，我发现女儿每天放学回家，总是先到我们同层姜爷爷家门口看小猫，有好几次我轻轻经过或站在女儿身后停留一会儿，女儿都没有发现。我看到女儿逗猫时的快乐，心里真是甜美，但也有说不出的滋味。有几次，女儿试探地跟我说，爸，咱们还是养只小猫吧，小猫比小鸡小兔活得时间长。我说，还是别养了，养得时间长，当他生命终结时，我们会更难过。女儿便不再说话。

家里来了小猫，女儿那个高兴啊。刚来时，他只有一个月，蓝蓝的眼睛，洁白的毛。我问，那个卖猫人说这是什么品种了吗？李健说，那个人也不清楚，说可能是波斯猫，又说可能不正宗。我又问，那个人说小猫吃什么了吗？问了，说是吃小黄花鱼，加一点米饭。在女儿和李健，姥姥和姥爷，还有隔年来京住一段时间的爷爷和奶奶，当然还有我的精心养护下，小猫慢慢长大。有一天，女儿说应该给小猫起个名字。我说，就叫猫咪吧，那天他来咱家时，你说的第一句话就是猫咪来了。那时，比尔·克林顿刚刚成功连任美国总统，电脑奇才比尔·盖茨的事业和声誉正如日中天，李健说叫比尔怎么样？我说，那对人家多不尊重啊。李健说，在西方文化里，给子女和宠物起名人名字，那才叫尊重呢。此事并没议妥，以后也没再讨论。后来，除有时客人来偶尔问起，我们简单说说过程外，我们就一直叫他猫咪。再后来，由于猫咪长得胖嘟嘟的，李健也叫过他"阿肥"。

　　有了这个猫咪，女儿的生活更快乐了。每天放学回家，首要的事便是逗猫。很多时间，女儿都把猫放在床上，边逗猫边做作业。女儿上南开后，每两周便回来一次，我知道，很大的原因是因为这只猫。

　　猫咪也给李健和我带来了快乐。下班回家，他会马上迎上来，喵喵地朝你叫，一直围着你转。我在家工作时，他经常趴在我的书桌上，有不少课题的研究是在他的陪伴下完成的。他不喜欢我抽烟。我如果不想让他陪伴，就会在书桌旁先点上一支烟，他在门口喵喵几声，另找别的地方去。如果我想让他陪伴，我就到书房外面去过烟瘾。有时，夜间他会蹦到我们床上，轻轻地"咪咪"两声，算是打了招呼，依偎在身旁，呼呼大睡。

　　"猫有九条命"，可能是说猫的生命顽强。我没有更多的经验，但我家的猫咪确实有过一次大的灾难。在他两岁时，有一天下午忽然不见了，李健急忙去找。从我们家的7层一层一层找到楼下，最后在进楼口上面的平台上发现了，已是奄奄一息。李健赶紧把他抱到动物医院，医生清理了他嘴边流出的血，打了针，说看他是否命大了。我想他是爬楼道窗子时摔下去的，李健说听到楼下有人议论，说是看见有人把他扔下来的。我不相信，这么可爱的小动物，人怎么会做这种事？慢慢地，他奇迹般地恢复了。之后，他又生过两次病，去过两次医院。后一次是因为便秘，那是不久前的事，几天没有排泄。大夫说是老了，打了三天针。

人之养猫，历史久矣。对猫的褒贬也是不一。这在不少文学作品中多能读到。贡献沙翁全集浩大译著的梁实秋先生是文章大家，他在《猫话》中写到了《诗·大雅·韩奕》把猫看作自然界中值得一提的动物，写到了《礼·郊特牲》以及《黄山谷外集》卷七《乞猫》和《谢周文之送猫儿》诗中对猫捕鼠实用价值的赞扬，写到了梅圣俞《祭猫诗》和18世纪英国诗人斯玛特对猫的感情，写到了《威尼斯商人》中有人对猫的厌恶和鲁迅先生在一篇文字里说他最厌听猫叫。在鼠辈跳梁、偷油喝、啃蜡烛、啮书卷的环境里，养猫降伏是人聪明利用自然之方法，猫的使用价值讨得养猫人的欢心。现代城里人养猫，其意早不在此。把猫作为宠物迎入家中，发明应该属于西洋人，我不知这是否应该归入西风东渐的文明之列，反正如今国人养猫的已经很多。是耶，非耶？难以定论。有人赞扬猫，把猫神化。但梁实秋先生不。他把《挥麈新谈》记猫有五德之语，看成是鸡有五德之说的翻版，"主人看着喜欢，也就罢了"。梁先生也不赞成把猫丑化。"一般说来，猫很可爱。如果给以适当的卫生设备，他不到处拆烂污，比狗强，也有时比某一些人强。""猫馋，可是他吃饱之后任何鱼腥美味都不屑一顾，更不用说偷嘴。他吃饱之后不偷嘴，似乎也比某一些吃饱之后仍然要偷的人高明得多。"

梁实秋先生是爱猫的，他对猫的观察是细腻的。猫喜欢玩球、玩绳、玩捉迷藏、玩"捕风捉影"，猫喜欢往柜门里钻，喜欢到处去闻，喜欢用不同的喵喵声表达不同的需要，喜欢磨他指甲，喜欢抓丝袜、抓沙发、抓被褥。我家的猫咪想来也没有什么特别之处。我们外出时为猫咪所做的准备功课与梁先生他们外出时的准备情况差不多。菁清不时地给猫剪指甲，剪过之后并替他锉，到处给他铺小块的粗地毯，李健的做法恰似菁清的嫡传亲授。

猫对环境的依赖甚于对主人的依赖。因为这只猫咪，我和李健一般不同时出差。有几次例外，也是邻居朋友到我家中照料，抱入他们家中便不成。猫不如狗通人性，但也是有感情的。我们在家以及照看过他的朋友们在时，他的眼神是清澈温柔的，生人来了他有恐惧感，很快会跑到一边。但也不会像狗那样为主人而欺生。梁实秋先生说猫比狗强，据我的体会，猫和狗各有各的好。

猫咪老了，他 13 岁 3 个多月。猫的寿命有多长，我小时有"猫七狗八"的模糊概念。现在看肯定不对，也不知这个印象是哪来的。因为有这个印象，在猫 10 岁后，我很为他高兴。一些朋友聊天，谈到猫的寿命，有说七八年的，有说 10 来年的，也有说 15 年左右的。有一天，一位朋友说他家的那只猫活了 18 岁。梁实秋先生谈到他家那只 4 岁的白猫王子时，说相当于人的弱冠之年，那猫的寿命应该在 20 年左右。我曾专门就此请教过一位动物医生，他说现在宠物猫的品种很多，猫的寿命差异很大，他曾给一只老猫看过病，那只猫活了 22 岁。那只猫活了 22 岁，我们的猫咪为什么 13 岁就老了呢？我很伤心。想到他的饮食，他一直是吃小黄花鱼加一点米饭，中间曾试图喂他猫粮，他绝食抗争。出于喜爱，便依了他。后来听医生说，猫粮经过配置营养更丰富，我很后悔。去年母亲来京，我与母亲谈起猫鱼与猫粮问题，母亲说，什么动物吃什么是上天安排的，不存在营养问题，牛马吃草，长得那么壮，爱吃的就是他身体需要的。心里稍感宽慰。我又问母亲猫究竟能够活多长这个老问题，母亲说，确切的说不准，农村的猫有多少是真正老死的呢？不光猫，多数动物都是如此。我马上想到了"卸磨杀驴"这句话，很是为动物的命运可怜。母亲又说，城里人把猫当宠物养，照顾得那么好，你看这个猫咪多幸福啊。谢谢母亲，我心里轻松了许多。

　　猫咪静静地在身边躺了太长的时间了。他好像知道我今天写的这些文字是为了他，一点动静都没有。我给他翻了身，这才听到两声轻轻的"咪咪"声。这声音是那么亲切，那么珍贵。他睁开眼柔柔地望着我，眼中淡淡的泪水遮掩了往日神奇的光。我看着他，一边与他说话，一边反复抚摸着他，他的毛如同来时一样的白，一样的软。我告诉他要坚持，至少要坚持到下个月为 13 年前把他带到家来的平儿远赴英伦送行。他抬了一下头，轻轻喵了一声。我鼓励他要争取创造奇迹，要超过那只活了 22 岁的猫。你不是有九条命么，你不是只有一次灾难只生过两次病么？你还有资本。他缓缓地动了动，喵声轻喃。

穿过一条街，或贴着地面行走 |陈启文|

——谁正与你擦肩而过系列

《北京文学》（精彩阅读）2011 年第 2 期

　　一条腿蹲着，一条腿跪着，一个宽厚的被汗水浸湿了的背脊，连同一个身躯，深深地俯向大地，如同某种庄严的朝拜。这是一个人的姿态，也是一条街的开端。

　　我是说长青街，长安的长青街，像长青藤一样从 30 年的岁月里延伸过来。30 年，只是历史牵出的一段很短的距离。我还很少对一条街投入如此奇怪的关注。这是一条奇怪的大街。第一次走到这条街上，我突然觉得脚底奇怪地发虚。用两只脚使劲地踏踏地，还是发虚。这并非幻觉，我听见了水声。一条街的历史是一条河流，这不是比喻而是事实，就在我的脚底下，她正带着响声和气流哗哗流淌。

　　确切地说，那是一条南方的水渠，很大的一条水渠，比北方的一些河流还大，灌溉着属于长安人民公社的四万多亩的农田。水渠两岸是两条机耕路，但机耕路上其实很少有机器走过，只有南方的水牛拖着犁铧，在沉重的喘息声中听命于农人鞭子的催促，缓慢地穿过朝云暮雾。从一条水渠，到一条街道，不知道这条大街是谁设计的，但这个人肯定是个天才。他居然想出了这样一个绝妙的主意，把一条繁华大街直接铺在了一条水渠的上面。这让人觉得不可思议。长安人就时常干出一些不可思议的事情。他们用了 30 年，把两条机耕路变成了两条宽广的大马路，又把一条明渠变成了暗渠。而在两条大马路之间，他们建成了一个绵延数里的带状公园。

　　落羽杉摇曳于岁月的风中，这是一种古老的孑遗植物，特别适合在浸水的河漫滩地生长，生长出比命运还顽强的树干，也生长出庇佑着农人渺小人生的树冠。但它不是风景。农人眼里没有风景，只有和万物融为一体的水稻田，只有养命的稻子。那时的长安，是珠江三角洲商品粮基地的一个水稻主产区。当生存的意义简化成了粮食，世界上便没有了别的物种繁衍，连树叶、树皮、草根也被用来填饱肚子，甚至有人把泥土直接吃进了肚子。这片林子里暗藏杀机，落羽杉上，有人因偷吃公社的粮食被捆绑吊打，也有人在大树上把自己吊死。乡下人都明白一个朴素的道理，吊颈也要寻棵大树。这世上，没有比落羽杉更粗壮更结实的大树。清凉静夜，当一个生命吊在上面，它不会发出任何声响。

　　水，潜入地下，更接近回忆与冥想。无数身子在树阴里游动，隔着一些树枝，一些鸟，你能看见一个老人坐在条椅上，严肃而固执地，像哲人沉思一般。他老眼昏花，早已看不清眼前的一切，却有一双看透岁月的瞳孔。30年来，他眼睁睁地看见，那无边无际的整齐划一的水稻田，逐渐变得复杂起来，色彩斑斓起来。田野里除了水稻，还有成片的香蕉、荔枝、芒果、枇杷、水石榴开始生长，一些地势低洼的地方，自然而然地变成了鱼塘。然后呢，这田野里开始异常蓬勃地生长出一大片一大片与庄稼无关的事物，生长出工厂，楼宇，街道，城市……他转动着眼睛，在这个潮湿的春天，他唯一看不清楚的是他置身于其间的大街，光影里，只有如同神话般的色彩，漫过一个老农的眼帘。他觉得自己老了，真的老了啊。30年，足以让一个壮年汉子变成老眼昏花的老人。但这条路，他是绝对不会走错的，他差不多走了一辈子了。当年那些落羽杉，依然在原来的地方生长，依然挺拔着腰杆显示着旺盛的活力。只是，这林子里不再只有落羽杉，还有了香樟树、垂叶榕、高山榕和对空气污染抵抗力极强又生长迅速的盆架子。这也接近大自然生态的本质，丛林法则，物种越多，一条线形的生物链就会生长蔓延为一个网状结构，生态系统越复杂就越稳定，也更繁荣，更有层次。挺拔的树干和像绳子一样缠在树上的长青藤，生性凶狠的蚂蚁和脾气古怪的蚯蚓，贪吃的麻雀和成群地飞舞的鸽子，蜜蜂和马蜂，它们都在以自己的方式打开生命之门。没有篱笆，你可以径自走进去，成为其间的一个物种。

　　穿过一条街，或贴着地面行走，如果你愿意把头低下来一点，你会看见他。没有人看清过他的脸。我是说那个一条腿蹲着、一条腿跪着的汉子，他一天到晚就这样俯着身，低着头，以这样一种姿势在一条街上一寸一寸地挪动。南方潮湿的春天，连苔藓都在散发潮气。他的裤脚都湿了。时间缓慢得让人感到绝望。他不是乞丐，他的两只手从没有向任何人伸出过，而是一次又一次地抓住一样异常坚硬的东西，比划，放下去，又拿起来，反复比划，再放下去。如果你愿意把头低下来一点，你会看见那双手。那是一双沾满了水泥浆和沙石的手。它曾握紧过牛鞭，播下过种子，连根拔起过田野里的稗草。现在他一手握着砌刀一手拿着方砖。此时他心里纯正，毫无杂念。他干这活路已经 20 多年了，从这条街上铺上第一块方砖开始。一条街因为有了这样一双手而变得踏实。

　　花岗岩的方砖，黑质而白章。这是岩浆在地壳深处逐渐冷却凝结成的火成岩，质地坚硬，有着复杂而稳固的分子结构，还有着美丽而斑斓的斑纹。一条街因为有了这样的花岗岩而变得更直接，更彻底。这是一种奇怪的感觉，走过这样一条街，感觉就像正在经过英国伦敦的某一条商业街，街道两旁布满了百货公司，超现代大型购物广场，服装及服饰专卖店，观光酒店，咖啡馆，金融机构，书店，戏院。一条街既是一个大型购物休闲娱乐区，也是一个绿意盎然的公园。那里也有铺街人，一条腿蹲着，一条腿跪着，一只手反复地比划着手里的铺地方砖，如同反复演算某种几何原理。他们进行得异常缓慢，比划了一阵，他们觉得有点累了，便去咖啡店里喝咖啡，闲聊，神侃。你不知道他们会在咖啡馆里待多久才会出来。但过了一年，如果你有幸再一次经过那条商业街，你会发现他们仍然在同样一个地方，一条腿蹲着，一条腿跪着，一只手反复地比划着手里的铺地方砖，如同反复演算某种几何原理。然而，这里是中国，中国长安，我还从未看到一个农民工扔下手里的活路去咖啡馆喝咖啡，闲聊，神侃，但我时常看见，他们就躺在这条街上，一张旧报纸上，或躺在自己的脏衣服上，睡着了。中午，南方炽热的太阳在他们梦中照着，风又吹过满地的绿来。他们一般会昏昏沉沉地睡上半个小时或一个小时，然后，你就会看见他们又在自己的脏衣服上异常清醒地醒来。

　　这些看上去什么也不想的傻人，粗人，真的活得异常清醒。他们把账算得很明白。刚来时，他在这里铺一块方砖是一分钱，而现在是一毛钱。20多年里，一个农民工的工资涨了10倍。而当年那个只有四万来人口的小镇，现在变成了一个拥有80多万人口的现代海滨新城。20年一代人，现在他有了一个帮手，在他背后，是他儿子。他们在这里多铺一块方砖，就等于给家里的楼房添了一块砖，加了一片瓦。在乡下的老家，他绝对不是穷人，而且是第一批富起来的人。他有三个儿子，现在他已经盖起了两座楼房，现在，他又在谋划着要盖第三座楼了。在这座远离故乡的城市里，他们没有家，但他和儿子在这里干上几年，就能在乡下的老家盖起一座楼，有了楼，就能给儿子娶上媳妇，很快就会有孙子。想到孙子，他就知道这条街还会继续铺下去。只是，他儿子现在还啥也不懂，竟然想在这里买房。他知道，在这座城市里，他们干一辈子也买不起一间最便宜的房子。他也打听过这里的房价，一套三间的房子就要上百万，还没有他在老家盖的一层楼大。他表面上不动声色，却免不了在内心里惊呼，老天，城乡差别怎么这么大？他以一个乡下人和一个拥有20多年工龄的农民工最朴素最直观的判断，一下就懂得了很多高深莫测的大学者一直到现在也没有搞清楚的问题。他活得比所有的人都明白。

每次听见儿子的尖叫，他知道儿子的尖叫声中会有伤口，会有血，但他很少回头去看。不看他也知道，儿子现在还不行，还不懂得怎样去把握一块花岗岩的方砖，手还嫩着呢，难免会打起血泡，还很容易受伤。花岗岩很坚硬，也很尖锐，一个人在刚刚干这活路时，受伤是不可避免的。他并不担心儿子的伤口，伤口很快就会痊愈，血泡也会消失，然后就会结出一层一层的老茧。这些，一个做农民工的父亲都一一经历过，一个做农民工的儿子必然也会经历的。他的神态是慈祥和善良的。他甚至已经预料到了儿子即将出现的变化，用不了多久，儿子就会懂得的，肌肉没有办法承受苦和累，就会转到骨头上。疼，忍住了，就不疼了。他很快就会不再尖叫，然后变得越来越沉默，就像他们铺下去的一块块花岗岩的方砖，哪怕在被人踩踏时，也一声不吭。

长安没有他们的家，但时间长了，一个农民工也会有自己的熟人和朋友。那个卖烤红薯的大嫂，每次扫到这父子俩的身边，就会停下来和他们说一会儿话，唠唠家常。只要一提到一个"家"字，这话里突然就充满了生机。

还有那个坐在条椅上发呆的老人，每次看见了他就会问，过年，回家吗？过年前，他这样问;过年后，他还在这样问。看见他一次，他就这样问一次。这老汉，脑子可能有点痴呆了。但他还是很憨厚地回答着。他原本是想回家的，但没有，每到过年时，很多的农民工都回家了，活路一下多了几倍，工钱也一下多了几倍。回家，这是一个异常强烈的念头，他要咬着牙坚持一年。赚钱，是一个更强烈的念头，他只需要咬着牙坚持十天半月，就能挣到比平时多几倍的工资。他咬着牙坚持过来了，感觉比一年还长。当他把一沓崭新的钞票寄给家里的老婆时，他突然觉得这一切是值得的。他原本是打算在过完年后就回家的，但年过完了，这个念头也奇迹般地消失了。这里有太多的活路让他走不开，除了不断地填补这些破损的方砖，这条街还在不断地延伸，他们的路也在不断地延伸。他可能还要在这里干上十年二十年，干到实在干不动了，他就会回去的，回家。但他儿子还会留在这里，像他一样干一辈子，干到实在干不动了，他就会回去的，回家。然后呢？他实在不敢想了，这时候他会抬起头，下意识地看着一条街。这对于他，他们，是一个异常清晰的延伸过程，这条街就从他们手上一直延伸到远方渐渐变成空白的光影。

下班的人流加快了长青街的流速。很多的打工仔打工妹，从五金厂、塑胶厂、玩具厂、彩印厂、电子仪器厂里涌了出来。麦当劳的薯条和肯德基的炸鸡腿味儿开始弥漫。这过于强烈的味道其实一直在弥漫，只是现在被更多的人嗅到了。它暂时掩盖了树叶和草根的气味，让一群又一群年轻的生命像飞蛾扑火似的奔向那儿。兴许，这就是现代化的魅力。此时，那个在街边卖烤红薯的大嫂的身影将是暗淡的，她嘹亮的吆喝变得有气无力，这些狗日的洋快餐，让她的土特产自惭形秽，她烤得香气扑鼻的红薯深感愧疚。那些乡下的红薯，缩头缩脑地挤在一堆，很窝囊。

夜幕上打出了"天虹百货"的红字，在一群打工妹的眼睛里闪光。沃尔玛的灯光在落羽杉的头顶四下散开，一条大街更加熙熙攘攘了。这街上什么人都有，但更多的还是打工仔和打工妹。打工仔基本上还是打工仔的模样，隆起的胸肌，疲惫的脚步。但打工妹不同，她们宛若敏感的夜蛾，对光特别敏感，对每一种光都有不同的感觉。这条大街很快就把她们变成了追逐时尚的女性。这些年轻的、还带着乡间泥土味儿的打工妹，还羞于露出黝黑的、还没有来得及变白的小腿，她们的小胸脯也来不及理直气壮地挺起来。不过，这并不影响她们走近一扇扇巨大的橱窗，透过玻璃，她们认出了自己，也看见了陈列在橱窗里的法式面包，金伯利钻石，还有镶满钻石的瑞士手表。这些可以用美金购买，也可以用人民币购买，但很少有人愿意再收港币，它已经大大贬值，连欧元在这里也要大打折扣。人民币坚挺无比，只是这些打工妹口袋里的人民币还太少了。她们更多是涌进街边的一些女装店和鞋店，轮番试穿那里的大打折扣的时装和一点也不打折扣的高跟鞋。这时你会发现她们一下显得比刚才高了许多，胸脯也一下挺起来了。只有在付钱的时候，她们才会红着脸，突然想起了自己的身份。而那些浑身上下一身名牌的人，很多都是她们最看不起的人，譬如说那些五星级宾馆的坐台小姐和高档社区里那些被香港人包养的二奶们。但她们又拼命照着她们的样子来打扮自己，追逐和模仿着她们的时尚和品位。

　　这里很多的衣服和鞋子有的就是她们——打工妹们自己生产的，这些衣服到底合不合身，现在可以试一试。看上去很高档，上面贴的是法国巴黎和美国俄勒冈州的商标，放心，绝对不是冒牌，这是世界通行的一种游戏规则。一些人在设计室里制造商标或品牌，一些人在工厂的流水线上制造衣服和鞋子，一双由中国的打工仔和打工妹经过上百道工序制造的耐克鞋，可以卖到300美金，制造者可以拿到30美金，而巨大的利润属于品牌，这就是NIKE，希腊胜利女神！但这些中国的打工妹还很少懂得它的英文原意，她们更懂得怎样拼命加班，拼命延长自己的劳动时间，一天工作17个小时以上，在流水线上做一个月的耐克鞋，努力挣到一双耐克鞋的工资，然后又到这里来买一双耐克鞋。

　　这也是一条生物链。现在已经有人开始向它挑战，但它至少在目前还非常稳固。不仅只有耐克，还有皮尔卡丹，阿迪达斯，苹果，梦特娇，圣罗兰，香奈儿，美国的，法国的，世界的知名品牌，中国已是世界工厂，世界上最廉价的劳动力正在源源不断地生产出世界上最昂贵的产品。而在这个生物链的两端合作得最默契的还是中国和美国，美国人身上穿着中国人制造的衣服，中国人身上贴满了美国的品牌。这也就是世界上最大的发达国家和世界上最大的发展中国家各自扮演的角色，就像命运的奇异安排。连商店也是这样，沃尔玛是美国人开的，它是美国最大的私人雇主和世界上最大的连锁零售企业。它开在中国的土地上，卖的是中国制造的商品，买东西和卖东西的也大都是中国人，但它可以理直气壮地拿走几乎全部的巨大利润，只因为它拥有这样一块被霓虹灯照得极为耀眼的招牌。然而，在这样一块招牌的背后，还有更重要的一些东西，譬如，他们为顾客提供超一流服务的信念，它把购物从需要变成了享受，它千方百计赚走了你的钱却又把帮顾客节省每一分钱作为自己最神圣的宗旨。它不是大打广告而是在公益活动上大量的长期投入，来塑造自己卓越的品牌形象。它推行一站式购物新概念，让你可以在最短的时间内以最快的速度购齐所有需要的商品，也在最短的时间内以最快的速度掏光了你口袋里的最后一分钱。这无与伦比的魅力与诱惑，让你魂不守舍，无法抗拒，又充满哀怨。

铺地砖的儿子，这时有些不知所措。他把一块方砖铺好了，忽然又觉得有什么不对头，他把方砖揭起来，在泥土里掏着，掏出了一只隐藏得很深的蚯蚓。一刀两断，很干脆。他把沾满了鲜血的手伸到鼻子底下嗅了一下。他的神情立刻变得贪婪了。做父亲的看见了，但看见了就跟没看见一样。他知道，他这儿子迟早会明白的，你在生活中是什么角色，你就是什么角色。

走过这样一条街，对我的想象是一次矫正。在整个世界正在变成工厂的时代，我对长安的想象一度充满了邪念。噪音。污染。水泥或柏油大街上灼热的气流。人世的污秽。半裸着雪白胸脯的妖冶女人。勾引与诱惑。但这条街比我想象的要干净，我想象中的许多东西，开始被这街上的另一些东西所置换，园林，花坛，雕塑，休闲椅，健身器械。穿过这样一条大街，一道既是街道又是公园的绿色生态风景线，我的感觉从奇怪逐渐变成了奇异和奇妙。我一直在想我故乡岳阳那条奇怪的步行街，它把一条城市中心的主干道，也是一条生死攸关的防洪通道一下拦腰截断，硬生生地逼得车辆从两侧曲里拐弯的辅道绕行。如果设计者能够到这条长青街来走走，只要走过一次，兴许就会找到一条更通畅的思路。

我的行走第一次变得这样小心翼翼，踩着这些花岗岩的铺地方砖，我甚至感到一种从未有过的虔诚。

书女清语 |唐继东|

《北京文学》(精彩阅读) 2011 年第 3 期

淑女·熟女·书女

论起历史来，淑女可是自远古时代就在《诗经》中诵传。"窈窕淑女，君子好逑。""窈窕淑女，寤寐求之。"好个淑女，几千年里得了多少男子的专宠，又成为多少女子梦寐以求的目标。何谓淑女？有人解释成"美好而善良的女子"、"娴娜而柔美的女子"……后来英国人也凑起了热闹，给淑女定了英格兰版的标准，其中最重要的一条就是：注意修养，举止有仪。

说起淑女，古往今来有太多范例。易安居士李清照，出身士大夫之家，"自小知书达理，工诗善词"，随笔而就"莫道不消魂，帘卷西风，人比黄花瘦"之词句，活脱脱将一个瘦削而寂寞的秋闺佳人形象跃然纸上，此淑女，真乃绝世少有。

曾在绍兴的沈园看到题在墙壁上的《钗头凤》，那词句的女主人唐婉，自幼文静灵秀，娴良温和，也是淑女的典型代表，她和陆游的爱情故事，已经和他们的诗词一起，流传了千年，还必将继续流传下去。

相比较淑女而言，熟女则是新时代的产物。据说这个词近年来也流行很广，说法不一。但就我而言，觉得较好地阐释了熟女一词的，当属《上海熟女》的作者何菲。她说："熟女，仿佛是一个成熟果实，有纯美的外形和味道，让人形而下地垂涎，形而上地敬慕。""真正的熟女要有很柔软的身段和很笔直的脊梁骨，无论外在还是内在，要会八面玲珑长袖善舞，但得确保内里的纯正和真诚。"带着妩媚气息的语言，弯弯转转道出了熟女的外形和内核，让人不由得颔首认同。只不过她在熟女前加了"上海"一词，便自己把这个概念限定在了一个并不算大也并不算广的地域之内。

我有若干熟女朋友。熟女既是当今时代特有的新生群体，必带着不同于淑女的更丰满的色彩。她们不会再娇娇滴滴、哭哭啼啼，不会再被陈旧的规矩、体统压抑和束缚，她们敢爱敢恨，有勇气有担当。她们不依靠别人生存却也懂得小鸟依人，她们自有柔情万种却也能够遗世独立。

去北京，一位熟女朋友请我吃东海海鲜的燕窝，说起她的元宵节。一个人奔波在南方陌生的城市，汽车中途抛锚，她一边等着过路的车来帮忙，一边一个人望着月亮发呆。她说：那时，我没有给任何人打电话，没有人知道我的孤独，甚至恐惧。可是那天的月亮好大好亮，刺得人眼睛发疼。在说着这番话的时候，那次去谈的生意进展顺利，她坐在我的对面，一袭素色衣裙，笑靥如花。

无论从诗经年代的平平仄仄，还是到21世纪的诗词唱和，好像许多人一度疏忽了一个词语：书女。其实她们早在远古时代就存在着，不过没有人唱着"关关雎鸠"传诵过她们。她们就一直躲在淑女的影子里，浅浅地笑着。淡然的香气，轻轻渺渺地，飘过了无数个朝代的更迭。

是不是所有喜欢读书的女子都可称为书女？当代一位叫作毕淑敏的书女说过：我说的读书，并不单单指曾经上过小学中学大学硕士博士，读过一本本的教材。基本上也不包括报纸和杂志。好书是沉淀岁月冲刷的沙金，很重，不耀眼，却有保存的价值。

可见要称之为书女，仅是读书是不行的，还要读真正的好书。而读真正好书的前提，是你需要对书有独到的评鉴能力。不仅要读书，还能够把书的精华吸取进来。说起来有点像佛家的修炼，只会读佛经的不能够成佛，成佛，需要悟性，还需要缘分。好书的精华可是天然的滋补品，真正的书女有了它们的滋养，自里往外透着不一样的灵性和机巧。人们实在不知道该用什么词语来形容，便一概地称之为"气质"。还在前面加上"超凡"、"脱俗"、"优雅"诸如此类的形容词。

说起来，淑女、熟女、书女本是一家。李清照也好，唐婉也罢，索性再把异域的英国淑女也加上，淑女无书，难以成淑女。其实熟女也是一样。

写《上海熟女》的何菲若不是书女，如何修炼得那样妩媚的文字，让多少女子、蓝颜为之痴狂。我北京那位熟女朋友，也是国家最著名的学府毕业后，接了哈佛大学的硕士录取通知书都放弃不读的才貌双全的女子。还有被称为熟女典范的杨澜，随便往哪里一站，就让人不由得想起那句话：腹有诗书气自华。

若说女子如画，淑女可谓一幅水墨的中国画，临画凝神，自有清风飒飒，流水潺潺，静雅而古秀。熟女则是一幅色彩斑斓的印象画，仿佛出自凡·高的笔下，狂热奔放之中，自有一种艺术的韵味。书女呢，却不能够用任何一个流派来形容她。她或者温柔娴静，或者自在洒脱，却从骨子里透出一种别样的神韵，不拘泥于形，但有着惊人的神似。

第一根白发

那是一个周末，阳光灿烂。

我从一次难得的放松和慵懒中醒来，拉开窗帘，任阳光奔涌而入。下意识地，真的，就是下意识地，对着镜子照了一下，就此，一下子呆住了。

在我一直引以为自豪的一头乌黑的长发中间，一根白发，赫然地出现在那里，与她的兄弟姐妹们形成那么鲜明的反差。

我正在打哈欠的嘴大张着，定格成一个"○"形。我急忙拨开头发细细地看，心里想着那也许是太过灿烂的阳光造成的视觉误差。

但不是，经过反复认真的检查，可以确认，那就是一根白发。

我的第一根白发。

也许，没有哪个女子会不在意自己的头发吧。古代宫廷里的王后公主都配有专门梳头的宫女。相传慈禧当年特别爱惜头发，如果哪个宫女在梳头时不小心弄掉她几根头发，都要受到严厉的责罚。当今时代我等普通女子固然不可能对头发那么娇贵，但打理保养也都是很在意的，许多人都会毫不吝啬地为了头发掏腰包，以至于美发师成了一个高收入的行业。

我也一样。

小的时候没有洗发精护发素之类的东西，妈妈告诉我用酸菜水洗头可以使头发柔顺乌亮，我便坚持了多年用酸菜水洗头。及至后来有了各种各样洗发护发的产品，经济条件差时，即使节衣缩食，也不愿委屈了头发。

近些年，工资待遇提高了，头发的待遇也提高了，用的都是韩国进口的洗发护发产品，尽可能地呵护着一头长发。为了养护头发，还经常吃黑芝麻、核桃仁这类据说对头发有好处的食品。从内养到外护，可说是费了不少的心思。

可是，那一根白发，还是在不知不觉之间，悄悄地在我的头上占据了她自己的领地。

不自觉地想到：这一根白发，她是怎么来的呢？

上学的时候，为了能取得一个好成绩，学习起来，可真是不分昼夜啊。小时候，家里没有电灯，只有蜡烛或者油灯，我就是在那样昏暗的灯光下，完成了启蒙教育和小学的学业。

工作之后，从一名乡村的中学老师，到县城的机关干部，再调入省城，成为副处长、处长，许多个年头里，都会拿回一个"先进工作者"的证书。工作之余，还一直在弥补受教育不足的遗憾，直到去年，取得博士学位。

文学，真的是深扎在我心底的一个美丽的梦。不知不觉间，我重新拾起这个梦想，于是，有了我的第一本散文集《翅膀的痕迹》，有了一篇又一篇见诸报刊的散文和诗歌。

是不是就在我为这一个个获得欣慰的过程中，那一根白发，狡黠地占据了一席之地？

我不由得有一些烦躁，或者，也许，我不那么辛苦自己，这一根白发，她会晚一点来吧？

可是，晚一点，能晚多久呢？早在几千年前，杜牧就曾告诉过我们，"世间公平唯白发，贵人头上不曾饶。"公公平平的白发，总是饶不过所有人的，总是要在每个人的头上，标志着岁月的痕迹。

人生就是如此，没有哪个人可以青春永驻，没有哪个人能够违背岁月的规律，所不同的只是，在同样生出白发的同时，每个人，有着不同的付出，也便有了不同的收获。

迟迟早早，每个人都会生出白发，而且，都会随着岁月的推移，迎接不可抗拒的生老病死。有的人，除了和所有人一样一天天老去之外，并不去想人生到底该怎样度过，在有限的人生里到底该为自己停留过的世间留下点什么。有的人，却始终有着清晰的人生理念，无论顺境逆境，都坚定而执着地走着充满挑战也充满艰辛的奋进之路。

人生，因此呈现截然不同的风景。

在我 39 岁的岁末，时光，那么完整地染白了我的一根长发。她平静而醒目地出现在我的眼前，似乎在提醒着我什么，警示着我什么。

在和每日一样的阳光下，我听到了更为清晰的，时光流动的声音。

平淡之甘

人生度过了一万多个日子之后，渐渐地，就呈现了一个状态，叫作平淡。

工作的年头多了，无论那一种类型的工作，都让你觉得自己就是流水线上作业的一个工人，每天拿着一把螺丝刀拧着同一规格的螺丝，不需要你太费什么脑筋，可以像机器一样机械地作业。有时在家里拨电话，也习惯地在号码前加"零"，那时就想，也许自己就像卓别林《摩登时代》里的主人公夏尔洛，即使在离开机器时也会下意识地重复一个动作。

爱的过程，就像烧一壶开水，水慢慢地热起来，直到沸点，然后，再逐渐冷却，直至归于平淡。这时的水温也许回到了从前，水，却已发生了质的改变。无论多么炽热的爱情，最终都会归于平淡。有一个笑话说，一个女子和一个男子一起走在街上，女子不小心撞到了树上，如果那个男子说：亲爱的，你撞疼了吗？要不要去医院？这一定是她的恋人或情人。如果那个男子说：你没长眼睛啊？怎么往树上撞？那一定是她的爱人。看了之后，不禁会意一笑。平淡的日子就是有这样的能力，使曾经海誓山盟的激情变得毫无浪漫可言。

工作、生活，在周而复始的重复中变得平淡。有时你会觉得，平淡比痛苦还让人难以忍受，就像一条小虫子，每天爬上你心灵的树干，啃噬你的热情、你的耐心、你的快乐。在平淡中，曾经多彩的憧憬剥露出灰暗的底色，曾经浪漫的月光遮蔽上现实的阴影。

平淡，让我们如何以对？

于是许多人不甘心，向往着激情，向往着特别，向往着波澜起伏，向往着淋漓畅快。于是，有的人不再空自哀叹，他们用一种自称为"勇气"的精神打破令人窒息的平淡。工作平淡了，跳槽，新的领域有新的精彩。家庭平淡了，离婚，新的风景有新的美丽。

可是，时间还是那么不疾不缓地过去，当新的成为旧的，当平淡又如大海的潮水一般涌来，人们，又是情何以堪？

有一个朋友得了子宫癌。我去医院看她。曾经，我们是那么和谐的密友，一起逛街，一起品尝美食，一起看大片，一起讨论生活的平淡……可是，那一刻，她勉强支撑起病弱的身体，和我轻声说着话，她说：其实，健健康康的平淡，多好。

认识一个人，父亲很年轻时就是很出色的政府官员。他尽享了"看父敬子"的风光，即使工作以后，因为有那个浓阴的庇护，也一直在"因父受敬"的感觉里陶陶然不能自已。去年，他的父亲因经济问题东窗事发，他也因为参与父亲的一些事情锒铛入狱，家里只剩下老母、娇妻和年幼的孩子。从那样的峰巅跌到这样的低谷，对今天的他来说，也许会深切地怀念和向往平平淡淡却也平平安安的生活吧。

每一个早晨，我们呼吸着和往常一样，没有什么特别，但却自由清新的空气。每一个傍晚，我们吃着和往常一样，不是什么美味，却是家人亲手下厨做的粗茶淡饭。每一个白天，我们从事着和往常一样，不是惊天动地，却也有一份收获和满足的工作。就在这样的平淡里，属于我们的又一个日子，平淡地过去。你细细地品味，就如一杯淡茶，虽然清淡，却有一种回味悠长的清香。那一刻，我们真的应该心存感激。

漫天璀璨耀目的焰火，在喧嚣的欢呼声中落下。一切，又归于平淡。耳边响起那首很旧很老却很亲切的歌子：曾经在幽幽暗暗反反复复中追问，才知道平平淡淡从从容容是最真。

40岁，云淡风轻

周末，倚在床头看安妮宝贝的《二三事》。阳光倾泻而入，轻抚家居服粉紫色蕾丝花边。王菲的《流年》在空气里轻轻荡漾。中午，弟弟和娟儿会带铭铭过来，凡尘里的天伦之乐。生活如此静好，令轻如微尘的我，内心溢满丰盈的喜悦。

在被称为"官场"的环境里已经工作了20个年头。前几日和彼时的同事见面，她说：我早已不像当年那样对工作充满热情，你呢？不觉一怔，一时无法回答。近来时觉恍惚之间，往事会如云烟翻卷而来，却也似隔着烟雾，许多言语经过，若隐若现，不甚分明。

中师毕业时，大家说：毕业了，我们就要走向社会。那时候，"走向社会"，似乎是一件很隆重的事，隆重到需要毕业典礼那个盛大的仪式，隆重到大家一定要抱头痛哭，隆重到走出那个自己在四年里似乎一直希望逃离的校门，心里却忽然感到空落落的留恋。可是任你有怎样隆重的仪式，以后的生活，都要在一样细碎的日子里度过。

20 岁时离开执教的乡镇学校，要去县城的机关工作。那是一个明媚的夏日午后，我和几个学生整理班级门前的花池，移种一些花草过来。虽然我那么年轻，但学生们却十分敬重，不肯让我动手，搬来一把简陋的木椅让我坐在旁边。午后的阳光令人有微醺的感觉，天空是纯粹得透明的湛蓝，云朵布成好看的图样。蜻蜓悠悠地飞，清风微微拂过。我望着天空，想象自己的未来。不知怎么，在云端里出现一个高绾着发髻的女子，书卷之气，脸上有岁月的痕迹，却依然平静，微笑着看我。我心底认定那是 50 岁的自己，虽然仍有一份惶惑，但信手拿起一张破旧报纸记下那一刻的感受，想留到 50 岁，印证 30 年前的一个想象。之后，我便离开家乡，走上新的路途。

年少时懵懂热情，以为只要拼命努力，就能拥有世界。21 岁时，自以为已经身在江湖，经历过了世事，于是写下一首《无题》，用毛笔誊写后挂在单身宿舍的墙上。时隔多年还记得那幼稚的诗句：浪迹江湖笑遨游，星移斗转几春秋，白驹过隙敢倦怠，只愿无悔复何求。

一路跌跌撞撞前行，走到险峻处，才知道以往的经历不过是为赋新诗强说愁。亦知真正的苦痛无法用语言表达。表达有时如此苍白，还常常不被允许。

曾听人说过成功＝聪明＋努力＋机遇。还认真地把这句话作为警句记录下来时时对照。及至副处长、处长一路走来，感受过许多艳羡的目光，也体验到许多无奈和遗憾。如今清晰地明白，人生的际遇不是一个简单的等式所能概括。所有警句之外还有更多我们未知的道理。无论哪个哲人的经验都无法涵盖所有不同的人生。

于是学会了理解，学会了宽容，学会了淡泊，逐渐地以出世之心为入世之事，便真的抵达了从容。

却以一种不寻常的执着态度对一件事：写作。

有的人因为寂寞写作，有的人为了生存写作，有的人为了倾诉写作。我的写作却似乎并无目的，只是一种无由无名的热爱。

原本以为自己注定会成为一个母亲，陪着一个幼小的孩童，看着她慢慢长大。可是 2003 年的一次意外之后，我逐渐一点点接受了一个一度不愿接受的现实。曾经多少次在梦魇中惊醒，曾经多少次独自啜泣，在经历过这一切之后，终于变得平静。

2009 年，出版第一本散文集《翅膀的痕迹》。有个朋友发短信来说：感觉你在用心地写作，这本书，就像你的孩子。不由得，潸然泪下。

不停地阅读，不停地书写，在所有工作以外的时间。我并不是一个有很多爱好的人。小时候，母亲为了让我始终保持一个良好的成绩，禁锢了我几乎所有爱好，甚至包括阅读课外书籍。长大后，曾有同事说我：优点是有正事儿，缺点是太有正事儿，不懂得随众，不会也不热衷许多大家都喜欢的娱乐。我曾经为之羞愧甚至想改变自己，终于在和同事练了一次麻将之后决定还是坚持自己，即使不能在人群中让更多的人感觉是同类。

我是一个活在框子里的人。因为曾经严苛的家教，因为工作的性质，因为家庭，因为这所有一切给予我的禀赋。但是会交往许多和我截然不同的朋友，喜欢读凛冽异类的文字。在对世界更广阔的知会里感到满足。会幻想，但不会奢望和迷途。

自从失去父亲，知晓了有些错失如此彻骨和无法修改。因此会更多小心翼翼地对待不可或失的人和事。母亲、爱人、兄弟、侄儿侄女，至亲的朋友。也许有时看上去我并不经心，可自己知道，他们的一切，都会牵动心底最柔软脆弱的丝线，稍有伤痛，便会渗出殷红的血来。

喜欢雅静和精巧的服饰，并不需要昂贵，只要是适合我的。也会偶尔拥有一两件奢侈品，但也会只是因为喜欢而拥有，并不是因为它的价格。不会浓妆艳抹，但也不是素面朝天。喜欢《格调》这本杂志，她说："格调女子，无所谓年龄。"是谁说过，女人 40 豆腐渣。经常会想起这句话然后轻笑。从不隐瞒自己的年龄，无论邮箱还是博客，都清晰地标明 sister1970。于是经常会面对或真或假的感喟，用那种感喟满足一点不可避免的虚荣。

离想象的 50 岁还有 10 年时光。我现在常常看到她，就在云端，高绾着发髻，书卷之气，脸上有岁月的痕迹，却依然平静，微笑着看我。我知道，她会如期出现，只要生命还在。

四季风华

那日，正在上班，忽然接到一个电话。是一个似曾相识的甜美的声音。听我发问，那个声音笑着说：我是何姐。刚刚看到你送过来的散文集《翅膀的痕迹》。写得好啊，你真是个有思想、懂感情的人，还有这么好的文采，真是让我羡慕呢。

听着那个甜美的声音，我忽然想起了认识何姐的时候。

那是大约 20 年前。我正在县城工作。她那时正是我现在这个年龄，作为一个国家级报社的记者，到县里去采访。当时我住单身，领导就让我陪她住在宾馆，以便照顾得周到一些，更好地尽地主之谊。

我便和她住在一个房间。

第二天早上，我到水房打水回来，她正在对着镜子梳妆。那张秀气的脸庞未施粉黛，只有双唇涂了淡淡的颜色，一身浅黄的夏装，裹住丰满匀称的身体，她正将浓密的长发绾起，双臂轻轻扬着，纤细的手指在乌黑的长发间，更显得白皙圆润。

我一时竟不由得看呆了，脱口而出：何姐，你可真美。

她回过头来，脸颊泛起红晕，笑着说道：都快 40 岁的人了，还美什么呀，你们多好，青春就是财富啊。

我笑着望着她，心里却想：她才真是美呢。那比我多上十几年的岁月，竟赋予她那么多的优雅、淡定、丰润、成熟，那种美丽，是我们这等初涉世事的女孩子，可望而不可即的啊。

近 20 年来，我和何姐仍会偶尔见面。最近的一次见面，大约是在几个月前，一次朋友聚会上。席间，我打量着她，不由得感慨。岁月对她如此宽厚，仿佛近 20 年的时光并没有给她刻上更多的烙印，她的身材依旧丰满而匀称，她的长发一如 20 年前一样绾起，她的声音依旧甜美，她的思想却更加深沉和睿智。

她说她羡慕我，其实，我何尝不羡慕她，在年过半百的时候，依旧洋溢着那样高雅的风华。

今年，单位分来大学刚毕业的女孩儿，聪慧、善良、清秀、美好。看着那带着逼人青春气息的女孩子，我的目光里，充满了喜爱、欣赏或者还有羡慕。

可是，有一日，我们在工作之余闲聊，那个女孩子忽然说：我什么时候能像你一样啊。

我笑了：干吗要像我一样？想早点老了不成？

她说：不是，我觉得你这个年龄是最好的，没有老，却有那么多的经验，懂得那么多的道理，能做那么多的事情，我真希望一下子变成你那个样子。

我看着她，忽然有点恍惚。

好像看到20年前的自己，正羡慕地望着何姐。

女子的一生，就如春秋更迭的四季，每一个季节，都有特有的风华。

无论是柳枝抽芽，还是繁花璀璨，无论是红叶玎玲，还是玉妆素裹，每一个季节，都让我们，拈花微笑。

鸟巢——自然笔记 |杨文丰|

《北京文学》（精彩阅读）2011 年第 4 期

> 人的双掌一合拢，竟然宛若鸟巢……
>
> ——手记

1

　　鸟儿筑巢，是浩大而艰巨的工程，需付出常人难以想象的劳动。

　　在我们屋檐庭院筑巢的邻居燕子、麻雀是如此，其实任何一种鸟都是如此。据鸟类学家统计，一对灰喜鹊在筑巢的四五天内的工作量就令人难以想象，至少得衔取枯枝、青叶、草根、牛羊毛和泥团共 600 余次，其中计枯枝 250 余次，青叶 150 余次，草根 120 余次，牛羊毛 82 次，泥团 54 次。一只美洲金翅雀筑仅重 50 余克的巢，就得飞来飞去衔取近 800 根巢材。

　　筑巢不是鸟类才有的技能，但鸟类筑巢的工艺，在动物界却是无与伦比的。完全可以这样说，鸟儿是以整个身心乃至生命在筑巢。

　　鸟没有松鼠那样的手，没有海狸那般的牙，只有喙和爪。在法国历史学家、作家米什莱看来，鸟筑巢的普遍情形，与其说是以喙和爪筑巢，还不如说是以胸挤压材料，以躯体将混合材料作一种黏合。如果此论成立，则可推论赋予鸟巢椭圆形状的工具不是别的，而是鸟的躯体；鸟在里面不停地边转边压，将"墙"朝前推，使之终成椭圆的房子。试想，要使一根刚衔入巢中的稻草弯曲贴巢，得经由鸟身体多少次艰辛的来回挤压啊！

然而，实际情形却不完全如此，鸟，是以喙、爪和身体以及其他东西来共同筑巢，抑或各显神通地筑巢。譬如，北极的绵凫鸟在生育前，总要忍痛拔下自己的大量羽毛来筑巢。楼燕的近亲——大名鼎鼎液腺发达的金丝燕以唾液筑巢，唾液一遇风，就凝固成半透明的碗状巢窝——燕窝。楼燕营巢则将唾液和入小螺、泥土和草棍，以胸、喙、爪共砌碗状巢。

　　鸟筑巢的行为，虔诚得令人感动、心痛，更是叫人肃然起敬，心怀敬畏。

　　鸟通过筑巢，似在申明自己并非凡鸟，至少也是有某种精神的鸟。

2

　　你或许未想到，伟大的鸟巢，孕育和呵护生命之巢，寄托希望之巢，会如此多元和丰富。

　　低等类群企鹅、鸵鸟、金眶、白额燕鸥等筑的地面巢大多简陋，甚至仅在地表刨一浅坑，不加任何巢材。米什莱在《云雀》中写过："云雀是最典型的田野的鸟儿。这是庄稼人的珍禽。她总是殷勤地伴随着他们，在艰辛的犁沟中间，到处都有她的足迹……而大自然似乎有些亏待云雀。她的脚爪长得使她不适合在林间栖息，她只好就地筑巢，与野兔为邻，田沟是她的穹庐。"还有许多叫声动听、高贵，疏于高山森林，常年出没在旷野，为土地处处留下宛转歌吟的精灵，比如玲珑百灵、活跃画眉，就和平民化的歌鸲、黄脚三趾鹑、灰头麦鸡和毛腿沙鸡一样，在土坑内只垫少许干草茎为家。雉鸡、鹤和大雁筑的地面巢则稍稍复杂，会以些许草、叶和绒羽等柔软物质垫窝。

　　在湖泊、池沼和江流转弯低吟的和缓水面，我们可偶见随水体飘摇升降的水面巢。水面巢多是盘状浮巢，由鸟儿凭借水生植物浮于水面的秆叶搭造。水面巢便于鸟儿饮水，水面嬉戏，晨昏照影，还可免陆上动物来袭，只是筑水面巢的鸟寥寥，屈指算来只有秧鸡、董鸡和骨顶鸡几种。

　　顾名思义，所谓洞穴巢就是彩色童话画册中总见的鸟儿筑在崖壁和树洞的巢。翠鸟和沙燕就以崖壁洞为巢。斑鸠、八哥、山雀、猫头鹰、鸲鹆和戴胜等则以树洞穴为家。需要说明的是，在攀禽中只有啄木鸟居住的树洞巢方是独立自主、自力更生之巢。啄木鸟喜新厌旧，从来不住昔年旧洞，这倒使不少鸟儿捡了便宜，轻易就当了啄木鸟旧居的新主人。

作为人类的芳邻，多数燕科鸟，都在人类的屋檐下、楼宇间筑巢。她们都居泥巢，倘若筑在户外，比如筑在贾岛所咏的池边树上，该如何经得起风吹雨打？

的确，在我们人类的习惯意识里，鸟巢，主要还是指编织巢——由广大鸣禽在树上（个别在草丛或灌木基部）精心营建的巢。

苇岸在《鸟的建筑》里说，除涉禽中的鹭、游禽中的鸬鹚和猛禽中的鹰隼（这是些在树上筑粗陋大巢的鸟）外，编织巢几乎均为长于鸣啭，巧于营巢的雀形目鸟类所造。

谁能说编织巢的形态，不是更加多姿多彩的呢？

与我们人类还较为亲近的寿带、卷尾、伯劳、柳莺等夏候鸟总营杯状巢。太平鸟、灰山椒鸟、乌鸫及北红尾鸲等则喜筑碗状巢。骨顶鸡、秧鸡、董鸡和等好些水禽编织盘状巢时，还善于就水取材，巢材多取水面的芦苇、蒲草。以盘状巢为家的鸟类，不但每一窝卵较多，卵色更是每每与巢材乃至环境相近。

至于盆状巢，则可分为浅盆状巢和深盆状巢两种。

在电视"动物世界"里，我见到了被称为"缝叶莺"的小鸟的筑巢过程：喙将芭蕉叶从叶缘至叶茎似裁缝一样裁开，接着以喙在叶中一下下地穿出一列小孔，继而卷起叶片，贯以细线——缝成小小的袋状巢。如果不是在荧屏所见，我无法相信天下竟会有如此聪明灵巧的小鸟。

在我见过的鸟巢中，使我最为动情和倍感温暖的还是冬天中原大地上一棵棵白杨树上的鸟巢，这就是《禽经》上说的"仰鸣则晴，俯鸣则雨，人闻其声则喜"的民间吉祥鸟喜鹊之巢。它们的巢就像一座座古老的城堡，隐约安详在原野高大的树上。每值冬季，木叶尽脱，在辽阔空旷的天空下，这一个个粗糙的球状鹊巢，蹲在冷而硬的枝杈间，竟是如此地安稳、沉静，且透露着自信，还有似喜鹊粗糙的鸣叫声那样的美丽。鹊巢，无论独巢、双巢，还是芳邻多巢，都是原野上生命的信号，是民间祥和、田野平静的标志，是北方平原冬季最夺人眼目的奇异风景。

3

鸟类学家的考察表明，鸟巢大都是鸟夫妻共同建造的家园。利用天然树洞筑囹圄巢的世界珍禽——犀鸟，每当旭日东升，雄鸟就从河畔频频衔回泥巴给洞内的雌鸟，雌鸟则一次次呕出胃液，以喙将胃液揉拌入泥团，再衔之以封小洞口。

尽管鸟类学家还不太明白鸟筑巢的"技能"是如何遗传的，但却已断言筑巢与鸟类的繁殖相关——鸟类的繁殖，通常始于筑巢，终于幼鸟离巢。

也有鸟儿筑巢为的是谱写恋歌，招引配偶。澳大利亚热带雨林的园丁鸟，雄鸟求偶时，会择一块觅食易，水源近，幽静、明亮、通透的林间空地或草地，辟成小巧的庭院。庭院左右两边那密密实实的篱笆墙由二三十厘米长短的树枝搭就。而庭院的那一头，便是雄鸟清理出的草地——"跳舞场"。犹同新郎总要装饰新房，"凤求凰"的跳舞场周围及篱笆墙头，总会陈列些鲜花、浆果以及光艳的羽毛，显然，这是雄鸟的"作业"。

筑巢还能刺激鸟儿的性生理活动。鸟类学家的研究已证明：鸟类建巢或窝入巢中，视觉和触觉等器官所发出的信号通过脑的综合，会加速促进体内雌激素的分泌，促进体内卵细胞的成熟并排出，使繁殖行为不至于中断。倘若巢窝被毁，鸟类的孵卵行为随即终止。

4

尽管鸟的世界比人类社会单纯，但在营巢问题上，却同样存在不道德之鸟。

啼叫美妙被农业社会长期作为播种信息鸟的杜鹃，总有本事使自己所下蛋的颜色、形状及大小与宿主（多是苇莺）的相似，并依宿主蛋的形色而作相应变化，当杜鹃在宿主巢中出壳后，宿主之蛋或雏鸟便躲避不了被这"外来户"强行全部挤出家园的命运，而小杜鹃却独独享有义亲的哺育。

好在绝大多数的鸟儿都鸟德高尚，自主营巢，自食其力，警惕性也高。

亲爱的鸟儿，你已知道，
这是兽的世界，人的世界，
总是危机四伏……

长期生活于这般的社会环境，已叫鸟儿懂得不但要经营好自己的家，更得伪装好自己的巢。

最天才的伪装师要数柳莺了。它在地表的枯枝落叶层以树枝纤维、草茎编织成一个球形巢，而且，衔来的大量苔藓和各色枝叶覆盖其上，仅露一个黑洞口。

营冢鸟筑巢总会选一块林间平地，首先挖一个深坑，往坑内堆入一层层的树叶和土，堆成直径三四米、高一米半的大土冢，然后才将蛋埋入冢顶挖出的小穴。如此这般，孵蛋所需的温度便全由冢内树叶发酵而供给，其自己却避免了孵蛋而可能遭至天敌的袭击。

鸟儿还利用有翼能飞的优势，或选悬崖绝壁、或选高树的枝杈营巢，以使天敌难于接近。鸣鸠更是将巢筑入仙人掌丛。

筑就了巢，就有了安身之所，风雨中，一家鸟就不至于那么飘摇。

有了鸟巢，就有了温暖的家，即便是"寒舍"，四壁透风，上下透雨。

风雨即便不是无情，总还是凄冷的。凄冷的风雨总是不期而至。在安稳的鸟巢里，卵易于聚拢成堆，易于享有亲鸟羽绒被子般的身体覆盖、呵护，可保持孵蛋需要的温暖环境。雏鸟刚出壳喳喳叫闹的头几天，体温还不恒定，而鸟巢正好可减缓"温暖"的散失。树洞巢内的温度通常要比洞外高出 7 ℃。

鸟巢不是人类家里的铁碗，而是大自然里中空、通透并有弹性的窝……想想看，晨雾慢慢地浓过来了，悄无声息中将鸟巢淹没了，日出不久，雾就散了。黄昏，鸟儿相继归来，聚会巢中，不时鸟儿问答，唧啾沟通，交颈抚爱，和睦融融。夜幕降临后，天地愈加宁静，那不见一片云的夜空沉静得犹同波澜不兴的海，凉如人间井水的银色月光悄无声息地流进鸟巢，鸟窝中许会出现短暂的沉寂，俄顷，就该有一只又一只鸟儿侧歪鸟头，实行集体举头鸟眼望明月的仪式后，就该不约而同低头思念远方的故乡了吧……

5

我曾在许多晨昏，仔细观察过鸟巢。我发现鸟巢多数是灰色的。去岁夏日游京郊鸭鸣湖，那湖畔杨树林中的一个个鹊巢，就都是灰色的。同游的友人告诉我，鸟巢的确多为灰色，他说，少不更事时，夏天，他总喜欢爬上高高的白杨树去拆一个个鹊巢。"一个鹊巢拆下的树枝就是一担柴禾。"那一担担柴禾也该是灰色的，我想。

鸟巢何以多呈灰色？我想，这当与土地有关；灰色是源自土地的颜色。

除却黄土地，这天幕下的土地，壮阔的土地，乃至久旱的土地，起伏辽远，不普遍就是灰色的么？

灰色可是土地的主体颜色抑或主打色啊。竟是土地的主打颜色"升华"上鸟巢了，这可是稻、草和树枝干燥以后的颜色，是水失却了流动的姿色。而筑巢的那些树枝、草叶，可不折不扣原来都是绿色的。

啊，鸟巢的颜色，这土地性情般的颜色，让人沉思的颜色，象征温厚、内敛、沉静、博大和安详，朴质、宽厚、自在、和美并且如中年的人生境界一般的颜色……

6

谁能断言鸟儿筑巢就没有自觉的艺术构思呢？我想，鸟儿在筑巢过程中出于本能的实用型审美能力，断断是鸟儿在长期进化过程中养成并且事实上业经遗传了的。

倘不如此，我们就无法解释同一种鸟儿，比如喜鹊，其巢的形制和质材，何以世代都那么类同而且都是那么高高地筑于树上。

何况鸟儿筑巢，是实用主义至上的。

鸟巢，巢内有羽毛柔软，草叶柔韧，巢壁圆润，还颇柔润、柔和。如果你从鸟巢内望出去，那巢外的天空，想来也是井口般圆圆的，和井底蛙所观的天空形状当是相差无几的。

鸟巢，依靠外力而被高高擎起，是力量与柔软的结合。至于托举鸟巢的主干枝条，与其他柔软所形成的合力，却又使鸟巢异常坚牢、结实，尽管一阵风来一场雨过，鸟巢会宛如慈母乳汁饱满的乳房般微颤。

鸟巢与树林、草地、原野、河流和星空在悠久的农业社会里总趋于和谐或者基本和谐。如果连基本和谐都达不到，就不可能有鸟巢在地球村的代代传承了……

然而，除了像米斗，若砚台，如酒爵，似农人编织的筐，鸟巢难道就不像人的指掌所合拢的形状吗？

多数鸟巢都不带顶盖。没有顶盖而上空，空如北京四合院，中国瓷器碗、花瓶和壶。依照国人的审美观，唯空者，方有艺术意味，如国画"留白"。唯空者方成器，方可构成生活与艺术的空筐——啊，鸟巢，竟空出了哲学与艺术的意蕴。

而且，鸟巢含蓄的椭圆外形，还总趋"圆点哲学"。作为天地间的一个"点"，鸟巢尽管小，却也有孕育，有交流，有故事。晨间，鸟儿带着理想和希望离巢飞入广阔天地；黄昏，怀着谷粒、虫子、快乐和对家的眷恋从远方归来。

鸟巢越高，离大地就越远，然而，与自然和社会现实仍旧若即若离。

或许是宿命，当历史的列车进入"科技隧道"以后，鸟巢天然的开放性，却愈加成为双刃剑。何止是风入鸟巢，雨入鸟巢，雾、阳光、雪花能入鸟巢，那白天和"黑夜"，更是轮回式地出入于鸟巢。鸟巢成了名副其实对外开放的"笼子"，内外良莠杂芜。

还能半隐于自然和社会吗？天幕下，
那一群群散文般袒露心扉的鸟巢……

作为大自然鸟巢的人文"镜像"，北京那个钢铁鸣响的人工编织的"鸟巢"，在大地上不觉已耸立数年了。

这个伟大的"鸟巢"由瑞士建筑大师雅克·赫尔佐格与德梅隆建筑师事务所力主设计。竣工不久，即被《泰晤士报》誉为世界上"最强悍的建筑"，被英国名刊《建筑新闻》列入"世界十大建筑工程"。

这"鸟巢"与猛禽和攀禽的树洞巢岩缝巢自然已不可同日而语，建造过程却比鸟儿筑巢更为有条不紊，由钢网全盘代替树枝——40000多吨钢材，每一根柱子都重1000吨……

只是，如此的"鸟巢"还会具有自然界鸟巢的纯粹吗？[①] 还能重现李商隐《晚晴》的诗境吗？[②] 尽管这"鸟巢"蕴含的文化意味异常丰厚。[③]

的确，在今天，与鸟巢有关的一切，都无法与"科技神"光照全球，"爱抚"鸟巢脱离干系了。

在人类因掌控了科技而使欲壑越来越难填、全球的生态愈来愈濒临失衡的今天，即便非同寻常的鸟巢，神圣的鸟巢，也已与荒野、河流、空气和人类一样，前途未卜……

注释：

①鸟巢不纯粹就是被异化。鸟巢本是不应该被异化的。人与鸟巢的关系，本应彻底葆有田园牧歌底色，至少也该蕴有更多更美的中国古典诗境的，在这地球村，在我们中国。

②李商隐《晚晴》："越鸟巢干后，归飞体更轻。"意谓初夏时节，雷雨频繁，晚晴依时而至，鸟巢却已干，归巢的鸟儿，不但心轻而且体态轻捷。

如此美妙的诗句，除去诗人的自况抑或暗示，似乎亦暗示飞鸟是纯粹的，鸟巢是没有任何污染的。只是在今天，如此未被污染的鸟巢尚存多少呢？

③"鸟巢"，如此钢铁的、奇异的，基于文化和技术的"鸟巢"，似乎寄寓了中国的"天空"、"大地"形象。"屋顶"又何止是覆盖物，该同时还是人造穹庐，而且更是奥林匹克五环的象征。

"鸟巢"的外形，依稀可见菱花隔断、雕花镂空以及宋窑开片釉即裂纹釉的痕迹。钢架大网虚实相间，气韵生动，开合留空，阴阳平衡，似乎参透了中国哲学的天地人的理念，在表征"中国文化是在无序中寻找着有序"（德梅隆）。

伟大的人类筑出如此伟大的"鸟巢"，是否还体现出人对自然的崇拜呢？——是回归至上古的自然崇拜吗？抑或是"现代版的自然崇拜"即异化的自然崇拜呢？

人，掌握了现代技术的人，是何等地自由！可自由出入"鸟巢"大放风筝的美丽，能有序进入"鸟巢"表演天圆地方的太极……人，还可自由无碍、随心所欲地在"鸟巢"搭出一个又一个另类的"人体式鸟巢"：大鸟巢套小鸟巢。

如此的"鸟巢"，还能是纯粹的自然物吗？显然已成了"人造自然物"——"人文自然"。

只是如此的"鸟巢"，还不能证明"科技神"已入侵鸟巢（自然）吗？难道这不是在演绎现代版的"鸠占鹊巢"吗？……

童 谣 |谢 伦|

《北京文学》（精彩阅读）2011 年第 5 期

　　我家乡以滚河为界，南多山岭，北多高冈，村庄散落在河两岸。而紧邻河水的山顶上总隐有庙宇，早晚钟声穿过古树层林从庙里飘出来，四野人家便有了平和安定。我小时候不懂日月如何过才是好，大人们忙在田畈里，我到河滩放牛，老是玩儿忘，以至于在沙滩上睡过去，牛啃草啃到了什么地方全然顾不得。倒是渔户仇二伯每回收完渔网上来滩涂叫醒我："懒汉，懒汉，睡到吃饭！"我爬起来揉揉眼睛，见太阳已经漫过山脊去。

　　乡下儿歌里有："长到八岁八，好赖当个放牛娃。"乡下孩子眼界小，诸事朦胧，却也不全糊涂，走在山山水水的现实，对日里雨里帮父母放牛挣工分亦觉得是本分。其实，那时间我只五六岁。村里有位旧社会过来的私塾先生，年年岁尾给自家门窗写春联，有一联每年不变："十万重南来高山，三百里西流滚河"。横额是："虎居龙盘"。后来我上学认得了字，去找他问意思在哪里，他望了望门外的远山斜阳，轻声说，在那里。

　　40 年后，当我又一次回到曾经生活的村庄，我发现，私塾先生所说的"那里"，也就是我母亲抱着我站在檐下最早看到的人生世界。虽然她偏僻、贫瘠，几乎被外面遗忘，却因有了一条流水汤汤的滚河，有了滚河沿岸的层岭高山，秋冬林木苍翠，春夏百草开花，到底是秀美敞阳。我就是在这样的秀美敞阳的世界里蹒跚学步，喊出了第一声妈妈。

　　家乡的滚河发源于桐柏山南麓，一路由东往西，经伏牛山、望娘山、豹子凹、骆驼峰，出长阳山口，到我们村前与由南边人洪山过来的清凉河相汇，然后再继续西去 20 里注入汉江。千百年来，由于两河交汇时水流迂回冲积，村前落下一块几十亩地的 U 形河套，套中隆起一个山丘一样的半岛，半岛的斜坡地种庄稼，套底是过洪水的沙滩。沙滩很宽阔，没有洪水的日子里，上面长满一种叫蚂蚁藤的草，及连片的芦苇和芭茅。因此，我们村有两个名字，一名过家湾，又叫河套。若遇外地人问起您家住哪里？你说过家湾，或说河套，人家都会明白："哦，宝地呀，高山脚下是皇村么！"

这"高山脚下是皇村"的高山（又叫磨盘山），就与我们村隔河相对望，它在滚河南，我们在滚河北。刘三姐唱山歌："隔山唱歌山对应，隔水唱歌水回声。"亦像是站在我家河边唱的。只是那高山的山峰并不高，有更高的山在它的身后面，若在秋后的明净天气，肉眼能看得见那遥远的一峰连一峰的蓝。还有靠西边的狮子山也比它高出许多。可我们那一方人，都自豪地称它为高山。传说是光武帝刘秀当初在皇村起兵，喊过一声"上高山"的话。天子嘴里无虚言，想必它一定是高山了。高山脚下是皇村，皇村乃刘秀老宅，皇村也是后人叫成的。这个村先前有说叫白水村，又有说不是，究竟叫什么，亦无可考。刘秀生在皇村，长在皇村，28 岁举旗反王莽，终得帝位以中兴汉室。所以外乡人说，哦，宝地呀，高山脚下是皇村么，却也不完全是穿凿恭维。我们村和皇村邻近，山溪回环，河地相连，是有王气可接呢。还有那私塾先生门楣上的"虎居龙盘"，也说的是王气吧！可我年幼无知，每每放牛割草在河坡滩头，沿岸烟树村庄，脚下流水，远远望高山以外的连绵群峰，白云一动不动地堆在岭头，感觉如在梦中，心里也就鼓胀胀地像生了翅膀，而脸上，则满是迷离茫然。

我们村与外界的联系，主要靠一条沿河而行的牛车大路。听父辈人讲，这条大路是解放后（1949 年）重修的，解放前毛细得很，一步三道弯，半日走不出两拃地。重修后路宽可走牛车和板车。顺这条路，往西三里是吴家店，往东十里至乌金店。吴家店和乌金店都是小镇，一个逢双热集，一个逢单热集。我们村离吴家店近，主要就赶这个集。吴家店在狮子山下，去得过滚河，河上有高高的独木桥，只一尺宽，桥板老是摇晃，村里妇女上街买花洋布不敢过，是男人牵。村里男女平素都淳厚含蓄，人多的场面即便是夫妻亦不表现得亲昵，赶集过河时则可以手拉手视为正当。也有开玩笑趁机捏捏女人手，或抠抠女人手板心的，必遭笑骂："你呀个挨千刀的！"声音又黄莺出谷般脆生生的好听。但是，如果碰到夏天连日走山洪，河桥被冲（这是常有的事），而渡口的船家又不够及时撑船，虽十里外的乌金店集也会去赶。乌金店最出说书匠。冬天里我和用人、幺巴和舒丫头正背靠着屋墙晒太阳、挤暖和，看村口走进一个背鼓镲提胡琴的人，就知道是乌金店的说书匠又来了。嘴里立马来了歌子："山不山，畈不畈，叫花子跑去乌金店。到了乌金店，不再去要饭，乌黑的金子满地捡。"说书匠每回说书说累了，中间歇息逗孩子玩儿，就好唱这段顺口溜。而孩子们就只当它是真的，当真有一地的乌金子，一边跟着唱，一边憧憬想象。但又听我母亲讲，到乌金店得翻七八条黄土冈，且冈高沟深，深沟里有豺狼、野猪，还有老坟一片连一片，多少里荒无人烟，就很惧怕，尽管有乌金的吸引，终究还是没去过。

其实吴家店我也极少去。偶尔尾随母亲赶集，母亲总是嫌我太麻烦。除开吴家店，我在五六岁前到过的最远的地方应该是皇村寺（一说皇城寺）。皇村寺在滚河南岸那翻过高山再往南的一个岭头上，是我姨家住在那儿。那岭头没名字，平素村人都叫它皇村寺庙，或老庙。若有事要敬神上香，又嫌白水寺远，就说：过河老庙上去！遗憾的是，在我的印象里老庙很早就改作小学了，除了院角还存有一尊奇奇怪怪的大肚罗汉外，好几座佛神（菩萨）哪里去了也不知道。还有那个黄脸的老和尚，和大头的小和尚，亦不知去向。庙院儿里有棵老白果树，有栀子花，庙下是向北流往滚河的清凉河。皇村寺小，没有惯常寺庙的一山门、二山门，出院儿就是我姨家。每到秋深霜打北风起，那明晃晃的白果叶就飘落到我姨的房顶上，满屋顶金灿灿的。我姨家先是住在山下皇村的，后来才搬到了庙上来，说庙地比村里来得更敞亮有旺气。评书里讲，刘秀帝业成就离不开两座寺，一座指皇村以西狮子山上的白水寺，说是他早年在那儿避过了王莽的追兵；另一座就是这皇村寺。皇村寺原名紫云寺，那时寺里有位叫悟净的和尚曾是刘秀的启蒙师父。刘秀拜师紫云寺，在乌金店说书匠那里有专门的一场书。一次夜里落雨，清晨闻鹧鸪在远处林间一声声叫，我趴在窗口，看小和尚沿青石细径下山去清凉河挑水，猛然发现小和尚有一头的黑头发，就问姨：

"和尚咋还留着头发呀？"

"噢，不稀奇，这里的和尚是蓄头发的。"

"为啥这里的和尚要蓄头发呢，姨？"

"嗯——，听传是刘皇帝恩准的吧！"

这会儿我才想起庙里的那个老和尚也是有头发的，小和尚的头发也是见过的，竟然没往心里去。再一回到我姨家，庙里坐着的都是读书的孩子们了。白果树依然浓阴匝地，栀子花就要开了，佛殿间的孩子们正在跟着一位戴眼镜的女老师念课文，声音清朗、脆亮，一阵一阵回荡在山间——念书的孩子里面有我的大表姐，她见我在门口张望，看一眼，又把脸转过去，只当没看见。而在此之前，这样多的孩子们一起读书我还从来没见过，一排排课桌，一个个小脑袋，鸟儿唱歌一样，又欢欣又宁静。山凹的风吹来了清凉河水的甜味，太阳光照散了花草的香味，院子里白果树阴摇曳如云影，悄然翩然的一只只蝴蝶……它们和孩子们读书的声音浑然一体，恍兮惚兮，仿佛空中舞蹈的一束束的斑斓阳光，一下子把我给笼罩了——我就像是中了魔法，就那么呆呆地站着，不知道要听什么看什么了……

后来我姨问我："你晓得那老师是谁吗？"我说不晓得。"还是你本家亲戚呢，她先生也姓谢。""姓谢就是我家亲戚吗？""一个祠堂的，德字辈，你该叫爷呢！"

我父亲是孤儿，我当然知道不是亲戚。可没承想，一年后（也可能是几年后），两家还真认了亲。是初夏，暑气渐浓，河岸远畈蝉声里，一片片稻花正香。我姨父带着一个瘦瘦高高的男人和女老师一起过河来我家做客。认亲是喜事，连左邻右舍、连孩子们相见也是满脸的亲热有喜气。我母亲只顾忙在灶屋，父亲相陪敬茶水，迭声地要我喊他们爷和奶。原来瘦瘦高高的爷也是老师，在吴家店教中学。可我小时最惧喊人，尤其在生客面前。加上我对认亲无认识，亦无兴趣，更不知晓父母的一时心事（原来是和姨商量过的，等认了亲，好在来年春也送我进庙上的学堂去念书），"爷"和"奶"憋在喉头半天也没能喊出口。父亲便尴尬恼火，把脸色阴下来。还是那奶奶打圆场，说："好啦好啦，爷爷奶奶就不叫了，看把孩子为难的。"又指那爷爷："喏，他谢老师，我宁老师。记住了，要入学堂了呢，到时候老师是一定要叫的。"父亲想快快让我走开，说老大不小了咧，还怯生，河滩里牵牛去！我这才得了解脱。

但等午饭后送别客人，我还是挨了打。是父亲打我。说三岁看老，嘴巴那么笨法儿，以后也不过是福浅命贱没出息。可我也生性叛逆，心里自是不服，亦有委屈。我是多么羡慕我的大表姐，羡慕那些小学生啊，觉得如他们那样儿坐在庙堂里读书才是正经。及见村里与我一般的孩子仍在大太阳底下拍翻翻儿牌，汗水溜溜地爬树捉知了、追蚂蚱，小大人似的心里又是一动，就像是看到了我真是没出息，有一种无形的压抑在，好不惆怅。苏轼诗："人生识字忧患始。"我那时尚不识字，却已是早早地有了忧患。

毕竟年幼，"忧"，也只能是一种朦胧的感觉吧，成长的忧郁，是人生初始的云朵要飘向山外的隐隐惶惑。那时候我已不屑于小孩子事了，想的是快快长大。

然而，我终究还是没能上成庙上的学堂。就在那年的九月九，皇村寺莫名其妙地塌倒了。九月九皇村寺唱庙戏，我随母去看，说好当夜不回，在我姨家住一宿。皇村寺每年的九月九都要唱庙戏，如白水寺每年三月三要做庙会一样，虽如今皇村寺已不再是寺了，和尚也走了，但庙戏还依旧唱。我姨说，皇村人喜欢戏，是过日月总得有个起乐儿。这话说得真是好。我小时嫌日子长，连几里外邻村人家做亲接媳妇也会跑去哄热闹。还记得那日戏台是搭在庙西的坡梁上。白天里演了什么已忘记，晚上是曲剧《朝阳沟》。好像就在银环唱："走一道岭来翻过一架山，山沟里空气好实在新鲜……"的当口，忽听得一声轰响，开始以为是戏文里放炮仗，一会儿就有人高声嚷嚷是老庙倒了。人们便不再看戏，呼啦啦转身朝庙上涌去。我和母亲也裹夹在涌动的人群间。感觉人们都如惊惶的鸟，叽叽喳喳惊恐异常。待到了老庙前，只见大殿的东山墙已全部倒去，侧殿也垮塌大半，浮尘呛鼻，有极浓的陈年旧土的土腥味。刚才还叽叽喳喳的人群，一下子安静下来，安静里，又不断有人喊喊低语："重阳里倒了庙堂，大不吉呀，只怕是……""只怕是什么呢？"我不明白，问母亲。母亲用力捏捏我的手，也一脸不安。宁老师早吓得腿脚软了，是我姨搀扶着才从西坡里走回来，好半天还五魂六魄未定，不住地说："幸亏是晚上（庙里没学生），要在白天，那咋得了？"

是夜，河汉星繁若海，月照如白昼，有成群成阵的萤火虫在断墙残瓦间明明灭灭，然后又闪烁着掠过惶惶人群，掠过高高的白果树，向远空飞去……

老街赋 |肖复兴|

《北京文学》（精彩阅读）2011 年第 8 期

我再一次来到西打磨厂。

那是前些天，我陪来自美国的保拉教授逛前门，在前门楼子旁分手之后，鬼使神差地往东一拐，又进了这条老街。

自从 2003 年以来，一次次地旧地重游，这里有些人已经认识了我。半个多世纪一直住在这里的老街坊，见我一次又一次地往这里跑，对我说：你是不是要为咱打磨厂写一本书呀？我说是啊，虽然我的能力现在还不够，但我一直有这样一个梦想，把我们的西打磨厂写成一本书，就像埃米尔·路德维希为尼罗河写传一样。他把尼罗河看成一个活生生的人，把它的地理融化在历史的变迁之中，把它写成了一个有血有肉有情感的人。

西打磨厂是条北京的老街，当年以房山来这里打制石磨石器的石匠多而得名，在明《京师五城坊巷胡同集》里，就曾经记录下它的街名。在清光绪的《京师坊巷志稿》中，不仅有它街名记载，还有详细的介绍，说它当时有两口井；南城吏目署设在那里；还有玉皇庙、关帝庙、铁柱宫，和专门祭祀鄱阳湖神的萧公堂（鄱阳湖神被称之为萧公）几座庙，也建在那里；粤东、临汾、宁浦、江西、应山、潮郡六大会馆，也散落在这条老街两旁；乾隆十四年（1749），编纂四库全书的总校孙溶延从江宁来京，就被朝廷安排住在这里。可见，那时的西打磨厂，是紧邻皇城脚下的一块要地。

在这本《京师坊巷志稿》中，还特别记载着这样一则传说："正统己巳春，打磨厂西军人王胜家，井中有五色云起，日高三丈余，隔井面日视之，有青红绿气，勃勃上腾，至巳末即无，明旦复有，二十余日乃灭。"这样的七彩云气的缭绕，无疑更增加了西打磨厂的神奇色彩。

　　清末民初，西打磨厂和西河沿、鲜鱼口、大栅栏四条街，成并行齐整的矩形，是前门外四条著名的商业街，在北京的中轴线的位置上地位至关重要。西打磨厂的店铺多，曾经非常有名，当年绸布店中八大祥之一和瑞蚨祥齐名的瑞生祥，在中国历史上第一次放映电影的福寿堂饭庄，都在这里红火过。专门给清宫军队做军服的永增军装局，日本人在京城特意办的明治糖果公司，也都开设在这里。至于说当时名噪一时如顺兴刻刀张、福兴楼饭庄、恒记药店、万昌锡铺、三山斋眼镜店、大丰粮栈，还有叫上名和叫不上名来的年画店、刀枪铺、胡琴作坊、铜铺、铁厂、豆腐店，大小不一的安寓客店，以及京城最早的民信局，都鳞次栉比地挤在这里。只要想一想西打磨厂东西一共 1145 米长，居然能够挤满这些店铺，就足可以想象当年这里的香火鼎盛，吃喝玩乐，诗书琴画，外带烧香拜佛，在这样的一条胡同里都解决了。

　　现在，我再次造访西打磨厂。我出生刚刚满月，就住在西打磨厂，一直住到 21 岁到北大荒插队。一个人的童年、少年和青春前期最重要的时光，是和这里联系在一起的。

　　但是，站在它的街口，我有些恍惚，眼前的一切似是而非。街口路南，还是大北照相馆，却和我小时候见过的大北西式楼房完全不一样了。它的位置，是以前的瑞生祥绸布庄，1935 年就倒闭了，兴衰更迭，这里换了不少东家。大北照相馆原来在石头胡同，石头胡同是八大胡同之一，大北照相馆的主要顾客，是那些青楼女子，和那些唱戏的演员的戏装照。1958 年，大北照相馆才从石头胡同搬到这里来。我见过以前瑞生祥的老照片，是二层木制楼房，雕梁画栋，古色古香，眼前的大北照相馆是仿照这样的风格重建的。现在，提起瑞生祥，没有人知道了，大北照相馆曾经因专门给国家领导人拍照而出名，我读中学的时候，这里的橱窗里摆着当时的国家主席刘少奇和掏粪工人时传祥握手的彩色大照片，成为那个时代的一种象征。大北照相馆，成为西打磨厂的一个醒目的地标。找到了它，就算是找到了西打磨厂，它是西打磨厂的开端。

它的旁边，也就是紧靠它的东边，原来是北京有名的王麻子刀剪铺。紧靠王麻子刀剪铺，是福兴楼饭庄，号称老北京八大楼之一。它开业在民国之初，当时是和煤市街里的泰丰楼、致美楼，香厂胡同的新丰楼，东安门的东兴楼齐名的。

　　它的对面，路北紧把着西口的是东天成，卖烟袋锅子的店铺。旁边是万昌锡铺，掌柜的是我家同乡河北沧州人，最早开业在光绪二十六年（1900），专门制作锡制的水壶、茶壶、水盆、水烟袋之类的器皿，也做香炉供碗之类的寺庙用品。虽然后来钢精和搪瓷用品时兴，但万昌锡铺还是苟延残喘一直延续到那个世纪60年代。我读中学的时候，它还在那里，只不过改成了铜器修理部。再旁边是北京城曾经非常有名的眼镜店，叫三山斋。三户人家合伙开的买卖，意思是要成为三座山一般雄峙京城。它开业在同治三年（1864），民国时期，是它的鼎盛时期。那时大概流行戴眼镜，看电影里末代皇帝溥仪不就总是戴着一副金丝边的眼镜吗？许多上层人士都爱到它这里买眼镜，当时的军阀吴佩孚、段祺瑞等，也都附庸风雅到它那里买眼镜。名人效应一带动，致使很多人也以到三山斋买眼镜为时髦，据说有一阵子每天店还没开门，顾客就已经等候在门前了，生意红火得不得了。难怪我看到的一幅摄于1949年的西打磨厂西口的老照片上，10米多宽的路上铁制牌坊上，横跨着的就是它的招牌，一个横幅，拦腰写着"三山斋晶石眼镜店"。所谓晶石眼镜，就是现在我们说的水晶眼镜，水晶都是专门定点从外地采购而来的，比如无色透明的水晶石来自苏州，墨色水晶石来自乌兰巴托，茶色水晶石来自崂山，因此，质量绝对有保证。我父亲曾经从那里买过一副茶色水晶石镜片的眼镜，其实是很普通很便宜的那种，但是父亲很是不舍得戴，告诉我们这可是三山斋的，值钱得很，一直存放到"文化大革命"，怕人说是戴那种墨镜的是坏人，偷偷地给扔了。

　　这三家店铺，"文化大革命"前都早已经寿终正寝，我印象中，它们的位置，后来成了红光理发店和前门小吃店，这两家店都很大，很长一段时间占据了打磨厂西口，流水前波让后波，芳林新叶催陈叶一般，成为改朝换代的一种新的象征。

　　可惜，如今这一切都彻底没有了，眼前看到的是一片宽敞的空地。

　　幸好前面的那座四层小楼的旅馆还在。它是赫赫有名的前门第一旅馆，原来叫第一宾馆。光绪二十七年（1901），京奉火车站就是现在的前门火车站修成，旅客如云，好的宾馆都聚集在附近，说它是那时的京城第一宾馆，并不为过。这家旅馆开业于宣统三年（1911），之所以有名，是因为1919年，五四运动爆发后，北洋政府逮捕了不少进步学生，那一年的8月，周恩来为救学生，专门从天津来北京，就住在这家旅馆里。1949年北平和平解放前夕，共产党地下工作者搞地下活动，也是在这里住店作为掩护。

还是四层小楼，但中式木骨架的清代风格，已经看不出来了，墙体是用水泥沙子抹上的，柱子也都是水泥的四方形西式的。但是，宽敞还是很宽敞的，院落和室内改造很大，已经看不到青砖铺地，和一厅一室的布局。不过，房间和走廊的样子，还是能够看出那个时代的影子，难怪前几年的电视剧《秋海棠》《甄三》拍民国早期的外景，专门跑到这里来拍摄。从外面看，很长的一排墙向东延伸着，一扇扇窗户临街向北，窗前粗粗的花铁栏杆也有些年头了，坚固着以前那么久的岁月，多少还是能够看出当年的风光的。它立在打磨厂的西口，应该是很提气的。

它的东边就是原来的戥子市胡同口，这是一条斜斜窄窄的巷子，从这里可以到北孝顺胡同。再往前就到了鸭子嘴，西打磨厂在这里有一个拐弯儿，地势也开始稍稍低了一些。这是和当年泄洪河道从这里南北穿过有关，即使现在走，也是很明显地能够感受到。就在这拐弯儿的地方，路南的262号，原来却是一座观音阁，建于清咸丰年间，也曾经是香火缭绕。150年的风雨变迁，我见它时就早已经老态龙钟。没有想到，眼前是一座簇新如同一位待嫁的新娘一般的新庙。走进一看，前院的石碑没有了，后院很空旷，大厅里面摆着简单的玉器之类东西，在卖货了。一打听，就是原来的观音阁。我却怎么也不相信。

已经找不着鸭子嘴的一点儿影子了，如今，那里已经拆得干干净净，新修不久的前门东侧路横穿而过，前门火车站的钟楼，像是浮出水面一样凸现在眼前。

走到董德懋私人诊所，就快到我原来住的粤东会馆了。我一出生就住在那里，我对那里一往情深，多少次来都要去那里看看，或者说，因为有它的存在，我才一次次不停地来那里看看。

董德懋私人诊所是西打磨厂的骄傲，满北京城，没有不知道的。董德懋是京城四大名医施今墨先生的得意弟子，老北京一句有名的歇后语：打磨厂的大夫——懂得冒儿呀，就是从这儿来的。据说这句歇后语闹得董大夫很头疼，想要改名字。但是，他的老师施今墨先生不同意，觉得行不改名、坐不改姓，关键看的是自己的医术和心地。董大夫听从了老师的意见。董大夫高寿，一直活到90多岁，我小时候见过他，穿西装，行中医，住小楼，坐轿车，为人和蔼，举止儒雅，非同寻常。他家住在后院，是一座典型的四合院；前面的二层旧式小楼是他的诊所，水泥沙砾抹墙，一派西式风格，房前有开阔的空场，方砖铺地。他家算是这条老街难得一见的中西合璧的宅院。

以前，来一次，这里变一次，上上一次来看，是出租给外地人，经营水果和日用百货。前一次来，把房前的空地都占了，还竖起了铁栏杆。这一次来，董家中西合璧的老宅院，已经成了一片空地，栽着两株不高的小松树。

现在，除了我们粤东会馆，打磨厂一条街还保存下来的，只有临汾会馆了。临汾会馆，别看外面的门脸已经是面目皆非，院子里面比我们粤东会馆保存得要好。进大门，往左拐，有一道木制屏门，朝东，门上书有"紫气东来"四个隶书大字。拐进院子，东边走廊的墙上，有一块乾隆三十二年（1767）"重修临汾东馆记"的石碑，一块光绪九年（1883）"京师正阳门外打磨厂临汾乡祠工会碑记"的石碑，两块碑都镶嵌在墙内。两块碑应该是打磨厂现存唯一完整的文物了。

临汾会馆，和我们粤东会馆一样，三进三出的大院落。作为行业会馆，在它的重修碑记里有"重整殿宇以妥神灵，外及厅庑戏台等处咸加修葺"的字样，说明在乾隆年间这里是有戏台的，那就要比粤东会馆堂皇了。我问这里的老街坊，戏台会是在哪里？他们都说住进来时戏台早就没有了，戏台的位置，应该在现在大门旁这座二层小楼的位置。这倒也合乎规矩，会馆建戏台的，一般有建在这个位置的，聚会乡祠，看大戏，叙乡情，图个方便和排场。在河南开封一座保存完好的商人会馆里，戏台就是在这个位置上的。

不过，为什么戏台变成了小楼，又是什么时候变的，这要从乾隆十六年到二十年（1751～1755）说起。打磨厂是北京民信局最早的集中之地，当时号称四大民信局胡万昌、协兴昌、福兴、广泰，都在打磨厂一条街上。民信局是民间办的，可以说是中国最早的邮政，一直到光绪二十二年（1896），清政府才正式成立邮政局，晚了打磨厂的民信局近150年。宣统三年（1911）清政府在这里设立了打磨厂支局；民国之初，南城电报局也开设在打磨厂。可以说，打磨厂这条街，清末以来，一直是邮政的重地。这些家民信局一直到1937年才陆续关张。解放初期，到我读中学的20世纪60年代初，临汾会馆的这座二层小楼，一直都是邮局，我的第一本杂志《少年文艺》，就是从这里买的。它的前身应该是民信局，白云苍狗，临汾会馆的戏台，就这样演变着它的戏里戏外的人生过程。

邮局关张之后，它成了邮局职工的宿舍。1976年地震那年，楼上一层被震塌，现在是重新修起的二层楼，后接上的一层，接缝明显，像是历史的断层一般，给人们醒目的提示。夏天，我来看它的时候，从一楼到二楼整整一面墙上，长满了绿绿的爬山虎，风吹拂着它，像是一块巨大的绿地毯在轻轻地抖动着。秋天来的时候，那一面墙上的叶子都红了，像是烧着了似的，蹿起了一汪汪的火苗。如今，正是早春时节，一面墙的叶子枯枯的，写满沧桑。正巧遇到一个老外拿着照相机在拍照，站在门口的老街坊问他是哪国的，他没有听懂，我用拙劣的英语问他，他说他是法国人。老街坊又问你干吗对这破房子感兴趣？他嘀里嘟噜说了一串，我听不明白了。

临汾会馆斜对面的大院，曾经是打磨厂一条街最堂皇的院子了，原来是国民党一位姓李的官员的私宅。上次，我进那个院大门的时候，一个女的正出来倒垃圾，一个身穿看车的那种棕色工作服的男的，推着自行车紧跟着女的走进院。我跟在他的后面，和他搭讪：听说这院子以前是国民党一个挺大的官住的，是吗？那男的没说话，女的回过头笑着对我说：你算是问着了，那就是他们家。那男的还是不说话，我跟着他走进后院。这是一个三进三出的大院子，每个院子里的正房都是四大间，前出廊，后出厦，连接每一院落都有一个很大的过厅，厅有花窗，顶有彩绘，虽然年头久远，但风姿犹存，可以想象当年的气派。和临汾会馆相比，一个前清遗老气息，一个民国新派风格，对比很是明显。

那男的住在后院过廊里后截出来的东房里，这让他有些落魄的感觉。

我问他这院子现在是不是都你们李家一家住？他还是不说话，只是很和气地冲着我笑。倒是那女的对我说：他是不愿意跟你说，这院子以前还有歌舞厅呢，到现在里面还铺着花砖地呢！她一说歌舞厅，让我立刻想起临汾会馆里的戏台，前清遗老爱听戏，民国新官爱跳舞，莫非故意让它们在打磨厂一条街上做对比吗？我拖着那男的，请他带我去看看这个在大宅门里很少能见到的歌舞厅。他只好带我走到前院，他指着那一排正房四间说：这就是，现在我大伯家住。我再一次厚着脸皮请他带我进屋看看，他敲响了房门，里面的老太太应声了，打开了房门。果然，红漆的圆柱还在，德国的花砖地还在，老太太却是一脸的茫然。将近 100 年的时光过去了，浮生若梦，繁华事散，人老景老，谁知兴废事，今古两悠悠。

这一次，再走进去，院子里的大部分房子已经拆了顶棚，只剩下三两户住户，那位老太太家的屋子还在，但我没打搅她老人家。

这回真的到了我住的大院粤东会馆了。

粤东会馆的历史和袁崇焕有关。当年崇祯皇帝听信谗言，袁崇焕被诬陷而在菜市口斩首，其头颅最早就是广东乡亲偷偷埋在粤东会馆里的。那时候的粤东会馆在广渠门，广东同乡嫌那里的小，而且远，交通不便，出资迁到西打磨厂，占地两亩，盖了这个新粤东会馆。想那时的广东人和现在一样，能折腾，起码是赚了钱，要不怎么能够置办第二房产？

它是一个三进三出的大四合院，街旁的高台阶上，两大扇黑漆木门，两侧各有一扇旁门，大门内足有五六米长的宽敞过廊，出过廊是青砖铺就的甬道，东边一侧，有一个自成一统的小跨院，想应该是当年赶马车的下人住的地方。西侧是一片凹下一截儿却很开阔的沙土地，是用来停放马车，让马匹休息蹭蹭痒痒打打滚的场所。那里成了我们小时候踢球的草场。甬道的下面挖了一个一人多深的大坑，里面藏有全院的自来水表，捉迷藏的时候，我们小孩子常常藏进去，谁也找不着。

然后，看到的才是真正的第一道院门，中间是有盖瓦的墙檐和牌坊式的门柱组成的院门。按照老四合院的规矩，它应该叫二道门，以前说的大门不出二门不迈的二门。它的两边是灰白色骑着金钱瓦的院墙。迈过院门前后几级台阶，是一座影壁，影壁一边是一棵丁香，一边是一座石碑，写着捐资重修粤东会馆的名单和缘由。再往里走，是以坐南朝北正房为中心的三座套院。除第一座院有了前面的二道门，不再设门之外，其余两座院各有朝东的一扇小一些的木院门，一为方形门，一为月亮门。这两院内，前院种有三株老枣树，后院有花圃和葡萄架。西厢房已经没有了，但东厢房非常齐整。我家就住在东厢房最里面的三间。每天上学放学时走进走出，要走老半天。那年带一个女同学到家里，一路各家窗户里扫射出来的目光，纷纷落在身上，越发觉得心重路长。最高兴的时候，是秋天打枣了。我们会把最外面的大门和小院门都关好，不让别的院子里的孩子们进来。我们爬上枣树，使劲摇晃着树枝，让枣红雨一般纷纷落地。

那时候，我们常常爬上房顶。站在房顶上，天安门城楼和广场甚至再远处的西山都一眼看得见，国庆节夜晚燃放礼花的大炮，也能够依稀望见它们大致的位置。国庆节的晚上，我们早早地坐在房顶的鱼鳞瓦上，静静地等待着突然的一声炮响，然后是满夜空的五彩缤纷的焰火。在下一次礼花腾空之前的空隙中，弥漫在蒙蒙硝烟烟雾的夜空中，会有白色的降落伞像一个个白色的小精灵向我们飘来，那时礼花中的一部分，是随着礼花腾空喷涌而出的。那小小的白色降落伞，缓慢地向我们飘来，飘过我们的房顶的时候，我们只要一伸手就能把它们够下来……

可是，这一次，我走进粤东会馆的大门，只到原来的二道门的地方，就被围栏给挡住了，童年的记忆也一起被挡在里面了。我正愣在那里，从东跨院里走出来一位妇女叫我的名字，一看是老街坊。她告诉我，除了跨院三户人家没有搬走，其余已全部拆干净，盖起了灰瓦红柱的新房。她把我请进她家，掀开紧靠后窗的床铺的褥子，又搬一把椅子，放到后窗外，让我踩着床铺跳窗而进，一睹大院新颜。

我从这个小小的后窗跳了进去。空荡荡的院子，空荡荡的房子，过去曾经发生的一切，仿佛都已不存在。我打开虚掩的房门，走进我原来住的那三间东房里，簇新的砖瓦，簇新的玻璃窗，水泥地，夕阳将房前那棵老槐树斑驳的枝影打在地上。一切的景象仿佛不真实似的，像是置身在戏台上那样恍惚。不知它以后的用场，也不知以后要住什么人，只知道老街坊越住越少，而老街巷老院落也越来越少。

又从那扇后窗跳出来，又走在老街上，心里忽然有些迷蒙。再往东走一点儿，就到新开路的路口，西打磨厂的一条街，到那里戛然而止，繁花落尽，降下了帷幕。可是，我却没敢再接着走下去。我不知道下面会变成什么样子。我怕看见那变了的样子。

2011 年 3 月 30 日改毕于北京

门前一树马缨花|杨牧之|

——怀念季羡林先生

《北京文学》（精彩阅读）2011 年第 9 期

一

我在中学读书时就记住了季羡林先生的名字。那时，我偶然读到一篇散文，题目叫《马缨花》，作者就是季羡林。说他有一个时期孤零零一个人住在一个很深的大院子里，傍晚从外面走进去，越走越静，自己的脚步声越听越清楚，仿佛从闹市走向深山。还说往往在半夜里，突然听到推门的声音，声音很大，很强烈，不得不起来看一看。我就觉得有股《聊斋》里那些空旷老宅鬼狐之气。再往后读，季先生写道："有一天，在傍晚的时候，我从外面一走进那个院子，蓦地闻到一股似浓似淡的香气。我抬头一看，原来是遮满院子的马缨花开了。远处望去，就像是绿云层上浮上一团团的红雾。"我眼前一亮，仿佛也看到了细碎叶子上红雾似的花。可能是我先就有"聊斋"之想，见到季先生说院子里的马缨花，我就想到《聊斋》三汇本中有一篇注释里引了两句诗，诗说：泥土作墙茅作屋，门前一树马缨花。我觉得实在太美了，便移情于此。我那时是个中学生，井底之蛙，根本不知道季羡林是谁，只是因为文章写得像《聊斋》，给我很深的印象，我记住了他的名字。

后来，我有幸考入北京大学中文系，先知道写过《穿着细事且莫等闲看》、翻译过《第四十一》的曹靖华，是北大俄语系教授。不久，又知道了写《马缨花》的季羡林是北大东语系教授。后来，又知道北大知名教授之多数不胜数，我好激动啊，一下子感到自己做一个北大学生真是太幸运了，不自觉地就有了一种自豪感。但那时我从来没想过当面去向他们请教，认为距离太大，没有资格。

二

今天，季先生去世一周年了。我内心里升腾起对季先生的无限感念。在我从北大毕业参加工作后，我所做的两件大事都有季先生的支撑。

第一件事情是我在中华书局办《文史知识》。我们从1981年起办起了《文史知识》。因为办刊逢时，又得到师友支持，再加上我们办刊的几个人卖力，真办得如火如荼。

1986年，我们看到杭州灵隐寺烧香求佛的人十分多，不但有老者，还有青年学生，甚至国家干部；看到普陀寺道场整日香烟缭绕；看到大学里选修宗教课的人越来越多，便决心编一期"佛教与中国文化"专号。为此，我们请季先生写一篇他研究佛教的心得。他慨然应允。不久就送来了《我和佛教研究》的专文。这篇文章真让我震惊，季先生写道：

我们过去对佛教在中国所产生的影响的评价多少有点简单化、片面化的倾向。个别著名的史学家几乎是用谩骂的口吻来谈论佛教。这不是一个好的学风。平心而论，佛教既然是一个宗教，宗教的消极方面必然会有。这一点是不能否认的。

但是佛教在中国产生的仅仅是消极的影响吗？这就需要我们平心静气仔细分析……佛教作为一个外来的宗教，传入中国以后，抛开消极的方面不讲，积极的方面是无论如何也否定不了的。它几乎影响了中华文化的各个方面，给它增添了新的活力，促其发展，助其成长。

季先生写道：

宗教会不会成为社会发展、生产力发展的障碍呢？会的，但并非决定性的……在日本，佛教不可谓不流行，但是生产力也不可谓不发达，其间的矛盾并不太突出。我刚从日本回来，佛教寺院和所谓神社，到处可见，

第六届老舍散文奖获奖作品集

只在京都就有一千七百多所。我所参观的几所寺庙占地都非常大。日本人口众多，土地面积狭小，竟然留出这样多的土地供寺庙使用，其中必有缘故吧。我们是否可以这样说：佛教在日本，不管以什么形式存在，一方面能满足人们对宗教的需要，另一方面又不妨碍生产力的发展，所以才能在社会上仍然保持活力呢！

我占这么大的篇幅抄录季先生的文章，实在是因为这些观点让我很钦佩。这篇文章写于 25 年前。那时作者就能实事求是，有啥说啥，很不容易。这种突破传统、科学分析，敢于逆潮流而上的大无畏精神，是一个伟大学者的风范。我想，也只有这样才能探寻出真理吧！

从此，我对季先生的认识更深入了一步。季先生也对我们夸奖有加。他说："现在《文史知识》——一个非常优秀的刊物——筹组了这样一期类似专号的文章，我认为非常有意义，非常有见地。"

他还说：《文史知识》真正做到了雅俗共赏，不但对一般水平的广大读者有影响，而且对一些专家也起作用。通过阅读本期的文章，一方面可以获得知识。另一方面，也是更重要的一方面，还可以获得灵感，获得启发，使我们在研究佛教的道路上前进一步，以此为契机，中国的佛教研究的道路将会越走越宽，越走越深入，佛教研究的万紫千红的时期指日可待了。

我心中暗想，季先生真是我们的知音啊！从此，我们有了重要的题目，就去请季先生写，季先生也是有求必应。据统计，从 1986 年发表在"佛教与中国文化"专号这篇文章之后，到 2001 年，15 年间季先生在《文史知识》上发表的文章有十四五篇之多。据季先生的学生王邦维说："季先生一生虽然发表文章无数，但似乎从来没有在同一刊物上发表超过这个数量的文章的。这说明季先生十分地厚爱《文史知识》。"

王邦维的话是有道理的。季先生的老朋友，大诗人臧克家先生曾说自己是《文史知识》的"第一号朋友"。季先生说："那我就是《文史知识》的第一号读者。因为几乎每一期的文章我都是从头读到尾的。"

1989 年 10 月，《文史知识》出刊 100 期，季先生特地撰写了《百期祝词》。文章中说："我对《文史知识》有所偏爱。但是我的偏爱不是没有根据的。"又说："我对《文史知识》的印象可以用八个字来概括：严肃、庄重、典雅、生动。"

9 年之后，1998 年 1 月《文史知识》出刊 200 期时，季先生又特别写文章祝贺。他说："《文史知识》是我最爱读的学术刊物之一。它已经成了自己特有的风格，这种风格我想用这样两句话来概括：严谨而又清新活泼，学术性强而又具有令人爱不释手的可读性。"

今天，当我再一次温习季先生的文章，温习季先生的鼓励的话时，我想，我们确实是在努力经营我们的刊物，把它当作实现我们的"梦想"和"兴趣"去追求。但季先生的鼓励，重点在指出《文史知识》是"学术刊物"，《文史知识》严谨、清新、活泼、具有可读性。这就体现了一位大学者对如何研究和弘扬中华民族文化、什么叫学术的一个态度，一个标准。他的标准就是，是否老老实实地做学问，是否实事求是地谈问题，是否能用通俗、生动的笔法，写出严谨、有学术价值、有新的突破的清新的文章。他的标准，就是要像《文史知识》上那些"大专家"写的"小文章"，同样有学术价值。这是一位伟大学者，给我们提出的要求和希望吧。季先生曾经说，他自己最为敬仰的四位前辈是陈寅恪、胡适、梁漱溟和马寅初。他说，陈寅恪的"独立之精神，自由之思想"，胡适的"大胆假设，小心求证"，梁漱溟的"三军可夺帅也，匹夫不可夺志"，马寅初的"宁为玉碎，不为瓦全"，令他十分赞佩。综观季先生对这四位大师的礼赞，我们也可以印证季先生做人的准则和对后辈的期望。

第二件事是有关"大中华文库"的编纂工作。季先生，还有任继愈先生、袁行霈先生，以及杨宪益、沙博理诸位先生，可以说是这件大工程的精神支柱。他们除了到处介绍夸奖这项工程，还不断地给我们出谋划策、排忧解难。

萌生编辑《大中华文库》是在 20 世纪 80 年代，是我在中华书局做编辑的时候。我那时想，中国有悠久的历史、灿烂的文明，但国际上的学者对中国文化研究不够，评价不充分。甚至连大哲学家黑格尔都认为，中国虽然有完备的国史，但中国古代没有真正意义上的哲学，还处在哲学史前状态。真是不幸。我想，其中一个重要的原因是，中国的车载斗量、灿烂辉煌的古代文献没有全面系统准确地介绍到西方去。

我是学中国古文献的，又长期在中华书局做编辑，我觉得，把中国辉煌灿烂的文化介绍到全世界去，是我们的责任，也是我们的使命。但那时，中华书局没有条件。我和当时中华书局的总编辑李侃同志谈我的建议，他表示无奈，说："中华书局没有那么多资金，也没有外语力量。"事实也确是如此。正如任继愈先生说："为什么今天能够出这么一套《大中华文库》，过去不行，20 年前行不行啊？我看也不够这个条件。现在我们'沾光'在哪里？我们国家经济力量上去了，经济发展了，综合国力上去了，文化也就跟着上去了。我们在这方面做得很及时，很得力，也做得很合适。再晚，就耽误了；再早，也不可能。我感觉，国力的昌盛，是我们有力的支持、支柱，让我们今天能够出这么一套好书。"

有了经济实力，还得有人的精神、人的信念。这项工程难度太大了。一是外语人才；二是古文献人才；三是出版资金；四是编辑、印制、装帧水平。当时正在策划筹办第一届"国家图书奖"。我得以见到我久已景仰的季先生。那是我第一次当面向季先生请教。他是一位瘦瘦的老者，脑门有很深的皱纹，眼睛十分和善，再加上白白长长的眉毛，和邻居家的老爷爷毫无区别。他穿着一身蓝色中山装，洗得已经有些发白，一说话，语音缓缓的，很和蔼，顿时让我去了紧张。

我说了想法，我说请季老给我们出主意。我还说，季老您学贯中西，给我们当顾问吧。我怕季先生拒绝我们，便不停顿地一口气把话说完。季先生没有打断我，听我说。事后，我很后悔，怎么没想起和先生谈谈"马缨花"啊！

季老十分和蔼、又十分坚决地说："出版这样一套书太必要了。它的意义估计再高也不过分。"

"我们这一辈人，都希望做这项工作，但那时没有条件。鲁迅讲'拿来主义'，'五四'以后我们拿来的不少，送出去的不多，而且有些工作还是外国人做的。今天你们要做，我举双手赞成。"

"外国人介绍中国文化，当然是好事，但介绍的效果怎么样，准确性如何，我看都没把握。还得我们自己做。"

"我只盼你们尽快开始做。"

谈话是在香山饭店。在饭店大堂后面的花园里。池水、绿柳、白墙、黑瓦，季老坐在池边的太湖石上，娓娓而谈。那情景像一幅画，定格在我的脑海中。

当时我还想，这位老者，头也不很大，和邻家老爷爷没有多大区别，他脑中怎么装了那么多东西，会有那么大的学问？他穿着朴素得早已落伍的蓝布中山装，怎么会有那么深厚、无边的情感，写出那么含蓄、多情的散文呢？他文中弥漫着的那份深情，永不褪色，什么时候读了，都会让你感到充满人情味，让你深深地感动。我站在季先生后面，我感到季先生就是一座大山。我得到这样一位伟大学者的支持，仰之弥高，钻之弥坚，让我好生荣幸。

季先生成了《大中华文库》的学术顾问，有问必答。什么时候请他来开会，他总是提前到达。没有任何要求，没有丝毫特殊。

每当这时，我就会想起任继愈先生讲的有关季先生的一个故事。任先生说：北京图书馆善本室有一个规定，那就是必须是有研究员、副研究员资格才能入室查阅。季先生带的一个研究生要去查阅但没有资格。季先生就亲自带着研究生去善本室，他借出书，让学生看，自己端坐在一旁等着。

每想到这里，我的眼睛都会湿润，我的内心都会深深震撼。老师岂止"传道、授业、解惑"，他们心里装着未来，他们支撑着每项为了未来的事业。他们是伟大的学者，他们又是关怀、扶持、期望着"家业"兴旺的父兄。

《大中华文库》出版接近尾声时，我们在大会堂开会，听取各位专家的意见，以便善始善终地搞好。季先生率先发言，他语重心长地说："现在我们常讲一句话，说'弘扬中华民族文化'，问题是弘扬的范围是什么？弘扬的目的是什么？一方面，是为了我们中国自己的利益，为了我们的后代；更重要的是对全世界。《大中华文库》对我们整个人类的前进，整个人类的发展，具有不可估量的价值。"听了季先生的发言，我很震惊，也很不安，是不是估计太高了？散会后，我去问季先生，季先生一边笑着，一边说，《大中华文库》是什么？是中华民族文化啊！是中华民族文化的精华啊！我估计过高吗？你们做了了不起的事，要继续做好，保证质量。

我心里一下子有了底。我们不能辜负我们心中景仰的大师的期待，我们不能辜负他陪我们后生读书的那份拳拳之心，我们不能辜负他"召之即来"，无话不说的深情。我们得记着他们的期望，擎着他们的大旗奋力前进。

三

绵绵回忆，季先生对我、对我们的支持真是难以尽说。在我不得不停笔的时候,季先生的三篇文章还不能不说一说,因为它们给我的印象太深,震动太大,警醒太强。一篇(姑且也叫一篇吧)叫《牛棚杂忆》。书的序言说:

一些元帅、许多老将军,出生入死,戎马半生,可以说是为人民立了功。一些国家领导人,也是一生革命,是人民的"功臣",绝大部分的高级知识分子,著名作家和演员,大都是勤奋工作,赤诚护党。所有这一些好人,都被莫名其妙地泼了一身污水,罗织罪名,无限上纲,必欲置之死地而后快。真不知是何居心。中国古来有"飞鸟尽,良弓藏;狡兔死,走狗烹"的说法。但干这种事情的是封建帝王,我们却是堂堂正正的社会主义国家。所作所为之残暴无情,连封建帝王也会为之自惭形秽的。而且涉及面之广,前无古人。受害者心里难道会没有愤懑吗?我心里万分担忧。这场空前的灾难,若不留下点记述,则我们的子孙将不会从中吸取应有的教训,将来气候一旦适合,还会有人发疯,干出同样残暴的蠢事,这是多么可怕的事情啊!

他尖锐地评价了"文化大革命",他坦率地讲出了他的忧虑。

在一篇叫《站在胡适之先生墓前》的文章中,他写道:

我现在站在适之先生墓前,心中浮想联翩,上下五十年,纵横数千里,往事如云如烟,又历历如在眼前。中国古代有俞伯牙在钟子期墓前摔琴的故事,又有许多在挚友墓前焚稿的故事。按照这个旧理,我应当把我那新出齐了的《文集》搬到适之先生墓前焚掉,算是向他汇报我毕生研究的成果。但是,我此时虽思绪混乱,但神志还是清楚的,我没有这样做。

第一,季先生敢于拜谒胡适的墓,还在胡适名号后面加上了"先生"二字(这是他过去没能做的);第二,他想像挚友那样将自己的《文集》,在"适之先生墓前焚掉",以作为"汇报";第三,但终于没有那样做。他说,他"神志还是清楚的"。

第三篇就是《留德十年·重返哥廷根》:

我真是万万没有想到,经过35年的漫长岁月,我又回到这个离祖国几万里的小城里来了……首先我要去看一看我住过整整几十年的房子。我知道，我那母亲般的女房东欧朴尔太太早已离开了人世。但是房子却还在。我走到我住过的房子外面，抬头向上看，看到三楼我那一间房子的窗户，仍然同以前一样，摆满了红红绿绿的花草，当然不是出自欧朴尔太太之手。我蓦地一阵恍惚，仿佛我昨晚才离开，今天又回家来了。我推开大门，大步流星地跑上三楼。我没有用钥匙去开门，因为我意识到，现在里面住的是另一家人了。我经常梦见这所房子，梦见房子的女主人，如今却是人去楼空了。

……我忽然回忆起当年的冬天，日暮天阴，雪光照眼，我扶着我的吐火罗文和吠陀语老师西克教授，慢慢走过十里长街。

……几十年来我昼思夜想最希望还能见到的人，最希望他们还能活着的人，我的"博士父亲"，瓦尔德施米特教授和夫人居然还都健在。一别35年，今天重又见面，真有相见还疑梦之感。老教授夫妇显然非常激动，我心里也如波涛翻滚，一时说不出话来。

噢！我抄了这么几大段文字，这算什么文章呢？我知道这不大符合做文章的起承转合，但非如此不能说出我对季先生的敬仰和钦佩，不足以说明白我对季先生又伟大，又普通，有高人的志向，又有常人的悲欢离合的一种亲近之感。谁没有七情六欲，谁没有这个那个想法？如果都没有，那这人无论多么伟大、多么崇高，也不会让人感到亲切。

季先生去世一年了，终于可以安安静静地休息了，也不用再在门上贴上"请勿打扰"的纸条了，没有人再去那里打扰了吧？

季先生字希逋，有人说这是他仰慕南宋的大隐士林逋。林逋，以梅为妻，以鹤为子，终身不仕，隐逸山林。季先生想这样吗？季先生笔名齐奘。奘，玄奘，俗称唐僧是也。齐，齐鲁大地。有人说季先生要向玄奘看齐，做齐鲁大地之唐玄奘，是吗？

季先生在我心里，既是伟大、渊博的学者，又是一个有爱、有恨的普通人。他也慕苏东坡之游，想像苏东坡一样，"在月明之际，亲乘一叶扁舟，到万丈绝壁下"，体会《石钟山记》的境界。他也曾看到头顶上有萤火虫飞，而想伸手抓到一只。他也为拨开草叶，发现一颗颗红红的草莓，感到无比快乐。他也会为给自己花钱而算计。他从医院回到家里，在空空荡荡的屋子里，他的白猫扑到身上，他的眼泪就"扑嗒扑嗒"往下掉。他也会与儿子闹矛盾，甚至赌气不理人。他也曾想过自杀，但暴徒十分激烈的敲门声，让他猛醒，对暴徒不可软弱。这些不都是一个平常人的平平常常的喜怒哀乐吗？也正为此，我更加崇敬他。

夏天到了，绿树如荫。找个时间我要去季先生当年住过的院子看看马缨花，看看是不是又开得像是绿云层上的一团团红雾。

只是欢喜随意而至 |柴 静|

《北京文学》（精彩阅读）2011 年第 10 期

1

一片沼泽，潮湿泥泞，草很深，一家人也没有，只有对面山坡上远远能看到的两个毡房。

三个女人把货卸下来，卸到被窝铺盖的时候，下起了雨，雨很快把被子湿透了。她们从林子里拖了几根碗口粗的倒木，栽在沼泽里比较平的地方，搭一个架子，上面盖上篷布和塑料布。到处都歪歪斜斜的，一看这个家里就没有男人，一点劲儿都没有。

风半夜刮起来，越刮越暴躁，开始不分东西南北地乱吹，柱子嘎吱乱响，帐篷顶要鼓破一样，又像突然被狠狠地吮一下，"吧"地一大声，沉重地塌下来。

姑娘裹着被子坐起来，大声喊"妈妈……"

风猛地一下就停了，她们全都静下来，不知道为什么而害怕。风停了，帐篷还在喘息一样地轻轻抖动。她感觉到她妈也在黑暗里坐了起来，但什么也没说。过了很久，在帐篷另一边，外婆说：你们听……

声音越来越大，越来越近，越来越密，但不是风，头顶的篷布上有一道被风吹裂的缝，四下漆黑里，看不到，但能感觉到什么冰凉的东西从那一处正长驱直入。

直到最后，一滴很大的水落到了脸上……雨下来了。

2

这本来是一个天然含有隐痛的命运……三代女人来到新疆的腹地阿勒泰，在一个哈萨克的聚居区，在沼泽地里扎根下来，开了一个小卖部，兼裁缝铺，以此谋生。

穿破旧雨衣的牧人一推门进来，深重的寒气，一个热鸡蛋，卖5毛钱，剥吃一个下去，犹豫一下，再拿5毛钱，再吃一个。买了20公斤喂牲口的黑盐，方糖茶叶袜子，孩子的雨靴，放在羊毛褡裢里，冒着大雨把盐袋在马鞍上捆扎实了，翻身上马走了。

也有时候，有人来了，往柜台上一靠，看着货，什么也不说，待一下午。她要出去散步，把门锁了，很久后回来，人还在，又把门打开，那人继续盯着货架深处看。这里有的是时间。村里没什么人，一只高大的鹤走来走去。

到了冬天，阿勒泰的温度一直降到了零下四十多度，大雪堵住了窗户，房间阴暗。她花了整整半天时间，在重重雪堆中挖开一条通道，从家门通向院门，再接着从院门继续往外挖。挖了两三米就没力气了。漫长一个冬天，谁也来不了，一个脚印都没有。

这个姑娘就开始写。

3

李娟写的不是小说，也不是童话，就是自己的生活。我最喜欢她写一段和小男生河边的说话，看了简直沉醉。

她端着盆子去河边洗衣服，洗完就搭在芦苇丛上，阳光好的时候，第二件洗完，第一件就差不多被风吹得干透了。有时候有人在河里洗马，她生气了，因为他站在上游。她大声喊，他理都不理。她就端着盆子到了上游，这小孩子慢腾腾把马牵过来，又到她的上游洗。

她跑过去，拿了一块大石头，砸到他脚底下，溅他一身水，谁知他也搬了一块更大的，弄得她从头湿到脚，辫子梢都滴水。

149

她把衣服盆子一扔，跑了。玩回来，他还在磨蹭。她问："喂……要不要我帮你洗？"

　　他笑着把马牵开了。

　　她看他不理自己，说："你这个坏孩子，哪天你到我家卖东西，我非得贵贵卖给你，卖给你最坏最差的。"

　　她洗完床单后，让他帮着拧，他劲很大，拧过的衣服再也弄不出一滴水。他看着她涉过河，到芦苇上晾衣服，突然说："这个马嘛，是我的了。"

　　是在炫耀呢。

　　她扫了一眼"那么矮……"

　　"矮才好呢！"他急了，"你看它腿上多有劲。"

　　她接着说：白的马好看，红的也好看，黑的也好看……但你的马是花的。她想说杂种马，但实在不会用哈语说，只好饶了它。

　　"花的才好，你不知道，你不行！"

　　她看他急了，就闭了嘴。他还急："我的马是最好的，马鞍子也是最好的，你什么也不知道。"

　　她站在水里很夸张地叹气："唉，矮马呀……"

　　他猛地跳起来，搬起块超级石头砸过来，她全身都湿透了，还没反应过来，他冲进水里，把对岸她晾好的衣服全都扯下来，扔进水里。这样还不够，把水里的衣服捞起来，往更远的地方扔。

　　她追了好久好远，才追回来，一件一件重新拧，重新晾，知道他在看，但头也不回，理也不理他。过了好一会儿，想回身好好奚落他的马，一回身，人没了，马也没了，河边地上空空荡荡。

　　第二次他俩见面，和好如初，他一边给拧衣服，一边听她教育，他也不理。衣服晾好，她坐在岸上看他洗马，滚烫的风吹来，世界明亮，大地深远，芦苇起伏不已，盛夏已经来了，去年冬天死去的马被鸟和虫子啄得只剩整齐的，雪白耀眼的骨头，横置在不远处的草地上。

　　他俩说起弹唱会的事，她问："你的马真的行吗？"

他说：我也不知道。

他这么一说，她突然有点难过，不由自主地说："没事，你的马不是腿上的劲儿很大吗？"

他高兴起来："是呀，我的马鞍子也是最好的……不过，赛马不能上鞍子……"

这段白描多真实，但她并不是在简单地临摹自然，这样的真实里饱含着诗的精神。

歌德批评过一般的女性写作者"失于软弱，只注重情感，文词和格律。她们的主观世界里没什么重要的东西，又不能到客观世界里寻找材料，只能找到合乎自己胃口的，与主观的印象契合的东西。"

李娟早期也有很多过于抒情的东西，青春期的空虚感与抽象夸大的自我观察，不结实的东西，有的也不忍卒睹，那种抒发唤不起同情和共鸣。

林风眠有次给人讲画，"你的画飘，浮。"

问："什么是浮？"

"像一棵树，是从土里长出来的，你要给人感觉是真的。"

"我该怎么办呢？"

"回去练习一下，多看一些汉砖，汉画，注意线条，汉砖人物简单，很倔。线是画中的灵魂。"

李娟后来的写作里，这个白描的劲儿，就有那个倔的线条，她一定是走了一段很长的路，把眼睛从自我的身上转开，把聪明机智都抛在脑后，投身而入广大的世界，就像她写的胡安西一样："在马不停蹄的成长之中，反复地揉练着这颗心，像卡西帕反复揉面一样，越揉越筋道。他无意识地在为将来成为一个合格的牧人而宽宽绰绰地着手准备着。"

4

勃兰兑斯评论女性的特质，"她们的心在接受印象的时候软得像蜡，一旦印上后就再也不能抹掉，仿佛是印在金子上一样。"

李娟写《乡村舞会》的时候，她的心真像熔成软蜡的黄金，印象这么贵重。

她喜欢拖依（乡间的舞会），和一大群人转在大炕上弹冬不拉，拉手风琴，喝点酒，唱唱歌，暖和了再出去跳……连着三个通宵也不够。"这样的身体里全是舞蹈啊，"它平常深深地忍抑着，在穿针引线的时候，在讨价还价的时候，在黑夜赶活累得眼皮打架的时候，"这样的身体，不是为着疲惫，为着衰老，为着躲藏的呀。"

她爱上了舞会上的小伙子。"就这样，整个秋天我都在想着爱情的事——我出于年轻而爱上了麦西拉，可那又能怎么样呢？……我想我是真的爱着麦西拉，我能够确信这样的爱情。我的确在思念着他——可那又能怎么样呢？我并不认识他，更重要的是，我也没法让他认识我……不是说过，我只是出于年轻而爱的吗？要不又能怎么办呢？白白地年轻着。"

她在舞会上等他。但他不来。只有阿提坎木大爷，不论什么舞曲都半蹲在地上扭古老的"黑走马"。半闭眼睛，满身酒气，一起一落间稳稳地压着什么东西……有所依附，有所着落。娜拉比往电子琴边上招眼地一站，唱起哈语歌，全场的人跟着低声唱。

李娟问大爷这歌是什么意思。

大爷说"意思嘛……喜欢上一个丫头了，怎么办？喜欢上那个丫头了，实在是太喜欢了，怎么办？"

她心里也在说，怎么办？

凌晨的温度更低了，她倒了屋黑茶，偎着烤箱慢慢地喝，真的该回家了。

凌晨三点，她的男朋友库兰来了，他们一见面就抱在一起，又喊又笑，所有人都看着他们笑，那种年青才有的快乐又完整地回来了。跳着跳着舞就会大声地笑，浑身都是汗，但也停不下来。

库兰才5岁，胖乎乎的一个小光头……他也只跳黑走马，小胖胳膊扭得象蝴蝶一样翻飞，快四点了，他已经跳得肚子疼了，看到他的小手在裙子上捏黑的一片，突然一下子难过得要哭出来。

这时候库兰的妈妈来找他睡觉，又高又胖的妈妈夹他在胳肢窝里，随他的两条小短腿怎么踢腾。

她心灰意冷，准备离开。刚走出院子，听人喊"麦西拉，麦西拉过来……"就连忙站住，悄悄往回撤。北侧的大房间里，红色的金丝绒和蕾丝窗纱都拉上了，什么也看不见。一进房间，白茫茫的水汽扑进房间，在地上腾起半米多高。炕上都是大花毡，炉火烧得通红，蓝色木漆床上摞着20多床鲜艳的绸被，盖着雪白流苏的镂空大方巾。

麦西拉不在这里。

她失望地准备退出去，却看到床栏上搭着一件外套，她若无其事地走过去看到，袖口的那块补丁，不是麦西拉是谁？

没人注意到她，她偷偷抓了把葡萄干，守着衣服，一边等一边吃。

没一会儿，麦西拉跟一个小伙子进来了，说笑着，越过她来拿外套。她递过去，以为他要走了。他只是接过去，拿了一个东西出来给那人，又顺手把衣服递给她，说："谢谢你。"

她说："没什么的，麦西拉。"

他听到自己的名字，才注意到她："哦，裁缝家丫头"，他一边脱鞋，一边说，"怎么不出去跳舞呢？"

"没人了。"

"怎么没人，都是小伙子嘛。"

她笑了，不知怎么，"我在等人……"

"哦。"他起身上炕，她也连忙脱了鞋挨过去。炕上人很多，在拉手风琴，唱歌跳舞还有打扑克。

麦西拉取下双弦琴，拨弄了两下又放回去。

她伸手再取下，递给他："你弹吧。"

他笑着接过来："你会不会呢？"

"不会。"

"这个不难的，我教你吧？"

"我笨得很呢，学不会的……"她也笑了，"你弹吧。"

他又拨了几下，把琴扶正了，拨响了一个常听的曲子，调子很平，起伏不大，但经他一弹，里头有一种说不出浓重的东西，一房间的嘈杂里，炕的另一头在起哄，鼓掌，合唱……麦西拉的琴声一经拨响，就像从没有起源也不会结束一样，音量不大，但那么坚定，又如同是忠贞。

她做梦一样看着四周，所有人都喝多了，酒气冲天。她爬过去，在他们的腿缝里找到一只酒杯，用裙子擦了擦，满满地斟了一杯，递给麦西拉。他停下来，笑着道谢，抿了一小口，递给她，低头接着弹。她捧着酒杯，晕晕乎乎地听了一会儿，忍不住捧着酒杯也小口小口地喝起来。大半杯酒都见底的时候，才意识到这么坐下去很失态，就晕乎乎起身，滑下炕，悄悄走了。推开门要踏出去的时候，忍不住回头又看了一眼，"麦西拉还坐在那个角落，用心地，又像是无心地弹拨着，根本不在意我的来去。"

抄这段的感觉，像看托尔斯泰写年青的娜塔莎，那种半是孩子半是女人的爱情，坐在深夜的窗台上想要飞上去的喜悦和无力。乳白色的清凉的雾弥漫，圆月在庭院里菩提树后升起来……说不上狂欢，还是寂静，或者是背后的莫可如何……好的文学写出人类感情内在的无限性。

5

我有一次去西藏，很颠簸，飞机下坠，客舱里一片大喊，只有一个婴儿咯咯笑出声来。

李娟对悲苦的态度像孩童一样。

穷苦本身没有任何浪漫可言，她也没有粉饰它。下雨的时候她们找各种各样的东西接水，篷檐下的漏水，五分钟接一大桶水，要修好篷布，"……我在雨中用锹挖开埋篷布的泥土，草根牵扯，密密连成一块，我挖不动，我挖的时候觉得自己正在掘一个生命的身体，掘它的肌肤……头发、毛衣、毛裤全湿透了，我还是掘不动，我忍不住哭起来，我想这整个世界都在阻止我……"

只是她没有停留在这里，继续往下写，"妈妈往篷布上压石头，石头不够，便摞一些连有草皮的泥土上去。我也帮着一起干，干着干着突然停住，我抱着一大块沉甸甸的潮湿的泥土，说：'——看这上面还有株草莓。'她们都笑了。"

她们想到一个主意，把塑料袋系在漏水的地方，撑不住的时候外面再套一下，这样一来，满屋子就都是明晃晃的塑料袋了。

她写"幸好塑料袋子是一种不透水的东西——这么想的话，就觉得塑料实在是太神奇了，平时为什么就没有注意到呢？它和我们这里其他的任何一种天生生成的事物真是太不同了——它居然可以遮雨……它是一种雨穿不透的事情，它不愿融入万物，它是在抵挡着，抗拒着的。又想到那些古代的人，他们没有塑料袋子又该怎么生活呢？他们完全接受世界了，一定比我们更加畏惧世界吧？他们一定比我们知道更多的有关这个世界的秘密一样的内容吧？"

只有对万事万物的感受永葆清新的人才写得出来这句话。接受采访的时候她说："世上受苦的人很多，但大多都默默无语。大约越是悲苦的生活，越是得投身其中吧。自怨自怜实在是很丢人，很虚弱的事。"

她像一切孩子一样，碰到倒霉的处境，并不悲惨，也不显得滑稽，只是觉得好玩儿。"有的时候柜台上方的塑料袋胀得不行了就破掉了，而我这个时候正站在下方对顾客微笑。"

6

上次聊起何伟的书，六哥说，好的文字有一种神性。

我说，指什么？

他说了句囫囵的话，"神性就是给人以尊严"，补了句"你看他对路上偶遇的人的态度"。我们没再谈下去，后来看到王小波在纪录片里倒是解释过这个问题，说："什么叫尊严？你可能在党内，在家里，在认识你的场合，别人尊重你，但是你走到一个没人认识你的地方，你被当成是一个东西。我想在哪儿都是个人，不想被当成个东西，这就是尊严。"

李娟的书里也有这个态度。

她写跟邻居的女儿去砍冰，卡西她用斧刃刮去大冰层上有些脏了的残雪，然后一下一下地砸击脚下幽幽发蓝的坚硬冰层，居然看到一个小姑娘正小心翼翼地在上方冰层尽头一步一滑地往下滑蹭着行进，挽着一只亮晶晶的皮包。

卡西主动打起招呼来，那姑娘漫不经心地答应一声，继续险象环生地往下蹭。她的鞋跟太高了。

这姑娘黑色闪光面料的外套里面是宝石蓝的高领毛衣。脖子上挂着大粒大粒的玛瑙项链，左右耳朵各拖一大串五颜六色的塑料珠子。花毛线手套，打过油的高跟鞋。后脑勺两边对称地别了一对大蝴蝶发夹。辫子梢上缠着一大团翠绿色金丝绒的发箍。手指上一大排廉价戒指——李娟写"如此拼命的架势，在城里出现的话会显得很突兀很粗俗的。但在荒野里——荒野无限宽厚地包容着一切，再夸张地打扮自己都不会过分——她之所以不辞辛苦翻越冰达坂，是因为另一条路漫长而多土——怎么可以走那条路呢！她的衣服多新啊，皮鞋多亮啊，头上又浇了那么多头发油！"

她俩佝偻着肩背，气喘吁吁背着冰爬到山顶最高处时，"不约而同地停下来回头张望，看到那姑娘还在下面光秃秃的山谷里无限美好地锦衣独行。"

李娟写人没有嘲讽，只有了解。有人批评她对世界太小心翼翼，只呈现人的美好。这话不对，她不是要取悦谁，也不管这个人物是愚蠢还是聪明，是不是跟她相像……只要是自然的，本原的事物，但凡她遇到，不管它们以怎么样简单的方式出现，她都能认识到它们的本来面目……与其说这是道德，不如说是纯真的人性。

7

李娟的书没能入选"年度十大好书"，这并没什么。但媒体报道的原因是有评委认为"好书应能回应这个时代的问题，并表达作者的独立思考，李娟写作太过个人化，过于轻浅，格局也不开阔。"

奇怪，独立思考的基础本来就是个人化的"我"，不是"我们"。一个个只接受第二手印象的心灵才组成了"我们"，已经失去了自己感受的能力……一号召就合唱，一示意就鼓掌，一鼓动就爱，一不足就恨，一刺激就夸张，容易交出自我，容易接受蛊惑，轻易交出权利，轻易得出结论。

以"太过个人化"为理由，来确定这"回应不了这个时代的问题"……好像这个时代的问题还不够因"我们"而起似的。

李娟倒是不在意她自己得不得什么奖，能写她就很高兴。她写过一只野生的雪兔，白毛蓝眼睛，她们把它养在笼子里。有天兔子不见了。她们认为是从最宽的栅栏里挤走了。

一个月以后，这只兔子又在笼子里出现了，已经瘦得皮包骨，变成了黄不溜秋的颜色，嘴边上都是乌黑的。

她们用米汤把奄奄一息的兔子救活了，才发现它去了哪儿。

这个笼子有五边，最后一边是土墙，它在默默吃着胡萝卜的时候，一转身已经开始打洞，她们往里伸，胳膊够不到底，拿铁钩捅，也不到底，后来发现一个月的时候已经打了两米多，再有几十厘米就到大门口了。

一个月里头，她们以为它早跑了，没有食物，它把笼子上盖的硬纸板能吃的都吃完了，后来就吃煤渣了……嘴边上的黑乎乎就是煤迹。

救活了之后，放在院子里，倒是不跑了，像个小狗一样，抱着老太太的鞋子又咬又啃，欢天喜地。

这不是什么寓言，也不用说道理……这不是《肖申克的救赎》……家兔天天在笼子里挤作一团，完成繁殖的任务，谁也不会说它不好。但一只野兔子，不愿意光躲在黑漆漆的杂货屋子里吃你喂的胡萝卜活着，它想按照自己的天性打洞，愿意在太阳底下跟一个鞋子折腾来折腾去……你不让它这样，它不舒服，它不欢喜。

天性是一个奇怪的东西，它可以失去，失去也很容易，失去了那就随便吧。但天性还在的时候，你想改变它试试。

8

我有一个意外是，李娟写《木耳》时，结构和篇幅都已经具备了最容易被认为是"时代问题"的基础……资源和古老文明被工业化掠夺的主题。我原以为她会沿着这条路走下去。但看她接受采访的时候，说这篇她自己很不喜欢，虽然是真实发生的，但写作的刻意与苦心让她难受。她不喜欢沈从文某些文章，也是因为觉得他写得"苦"。

她宁愿没有预设视角，用本能的敏感去逼真地体验一切她遭遇的世界，这里面当然可能有残缺。但文学的独立性就在于不是人云亦云，而是用个人的方式来解释人与世界的关系，在此之上建立自己"所为"与"所不为"的基础。

她写卡西帕洗衣服，"她把肮脏得快要板结的裤子和内衣被罩泡在一起洗。打上羊油肥皂揉啊揉啊的，揉出来的黑水又黏又稠，泥浆似的。洗完了也不清洗，直接从泥浆水中捞出来拧一拧就晾起来了。"

卡西帕的妈妈做事很地道，但却不教她。

李娟写"大约'教'也是一种干涉吧。她做的饭再难吃妈妈也从不加以指责。似乎不忍打击她的积极性，等待她自个儿慢慢去发现技术上的问题。反正妈妈最擅于等待了。"

她对自己和别人都有一种"伴随"的耐心，"生命自己会寻找出路。因为只有在无际的弯路中，才会有更多的机会不停地靠近世界的种种真实之处，才会有强大生活的强大根基。"

她说，"而那些一开始就直接获取别人的经验而稳妥前行的人，那些起点高，成就早的人，其实，他们所背负的生命中'茫然'的那一部分，想必也是巨大沉重的。"

9

李娟说她没有事儿干的时候，走累了就躺在地上睡觉，用外套蒙着头和上半身。下雨时，往往裤腿湿了大半截了，人才迷迷糊糊地惊醒。醒后，起身迷迷糊糊往前走几步，走到没雨的地方躺下接着睡。山里总是小小一朵孤零零的云，底下孤零零一点雨。

"那样的睡眠，是不会有梦的，只是睡，只是睡，只是什么也不想地进入深深的感觉之中……直到睡醒了，才能意识到自己刚才真的睡着了。有时睡着睡着，心有所动，突然睁开眼睛，看到上面天空的浓烈蓝色中，均匀地分布着一小片一小片鱼鳞般整整齐齐的白云——从南到北，从东到西，像是用滚筒印染的方法印上去似的。那些云，大小相似，形状也几乎一致，都很薄，很淡，满天都是——这样的云，我想象着风，如何在自己不可触及、不可想象的高处，宽广地呼啸着，带着巨大的狂喜，一泻千里。一路上，遭遇这场风的云们，来不及'啊'地惊叫一声就被打散，来不及追随那风再多奔腾一程，就被抛弃。最后，其碎片被风的尾势平稳悠长地抚过……我所看到的这些云，是正在喘息的云，是仍处在激动之中的云。这些云没有自己的命运，但是多么幸福……那样的云啊，让人睁开眼睛就猛然看到了，一朵一朵整齐地排列在天空中，说：'结束了……'——让人觉得就在自己刚刚睡过去的那一小会儿的时间里，世界刚发生过奇迹。"

李娟写这些，就像林风眠评论苏东坡的话，"不是想表现自己，超过别人，而只是自己的欢喜随意而至。"

10

在中国，文学被当成"闲书"，是无用的东西，人的天性里的一部分也被这么看待。无用的东西不被鼓励，我自己有好几年不太看小说或者散文，平常带书出门，也会先犹豫半天，"带本政治的……经济的吧……起码也得是历史的……总得吸收点什么吧……"这种下意识的焦虑都不自知。

买了这本《我的阿勒泰》之后，也一直没有看。一直到某天，家人生病，拉着窗帘，电脑关了，音乐也停了，我搬只板凳坐在床边才把这书看完。想起十一二岁的时候，凌晨4点多钟去上学，看到微蓝的新雪覆盖空无一人的校园，心里微微一动，就是这个感觉。

书里写有年大年三十，她们是唯一的汉族家庭，当地没人过年，李娟从外地买回来3支烟花。没有月亮，外面漆黑一片。没有一点灯火，她踩着墙脚的柴火堆，把烟花放到黑乎乎的屋顶上，又递上来几块石头，抵住烟花。四周那么安静，她没穿外套，冻得有些发抖，牙齿咬得紧紧的，却非常兴奋。还有些害怕。

烟花一点问题也没有，一串串火星迸出来，高高地冲向漆黑的空中，四周寂静无声，白雪皑皑。外婆走得太慢，等一步一步挪出门，都已经结束了。

她开始点燃第二支烟花筒。这支是喷花，彩色的火花像喷泉一样四面乱溅，还甩得"劈里啪啦"直响，特别热闹。她和妈妈并排站在雪地里，仰着头看烟花。"我们是在戈壁腹地、在大地深深的、深深的一处角落面对着这美好的事物……若有眼睛从高远的上方看到这幅情景，那么这一切将会令她感到多么寂寞啊。"

在火光中，院墙外的黑暗中不知什么时候已站了两三个人，正静静地仰头凝视着这幕绚烂的——对阿克哈拉这个村庄来说，这是"奇迹"般的情景。其中一个女人是她们的邻居，她穿着破烂的长裙，裹着鲜艳的头巾，衣着单薄地站在那里。

远处有一两幢房子的灯亮了，有人正披着衣服往这里走。

但她只买了 3 支烟火。再也没有了。他们站了一会儿，低声说了几句，消失在黑暗中。第二天，来她家店里买东西的人都会由衷地赞美一声，甚至，连住在河对岸的老乡套着马爬犁子来村里买东西时也这么说："昨天晚上你们这里真漂亮啊！你们过年了吗？"

李娟说："真让人纳闷，深更半夜的，怎么会有那么多人看到呢？"

时空广大，相隔千年或者相去万里，月光底下苏轼在赤壁跟朋友扣船而歌，李娟在大戈壁的腹地深处无事点几支烟花，都只为自己欢喜，文学不外如此。我偶然看到了这光，心中一动，别无他事，但要说它一声："哎，在这儿呢，看见了。"

低语人生 |林柏松|

《北京文学》（精彩阅读）2011年第11期

取低语人生为题，实属心存胆怯而使然。人生是个大主题。谈人生，就像一个人面对浩渺的宇宙一样，不知从何谈起，又如何才能说得清楚。

那是个什么日子，一群青年男女，饮完鸡血酒，摔碎了杯子，背上箭袋和行囊，头也不回地奔向他们理想中的历险之境……这是几年前，我在京郊某地目睹的一幕。当时，真叫我好生羡慕！细想来，我们在青春年少之时，也是满怀憧憬和理想，指点江山，恃才自傲，那时真以为只要凭着一把梯子就能登上月亮，给我们一根杠杆就能撬动地球。可到了中年，方才悟出狂要狂出真性情，过分张扬倒是一种荒唐和肤浅了。而原来那些不负责任的高谈阔论，也不知哪里去了，反正为了衣食，为了虚荣的自我满足，每天都是脚打后脑勺地忙碌不堪，恨不得再生出个三头六臂才好。这时候，什么理想追求，宏图大略，还有那浪漫的诗情画意，统统让位给无情而近乎严酷的现实。生活中，更多的尴尬，更多的无奈，自然是悲喜难状了。

多少能有点开悟的时候，大概只有等到老年了。此时，窗外可以静观人喧马闹，山中无妨闲看斜阳流水。可是，自古又多有悲秋者，世人常把这段时光比作人生的秋季。天地悠悠，岁月无情，催人老去，朝为青丝暮霜鬓，骚人墨客每每发出让人惊悸的哀叹。自然，我们这些俗常之辈，也难免有些悲秋愁世的，可谓"日过中天，人老珠黄"了。老年人时有"吾老矣"的惶恐感，以为是秋日的林木，葱茏不再属于自己，大有悲秋之味道。难怪有人说：青年人最陌生的一个字是"老"，老年人最熟悉的一个字

"死"。在这点上，哲学家就不见得这样多情了，时间和空间只不过是事物存在的形式。斗转星移，一切客观条件都会发生变化。世易时移，人的思想及言行也应该顺应时代。有的人越入此界，恰似登山临顶，脚踏狂风暴雨，手理飞云迷雾，采四海之精华滋养灵肉，吸八方之灵气陶冶性情，是别有一番风韵和美姿的。如此悠哉乐哉，何悲之有？

　　自然规律似乎人人都知晓，可当我们面对它时，又都凄凄然无法接纳。西谚有云："把属于上帝的交给上帝，把属于凯撒的还给凯撒。"质本洁来还洁去，古道夕阳何所求。想开的安然地去了，没想开的，也没时间再想了。这使我想起宋末词人蒋捷，他在《虞美人》一词中，把听雨比作人生，其词道："少年听雨歌楼上，红烛昏罗帐。壮年听雨客舟中，江阔云低断雁叫西风。而今听雨僧庐下，鬓已星星也。悲欢离合总无情，一任阶前点滴到天明。"读这样的词，苍凉韵味似已浸到了骨髓，多少无奈都在滴滴答答的雨中了。更令我们感动的，是这词中的人情味，烟火气。万念俱灰的老者，也不妨回想一下风花雪月的日子，自己是怎样的风流倜傥，怎样的纵饮高歌，挥金如土。可是现如今，那一切都到哪里去了？昔日的红颜知己，今日身处何方？江湖纵横，湖宽海阔，气魄非凡的好光阴也不能永驻，人生就是上坡下坡。上坡兴头大，劲头足；下坡速度快，却也身不由己。那眼见越来越近的目标是什么呢？其实不看也知道，不想也照样到来。那个美妙的终点，任何人都无一例外地要抵达的。谁能阻止这自然之力？谁能躲开这自然之果？

　　一代宗师达·芬奇曾经高呼："看吧，怀着永恒的希望，欣喜憧憬着每一个春去秋来，月月年年等待着每一个新的时刻。总觉得盼望的事情来得太晚，如今重归故里或回到原始混沌的希望如同飞蛾扑火，不知他所期盼的只是自我毁灭。而这种憧憬本质上是各种元素之精华，蕴藏于人体欲望之生命中，不停地要回到自己的本质。我还想提醒你们这同样的憧憬原本是从自然继承的，人是自然的。"诚哉斯言，人是自然的，落叶化作春泥，这是它的使命。从它冒出绿芽，惹起人们关于春天的缠绵思绪时起，它就一直向着死亡迈进。人也是如此，无论他觉察了也好，还是终生懵懂也罢，他的去向是注定了的。总是有一种无形的动力驱逐着，人就是在这无形的动力下前行的。有人说这动力是源于对光的追求，有人说是性作用于人的本我，微精神分析学更是把"虚空"的概念引入其中。而在古老的典籍《旧约·传道书》里，传道者开盘就说："虚空的虚空，一切皆是虚空。"相形之下，我更信服人是自然的，而唯有人是自然之子，人才追求光，才和树木、甲虫、走兽一样。

人是自然的，但同时也善于思想。所以，人对自我的思索一直折磨着大多数人，那个古老的斯芬克斯之谜，永远不会让谁猜个正着。或曰：认识你自己；或曰：人不能两次踏入同一条河流；或曰：逝者如斯夫，不舍昼夜；或梦饮酒者，旦而哭泣，梦哭泣者，旦而田猎。人生终究为何物，没有人愿意多说，也无人说得清。孔子是敬鬼神而远之，因为不知生还哪里知道死呢？相反，西哲们则说不知道死焉知生？这恰成悖论的观点，孰对孰错，是耶非耶？说不清可以不说，但是行呢？知易行难，也有说知难行易的。但是忍不住要思索，或梦醒后，或子夜难眠时，尤其失意，尤其听雨，情感失缠，思绪纷乱。想求得个"难得糊涂"，却偏偏不遂心愿。突如其来，那说不清的悲凄一下子浸到热吻的唇上，就像毒药忽然洒进了成功的美酒。有悲之悲不为悲，本体之悲最像蛊虫，越有智慧的生命越被它侵蚀。夜半无人时的歌声从何而来？难道仅仅是"西北有高楼"吗？或者说是无名悲凄时的心语……

古人讲读书要有出入法，我理解做人也是如此："始当求所以入，终当求所以出。"一入一出，算是参到了正理。如果不曾入得过，出自何来？必是"执着如怨鬼，纠缠似毒蛇"，颠沛流离必于是，要先经历一番世事，得一番苦受，然后才能悟出正道，做出超乎物外的逍遥游。可以说，曹雪芹正是有感于此，才写出了传世的《红楼梦》。否则，像那些走火入魔的神仙道士，躲进深山老林，却又是无论如何升不得天的。即便他们的灵魂真的有幸升天，如白云缥缈，又有何可称道？天堂何其美，七仙女终究忍不住天上的寂寞，甘降人间唱一曲催人泪下的《天仙配》。《呼啸山庄》的主人公宣言道："天堂不是我的家园，我泪流心碎，但求重返人间。"空中飞鸟，空是家乡；水里游鱼，水是性命。我们凡夫俗子，只要好好地活着，做一个真正的人足矣。人生的精彩莫过于快乐。快乐就在于水足饭饱，冻馁无虞。其他种种玄机妙理，又有多少是属于人生的真谛？渴了喝水，饿了吃饭，渐近自然。所谓的"渐远于人，渐近于神"的境界，还是让给学道有成的人吧。陆游的"红酥手，黄藤酒，满城春色宫墙柳"，又岂止是对爱情的惋叹？

若论进出之理，最难莫过于自己。克尔凯戈尔说："我死亡，我诅咒，我可以和世上的一切脱尽关系；但我甚至连在睡眠中也摆脱不掉自己。"另一位作家说："无论你是谁，你都走不出自己的皮肤。"尼采说，为艺术而艺术是一只蛆咬着自己的尾巴打转。那么，若执迷于自我，何尝不是这样呢？这让我们想起了王国维的三境界说。第一境界是：昨夜西风凋碧树。独上高楼，望尽天涯路。第二境界是：衣带渐宽终不悔，为伊消得人憔悴。第三境界是：众里寻她千百度，蓦然回首，那人却在灯火阑珊处。这等的层层爬高，不知人的一生可爬几高。脚力好，德行高的，也可能直步青云，芸芸众生就难说了。

光阴荡荡。回想自己，正是血气方刚的而立之年时，平空落下个灾难，倏忽间30余载逝去，仿佛还未爬至半山腰。下望莽莽，不识来时之路，上看青山白云，巅峰矗立，却恍恍惚惚，烟云笼罩。因为没有好脚力了，此生是难以到达其上的。大道理易解，圣贤们也多是说说而已，既不立文字，你又有何把柄可抓？万灵妙方没有，有字处无玄机。叶芝在《自传》中说："基督或佛陀或苏格拉底都不曾写过一本书，因为那么做就是用生活换取一个逻辑的程序。"

大道无言也许是吧。喋喋不休只因浅薄，尚不能把握人生诸种之脉络。一旦会意，拈须微笑。释迦牟尼佛这时大概要说"善种子"云云。人生实艰，大道多歧。若不求进取，无意探寻生命之境倒也罢了，苦就苦在上下五千年，纵横八万里，穷搜猛问，到头来不过是白的白，红的红，其他一切两眼一抹黑，直到呜呼哀哉，还像葛朗台那样惦念自己的钱匣子……解痴愚，需要一个过程。生命正是这样一个过程。其实，哲学家说："我们的生命，就是一种面对死亡的存在。"生亦苦，死亦苦，可众生偏偏求生而弃死。一个生命之于世上，社会那么强大，周围的一切都那么强大，瞪着眼睛在看着你，死亡又在前头等着你，要想活下去，何其艰难？无论有多少艰难和无奈，我们都应该培养起内心的强大。无论怎样的人生都是美妙的，活着就是美妙的。人生当从这妙处说起。

又想起那个古老的警示："老僧三十年前未参禅时，见山是山，见水是水；

及至后来亲见知识，有个入处，见山不是山，见水不是水；而今得个休歇处，依前见山只是山，见水只是水。"返璞归真，找到了休歇处。老僧的休歇处，在山水之间，却并非涅。我们所欲望的，是回到自然。现代人有时感到形单影只，面对人生，多是茫然。这都因为还有一个不断生长的"精神"。人只要活着，任你怎样拒绝，都无法斩断"精神"的根须。这是一个喃喃自语的世界，也是唯一一个能给予每个个体生命最为慷慨的礼物的世界。在很大程度上，我们还没有摆脱生命的寂寥，我们还需要像那群青年男女一样，也勇敢地背起箭袋和行囊，走出消极，走出自我，在大自然中结识高尚和完美，结识关爱和辽阔！

活着，抗争着，才配瞥一眼那鲜红的玫瑰！

青春的才情 |吴光辉|

《北京文学》（精彩阅读）2011 年第 11 期

一

漫山遍野的悲怆音符凄凉无限，漫山遍野的生死别离痛楚无边。

1941 年 1 月 13 日那个风雪交加的夜晚，随着那颗流弹一路呻吟着划破夜空的忧伤，任光体内隐藏已久的悲剧预感终于得以应验，他的那件墨绿色羊毛衫的胸口处慢慢地绽放出一朵璀璨夺目的血色鲜花。一曲悲壮的乐曲从远处的山坳间传来，旋律如壮士一去不复返般地壮怀激烈。我推想那肯定是任光给自己留下的生命绝唱《别了，皖南》。无限凄苦的雨雪在凄厉尖啸的风语伴奏中飘落而下，皖南山区便落满了无限凄苦的音符，任光不声不响地扑倒在这洒落一地音符的悲伤里，从此不再站起。

"子弹上膛，刺刀出鞘。三年的皖南，别了。三年的皖南，别了！"我曾多次聆听过这支集体赴死时高唱的战地乐曲，我完全可以推测得到性格内向而又生性多情的任光，在谱写这首《别了，皖南》时心中会是怎样的一种悲壮情怀。任光平时的话很少，我们只能通过音乐去读出他对生活战斗过的皖南的一草一木、一山一水的深情依恋，读出他不得不将自己的爱情故事遗留在皖南的这座荒山野岭之间的满腔惆怅，当然更能读出他对自己青春与人生的无限眷恋。我推想他在写这首歌时肯定已经预感到了自己人生的最终结局，只是他没有说出口，始终将这种预感压抑在心底。几天之后，他就是用小提琴演奏着自己谱写的这首慷慨悲歌，真的与皖南永别了，与战友永别了，与自己的新婚妻子永别了。就这样一个个疼痛钻心的颤音从任光的琴弦上滑落下来，飘荡在皖南的那片啜泣不已的雪地上。

任光话并不多，甚至有些木讷，他总是用音乐去表达自己的丰富情感。他的成名作《渔光曲》，给我们展现了一个悲剧的电影场景，他用催人泪下的乐曲让自己的人性深处的悲剧与《渔光曲》里的主人公一起并肩走向死亡。我不得不固执地认为，《渔光曲》是任光对自己人生悲剧结局的一次精彩叙述。《渔光曲》正是因为这样精彩的表达才感动了上海，才感动了中国，才感动了世界。"云儿飘在海空，鱼儿藏在水中，鱼儿难捕租税重，捕鱼人儿世世穷……"歌曲以越剧特有的抒情韵味和凄婉悲凉的曲调，给我们描绘了渔民沉重的劳动和贫困的生活，也表达了任光内心深处的悲剧情结。这支《渔光曲》很快就风靡于世，成为家喻户晓的流行名曲，也使之成为中国第一部获得国际电影大奖的影片。

如果换在今天，一个作曲家得了国际大奖，立马会变得身价百倍，创作一支乐曲伸手也得要个十万八万的，自然也就可能成为影视界飞扬跋扈的大腕。然而，《渔光曲》的成功不但没有让任光一夜暴富，反而使他更加明确地感受到这正是自己悲剧人生的开始，反而使他更加沉默寡言，他的语言似乎就只剩下音乐这一种形式了。他在电影《王老五》的主题歌里将自己的这种人生悲剧预演得更加明确，叙述得更加准确了。"王老五呀王老五，说你命苦真命苦，白白活了三十五，衣裳破了没人补。咿呀呀得儿喂，锅里有水没米煮，咿呀呀得儿喂，可怜可怜王老五。"王老五这样的一位贫苦百姓，最后却被政府当作汉奸给活活地打死了。这里的"王老五"是穷得娶不起老婆最后悲惨而死的男人的代名词，与今天人们称有钱的独身老师哥为"钻石王老五"压根儿就不是一回事。毋庸置疑，贫困悲惨、少言寡语的王老五肯定就是任光自己的化身了，否则他到新四军之后，为什么所有人全都称他"王老五"，而几乎没有人叫他的真实姓名？

任光与他笔下的王老五不但同样的木讷少言，而且同样是坚定的抗日勇士。他谱写的抗日救亡歌曲《打回老家去》唱遍了全中国，也引起日本当局的恐慌，日本当局派出杀手到上海要暗杀他，迫使他开始了长达三年的逃亡。一直到 1940 年 7 月，他终于逃到了八路军驻重庆办事处，被周恩来和叶挺安排到新四军去从事抗日文化工作。然而，新四军很快又被国民党当局当作叛军围追堵截，使他再一次踏上了逃亡之路，也就不得不含泪谱写《别了，皖南》。他到新四军一共只有 6 个月，与爱人徐瑞芳相爱结婚也只有 3 个月，就不得不与皖南告别，与爱人告别，与自己的人生告别了。他明明早就预感到自己的悲剧结局，还要义无反顾地赴死。这就是将艺术家与爱国者融为一身的任光的天赋秉性，这也形成了任光表面上沉默寡言的个性特征。

那个冬夜充满了黑魆魆的死亡预感，寒风嚣张不已，雨雪飞扬跋扈。任光与新婚的爱妻一起逃亡在狭窄的山间泥泞小道上。一路上，任光几乎一直在沉默，一直在听着妻子滔滔不绝的唠叨。这时，他似乎已经知道自己不可能虎口逃生，默默地将所有随身物品全部丢弃，只背着他的那把心爱的小提琴，随着军部直属队仓皇逃至一个叫石井坑的小村子。他甚至预感到这个地方就是自己的葬身之地，他不愿再度奔逃，疲惫不堪地躺在村头的一个土丘坡上，两眼深情地凝视着自己的新婚妻子，一种生死别离的悲痛从心底油然而生。良久，他什么也没说，只是撕心裂肺地拉起了小提琴，那曲悲壮凄厉的《别了，皖南》便从荒山雪地里悠然响起。我推想他肯定是用自己的音乐为自己送葬。也就在这个时候，从山上射来了一颗子弹，嘶鸣着飞过土丘，嘶鸣着越过头顶，然后在任光身后的石壁上擦过，砰地一声打了个弯，改变了原来飞行的方向，最后朝着任光的胸膛直奔而来。他被猛地一击，本来就很虚弱的身体摇晃了两下，手中的小提琴也惊恐地坠落在地，发出它最后绝望而悲怆的余音。就在这一刹那，他看到新婚妻子惊叫着来扶自己时也中弹倒地。

"王老五牺牲了！"这是史料记载的一位战士向叶挺军长报告时称任光为"王老五"的真实记录。这是多么令人心颤的一个称谓呀！任光用自己年轻的生命被当作叛军消灭的悲剧结局，去真实地演绎了自己创造的一位被国民党当局当作汉奸惨杀的王老五的艺术形象。任光一到新四军就被所有人当作"王老五"，是因为人们被他所创造的王老五的艺术形象所感动，也因为任光的个性正像王老五那样的木讷，而根本就没有想到这会让任光用自己的生命去应验王老五的人生结局。

这时，从远处的山坳间飘来《别了，皖南》的悲壮歌声。那壮怀激烈、悲伤激愤的曲调，在血肉横飞、尸骨遍野的战场上空扩散开去，悲怆的旋律便是苦风凄雨在皖南这座荒山的四周徘徊不止，激愤的音符便是漫天雨雪纷纷扬扬地落满整个皖南的山山水水。

任光默默地死在自己的悲剧预感中，无言地躺在自己的悲怆音符里。

二

匍匐在战壕里的只有18岁的法国帅哥保罗，突然听到一阵小鸟清脆的叫声，他便拿出铅笔在白纸上开始描绘枝头高歌的小鸟那欢快的身影。当他画完快乐的小鸟再次抬头时，却看到战壕前面飞来一只美丽的蝴蝶。那只白色的蝴蝶动作轻盈，舞姿优雅，根本不在意自己是在两军对垒、横尸遍野的战场上。保罗不假思索地从战壕里爬上去，十分开心地追逐起美丽的蝴蝶。就在他双手展开欢快地奔跑时一颗流弹击中了他的胸部，他到死时脸上的表情还凝固着追逐蝴蝶时的无比愉悦。

这是在1929年9月的上海舞台上，刘保罗以他精湛的表演艺术让《西线无战事》的主人公保罗惨死在了中国观众的面前，引得全场观众一片哭泣，演出自然获得了巨大的成功。

这就是我国早期著名话剧表演艺术家刘保罗的成名作。他从此正式易名"刘保罗"。当田汉笑着问他说，你起了这个名字就不怕是个不祥之兆么？不怕像保罗一样死去么？他在一阵仰天大笑之后答道："我的命大着哩，死不了！"大大咧咧的刘保罗是个敢说敢干的乐天派，他压根儿就不信《西线无战事》中保罗的悲剧命运真的会在自己的身上重演。

事实上悲剧的伏笔早已缠绕着刘保罗多舛的青春，死死地不肯放手，悲惨的应验只不过是时间未到罢了。而他全然不去理会，义无反顾地用他如火一般的热情去演绎着他酷爱的话剧。他带头上街参加抵制日货大游行时，居然敢于主动冲击荷枪实弹的日本巡捕，结果镇压的子弹在他的头上乱飞，参加游行的一批学生中弹，在他的身边纷纷倒卧在血泊之中。而他居然安然无恙，被抓进了监狱坐了一年的大牢，出狱后还加入了中国共产党。他笑着对左联的同志们说："我说我的命大吧！"他到杭州创办了"五月花"剧社，想用话剧宣传革命。在他兴高采烈地宣布正式演出的那一天，一群军警封锁了剧院的大门，他掩护演职员们从后门撤退，自己走在最后，子弹又一次在他的头顶乱飞，他居然又一次安然无恙。被抓进陆军监狱坐

169

了五年牢，到 1937 年国共合作时才获释出狱。两次死里逃生的经历使他完全变成了一个乐观主义者，特别是到了他在绍兴公开散发《抗日救国十大纲领》时第三次入狱，出狱后他还收获了爱情，参加了新四军，当上了华中鲁艺戏剧系主任。从此他就更加自信了，逢人便说自己福大命大。

刘保罗的嘴很大，笑起来两个嘴角几乎延伸到了耳根。眼睛却很小，笑起来眯成了一条缝。他并不是帅哥，长着中等个子，瘦削的脸蛋，颧骨很高，尖尖的鹰钩鼻，深陷的眼睛，再加上大脑门，活脱脱的像个老外，根本看不出一点儿福相。而命运在他三次入狱之后，给他致命的一击是在他欣喜若狂的时刻，他却浑然不知自己年轻的生命会在那一瞬间戛然而止。

1941 年 3 月 15 日的上午，一派春光放射出假惺惺的明媚，一处桃花也虚情假意地盛开着，到处呈现出一片平和安详的假象。刘保罗还是毛毛糙糙地穿着那件灰粗布军服，他总是张着大嘴，眯着小眼，嘻嘻哈哈地与演员们说戏。他正在导演自己编剧的《一个打十个》。这是一个具有革命乐观主义精神的独幕话剧，他在剧本里塑造了一位抗日英雄，孤身一人一枪打死了十个日伪军。

在苏北盐阜区农村的一处充满里下河乡土气息的土场上，他让扮演日伪军的演员们站成了一行时，觉得今天排演少了一人，笑着问三宝怎么没来。大家说三宝拉肚子去茅房了。他说不等三宝来了，就自己顶替一下吧，说完就站到了"日伪军"的队伍中去。他又给"英雄"说了一段戏，让扮演英雄的演员拿出英雄气概来，不要一副没精打采的样子，一直到他认为"英雄"真的有点像个英雄了，就高声喊着开始。随着他的一声高喊，"英雄"摆出了一副大无畏的英雄气概来，举枪对准站成一排被脸谱化之后的"日伪军"，扣动了扳机。这时，"英雄"手里的长枪居然真的砰的一声响了，一颗子弹真的从枪膛鼓足了劲头，飞向了站成一行等待被打死的"日伪军"。因为距离太近了，子弹的劲头太足，从第一个人的胸口穿过，又穿过第二个人的臂膀，可子弹的力量还没有丝毫的减弱，向着站在第三的位置飞去，正好击中个子不高的刘保罗的太阳穴。刘保罗就这样被意外地打死了。

他死的时候脸上还挂着笑容，还保留着给演员们说戏时乐呵呵的表情，咧着大嘴，眯着小眼。他还没来得及思念因战乱而失散的爱人，果然就与《西线无战事》里的保罗一样地死在了不经意之间。保罗是为追逐蝴蝶的美丽含笑死去，刘保罗也是为追求自己的艺术之美含笑死去。

只有 34 岁的刘保罗微笑着扑倒在苏北这片疼痛的泥土上。我推想他在生与死的一瞬间，在他的脑海已经变得一片空白的背景上，肯定只呈现出《西线无战事》里保罗追逐美丽的白蝴蝶的喜悦。这居然和《西线无战事》里描写的保罗之死惊人地相似："他是往前面扑倒下去的，躺在地上，好像睡着了一样，脸上没有多少痛苦的感觉，有的是一种沉着，差不多是满意的样子。"

刘保罗快乐地死在了自己编导的戏剧情节里，快乐地死在了自己创作的如美丽的蝴蝶一般的话剧世界里。只不过他虚拟的戏剧是一个打十个，而现实的舞台上演的是一个打三个罢了。他死在了 12 年前更名不祥之兆的应验里，他为了这个应验自己为自己设计了一个戏剧化的悲惨结局。

三

刮了整整一夜的狂风，禾苗和树林都显出了十分疲惫的样子，天气骤然变冷了，远方的炮声稍微稀疏些，机关枪还是不肯停止吼叫……对于战斗的激烈紧张的想象，为稳定下来而毫无变化的现状所击碎，离开了幻梦，归还了原来的自己，英勇、杰出的人物似乎也变成了平庸无奇……这个场景不但是丘东平在 1938 年 4 月 12 日营造的小说意象，而且也是他在 1941 年 7 月 28 日亲历的现实。

这一天清晨，作为中国现代战争小说之父的丘东平所营造出来的残酷、血腥、屠戮的小说场景，在他人生的最后结束时被命运真实地呈现出来了。作为华中鲁艺教导主任的丘东平，受陈毅之命率领 200 多师生向北突围，临行前他向陈毅表示他会将所有师生完好无损地带出包围圈。可在昨天傍晚他们被鬼子突然包围在乔家庄无法脱身，而乔家庄四面环水，唯一的出路小木桥也已被鬼子用机枪给封锁了。他们决定在凌晨冲过木桥，就这样 200 多名没有战斗经验的师生，一批又一批地冲向木桥，一批又一批地仆倒下去。

丘东平带着一颗敏感、忧郁、沉重的灵魂，最后一次穿行于炮火硝烟、枪林弹雨之中，最后一次亲历实战过程直接体验到战场的厮杀，最后一次亲眼目睹令人作呕的血污和狼藉遍地的死尸。他亲眼看到自己的学生一个又一个地倒下去，满地的弹壳，满地的死尸，满地的乐器。他用自己发了红的双眼看着鲜红的血发出的暗光，用自己皱起的鼻梁去嗅着空气里充斥着的血腥。他像一头受伤而疯狂的公狼嗥叫起来，两只深陷在眉骨间的小眼放出了摧心裂肺的光芒。他肯定联想起了自己在几年前创作的《第七连》，这篇小说里战争的残酷场景现在就真实地再现在了自己的眼前。

"密集的枪弹依据着错综复杂的线路做着舞蹈，它们带来了一阵阵的威武的旋风，在迫临着地面的低空里像有无数的鸥鸟在头上飞过似的发出令人颤抖的鸣叫，然后一齐地猛袭下来，使整个的地壳发出惊愕，徐徐地把身受的痛苦向着别处传播，却默默地扼制了沉重的叹息和呻吟。弥漫的硝烟、闪光的炸弹、呼啸的子弹，摧毁着一切，生命在战场如同草芥。"

他肯定觉得自己现在就是自己的小说里描写的"丘连长"，自己率领全连200多名战士，最后被鬼子包围起来彻底地消灭。他在自己生命的最后时刻真实地重蹈了自己笔下创造的"我"（丘连长）的覆辙。我敢断言，丘东平反反复复创造的战争小说的悲剧意象，就是丘东平本人给自己的生命结局表达出来的一种悲剧征兆。丘东平的悲剧个性就是通过自己在战争小说里对厮杀、残酷、毁灭、死亡的意象表达中得以充分的展示。

丘东平仅仅只有30岁的短暂一生，经历了太多太多的失败，从而养成了他的敏感、忧郁、挑剔的悲剧个性。所以，按照当今的标准来看，丘东平根本不能算是什么"成功人士"，完全就是个没钱没势的文学发烧友。他出生后的第三天祖母就去世了，从而被家族认定他是一个"不祥之兆"。他少年时参加海陆丰农民暴动失败了，带着灰暗的心理到香港流浪；后来参加淞沪战役又失败了，带着沮丧的心情逃回家乡；接着参加福建倒蒋事变再一次失败，带着悲伤的心态流亡日本；参加新四军后又被当作叛军追杀，再一次失败，带着悲愤的心情逃到了苏北。他就是这样从失败走向失败，他这短暂的人生完全就是在失败中走完的。

然而，脸色黝黑、身材矮小、其貌不扬的丘东平是个理想主义者，他面对了太多的失败，却从来没有丧失自己对完美的追求，这就如同当今打工仔再穷也要做发财梦一般。而正是他的这种理想主义与残酷的现实生活之间的强烈反差，使丘东平的内心深处更加充满了悲剧色彩，从而形成了他极端、挑剔、沉郁的个性来，也就做出了敢于公开撰文与鲁迅叫板，为周扬辩护却又得不到好报；也就做出了倡导"疏政治而近人性"的文学主张，结果落得死后还被当作"胡风集团反革命分子"批判，文学著作被全部封杀，解放后还不能入土为安的下场。

这时，他穿越浓密的晨雾惊恐万分地冲过了小桥，气喘吁吁地奔逃到了安全地带。当他透过清凉的浓雾清点人数后得知还有几十名师生没有出来，二话没说掉头奔了回去。这时敌人又一次发起了猛烈的攻击，眼看着又一批师生被敌人的子弹击中，扑倒在自己的面前。面对着横七竖八地躺在小河两岸的稻田里、小桥上和掉进河里的20多名师生的尸体，丘东平想起自己临行时对陈毅军长的保证，全身再也没有一丝儿力气一下子瘫倒在地，像是突然失重似的晕倒在极度悲伤的浓雾里。

被一阵剧烈的枪声震醒后，他含着眼泪独自一个人在黎明前的黑雾中爬行，敌人的子弹在他的头顶嗖嗖地穿行，好几次滚落在积满着污泥的稻田里，身上的衣服全湿了。他被饥饿、疲困和清冷紧紧地包裹着。天色微明的时候，他发现自己像一只被击伤的狗似的躺倒在潮湿泥泞的小桥边。他猛然想起自己在《第七连》里对"我"最后战败身负重伤时的自杀决定，又想起自己的处女作《通讯员》主人公林吉最后饮弹自尽的结局，望着东方微明的天色，毅然决然地举起了手里的那支手枪，让冰冷的枪口对准了自己的脑袋，他的另一只手正紧紧地攥着装有他的那本还没有完成的《茅山下》手稿的挎包。最后他用颤抖的嗓音像狼嚎一般吼道："莫回顾你脚边的黑影，请抬头望前面的朝霞；谁爱自由，谁就要付出血的代价。茶花开满山头，红叶落遍了原野……"

随着一声枪响，丘东平在他的脑海里猛地闪过了战乱中颠沛流离、音讯全无的妻儿之后，就永远地闭上了他那双深陷下去的忧郁眼睛。他羞愧万分地死在了自己小说的悲情意象里，同样是悲伤忧郁的雾在他渐渐变凉的尸体四周徘徊不散。

那双美丽的眼睛 |甘以雯|

《北京文学》（精彩阅读）2011 年第 12 期

　　我相信"缘"，在茫茫尘世，能够相遇，倾心相处，能够牵肠挂肚，在冥冥中，肯定有一条丝线在牵，这就是——"缘"。

　　可能自小家中就养猫的原因，我很喜欢猫，一见到猫的身影，听到喵喵的叫声，我会觉得家一下子变得生动起来。

　　那年，儿子考上位居全市第一的南开中学，兴之所至，我连想都没有细想，就带着他到花鸟市场挑选了一只白猫，算作对他的奖励。咪咪很快就到了闹猫的年龄，我们很人性化，为他娶了纯日耳曼种的美女猫媞媞，生下了小媞媞。在三只猫中，小媞媞最弱小，既没有她爸爸的威武雄壮；也不及她纯日耳曼血统的妈妈聪慧漂亮、雍容富贵；而且小媞媞的青春美丽消褪得最快。可是，我、老公和儿子最疼爱、最牵肠挂肚的无一不是她——小媞媞。

　　小媞媞出生于深秋季节，那应该是北方最美的季节。蓝天白云、水碧叶红的金秋，是自然万物收获的季节。感谢造物主，让我们收获了一只可人的小猫。

　　那天我出差在外，先生送儿子到北京上学，回来时已是傍晚。一进门，母猫大媞媞狂叫着叼着先生的裤腿到了早已准备好的产房——纸盒子前。一只裸露着粉红色皮肉的小猫趴在地上无力地叫着。先生用手暖着她好久，才把她放在了产房里。深秋季节，没有暖气，房间里很凉很凉，为采暖，先生在产房里接上了一盏灯。我第一次见到的小媞媞，就是蜷缩在灯光下的一只白茸茸的小东西。

小媞媞很快出落成一标准的小美女猫，眉清目秀，一只蓝一只黄色的眼睛，一身雪白的长毛，尤其那翘着的长长的白尾巴，像秋天里摇曳着的一蓬芦花，楚楚动人，靓丽而富有生气。这只小猫，带给全家无穷的欢乐——

　　她十分活泼好动，时常跳到桌子和吧台上，用爪子一点一点把上面的小物品扒拉到地上，尤其喜好扒拉牙签盒。记得有一次她把牙签盒扒拉到地上，牙签撒了一地，她那个激动那个兴奋，乍着那蓬芦花似的大尾巴，叫着跳着扑着散落一地的牙签。我一边捡她一边抢，好不容易捡完装好，她蹦上吧台又将牙签盒扒拉下去……把我们一家三口逗得笑疼了肚子。小媞媞是如此淘气，可细想想，她从来没有损坏过贵重的物品，她没有损坏过哪怕一只玻璃杯具、木头的文玩小件，真的很仁义。

　　光曾经带给初生的小媞媞光明和温暖，又因为小媞媞生来就耳聋，她的眼睛十分敏感，光对她充满了吸引力。她最喜欢玩的游戏就是捕捉光影，对反射到墙壁上的太阳光非常敏感。我们经常拿着镜子或手机照射玻璃，太阳光反射到墙上，小媞媞立刻精神抖擞，斗志昂扬，一次一次地扑向光影，不知苦累。光影成为她永远不懈的追逐和最喜爱的玩具，永远乐此不疲。儿子很坏，有时故意在小媞媞呆的桌子和墙壁间留了空隙，她一扑光就从那个缝隙掉下去了。可她抖抖身子，乍着尾巴，重新冲向晃动的光影。

　　唯一可惜的是小媞媞生来就耳聋，可她在无声的世界里生活得很快乐。吃奶吃到一岁多，这样的猫不多见吧。她妈妈爸爸那时候没做绝育，她妈妈大媞媞经常怀孕，可能是白猫和白猫基因相近的关系，大媞媞经常流产，一流产就想起了自己还有一个亲闺女在身边，于是就百般呵护。看到小媞媞蜷缩在和她差不多身材的妈妈的怀里喝奶，总让人忍俊不禁地发笑。每当春节来临，窗外传来连绵不绝的炮仗声，大咪咪和大媞媞总免不了担惊受怕，小媞媞却无忧无虑玩着吃着睡着。可是，她耳朵也偶有听力，有时睡着觉被惊醒，不知所措地瞪着眼睛，东逃西窜。每当这时，我便抱着她抚摸她的头，她很快就安定下来了。我们常说，小媞媞是幸运的，始终与父母相伴，这在猫家族里，是不多见的。可我也不免担心，有朝一日，她父母先她而去，她会如何面对？

　　小媞媞很活泼，但也很有规矩。很小就学会了在盆里拉尿，只是到了发情的年龄想找老公了，在屋里尿过几次。猫的三口之家到了闹猫的季节，毫无规矩，繁衍下去也没有止境。万般无奈，我们把三只猫抱到医院一起做了绝育手术。手术时，大咪咪进行了殊死的反抗；大媞媞也挣扎了几下；唯有小媞媞束手就擒，没有任何反抗的能力。在猫咪们这"大是大非"的事情面前，小媞媞表现出她的柔弱无力。绝育后，大媞媞失去了母性，对闺女冷淡了起来，可小媞媞不怕妈妈，敢于和大媞媞对峙对打；她更喜欢并惧怕爸爸。出于天性，她贪恋大咪咪的雄性气味，一有机会就凑上身去嗅。大咪咪很反感，只要她一凑身就管教她，对她喝叫，还时常伸出爪子拍打她。她跑得很快，又机敏，每当大咪咪刚要伸出爪子，她哧溜一下就逃了，而且常常一下子跳上猫咪们磨爪子的榆木凳子，眼睛盯住大咪咪"噌噌噌"洋洋自得地磨起爪子来。

　　小媞媞性情与她妈妈相反，十分温顺，她的眼睛永远发散着温柔的光。楼下的邻居吴桐来串门，一下子就发现说：妈妈的一对碧眼盯着人显得很凶悍，而闺女的眼睛显得很温柔。我们作过多次试验，人拿镜子照玻璃反射出光影，小媞媞扑的是光影，她妈妈扑的是镜子和人的手。睡觉时，人要不小心挤着了她们，她妈妈准会不依不饶地挠咬人，而她总是没有怨艾地跳下床跳上榆木凳子噌噌噌地磨爪子，然后翘着芦花　样的大尾巴到卧室外转一圈，上趟猫盆或是吃点"干干"，再回到人身边睡觉。小媞媞的叫声也很温柔，细声细气的。如果你轻微地弄疼了她，她会发出绵羊一样细细的娇滴滴的绵羊音。我们全家都非常喜欢听。工作劳累了，或者有什么烦心事，回到家里，只要听到她娇滴滴的叫声，看到她盯着你的那双温柔的眼睛，心灵会产生一种熨帖感，会使人增强那种家的温暖的感觉。

　　喂她们东西，永远是妈妈吃第一口，吃完自己的马上用头铲开女儿，再吃第二口第三口。小媞媞最喜欢吃大闸蟹，蟹一上锅她就精神抖擞，翘着大尾巴冲人要。看她那充满激情的样子，我们宁可自己不吃或少吃，也尽力满足她。无论蟹肉、蟹黄还是蟹膏，她都来者不拒，有多少吃多少。但吃蟹的时候她也抢不过她妈妈，她吃饭细嚼慢咽，往往自己那份吃的还不如她妈妈抢得多。明明一猫一坨，妈妈三下五除二吃完自己的就抢她的。一般这时候，我们就把她妈妈弄走，护着她。她倒从来没有和她妈妈计较过。可弄不好这些蟹黄蟹膏也是她生病的一个原因呀。爱猫咪，真的要学会怎么爱。提起吃，说些高兴的。小媞媞从小喜欢吃栗子、山芋什么的。尤其喜欢吃小宝栗子。我们剥开咬碎了喂给她吃。我很奇怪，她怎么能闻见栗子的香味呢，猫难道也对栗子有感觉？

由于听不见，她常常用眼睛与人交流。只要对她一招手，她会小跑着跑向我。小媞媞和我最亲，每当我铺好床，洗漱完进卧室时，她常常卧在我枕头旁等候着，睁着一双眼睛看着我；有时，也会故意地卧在先生的床头，俏皮地望着我，我一招手，她常常轻盈地蹦过来倚卧在我身边或枕头前，随即，一下子进入梦乡，发出呼呼的鼾声。这鼾声，不仅没有引起我们反感，倒是给我们平添了一种温馨、安稳的感觉。自打儿子出国留学，夜间我有时睡不着，便到书房上网、写作，小媞媞经常随我起床上厕所，有时就在书桌边呼呼地睡觉；有时在床头等着我，张着那一只黄一只蓝的眼睛。每当这时，一股暖流从心底油然涌上我的心头。小媞媞的名字很多，都是我兴之所至时给她起的，什么小可爱、小东东、小可怜、小宝贝……反正都带个"小"字，她在我心中，就像一个永远都长不大的小孩子……

哎，千不该万不该，我们忽视了对小媞媞的科学喂养。她的爸爸从小就喜欢吃天然的小鱼煮玉米面，身体十分健壮；她的妈妈是一半猫鱼一半其他食品；唯有她不喜欢吃猫鱼，我们特地为她买来猫粮，称作"干干"，她嚼得嘎嘎响。我们都很喜欢看她津津有味地吃干干的样子。谁知道好商为了吊猫的胃口和高额利润，在猫粮里面放了盐和低劣假冒的东西。尚在中年的她，竟然会出现肾衰。就医时，医生明确地说很多猫狗的肾衰都是吃猫粮狗粮造成的。其实细细想来，她这两年身体已经日益衰弱，长长的白毛在脱落，有些粘连在一起，我经常为她梳理，又不敢太使劲，弄疼她时她也会反抗。只得狠心用剪子剪断。她的毛色远不如过去漂亮了。谁能想到年纪轻轻的她竟然患上这样的病呀？我、老公、儿子都很自责，要是早点知道科学喂养，哪怕在发现她身体衰弱时早点给她看病、吃药，她不会走得这样早。哎，说来说去，还是我们对这幼小脆弱的生命关爱不够……要是她能听见，要是她能找个帅帅的老公，要是她也能像她妈妈一样生儿育女，那我们的心还能安稳一点。

可是由于她天性乐观活泼，我们都忽略了她的身体。当儿子告诉我小媞媞病危的消息时，我正在福建开会。一下子，我的泪水止不住地涌了出来。当我匆匆从福建为她赶回家时，小媞媞已经没有力气叫了，闭着眼睛躺在为她准备的纸盒子里。我的泪水止不住地流。先生已经抱她到医院输了三天液了，可没有什么效果。我感觉到，她已经命悬一线、只是在昏睡中等待我。第二天，我接着抱她到医院输液。同屋里面，有多只在打针、输液的小猫小狗，它们还能表示出恐惧，唯有我们的小媞媞没有任何反应，无力地依偎在我怀里。到这时，我已经感觉到我们只能尽力抢救她，可确实只能听天由命了。

小媞媞对色彩十分敏感，不知是不是女性的原因，她对红色有特殊的感觉。她喜欢在红色的便盆中拉尿，喜欢红色的被子，如果把红色的手提袋放在桌子椅子上，她准会卧在上面。有时洗衣时顺便刷猫盆，她经常会卧进红色的猫盆中，自得地看着人。可是，如果风吹动挂在架上的红色衣裳，或是支开晾晒红色的雨伞，她会吓得惊慌失措，四处乱窜。在她病危时刻，一天一夜没有排尿了，我把她放在盒子里面晒太阳，为了便于她排尿，把红色的猫盆放在盒子旁边。当我从书房到卧室看她时，看到垂危的她竟然卧在了她最喜欢的红色猫盆中。此情此景，令我百感交集。当晚，我把刷洗干净的红色猫盆放在了床上，垫上毛巾，把气若游丝的小媞媞放在了她心爱的红色猫盆里。我陪伴着她，不断地抚摸着她……她走的时候，我把她放在红色的纸盒子里，埋在了花坛下。质本洁来还洁去，她的身体也会化作春泥，滋润花草大地。

在小媞媞走后第三天，"快递公司"的员工送来了儿子为她邮购的治肾病的营养液、质量上乘的猫罐头。小媞媞的妈妈爸爸福分不浅，沾了她的光，告别了有害的猫粮。尤其是大媞媞，不知为什么，是不是有什么特殊的感觉，竟然从此不再沾"干干"式猫粮。儿子出国读书有八年了，有一天谈到小动物，他认真地对我说："妈妈，对于人，小动物只是你人生中的匆匆过客；可就小动物来说，它已经将一生托付给了你。"霎时，一股暖流涌上我心头——儿子成熟了，能够懂得善待生命，表明了他精神上成长得很健康。我可以放心了。

恍惚间，小媞媞已经离开我一段时间了，但我忘不了她，我的眼前经常浮现着她那双眼——美丽的、善良的眼睛，一只蓝色一只黄色的眼睛。

我相信"缘"，在茫茫尘世，能够相遇，倾心相处，能够牵肠挂肚，在冥冥中，肯定有一条丝线在牵，这就是——"缘"。

故乡啊，故乡！ |厉彦林|

《北京文学》(精彩阅读) 2012 年第 1 期

　　多年来，我一直渴望以"故乡"为题写篇东西，但迟迟没敢落笔。因为这个题目外延太大、内涵太深、负载太重。

　　有史以来，关于故乡的绘画、歌曲、电影、戏剧、文学作品不胜枚举。离乡，怀乡，乡愁，乡恋，乡梦，望乡，归乡……让多少焦渴的心灵享受到绵延甘醇的温暖与感动，甚至泪湿衣襟。

故乡是英雄而壮美的史册

　　经查阅字典，"故"包括了时间与空间两种维度，当其用作语词的修饰成分，则侧重于经历，如故国、故交、故乡、故地、故居等。在"户籍"的意义上，故乡的指向很明确，不是"祖籍"，就是"出生地"。故乡，是一个饱含深情的词，一个令人魂牵梦萦的地方。通俗点讲，故乡是我们的祖先出生、恋爱、劳动和葬身的地方，或者是一个人的出生地、童年和青少年时期居住过的地方。故乡不仅仅是个地域和时间、空间的概念，而且有着容颜和记忆的影像，有着生命年轮和亲历事件的记忆垒砌。需要时光和岁月作为依据，需要视觉、听觉、嗅觉、感觉的真实凭证，需要大量真情故事和生活细节支撑……

　　敬畏土地是人类从远古就开始形成的神秘而古老的情感，它源于摆脱饥馑和险恶自然环境的渴望，最终形成为图腾与信仰，这也是欧洲游牧民族膜拜古希腊大地之神的原因所在。我们这个在农业文明浸润中长大的民族，祖祖辈辈崇拜、敬畏"土地神"。对于绝大多数中国人来讲，说起故乡，眼前闪现的是：家乡的山水、土地、风物、人情，什么古街、老屋、家具、炊烟、父母、兄妹、老友、往事、趣闻……难以忘却的是幸福、痛苦、懊恼、充实、空虚、神秘、无奈；一粒种、一块地、一段河、一棵树、一朵花、一杯茶、一缕烟、一顿饭、一句话，甚至一个眼神、一个手势，都会让游子铭记在心，咀嚼一生，时而伤感潜然。也就是这些，让天下游子在异国他乡遇到与记忆中相近、相似、相重叠的人物、景象，便立刻掀动沉睡的记忆，思乡情绪油然而生，甚至揭开已经愈合的心灵伤口，追忆起守护自己童年、见证自己青春的故乡，从而把那故乡情结、故土情怀攀结得更加牢固。

从人类开始用文字记录书写历史开始，故乡就从生产原始、生活简朴和持续创造的荣耀中走出来。没出过远门，没有远离故乡的人，包括远离故乡但情感比较愚钝的人，对故乡这个词会感觉麻木和漠然。故乡这个词，只对走出故乡的游子有意义。那一盏盏黄润润的油灯，点亮了多少个无知和蒙昧的夜晚；那一架架吱吱呀呀的老纺车，摇来了多少个对生活热辣辣的渴盼和向往；那一条条弯曲而又泥泞的山村小道，承载了多少昼夜不分的艰辛与奔波；那一声声真诚而清晰的惦念与问候，温暖了多少风雨飘摇、孤独无助的时刻……

普通而简陋的村庄更具内涵和质感，古老与年轻同在，贫穷和富裕共存，愚昧与文明交锋，美好与丑陋同台，神灵与凡人对话。但石头、泥土、庄稼、蔬菜、农具和柴草、房舍都是真实的，举目可见，触手可及。每个山寨、村庄，都记载着每个家庭、每个民族英雄而壮美的史册……故乡给予人们最美好的一代代传承的品格——诚实、勤劳、善良、宽容，尊严、仁爱、快乐、幸福。

怀念和追忆自己的祖先和自己的成长史、奋斗史，必定爱自己脚下这片土地，这片记载成长故事和拼搏历史的土地。故乡的山山水水、风风雨雨、事事物物、草草木木，完整无缺地记载着故乡的社会变化、人事变迁和情感履历。

故土情结，是流淌在我们血液和灵魂中的DNA

古人云"举头望明月，低头思故乡"，"今夕为何夕，他乡说故乡"。我自豪地说，我的故乡在革命老区沂蒙山。那是从大海浴盆里横空出世的沂蒙山，那是纵数八百里横数八百里的沂蒙山，那是用甘洌乳汁为战争淬火的沂蒙山，那是用独轮车碾碎美式大炮的沂蒙山，那是英雄的土地、英雄辈出的土地，产生了诸多英雄儿女、英雄传说和英雄史诗。

准确具体地说，我的故乡在沂蒙山区东北部一个相对偏僻的小山村。我在故乡土一把，泥一把，汗一把，水一把，磕磕绊绊地长大。因此，我对故乡有着说不尽、道不完的深厚感情。虽然到城里工作已经近30个春秋，可故乡的一切依然鲜活，时常历历在目，魂牵梦绕。最令我念念不忘的是童年那段无忧无虑的欢乐时光。春天，桃花、杏花、梨花、刺槐花和各色的野花竞相开放，将沟沟坡坡、岭岭峰峰装扮得花枝招展、姹紫嫣红。我们挎着竹提篮、柳条筐，拿把剜菜刀，跑到田间地头挖山野菜，喂猪、喂牛羊，有时坐在河滩上望白云、盯春燕、吹柳哨。夏天，我们跳进家乡的河溪、水库，打水仗、游泳、捉鱼虾。秋天，我们天天欣赏那版画般的田野、庄稼地，一片金黄，一片火红，一片碧绿，有时还偷偷烧生产队的地瓜、花生吃。冬天，我们可以恣意地在雪地里堆雪人，滚雪球，打雪仗……虽然手脸冻得通红，仍然乐此不疲。

在这块山地上，我们毕竟赤身裸体地摸爬滚打过，村头巷尾还残留着我们粗劣、放肆的呼喊声、打闹声。我们离开故乡的时候，没有带走一把土、一件农具，只是揣着一摞记忆的相册、账本。当真正想缩短自己与村庄的距离时，其实村庄已经离我们越来越远了。村庄的风物，村里人的风俗习惯和那些显得落后的思维定势，时常让我们寡言少语、缄口难言。故乡既让我们亲近，又让我们陌生。所有宝贵的东西，都埋藏和屯积在灵魂深处。

一个人假若没有故乡，就像庄稼、树木失去了汲取水分和养料的根须，难以根深叶茂、茁壮成长。正如泰戈尔所言："无论黄昏把树的影子拉得多长，它总是和根连在一起。"不管你走多远，故乡就是你胸前的徽章，是连接你与母亲生命的脐带，是深刻在你身上的独特胎记。经历了城市的喧嚣和浮躁，心灵渐渐回归的时候，只有乡村才是最好的心灵栖息地。故土情结，给人倚靠、温暖的感觉，她是纯正的流淌在你血液和灵魂中的DNA。

城市与乡村、文明与自然、高贵与卑下、龌龊与崇高、失去与获得的分割和对立，会在年复一年的变迁和改变中，找到一种微妙的平衡。虽然记忆中的故乡越发地模糊甚至似是而非，但在回忆与真实之间应该能找到一种调和或折中，那或许应该是一种穿透岁月风尘的暗箭，从被城市文明遗忘的历史边缘呼啸着擦过时代的肩头。无论你的人生道路上遇到什么坎，遭到什么劫，唯一不会把你抛弃的，那就是故乡；唯一能够宽容接纳你的，还是故乡。你可以慢慢地欣赏，欣赏村庄的恬淡与安然，欣赏阳光的温暖与热烈，欣赏土地的宁静与泰然，欣赏山峦的庄重与沉稳，欣赏河水的天成与舒缓，欣赏生活的悠闲与自然……

每个人心里，都有一片土地，都是一个知痛知热的故乡。逢年逢节，触景生情，随时随地想着她、念着她。可以说，骨头上刻着她，心无时不咬着她。

幸福与荣耀期望与她共享；懊丧与失意也渴望她的庇护和宽容。

故乡，是大多数人人生的终极归宿

走在人生旅途中、身心交瘁的人，最难割难舍、最容易频繁想起的就是故乡，那个曾经生死相依的村庄。我国历代王朝更替，都会有大批难民成群结队，整个家族，整个村子，甚至是整个地区的大量外迁。在中国近代史上，无论是闯关东、走西口，还是下南洋，我坚信每个人在背起行囊远行的时候，总要擦干眼角的泪花，狠狠地记下故乡的一草一木，因为那是记忆的原点、灵魂的巢穴。很多人有一个愿望，常常会念叨，"等我退休了就回老家"，听听乡音、叙叙乡情、品品乡味。有多少人等来等去，最后回家的只是一个冰冷的准备入土为安的骨灰盒，留下终生遗憾。

每个人的精神世界中的故乡，都是一个无可替代的坐标系，是每个人打量和评价这个世界的出发点。不管走多远，无论经历多少荣辱兴衰，故乡都静静地藏在心中，沉默无言，像一个饱经风霜、沉稳成熟的老人，关键时刻会给主意或滋生一丝温暖的灯光。

我的故乡沂蒙山区，那是一片贫瘠而肥沃的土地，是一片古老而英雄的土地。这片土地不仅沉积着民族太多的苦难和亲人们创造的辉煌，同时，也记录了革命老区百姓经历的苦难、辛酸和舍生取义、大仁大爱的民族风范。对于我来说，故乡就是一道深奥而又充满了激情和诱惑的人生课题，始终无法透过她的美景和风土人情，去真正读懂藏在其背后的内质，却又忍不住挖空心思地思考，节假日回乡下去感悟，去品读。

感受了故乡大地的博大与宽容、古老和沧桑，无疑对故乡大地充满了景仰和敬畏，对养育自己的土地发自内心的留恋和感激，情不自禁地倾诉：我自愿终生成为一位故乡的歌者，普通平常，让人怦然心动，可以静心、净身的故乡的虔诚朝圣者，或者故乡古老与年轻壮美史诗的忠实见证者和记录员。故乡是一朵暗伏在我生命线上的山杜鹃，这似乎昭示了无论我如何虔诚，都只能顺应流金的岁月，即使没有春天的请柬，我的双足也要踏上故土的脊梁，让梦想在故土上扎根萌芽。

我告别生我养我的小村庄 30 年，像一只无名小鸟在城市的狭缝里觅食、生存。那被楼群分割得有棱有角的天空，时常让我感到惶恐和迷惑。我曾经两次登上千佛山的山顶，站在济南这座城市高高的额头上，打着眼罩、拉长目光远眺故乡，分明看见家乡那些堆得高高的柴火、草垛、青石黑瓦，以及黄昏时分大黄狗迎接落日的声声吠叫，怀想正将一个异乡人瞳孔里的苍茫与孤单放大。初春家乡的夜晚很静，惊蛰之后的虫子们，伴随树木、青草和庄稼的呼吸、拔节声开始呢喃，山坡、草垛一片黛黑，房顶上升起袅袅青烟，召唤着牛羊归圈的哞叫声和孩童回家吃饭的呼喊。故乡的童年，童年的故乡，故乡的景是那么美丽，故乡的人是那么质朴，故乡的故事是那么古老、动人。这种时空交错的情感清晰可见，历历可数，丝丝刻骨，缕缕铭心。

故乡，像母亲的手掌，虽很温暖，却又很小、很窄。许多子孙最终还是怀揣这份缠绵和抚慰，摆脱这手掌的呵护，走向、滑向更为平阔的地方。这是一种尴尬，一种无奈，更是一种必然……

从哲学价值论角度来看，故乡是人类最初始情感与最深刻理性集合成的一种文化形态，是审视、衡量、规范物化现实的价值尺度或人文理念，是精神家园，是心的起点，是人生的终极归宿……

故乡情结，始终存活在灵魂中和绵绵的文字与记忆里

中国人的"家园意识"除了沉重的乡愁悲歌和苍凉的历史叹喟之外，还具有和乡土、亲人的紧密牵连的乡愁情结。随着社会的转型、城市化的加速和民众观念的裂变，地理与精神的双重故乡，最终只能存活在文字与记忆中。农业文明背景下的故乡，要么贫困、凋敝下去，逐渐被人遗忘；要么被钢筋水泥吞噬，成为一种无奈的记忆和文化符号。

村庄无论大小，要真正走遍和深入很不容易。我们整天在村庄里穿行，好像走遍了角角落落，其实即使你长到头发花白、腰弯背驼，回头一望，真的还有好多地方、好多人家没有去过。村庄太大了，已经存在多少年、繁衍成长了多少代，生长着多少树木、多少庄稼，养过多少鸟、多少牲畜，建起了多少间房子，村中有多少条小路、多少柴草堆……记不住、数不清。村庄又很小，就是巴掌大的一个地方，甚至在地图上连个点都没有。抬一抬腿就到村头了，却忽略了许多时光和梦境，省略许多生死相依的人生章节与段落。

村庄与城市相对应存在。村庄对于农民，它给予居住、生存和生活的必需，而对于都市，它给予一丝温暖与真情。村庄既是一种物质存在，又是一种精神存在。我们可以从村庄中找到农民、房舍、树木、耕牛和鸡羊，同时也能找到农村、农民生存的艰辛、宽容与大度。如果你是流浪者，村庄和家园就是一柄陈旧的黄油布伞，随时为你挡风遮雨；又像一块喷香的烧饼，可以随时为你补充热量、能量。

在繁华的都市，在陌生的街头，偶有熟悉的乡音土语在我的耳畔飘过，我多少次情不自禁地驻足，四处探寻和辨认声音的来源和方向。走进乡村，面对一张张沾满泥土和风雨沧桑的脸庞，会感到非常熟悉和亲切，它让你想起自己的乡亲和亲人。回忆起村庄的一切，就不再有孤单、失意和忧伤。如今许多村庄破败荒凉还长满杂草。黄昏里，身边响起几声牛哞羊叫，那么低沉、悠长。随着燃起的那缕淡蓝色的炊烟一起在暮色里无奈、失意地飘荡，泪水不知什么时候湿了我的眼眶。

"出门千日好，不如早还家"。在城市生活久了，不知不觉我们把灵魂

和肉体交给了城市。城市的路太硬，我们踩不出任何足迹；城市的空间太小，我们吸不到家乡味道的新鲜空气。我们既是城市的软件，又是城市的硬件，天天被更新。人人都想到处复制自己，结果常常被覆盖、被删除，甚至被无情地"格式化"。公正的上苍为每个人的大脑都设置了记忆密码、垒砌了记忆仓库。但记忆的能力却是千差万别，无论普通民众还是天才、神仙，只有共同的经历或者相通的情感逻辑，才能破译记忆的密码，挖掘和获取乡情、亲情的秘方和力量。愈久愈浓烈，愈老愈深沉。

人只有把根深深扎进生你养你的土地，只有把土地的色彩和气息珍埋在心底，故乡的诸多元素才能渗透到、吸收到血液和骨骼之中，你的生命和人生之树才能枝繁叶茂，持续开花结果……记住故乡的声音和容颜，记得回归故乡的道路，才会生活充实和心灵宁静。

"美不美，故乡水；亲不亲，故乡人"，此中内涵和滋味，离故土越远、越久，就体会越深。科学进步，世事变迁，文化融合，地球正变得越来越小。物质越繁荣、心灵越悬浮，人的知觉却日益拙钝，常感恐慌、不踏实。但内心深处最纯真、最真挚的情感，时常憋出新芽，凝聚成单纯而美好的乡土之恋、乡村关怀。人与人、人与自然的心灵感应越来越被重视、越来越灵验。

故乡被毁容，心灵在哭泣

2011年第三期《新周刊》载文称："城市化摧枯拉朽，'每个人的故乡都在沦陷'。"

我国是个"村庄大国"，城乡差距很大。改革开放 30 多年来，城市大量吸纳农民工进城，实现自身的急剧膨胀，但进城的农民大都不认账、不扎根；农民赖以生存的土地被圈占，许多农村很快被城市化、楼房化，而失地的农民却不能、也没有彻底被城市所"化"。

"故乡"昭示"一方水土一方人"的逻辑。一个人的身世和成长，必定追溯到那片形成其生命特征和精神基因的源头。目前，称"俺是山东人"、"我是北京人"或者"俺是四川人"，甚至在国际上称"我是中国人"，这大都是指父母所在地、个人出生地、青少年时代的居住地，一般是指户口本和身份证标明的地点，与此相关联的是"房屋""产权""住址""贷款"等信息。像北京、上海、天津这些特大城市，谁也不愿意称其为自己的"故乡"。这样的城市大得无边无际，任何人都不可能从整体上把握和介入它，没人能如数家珍地描叙和盘点它的历史和故事，没人能成为它名副其实的亲历者和见证人，因而也就没有谁愿意把它揣在心窝，暖在心中。

我的故乡在沂蒙山区莒南县最东北角的一隅，其实是一个偏僻、安谧，虽不富裕也不贫穷的纯农业山村，景色自然、纯真、素雅，乡邻纯洁善良、宽容厚道。因而我写了一篇散文《春天住在我的村庄》，记录下了我的真实感受。村庄的西北部是柴虎山，山上散布着全村人的祖坟，村庄就端坐山下的岭坡上。土地虽然瘠薄，但养活了多少代我的父老乡亲。去年我回家过春节时，等爬上岭顶，只见原本没有树林的岭顶成了石料加工场，到处是等待加工的石料，还有工人居住的简易房子。据说这种石料加工有污染，许多经济发展好一些的地方已经被禁止。老板却选择了我们村，一是交通方便，二来条件优惠、劳动力便宜。对石料加工过程中产生的污染，可能对地下水和土地造成污染，大家都在担心和议论，却没有谁去较真、去反抗。从此这个天然纯正的小山村的容貌大变了，被毁容，被金钱和眼前利益毁容了。一个人来到世上没有故乡，是不幸的；有故乡的人，故乡又不幸遭到人为的破坏，更是一种不幸，甚至有一种被强暴的感觉。

纵观人类膜拜土地数千年之后，伴随文艺复兴、宗教改革和蒸汽、电力、信息等革命，使人类跪着的双膝慢慢地站起来，开始自信地征服世界，包括故乡的土地。然而，笑容还没有完全绽放，却又面临一系列生存危机与考验……陡然间人类才发现自己在大自然面前，是如此地自私与渺小。

向往富裕与文明，是生命的必然。在太平盛世，年轻人更是充满冲动和期望，动不动就挥别乡土。年轻人只要倾其聪明才智，花上十几年时间，就会在繁华的都市建立一个家，挣得一席社会地位。然而，这也注定了他永远难以再搬回父母居住的家。

出身乡村的人，记忆的底片上总叠印着一个回味无穷的故乡。尽管这个故乡可能是个贫困凋敝、无人知晓的僻壤，但对故乡的感情却是任何名山大川、旅游胜地都无法代替，在心灵深处的影像刻骨铭心，一生抹不去、擦不掉。

回望各地，随着经济的快速增长和人们求富愿望的急切，许多大自然被改造、被破坏，大量土地沙化闲置，河水污染断流。既有许多故乡被美容、被靓丽，也有许多故乡被整容，被毁容。许多人背井离乡到城市时，故乡正在衰败、正在沦陷；在城市举步维艰时，乡愁又成为庇护情感和维系生命的寄托。欲望膨胀的城市正在贪婪地侵吞乡村，消失的不仅是老街道、老房子、菜园、古井、石磨，还有它们所承载的生活内容和情感记忆、历史故事，以及祖传的种地手艺、生活模式，浸泡着情感泪珠的文化基因。

　　"谁不说俺家乡好"的优美歌声，正风吟日晒着多少人眼角皱纹中湿润的泪痕。

第六届老舍散文奖获奖作品集

一张洗脚票 （外三章）｜樟　楠｜

《北京文学》（精彩阅读）2012 年第 1 期

现在的节日也太多了，让人应接不暇。

6 月 19 号一大早，我就接到女儿从北京发来的短信："爸爸：今天是父亲节，祝您节日快乐！我给您订了一张洗脚票，发在 QQ 上了，下载即可使用。"瞬间，我被女儿的孝心所打动。打开 QQ 一看，女儿定的是乌鲁木齐一家高档的足浴城，心里美滋滋的。

坐在足浴城舒适的沙发上，服务技师端上来木桶，埋下头去为我洗脚。看着眼前与女儿差不多大的姑娘，我仿佛看见了女儿。又不禁想起 20 世纪 90 年代中期一天我为母亲洗脚的情景。一个周末，我刚出门要坐班车回部队，突然发现母亲在弟弟的搀扶下朝我走来。我还以为眼前出现了海市蜃楼般的幻景，揉揉眼睛再一看，真的是母亲，我叫了一声："妈。"母亲点点头说："三年都没见你的人影，妈想你了。"把母亲接到我在南山脚下军营里的宿舍，烧好一盆热水，我为母亲洗脚。那是怎样的一双脚啊，五个脚趾紧紧地叠在一起，形成了一个骨朵儿，掰都掰不开。就是这双在旧社会缠裹的小脚，一步一挪走过 60 多个岁月，生下八个孩子，又一个个拉扯成人，该受尽多少酸甜苦辣啊？抓着母亲的这双脚，我久久没有松开，眼泪吧嗒吧嗒掉在脚盆里。我抬起头，想和母亲说话时，看见母亲靠在床边上闭着双眼，眼泪顺着脸颊流下。那天，本来有很多话想对母亲说，可我和母亲再没有说一句话。

此时此刻，我半躺在沙发上，陷入了深深的回忆和思考之中。一直猜想母亲那天为什么流泪？她一定是为儿子的孝顺而满足。我看过一篇小学生的课外作业：为父母洗一次脚。很是感慨。一个人从呱呱坠地到长大成人，父母不知道要为他（她）洗多少次脚，可儿女一生能给父母洗一次脚吗？我已年过半百，只为母亲洗了一次脚，母亲就满足地热泪盈眶。为人父母者，是不图儿女回报的，只为儿女那一点点的孝心。

以前，我，还有很多人都总是担心，80后的孩子独生子女意识浓厚，蜜罐里长大的一代，衣食无忧，不能吃苦，不懂感恩，缺少担当，对他们能否自立于社会也心生怀疑。现在看来，这些担心是多余的，这些怀疑也是多余的。哲学家说，一滴水可以映出太阳的光辉。从女儿这一张洗脚票上就完全可以吃颗定心丸了。

孝顺父母是每一个人的起码良知。一个人连父母都不孝顺的话，他怎能孝忠国家。我对孝顺父母的人是厚爱三分的。还在空军部队当宣传科长的时候，就拯救了一个"孝子"。这个孝子是一个很有文才的干部，就因老父亲得了绝症，他回去尽孝超了假，被行政降级、党内处分，情绪一蹶不振。我知道后，说服领导，把他从另外一个部队调到我的手下。后来，这个干部心存感恩，工作非常出色，连升三级，还被上级领导从山沟基层部队调进大城市部队机关、调进北京部队大机关，转业又进了中央机关。打从女儿懂事，我就常常教育她要孝敬老人、关心他人。女儿大学毕业去了北京。有一天，她打电话问："爸爸，我多大了？"我反问："你多大都不知道了？"她说："当然知道，问您呀！"我说："明白了，你这是要谈婚论嫁了。先别急，给你找对象'三大原则九条标准'：其一：'三好'，即身体好、脾气好、人缘好；其二：'三心'，即事业心、责任心、孝敬心；其三：'三不分'，即有了'三好''三心'，籍贯不分南北、长相不分帅赖、家境不分贫富。"女儿说记住了。不大会儿，我的手机响了，是北京区号的陌生电话，我压了。接着，同样的号码又响了，我怕是盗费电话又压了。刚压下，又响了，事不过三，这个电话肯定有事，我就接起来了。是一个男孩子礼貌的问候介绍，我知道了他就是女儿要谈的男朋友。我问他："知道我给女儿的条件了吗？"他说："知道了。"我问："能做到吗？"他肯定地回答："能做到！"我说："那就谈去吧！"

女儿谈的男朋友是学工商管理的，市场经济头脑比较发达，他读大学期间就利用课余到公司打工，还很有前瞻性地、很便宜地在北京燕郊按揭了房子。有次，我趁北京开会的机会，和女儿一起到燕郊看房。因为是个星期天，房产公司上班晚。前来陪同我们的女儿的男朋友，邀请我们先到他住的房子坐会儿。一进他的房子，我吃了一惊：井井有条、一尘不染。让人很难想象这是一个男孩子住的房子。左右扫视，发现房子装修得也很美观、得体。我随口问道："装修花了多少钱？"他说："没花多少钱。水泥、砂子、石料、木料全是我一袋一袋扛到五楼的。装修垃圾又是我一袋一袋从五楼背下去的。"听了这话，我又吃了一惊。眼下，无论是城里的孩子还是农村的孩子，在城里装修房子，恐怕没有几个自己扛水泥背垃圾的。到了看房工地，坑坑洼洼。一遇大坑大坎儿，他极有眼色地跑过来扶着我。其实，我年岁不大，身体也好，按说还用不着别人的搀扶，但是孩子这种照顾长辈的责任意识，着实让我打心眼里高兴。回到乌鲁木齐，妻子到机场接我。我给妻子说："这次收获大大的，三个细节定女婿。"

说是女婿，没过门儿也只是个准女婿。后来，我每次去北京，准女婿都要到我住的地方看看我，或者陪我逛逛街。有一次逛完街，我们一起吃炸酱面。我当时无意说了句："这家的炸酱不好吃。"没想到，第二天他送我上飞机时给了我一罐子炸酱说："这是我做的，看看好吃不好吃。"因为是液态物品，安检过不去。我给女安检员说了说，她笑笑就让过去了。我想，女安检员一定是被孝心的力量打动了。

最能使我常常想起的，是去年国庆节前夜，我从美国考察回到北京。刚进宾馆住下，女儿和准女婿就提着饭盒来了。他说："您快一个月没吃上家乡的面了，我们给你做了新疆的拉条子，趁热吃吧。"那一刻，我的眼睛热热的，但我没有让眼泪流出来。我边吃边想：一个有孝心的女儿，又找了一个有孝心的女婿。这样的晚年该是怎样的幸福呢？

大姐如母

大姐这个称呼，对于 80 后、90 后、00 后的独生子女来说，只不过是辞典里的一个词儿。但对我来说，大姐是跟母亲一样活生生地从我生活中走过的人。

那是 2005 年 8 月的一天，我突然接到大哥的电话说："你血压高，我给你说个事千万别激动。咱大姐，今早起脑溢血不在了。"大哥是个硬汉子，但我还是听得出来，电话里的声音有些发抖。

第二天一早，我就乘飞机从西域边地赶回中原县城。

在医院太平间里，我和大姐见了最后一面。她穿着老衣（寿衣），躺在冰棺里。55岁的人和七八十岁的人一样，显得很老。我眼睛一闭，忍不住叫了一声："大——姐。"弄得陪着我的二姐、妹子、外甥哭倒了一片。我睁开泪眼再看大姐，却突然发现她跟我几年前去世的老母亲老的时候的样子一模一样。

大姐膝下无儿无女，要了（收养）别人一个娃子（男孩）一个女子（女孩）。2001年5月，姐夫在农场浇地时突发心脏病去世，扔下了她们娘儿仨。日子过得很难场（土话：艰难的意思）。大姐本就有高血压，姐夫去世的打击使她的病雪上加霜。我每次和她通电话，都提醒她按时吃药，有时候还捎一些药给她。大约她去世前半个来月，我和她最后一次通话时还问到了她吃药的情况。她说她吃得够够了，实实儿不想吃了。我一再劝她要坚持吃药，万万不能停。

按豫西农村的风俗，在外面死了的人是不能回村进屋的，尤其是年岁轻的人。因为大姐生前做过赤脚医生，村里的大大小小都吃过她的药打过她的针，所以上岁数的老人说，娥子（大姐的小名）可怜，回来从屋里走吧。这样，我们就放了些鞭炮，把大姐的遗体接到了她的上房，搭了一个简单的灵堂。

大姐的灵堂前，很是惶，守孝的就两个娃儿。晚上帮忙的人都走了，空落落一个大院子，两个娃儿还有些害怕。我就留下来陪他们。小外甥14岁，很听话，铺了个草席，一躺下就睡着了。眼看蜡烛快灭了、香烧尽了，两个娃还醒不来。我本想摇醒他们，刚伸出去的手又收了回来，实在是不忍心啊！那一夜，我一支接一支地续香，一遍又一遍地回忆。

大姐在我的记忆中，有两件事是刻骨铭心的。

第一件，自我记事起，我们姊妹八个和父母穿的衣裳几乎都是大姐一针一线织成的缝就的。早前，靠她一双手纳鞋织布；后来家里买了台缝纫机，母亲不会用，一年四季大姐下地回来就往机子前一坐，不是做衣裳就是补衣裳，好像就没见她闲过。我十一二岁的一天黑了（晚上的意思），我脱

191

掉露着大脚趾的布鞋上炕睡觉了。第二天早起一起来，大姐就把补好的鞋提给我说："疯的时候小心点儿，再戳了窟窿就没法补了。"我点点头，看着大姐乏的样子，心想她熬夜的时间可能很长。

第二件，我19岁那年秋上的一天，我跑到大姐家坐了一上午，要她为我的婚姻大事作主。当时，我想退掉父母给我订了七年的未婚妻，和一个喜欢我的下乡知青恋爱。这么大的事，我不敢给父母说，怕伤父母的心。想来想去，想到了大姐。去前，是做好了挨骂的准备的。可那天大姐异常冷静，她耐心听完我的话后说："家里给你说一个媳妇不容易，花了几百块钱了，你要退婚人家一分钱可不给咱退了。你弟兄四个找四个媳妇得花多少钱啊！这把咱伯咱妈就难场死了。话说回来，咱是农民，你找城里这个媳妇不现实。你不想想，人家一个城市姑娘为啥找你一个农民？还不是想利用你这个大队干部的关系早点回城吗？你倒好，就当真了，到时候鸡飞蛋打，吃亏的还是咱农民。"若干年后的事实证明，大姐的话是对的。

大姐出殡前烧纸，小外甥不会弄。我走上前去帮他。村上招呼事情（相当于城里红白喜事的主管）的说："你跟你姐是平辈，圪蹴下（蹲下的意思）就行了。"我却"扑通"一声跪下，给大姐磕了一个头，然后点着了一刀黄纸。

纸灭了，我一头趴在地上，喊着"大姐，大姐"，便"哇哇"大哭起来。满院子为大姐送行的人都哭得很凄惶。我听见一个大婶儿说："娥子可怜，也没有个亲娃子。全靠娘家几个兄弟了。要不然，怎能送到地里去（埋葬的意思）？""娥子在屋里是老大，她姊妹多，几个兄弟妹子都是她帮着她伯她妈拉扯大的。她妈前几年不在了，大姐如母，你看她老二兄弟跪下了。"

人们之所以说大姐如母，恐怕不仅仅是说大姐对兄弟姊妹的关照，应该还有大姐母亲一般对兄弟姊妹的教育。如果说父母是人生第一位老师的话，那我看大哥大姐就是人生的第二位老师。

一碗炖鸡蛋

炖鸡蛋，是河南灵宝一带人的叫法，"炖"不念炖（dùn），念炖（tún），就是文火把鸡蛋蒸熟，也就是城里人做的蒸蛋羹。

20世纪50年代末生人的我，是过过苦日子的。记得小时候，常年四季为吃不饱饭熬煎，一年到头全家的盐钱、我们姊妹的学费就靠几只老母鸡下的蛋。只有过生日或过大节气的时候才能吃上一个煮鸡蛋，对炖鸡蛋十分陌生。20世纪70年代末我很幸运当了兵，后来又进了城，就能常常吃上炖鸡蛋。然而，对炖鸡蛋产生印象并生发喜欢，还是我和新婚妻子第一次回家的1984年冬的一天。

那天早晨，我和妻子刚起床，母亲就端上来两碗炖鸡蛋。黄黄的、亮亮的、香香的。妻子说："在城里20多年还没吃过这么好的蒸蛋羹。"我说："乡下人叫炖鸡蛋，用的是文火。城里没有柴禾做饭，大火硬火（煤火和后来的煤气）做不出文火炖的鸡蛋。就像南疆农村的红柳烤肉就比城里的铁扦子烤肉香，一个道理。"说归说，回城后我们两口还是花了不少工夫、用了不少心思在煤火上、煤气（液化气）灶上做过无数次的试验，也做成了和农村差不多的炖鸡蛋。

后来，我差不多年年都回一两趟老家。每次回去，母亲都要给我炖鸡蛋。母亲说："党的政策好，农村的日子也好了，天天可以吃白面馍、炖鸡蛋。"2000年初，母亲去世后，我每次回家，父亲就早早起来给我炖鸡蛋。最后一次吃父亲的炖鸡蛋是2009年的正月十五。那一碗炖鸡蛋给我留下了终生的记忆。

正月十五，是父亲的生日。因为父亲得了食道癌已有半年时间，医生说来日不多了。又恰逢他九十大寿。我就在十分繁忙的情况下，请了假，于正月十四从塞外边城回到了中原小寨。

那晚，我和父亲睡在一个土炕上。因为旅途劳困，我没和父亲说几句话，就呼呼大睡了。一觉醒了，我隐约感觉父亲还没有入睡，不停地吐着唾沫。一定是无情的癌细胞撕咬着他的食道和胃，很疼很疼。我再也没有了睡意，躺在被窝里替父亲难过。大概怕影响我睡觉，它的动作很轻很轻，连一声呻吟都没有。

当我又一觉醒来时，天已亮了。一看身边，父亲已不在炕上。我刚穿好衣服，就听到大妹妹嚷道："好天啊，伯给我二哥炖的啥鸡蛋啊！黑乎乎大半碗，吃不成，吃不成，倒了我重做。"我赶紧走过去，接住父亲手里的粗瓷碗说："好着呢，好着呢。"父亲有点不好意思地说："可能鸡蛋放陈了，散黄了。还是年前十月初买的二斤鸡蛋。我没吃几个，你说要回来，我就一直留着。这些天，眼看不太清了，摸揣着做的，火大火小掌握不住，给蒸飞了。吃不成就倒了，不吃了。"说着就回过头来，伸手要我的碗。

那是一幅怎样的情景啊！一个被癌症折磨了大半年的90岁的老人，佝偻这90度的腰，瘦骨嶙峋的肢体每往前挪一步好像就要栽倒。我急得大声说："能吃，能吃。"边说边低下头，大口大口地吞完了那碗炖鸡蛋。当我抬起头的时候，憋不住的眼泪刷地滚了下来。

后来，大妹悄悄告诉我，父亲都两个多月吃不下去东西了。吃一口饭难场得很。这边强咽下去没两分钟，那边扭过身子就吐半天。"二哥，你说咱伯咋得这么个病。小时候可怜得吃不上，老了又可怜得吃不下。叫人心里难过死了。"父亲病成这个样子，还不忘早早起来给我做炖鸡蛋。世上的事情就是这样，做父母的总是为儿女着想。他们只要能动弹，就要为儿女做事。这好像是他们的责任。

父亲过完90岁生日后，两个来月工夫就被癌细胞吞噬了。

八只旧瓷盘

人一生有一些东西是留作纪念的。但天底下可能找不到把八只盛菜的旧瓷盘子留作纪念的。

我留的这八只旧瓷盘，是我妻子的陪嫁。

1984年初，我和妻子旅行结婚。那时，我在部队上当新兵连指导员，一直忙到上火车前才批下假来，匆匆拿了全部的积蓄500块钱，连军装都没来得及换下就出发了。

旅行完回到乌鲁木齐，我才恍然大悟，我们一无所有就结婚了！房子没有，被子没有，就连个锅碗瓢勺也没有啊！出了火车站，只好她回娘家，我回部队。

过了一段时间，我在部队上找了间临时来队家属的房子，自己买来棉絮缝了两床被褥，妻子从家里拿来一些旧餐具，其中有八只五颜六色的小瓷盘。我笑笑说："这是你妈给你的陪嫁啊。"

很长一段时间，我心里都不美（不舒服的意思）。想不明白，岳父岳母都是国家干部，就两个女儿，经济条件应该不差。可大女儿出嫁，岳父只给了300块钱，其他一针一线都没有。我家在农村，穷且不说，又离得远。

心想找个城里媳妇，有依有靠，啥都会有的。一块儿当兵的几个战友，也有娶城里媳妇的，那个陪嫁真让人眼馋，什么"三转一响"（自行车、缝纫机、电风扇，收录机）、家具、酒具、茶具……

妻子心里也不痛快。她说父母偏心眼，对她不好。为啥不好，她也说不大清楚。后来，从岳母一个朋友嘴里我才知道，岳母是不大同意把女儿嫁给我的。理由有两个：一说我是个农村的，家里穷、负担重，是个无底洞；二说我是个河南人，她最瞧不起的就是河南人。岳父不这么认为，他说人穷一时不会穷一世。女婿是个军官，工资比地方拿得高，现在没底子，干几年就好了。河南人有啥不好，哪儿都有好人，哪儿都有坏人，不能一概否定河南人。他还说，据他观察，女婿爱学习、有理想、人踏实、很能干，将来会有大出息的。为这，两个老人还弄得很不愉快。这一点，在 27 年后的 2011 年 4 月岳父的丧宴上得到了证实。

那天，搞完遗体告别，我在一家三星级酒店摆了宴席，答谢为岳父送行的亲朋好友。我在致辞中说："首先，我要代表我的岳母和全家人向今天前来为我岳父送行的大伯大妈、叔叔阿姨、亲朋好友表示衷心的感谢！66 年前，毛主席在张思德同志的追悼会上说，今后我们的队伍里，不管死了谁，不管是炊事员，是战士，只要他是做过一些有益的工作的，我们都要给他送葬，开追悼会。用这样的方法，寄托我们的哀思，使整个人民团结起来。我岳父生前是大家公认的好人，对国家、对社会、对群众（岳父曾为市级二级局领导）做过许多有益的事情。今天大家走到一起，总结他、缅怀他，使我们这些儿女们深受教育……"席间，岳父的一位老同事说："老吴的后事办得很好，我们这些老同志很满意。今天不叫你领导了。在我们面前，你作为一个晚辈、一个女婿很不错。老吴当年坚持对了。"他又小声给我说，当年你岳父为了选择你，跟你岳母吵过好几回，想给你们弄点家具什么的都弄不成，气得直掉眼泪。

作为老人，呵护孩子，担心孩子嫁不好、过不好，是对的。这一点我能理解。但把我是河南人，作为一条不同意女儿婚事的理由，我是不大赞成的。有一次看新闻，报道了一个河南籍小商贩造假的案件，岳母有意无意说了句："看看又是河南人。"我可是有意回了句："很正常。河南人占了全国的十分之一，如果一天有 10 起案子，可能就有 1 起是河南籍人所为，所以你总是天天能听到河南人犯罪。如果天天听到×××省（岳母的家乡）的人犯罪，那社会就乱套了。"说完，我走了，不知道给岳母留下的是什么？但打那以后，我感觉到岳母对我这个河南人似乎好了起来。

好起来体现在很多方面。比如说，我要说回去吃饭，饭菜上桌了一直等着，我到不了家，饭菜等凉了，也不会有人动筷子。再比如说，我女儿出生后三个月，她就让岳父接了过去。这一接就是 15 年。天天他和岳父宝贝似的护着、养着。什么好吃的、好喝的，只要她能想到，都会给外孙女做。尤其 20 世纪 80 年代中后期，物资供应紧张，打牛奶都得凭票，去晚了就打不上。为了我的女儿，她天天早晨天不亮就去排队。无论春夏秋冬，风霜雨雪，一年 365 天，多年如一日，从无怨言。

让岳母彻底改变对我这个河南人看法的，还是在她得脑中风住进医院的那个晚上。

记得那是 12 年前初春的一天傍晚。我在出差回来的路上，给岳父打了一个电话，问问家里的情况。岳父说："都好着。就是你妈不大好。从昨天到现在，一直说半边身子麻，没劲儿，下不去床。"我一听，傻了。这不就和前几年我母亲的情况一样吗？我毫不犹豫地对岳父说："马上收拾东西，我还有半个来钟头到家，送她去医院。"

到了医院，量血压、拍片子，不大会儿，结果出来了：脑出血。接下来开始挂吊瓶、吸氧气……尽管医生采取了很多措施，但还是回天无术，半夜时分，岳母的半边身子彻底不能动了，也从此不会说话了。这一夜，我一个人守候在岳母身边，给她喂水喂药、接屎接尿。早晨，当我给她擦脸时，看见岳母的眼泪一直在流。她想给我说什么，可张了张嘴，说不出来。我拍拍她的手，点点头说："知道了。知道了。"知道什么，天底下只有我和她知道。眼窝子本来就很浅的我，转过身子，任泪水横流。但我不能让岳母看见我的眼泪。

写这篇文章是 2011 年 6 月 19 号。一大早，我就收到了很多祝福父亲节的短信。看着一条条热情感人的短信，我想起了我去世两年多的父亲，想起了我去世两个多月的岳父。我突然想，应该为他们做点什么。父亲的魂灵在几千里之外，鞭长莫及。岳父的魂灵就在身边。我应该把对岳父的思念和孝心送给岳母。

中午时分，我跑到饭馆，要了几个岳父岳母喜欢吃的菜送了回去。看见我来了，岳母很是高兴，伸出大拇指，嘴里一个劲地说："对，对，对。"十几年了她只会说"噢，噢，噢"、"对，对，对"。十几年了我有好吃的、好喝的都要给岳母送去。稍闲的时候，还要亲手做几道岳母爱吃的菜，一筷子一筷子夹到她的碗里头。

摆好菜、盛好饭，我劝岳母多吃点，吃饱了。岳母用筷子指指菜，意思让我吃。我撒谎说吃过了，有事先走了。其实，我是不敢坐下来吃饭。因为，今天是"父亲节"，我想岳父，坐在饭桌上我会掉眼泪。但我不能让岳母看见我的眼泪。

母　亲 |江 子|

《北京文学》（精彩阅读）2012 年第 2 期

1

夜已深了。江西遂川县盆珠乡大屋村一片寂静。村子的四周，青山入梦，村口的林子里，鸦雀无声。巷子里传出的狗吠声越来越稀疏、潦草，有一两声甚至接近于老人梦里的嘟嘟囔囔。可即使这么晚了，寡妇张龙秀还没有睡下。她刚把家里的一切收拾妥当，顺手捶打了几下酸痛的背，又坐在灯下，拿起了做了一半的一只新鞋。

她已经 50 多岁了。她的儿女，娶妻的娶妻，出嫁的出嫁，她早已荣升为奶奶、外婆，像她那个年龄的许多乡村老太太那样。她正处在儿孙绕膝的时候，家里的大小事情，应该有已经做了大人的儿子媳妇考虑，遇上难处，女儿女婿自然会搭手帮衬一把，而她应该愉快地退到家庭中从属的位置，含饴弄孙，干些轻松的活计。可是她闲不下来。生活像一盘磨，而她是蒙着眼拉着磨被催着往前走的驴。她是七个孩子的母亲。她的孩子，除了已成家立业的，还有的尚未成年，少不更事，他们一天到晚的吃喝拉撒，需要她的操心，他们的成长，需要她的庇护和教诲。她要熬到他们长大成人，成婚生子，才能彻底放下心。现在是百事未了的时候，她怎么闲得下来？

她的命，要比其他的农妇苦。她的男人，那个叫陈治安的人，是一名前清秀才，通笔墨，能作诗，乡村少有的文化人。她 19 岁嫁给他。读书人的他，要比其他村里人更通情理，懂得疼妻子，爱儿女，脾气温和，为人斯文，她可算得上是有福之人！可不料在她 44 岁那年，他卧病不起，最后丢下这大大小小的七个孩子，撒手西去。这些年来，她一个寡妇，带着七个孩子，谈何容易！她忍痛把三个年幼的孩子送给他人，与剩下的四个孩子相依为命，喝稀粥，穿单袄，睡冷炕，流大汗，两只手攥成一双拳头，一个钱掰成两半，单薄的身材，却要扛起生活的重担。一双旧社会的小脚，却要领着孩子们，跟跄地奔波在求生的路上。可即使这样，她硬是挺了过来！

　　这些年来，她不知少睡了多少觉，多吃了多少苦。她的头上，过早地长出了白发。她的眼角，早就布满了鱼尾纹。她的脸，瘦削得厉害！她的健康，也多少受到了损害，腰椎经常疼痛，两条腿也似乎有了老寒腿的迹象。这些她都毫不在意。她是一个乡下女人，吃苦对她并不算什么。她只希望子孙们个个生活规矩，出入平安。事情差一点就如了她的愿，她的孩子们，都因为父亲早逝生活疾苦有了一张过于早熟的脸。他们早就懂得忍耐，寡言少语，举止间都有一股小心翼翼的、唯恐给原本薄脆的家带来灾祸的意味，像任何一家夫死母寡的家庭长大的孩子那样。他们的表情让她心疼，可对他们的命运，她多少放了心。她以为，他们一家完全可以这样波澜不惊地过下去———如果她家二小子也懂事的话！

　　她家的二小子，大名陈林，乳名辛古，从小就是个不让她省心的角色。他七岁读私塾，八岁就遇上他的父亲去世。本来依她的意思，认得几个字，再去哪家店铺当学徒学做生意，以后能端上一碗做买卖人的饭，就是他的死鬼父亲在地下保佑了！可他不知道哪里撞了邪，誓死不从，说要去县城学校念书。他竟然以出走要挟，性质多么恶劣！他几天几夜不回家让人担心，做家长的只好向亲友借了几块钱送他去学校念书，遂了他的愿。在县城的五华高等小学，他应该体恤做母亲的辛苦，听从古训教诲，两耳不闻窗外事，一心只攻圣贤书才对。他却学三国桃园结义，与四五十个臭味相投的同学结拜兄弟，编金兰谱号，把一个读书写字的地方，弄成了推杯把盏称兄道弟的江湖，天知道他搞的什么名堂。小学读完，他依然不考虑寡母的难处，日益困难的家境，不想着去做工挣钱为家分忧，却又背着她向朋友借了五元钱做路费，跑到数十里外的吉安府，参加省立第六中学升学考试。她极力反对却根本无效，咬牙切齿辱骂，一把眼泪一把鼻涕数落，却换来了他的嬉皮笑脸。他继续向他的那些结拜兄弟的旧日同学借了 20

元钱，擅自做主进入吉安第六中学读书。20块钱缴了学膳费后他已身无分文，可他毫不在意，秋冬季节衣单被薄也咬牙挺着，好像他是一块在铁匠铺里锻打的铁，在寒风里发出淬火时的哧哧音。他的身体，终于落下了肺病的病根。这可都是她后来知道的事情！

在六中念书，他依然不学好。他和校长闹别扭，和学校对着干。头年的五月，上海学生闹事，遭到洋鬼子的枪杀，这些遭天杀的洋鬼子！可她一个乡下小老太婆不知道，这种事情，与吉安何关，与她家的二小子何关？她家的二小子，竟然到处奔走，晚上起草骂江西督办的信，白天站在台上向很多人演讲，不分昼夜串通工人和学生罢工罢课，说是要烧毁洋货，赶走洋鬼子，打倒军阀，谴责横行霸道的土豪劣绅。小祖宗！这么大的天，可是你一个不到十七八岁的少年郎反得了的？这些有权有势的人会放过你？果不其然，学校开除了他。他的行动还真的惊动了上面。听说那个叫什么方本仁的江西督办，专门下了命令，要警察把他抓起来押送省城呢。她依然记得警察跑到她家来抓人时气势汹汹的样子。为了躲避这些人的骚扰，她带着她的大小孩子们东躲西藏。这可真难为了她的那双小脚！

事件最终得到了平息。后来他去了邻县万安的一个小学当了先生。这种事并不长久，果不其然，几个月后，他又去了南昌，说是在那里找到了工作。他在南昌那么远的地方做什么？给哪家商会当账房，还是继续给哪座学馆当先生？他一个吉安府的学生，怎么又与南昌的人和事扯上了关系？她一点也不知晓。这个混小子，越来越不被这个做娘的看得明白。他的样子，越来越有了让她陌生的、与这个家完全不一样的成分。这不，从去南昌至今几个月过去了，他不写信，不捎话，眼里哪有她这个娘呢。真是无法无天！在这么大这么远的举目无亲的一座城里，他可吃得饱穿得暖？可会受人欺负？他是不是还是那么瘦？他在吉安落下的肺病，至今是否好了些？他还只有18岁，一个人出门在外，他懂不懂得照顾自己？

现在，她要赶着给他做鞋子。从小到大，和他其他的兄弟姐妹一样，他的脚都穿她做的鞋。这个孟浪的、一天到晚不落屋的孩子，要比他的其他兄弟姐妹更费鞋。一起做的鞋子，有时候他的哥哥或姐姐妹妹还是新的，他呢，不是磨穿了底就是裂开了帮。他似乎停不下来，一天到晚在外面奔走。看这阵势，说不定有一天，他会越走越远。俗话说得好，崽大由不得娘,由他去吧!可她必须多给他准备几双鞋子,好呵护他的那双不肯歇会儿的脚。必须给他的鞋多纳几层鞋底,针脚更细密一些才好。比起去年,他应该又长高了些吧?他还在长高的年龄。他的鞋,必须给他做大一点尺码才对。

夜更深了。寡妇张龙秀依然不肯歇息。她从鞋底抽出长长的线———那线长得就像她对她的二小子的牵挂。她把针顺手在头发上擦了擦,只有这样,被头油滋润过的针才不会干涩,下针才容易些。而深深吃进鞋底的每一个针脚,都是她对她的二小子还没来得及说出的一句叮咛。

2

外面狗的叫声越来越凌厉,慌乱。风吹过屋檐的声音也似乎充满了危险,不安。在另一个夜晚的灯下,张龙秀小心把针刺入她的一件旧衣衫里。那是一件有了破口的衣衫,她似乎忘了,那个洞口,到底来自哪天下田劳动时的剐蹭,还是天长日久衣衫自然的破损。而她现在的心,正如这一件旧衣衫,已经出现了明显的漏洞。那一切当然来自她的二小子,这个天不怕地不怕的混世魔王。他让她担心。她日日见不着他,可她的生活,全因为他乱了套!

这世道越来越不太平了。几个月前,张龙秀听说县城开始闹共产党。他们整天鼓动穷人起来闹事,作田佬联合起来成了农会,那些打铁的、修伞的,还有磨豆腐、开棺材铺的,成了另一个组织叫做工会。有了靠山的穷人们都纷纷走上街头,手举旗子,高呼口号,提出各种要求,无非是增加工资,缩短上班时间。一些平日仗着有钱嘴脸不好看的富人遭到报复,他们的商店、作坊被关闭。一些贪污证据确凿的官员受到了惩罚。在学校读书的学生娃也坐不住了,他们走出了校门,加入了街头的队伍。

张龙秀听着县城传来的这些消息并不在意。她只是一个乡下的小老太,她只关心菜园里的蔬菜是否缺了水,田里的庄稼是否长了虫,墙角的尿桶是否满了,栏里的猪是否肥了。她依然屋里屋外忙个不停,白天肩挑手提,晚上缝缝补补。她想,这县城的共产党跟她这个乡下老太又有何关?可有段时间她做鞋子的针断了不少。她寻思着,平日里经常来村子卖针头线脑的小货郎怎好长一段时间没来了?前不久,有去过县城的人说起,竟发现

201

他出现在游行的队伍中，双目炯炯，挽袖挥拳，完全不是摇着货郎鼓一步三摇忍气吞声的样子。他还卖不卖针线，收不收鸡鸭毛、破铜烂铁了？

可她慢慢感到周围的人看她的眼神不对了。村里有些钱财的地主婆平常看她都是不屑一顾的，可最近就有些巴结讨好的意思。那些穷人们和她打起招呼来显得过分的热情。终于有人告诉她，在县城带头挑事的，鼓动工农上街游行，让整个世道都不太平的，就是她的二小子，那个该遭天收的辛古！

他已经从南昌回到了遂川。在此之前，他早就成了共产党。几个月前，他所说的靠朋友在南昌谋到了一份差，并不是为哪家货栈米行做账房，也不是去哪家学校当先生，而是做了共产党江西地委的秘书。现在，他受了他上司的指派，回到自己的家乡，呼朋引类，拉帮结社，策动穷人闹事，要把遂川掀起个底朝天。短短几个月时间，这个只有19岁的少年郎，就成了数万名工人农民的首领，成了遂川数十次罢工闹事的幕后主角。他甚至会亟不可待地从幕后冲向前台，曾经带着许多脚上都还没洗净泥巴的穷人冲进县政府，捣毁过去差官齐诵威武的公堂，把县衙门砸得稀烂。他图的就是这个痛快！

她感到天塌了下来。她担心她的二小子。这遂川的主，可是他一个19岁的娃做得了的？那些口袋里装满了银子、手里握了枪的人会便宜得了他？果不其然，他们立即纠集了同伙进行了报复。他们冲进他们办公的地方，见东西就砸，见人就抓。那段时间，她的心悬到了嗓子眼！后来有人告诉她，她的二小子机灵得很，早就从遂川逃脱了，她才放了心。

之后她不断听到关于她的二小子的消息。有人说，他离开遂川后，迅速去万安县搬来救兵，又杀回了遂川，把他被抓起来的兄弟全部解救了出来。有的说，他的肺病不慎复发，有段时间他被安排到了南昌治病。有的说，不久前万安暴动，无数泥腿子带着梭镖鸟铳和稀稀拉拉的几杆枪，三次攻打万安县城，就是她的二小子辛古挑的头。有的说，他的辛古和上了井冈山的共产党大人物毛泽东接上了头。还有的说，遂川县城被穷人的队伍攻克，他的辛古当了县委书记，每天带着很多人在街上演讲，旁边是五花大绑的地主老爷。辛古伢子边演讲边把脚架蹬在凳子上，那样子神气得很！……这些消息似是而非，让张龙秀半信半疑。在他们的讲述里，她的辛古一会儿是大闹天空的孙悟空，一会儿是神出鬼没的江湖大盗，一会儿是旧戏文里敢于劫法场的英雄好汉，一会儿又是累不得急不得的咯血的病人。她都闹糊涂了，哪一个才是她家小祖宗的真实样子？

门外，风声如鼓。门内，灯光危险摇荡。张龙秀在灯下小心地为破旧的衣衫打着补丁。她的心，也因二小子变得千疮百孔，可她去哪里寻找到缝补它的针线？他让她担心，让她夜里睡不着觉，白天吃饭不香。她害怕他出事，怕他打仗吃枪子，出门遭报复。他结下的仇太深了！她担心他的身体，在吉安读书时落下的肺病。都说母子连心，这个不着村不落屋的主，是否感受到她的担心？他怎么可以这么长时间不回家看她这个做娘的一眼？当大官了，娘就不是娘了么？

她隐约听到了敲门的声音。她站了起来，开了门。没有人，只有风在呼啦呼啦地刮着。这是山乡的农历十二月，风似乎准备要把这个小小的村子刮跑。肯定是风把树枝什么的吹到了门前，造成了这种类似有人敲门的声音。这鬼哭狼嚎的风！

可她又听到了敲门的声音。声音不大，有点小心翼翼的意思，有点低三下四的请求、告饶的意思。她以为又是无所不在的风。很长时间，她没有起身。她甚至怀疑，是不是自己年纪大了，耳朵有了幻听？这该死的风今晚吹得邪门了！

门的声音继续响着，没错，那种有节奏的声响，是只有人才能弄出来的声音。这么晚了，还有谁会来串门？是不是邻居侄女辈的媳妇儿来讨个鞋样？或者是住在隔两条巷子的、与她同样老的陈王氏来还白天借用的水桶？她再次打开了门，有一个黑影，顺势闪进了屋里。

她看到她的二小子，她的小祖宗，她的混世魔王，笑嘻嘻地站在她的面前！

他穿得那么少。灯光下他的影子，就像一把刀一样锐利。他的脸，那么瘦！他的头发，那么潦草！他倒是长高了不少！他的身体里，有了越来越多她这个做娘的陌生的成分，那是这些年在外面风餐露宿，没有爹娘疼的日子在他身体里留下的投影、印迹，是她最为担心的部分。

她看着他。他一副嬉皮笑脸的样子，全不当自己好久没有回来过，没有履行作为儿子的义务，没有关心她和一家老小的死活。她气不打一处来，骂他混小子，还记得这个家！这些天看把自己糟蹋的！你有个一差二错，我怎么向你死去的秀才爹交代！造反是你能造的？别人会放过你？我哪天睡过一个好觉！我还不如早死了的好！

她骂着骂着就流了泪。可是他依然一副泼皮的样子，一副下油锅不过洗个热水澡的样子。他还在笑！

等着她骂完，他告诉她，遂川他是不能待了，这次回来，是要跟着队伍上井冈山。井冈山有咱的大部队，有本事比天大的掌舵人。他说到井冈山，双目炯炯，比灯还亮，好像井冈山，是这冬天暗夜里的一座灯塔，一盆温暖的野火。他说，此次一去，不知道什么时候能见上娘。他放心不下她，就趁了这夜色回来看她。以后，就只有娘自己照顾自己了！

他说完了这番话，转身就要跨入黑夜中。风声鹤唳的夜晚危机四伏，她知道他的对手早已占领了邻县万安县城，正重兵集结在遂川城外。遂川城内那些被他批斗过的人，无时不在谋求置他于死地。他自己的家，可能早已被盯上了，他不宜久留。她没有挽留他，哪怕她是多么希望能多和他说说话！就在他打开门要冲出去的时候，她的小脚颠颠追上了他，把一个布包塞到了他的手里。

那是她这些日子为他做的鞋，也是她这个目不识丁的娘给自己儿子写的一封封奇特的家书。每一封里，都是她的担心，她的叮咛，她的爱。

3

夜一黑再黑。可是要到达怎样的黑，才能让一个人可以完全借助夜色隐身，甚至隐去呼吸和心跳，直到让任何人都找不到的程度？在不同于以往任何一个夜晚的夜晚，张龙秀感到自己心跳得厉害。她把双手交叉护在胸前，指望通过这样让自己慌乱的心平缓下来。可是她不知道，她在不经意间做了一个祈祷的动作。可此刻有哪路神灵能把她从这个心慌意乱的夜晚中解救出来？

没有光。外面的狗叫得厉害。门外巷子里不明身份的脚步声由远及近又由近到远。在这个疑窦丛生的夜晚，张龙秀总想做点什么。她是个女人，此刻她的手里如果抓住一只未完成的鞋底，或者是一件需要缝补的衣裳，她也许会变得从容自在一些。可她既不能纳鞋底也不能缝补衣裳。因为，这里不是她的家，而是邻村的下水坑村郭兴腾的家。

从大屋场村她的家到下水坑村并不远，郭兴腾家也是她平日经常串门子的地方，可是她今晚的串门非比寻常。她今天跨出了这一步，就意味着她成了一名逃亡者，一个无辜的罪人，一个永失家园的人。而这一切，都只不过因她生了一个让他们头疼的儿子。

她的家，已经成了他们重点围剿的对象。她二小子的队伍撤离遂川县才几天，他们就杀回遂川城，大肆捕杀红军干部和家属，通缉捉拿共产党的领导人。她那无法无天的二小子，更是他们要抓的头号人物。为了抓到他，他们费尽心机，以南京国民政府名义通知沿路各个县政机关协助抓捕，布下了一张看似毫无破绽的天罗地网，同时又气势汹汹地杀到了大屋场村。他们的意思，是让她做鱼饵，钓他家的二小子这条大鱼。他们以为，鱼迟早都会咬钩的。会有哪个做儿子的，不去解救自己的母亲呢？

所幸她依靠乡亲早一步做了转移。他们恼羞成怒点燃了她家的房子，然后在附近方圆十里都安插了侦探暗哨。他们知道张龙秀是个小脚，一双小脚能走多快多远呢？

在郭兴腾的家里，张龙秀无所事事却坐立不安。她没有来得及闻出从自己家飘出来的烧杀气息，却已经闻出了空气中的不祥。听着门外巷子里隐约的让人疑窦重重的脚步声，这个没有见过世面的小老太婆真的有些害怕。她恨不得立即离开这里，她恨不得自己能长出一双翅膀，哪怕那是羽毛稀疏的一双老翅，最少可以让自己迅速躲到一个安全些的地方。

她准备趁着夜色更浓一些离开。通过与郭兴腾商议，她决定去更远一些的石罗坑村，那里有个叫陈家方的村民值得信赖。她渴望借助夜色掩护自己。夜是不是传说中的隐身衣，只要披上它，那就谁也看不见她，谁也抓不到她？

可是她美好的愿望并没有实现。盆珠乡方圆十里的夜晚危机四伏。她以为夜晚可以成为她少女时就向往的县城布店展示的一块香云纱，可真实的情况是，它不过是她平日里一补再补已经破绽百出的那件破烂衣衫。她的小脚将这个夜晚凿出了一个个洞。完全不同于大脚的小脚走步的声音，已经成了他们捕捉她的重要凭证。他们循声而来。当她差不多要走出下水坑村村口时，他们的人立即跟上了她。

想靠一双小脚逃亡到人们找不到的地方，这是一件多么让人啼笑皆非的事呀！

她成了他们砧板上的肉，网里的鱼。她被五花大绑。这些和她的儿子差不多大的人打她，她的小脚首先成了他们的攻击对象。她的骨头断了，痛得钻心。他们把她绑在两根木杠子上，抬着她到了县城，关押在一个暗室里。

没有光。暗室里的她不知道何时是白天，何时是黑夜。或者说，从此她的生命里，只有黑夜，永远的黑夜。这样的黑夜，与她平日纳鞋底、缝补衣裳的夜晚何其不同！过去的夜晚里，她只是一名目不识丁、与世无争的乡村老妇，一个苦命又认命的寡妇。在那样的夜晚里，她只关心自己家的猪是否长膘了，孩子们的脚是不是长长了，破了洞的衣衫要补，米箩里的粮食是不是快吃完了。而现在，她成了一头任人宰割的老羊。

他们审讯她，用各种她从没有见过的手段对付她。威逼利诱，鞭笞恐吓，他们都用上了。他们说，痛吧？要想不痛，就说出红军和你儿子那伙人的情况，并且亲自出面把你儿子劝回来。到那时，我们就把你放了。

老实说，她怕痛。她记得自己小时候，她的爹娘给她缠脚，她会半夜痛醒，喊爹叫娘。平日里做针线活，一不小心把针刺到手上，这么针尖大的痛，她都想掉泪。她的丈夫，那个爱作诗的前清秀才，经常笑她娇气，她都没法改。现在，她的脚伤，她的身体受到伤害的痛，也同样让她受不了。可是比起儿子的性命，再大的疼痛，也不算什么了。

她是一个母亲。一个母亲怎么会出卖自己的儿子呢？

如果儿子有难，她可以代替儿子死一千次。她怎么会用儿子的性命来换取自己的性命呢？

有一种建筑，比任何的房子都要坚固，它的名字叫做母亲。

有一种力量，再残酷的刑具再强大的军队都摧不毁它，它的名字叫做母爱。

他们当然失败了。气急败坏的他们，脱去了和他们的母亲一样大的她的衣服，用锋利的小刀一刀一刀地割她的乳房。他们认为，是她的乳房，孕育了如此让他们害怕的对手，它当然应该受到惩罚。

他们又折磨她的身体。他们认为，分娩出如此反政府角色的身体是有

第六届老舍散文奖获奖作品集

罪的。他们用梭镖往她的身体捅了一刀又一刀。最后他们耗尽了全部耐心，向着她扣动了扳机。

天遽然黑了下来……妈妈不怕痛了。鞋子不做了。那些破衣烂衫就让它这样吧。妈妈累了，她睡过去了。

4

一弯新月，升起在 1959 年江西遂川盆珠乡大屋场村 5 月的上空。这山村的初夏之夜如此迷人：新月斜挂，碧空如洗，星星如钻，耳边蛙鸣响彻，植物肥厚的崭新的叶片被风吹得发出哩哩啦啦的隐秘声响，宛如大地在倾诉。风中隐约有万物蓬勃生长散发出的腥味。池塘里的水满了，暗处有哪只青蛙在练习跳水，每跳一次，就会发出清脆的令人欣喜的水声，宛如鼓槌击打紧绷的鼓面。月亮，在水中就像是一个沉浸在爱情里的乡村女孩甜蜜而羞涩的吻印。

如此迷人的夜晚，已经远离了血淋淋的杀戮，远离了硝烟炮火，大地上的生灵，有了自由生长的可能，贫苦的乡村，终于获得了难得的安宁。

1959 年 5 月的大屋场村非比寻常：一个离开 20 多年的游子回到了家乡。他的归来，引起了大屋场村方圆数十里的极大震动。人们纷纷从附近赶来，努力从他已经微胖的中年人的身体上找出 20 多年前的印记，大家发现，这个曾经让整个遂川县鸡犬不宁的男子依然保留了少年时的轮廓，可是已经没有了当年的张狂孟浪、无法无天，变得稳重、从容，脸上的表情和蔼可亲。他穿着白色衬衫，着黑色布鞋，举止间完全是一副大领导的风范。他走到哪里，就对哪里的乡亲嘘寒问暖，偶尔还会从口袋里掏出本子记上几笔。他对身边干部模样的人，时不时会语重心长地叮嘱几句，谆谆告诫他们要关心百姓生活，"要做大家的长工"。他还会在祠堂召集乡亲们开会，对他们讲述国家发展形势，对当地的工作提出意见和建议。他称呼参加会议的人为同志、父老、叔伯、兄弟姐妹，为此感动了的人们给予了长时间的热烈掌声。他是那么的亲切，随意，不端架子，不打官腔，完全不像过去那些一阔脸就变的人的作派。见过他的人都说，这可真是个好人！

他叫陈正人，是井冈山革命根据地的创始人之一，先后担任过中共江西苏区省委书记，省苏维埃副主席，陕甘宁边区教育厅长，中央军委总政

207

治部宣传部长，吉林省委书记，解放后先后任江西省委书记，国家建筑工程部部长，中央农村工作部副部长。很多人记得他在很早以前是另一个名字：陈林。而有年纪大的，是他长辈的人，会倚老卖老地叫他的乳名"辛古"。他有一个父亲是前清秀才，他有一个母亲名叫张龙秀，早在21年前死于非命。

夜晚的大屋场村万籁俱寂。白天前来看望和陪同的人们都已散去。整个大屋场村已经沉入了梦乡。陈正人依然心事未了。他走出了家门，一个人来到了离村庄不远的陈家坟场，站在了一座坟前。

那是一座普通的坟。坟不算高，并没有特别的装饰。借助月光，可以看出墓碑两旁的对联：碧血千秋怀母德，青山万古蔼慈云。那是他拟的文字。墓碑上写着"张龙秀烈士墓"，表明了墓主姓名和身份———那是他母亲的坟。

那也是陈正人这么多年来内心一道也许永远无法愈合的伤口。

这么多年来，他经风历雨，走南闯北，怀着最初的信仰，抱着必死之决心，在黑暗中寻找灯火，从战友们的尸体中踏出路来，从来不害怕，从来没有不安。可是，当他想起她来，他的心，就会疼。在别人眼里，他是狂飙突进的大英雄，是勇于担当的大领导。可是在她面前，他是永远的小儿子辛古，是百身莫赎的大罪人。

他记得听到她的死讯的那一刻他内心的痛苦，仿佛有一万根梭镖捅进他的心！他给她带来了太多的麻烦。可是她从来没有过太多怨言。她其实并不懂得他的革命，他的信仰，可是，只因为她是他的母亲，她就要护着他，哪怕付出生命的代价，也在所不惜。他是她的儿子，他不仅不能在她面前尽一天孝心，反而让她陷入万劫不复的深渊之中，为了他的事业，她慷慨付出了自己。他为了大多数人奔走呼号，可是在她面前，他是怎样的罪孽深重？

这些年来，他远离故土，带着使命四处漂泊，可是他一直挂念着她。他想回家看看她陪陪她，向她道一声歉。如果不是他，她也许可以享受到更多的福分，有更多的含饴弄孙的快乐。可是，只因为她是他的母亲，她成了一个连生命都失去了的穷人。

现在，他回来了。他站在了她的坟前。他跪下，双手抚摸着她的墓碑，就像一名远方归来的游子搂着悲喜交加的母亲的肩膀。他有千言万语要对她说，可是这个曾经用演讲煽起遂川县民众血里的火焰的人，这个经常在无数大会上做报告口若悬河的人，竟然不知道从何说起。最后，他的喉咙里发出了战栗的一声———

妈！

那一声喊叫五味杂陈。它既有二十啷当的少年郎才有的向长辈的撒娇，对慈爱的吁请，也有中年人对往事的怀念和悔恨意味，同时，也似乎有几分老年人的苍凉和悲伤。

功夫更在笔墨外 _(三章) |梁 衡|

《北京文学》(精彩阅读) 2012 年第 3 期

一、李元茂治印

我对治印一学纯属外行，天意安排，我却有一个内行朋友，这就是治印大家李元茂。

初中时我与元茂是同学，前后桌，感情甚笃。所留记忆不多唯顽皮淘气而已，常被老师点名。忽一日，他说要参军，一脸稚气、一身新军装是我对他少年时的最后印象。40 多年后，我们在北京见面，他已是金石书画方面的专家。

他现在的头衔是我国知名的书画鉴定家、书法家、治印家，央视"鉴宝"专家，西泠印社社员。他生长在山西，是山西金石书道事业的开创者，在 1983 年与同仁们创办了我国第一所研究金石书画的专业机构"山西省金石书道研究所"，填补了我国该专业机构上的空白。其人其事载入《中国印学年表》。这是山西自明末傅山之后，300 年来被印学史册入载的第一人，也是山西加入西泠印社的第一人。他曾任海南省博物馆业务馆长，现定居北京。

老友重逢，一言难尽。我就设一饭局，顺便向他学艺。

我说："我们弄文字的，千言万言还不能尽其意；画家动辄六尺八尺宣，甚至百米长卷，也不能收其景。一印章，方寸之间，能容下多少学问？多少思想？"

他说："作家、画家取材用纸，印人取材用石，石是印的载体，印料与印章之间有本质的内在关联。石不上等，则印不入流。未曾刻字，石上就分高低。这一点比写文作画还讲究。"

他对国内出产的四大名印石及其各地产的小矿坑的印石研究多年，只要看上一眼，就能知道它产于某地、某坑、某洞。他多次赴寿山、青田、昌化实地考察印石，采集标本。有一次为向石农学艺，在产地坑边一住 3 个月。对石中之王——田黄的鉴定研究他更是付出了近一生的心血，发表了多篇关于田黄石鉴定的专业论文。2002 年他还出版了专著《名石治印》一书，专门论及各个印章石的品级。那时候在国内还没著作论及印章石的好坏，这本书为后来一系列的专著开启了先路。

我说："印章符号而已，哪有这许多讲究？"他说："这符号是祖先留下的文字符号，不敢造次。治印，最起码不能刻错字。你先得敬先礼贤，继承前人，把这些符号弄清楚，才敢说创造。"

他在入印文字上下过很大功夫。古代有关篆字的各种器物：两周钟鼎器，先秦的石鼓、绎山，汉代缪篆石刻及清人邓石如、吴让之、赵之谦、吴昌硕等篆书他无所不临。为记住篆字造形，他曾临写《说文》10 通。后来他不但能把说文 540 部首背写下来，弄清古文字中形、音、义的关系，还能发现其中的问题。他在 1972 年遇到了一位文字学方面的高人，我国著名的古文字学家张颔先生。当时张先生刚从牛棚中放出来，他就拜其为师，张先生介绍给他的学术著作是王国维著的《观堂集林》，并且告诉他说："一个篆刻家，既要是一个书法家，一个画家，还要是一个文字学家。"从此，他跟随张先生师法清乾嘉学派戴震、段玉裁、王念孙、王引之、王筠、朱骏声等及王国维，用了 10 年时间来研究古文字考据学。他还弄清了先秦各国古文字的来龙去脉。这为他以后步入全国印坛之林奠定了深厚基础。但是，他说，他只愿意做印人，做书画鉴定家，不愿意做专门的古文字学家。他研究古文字只是为篆刻打基础，起码不要写错字。20 世纪 80 年代他曾专门发表《篆刻中篆字错写问题》的论文。其专著《名石治印》中，他对其所刻印的每一个字，都要考证出来龙去脉。

我说："同是艺术，人家张艺谋搞奥运开幕式，运动上万人，何等风光；你戴一副老花镜，伏案雕虫凿米，怎耐得这种寂寞？"

他说：“艺术不分高低，学问只要精深。只要钻进去，就其乐无穷。篆刻这一脉源远流长，永续不断就是明证。再说，现代艺术也离不开传统，奥运会取篆刻作徽标就是最好的例证。”

李元茂追根溯源，在研刻中国古代印章上下了大功夫。他用半透明的日本美浓纸蒙在印蜕上，仔细摹写。刻了又磨，磨了又刻，足足刻了 2000 方汉印。他又对明代以后的流派印进行摹刻，凡是见到样式奇特的印式，或某书画家、鉴藏家的印鉴，他都要特别仔细地摹刻下来。后来他觉得美浓纸的透明程度还不够满意，就用刻蜡版用的蜡纸加油烟墨、肥皂水，进行摹写。他用这种方法又摹刻了明清流派印与名家姓名印千余方。

1966 年“文化大革命”开始，全国都在喊“毛主席万寿无疆”，他萌发了刻百寿印的想法，到处搜集古今关于寿字的资料，共收集了 500 余个单独“寿”字。他将每方寿字印用他所涉猎过的印式刻出来，几乎每一方印都有不同的章法和刀法变化，终于在 1968 年夏天刻成了《百寿印存》组印。随着形势的变化，“万寿无疆”口号的退去，他从治印的角度重新审视了这一庞大的组印，总感到是徒有其形，不得其神，便下狠心将其全部磨掉。

1977 年中日恢复邦交之后，日本对华旅游开始，篆刻有了新用场。李元茂也开始忙于为外国友人治印、创作书法作品。这时他又想到了重新创作刻治百寿组印，这距离第一次创作已过了 10 年的时间，终于他在 1978 年第二次刻就了《百寿印存》。百寿印拓出来后，在友谊商店很是畅销，日本友人争相购买，有时一个旅游团人手一幅。随着百寿印名气的增大，他的名气也走出国门。1982 年，中国新闻代表团就携带元茂的两件《百寿印存》赴朝鲜，作为金日成七十大寿的礼品。1985 年，日本学者小岛信子出版《冬蔷薇》诗集，该书的封面用的是元茂的《百寿印存》。但他仍不满意，又磨掉重刻。到 1994 年，纪念邓小平九十寿辰全国书法篆刻邀请展，他已重刻完 90%，拓出来参加了览展。会后，他仍觉水平不够好，就又全部磨掉。朋友们都想再看到他的百寿印，但他总说火候不到。这种“寂寞”还不知要守多久。我们期待着李元茂的百寿印存的第四次出台。

李元茂自在 1973 年以自学成才调入山西美术工作室后就与国内书法、篆刻大家来往甚密，尤其是与杭州的沙孟海先生来往更多。沙老经常给他来信鼓励，并还给他亲笔题写了《徐徐斋》书斋匾。山西与杭州西泠印社的交流大多是由他联系。1975 年，他还担任山西省赴杭州西泠印社书法篆刻代表团的副团长（团长朱焰），赴杭州与西泠印社的同道进行艺术交流。但是李元茂一直没有加入西泠印社，他为人低调，总觉得自己不够格，要加倍努力，从不"跑官"而等"组织"说话。直到 2003 年西泠百年社庆时，元茂才由印社的资深社员推荐加入了西泠印社。当时，副社长陈振濂看了沙孟海先生写给元茂的信及当年元茂与西泠印社同仁的老照片时说：真是一个新入社的老社员！其治学态度可见一斑。

听了他的侃侃而谈，我还是要提俗人之见。我说："印者，印记；章，图章，留个记号罢了，还能有多大用？况现在多用签名、密码，谁还用什么大印？你看哪个明星、球星不是苦练签名，而从不盖印。"

他说："这你就不知了。印有四种，一是老百姓的名章，就是俗称盖个"戳子"；二是官印；三是艺术印，我们常说的篆刻；四是"真印"。这真印根据易经原理，沟通天地灵气，虽治的是方寸之印，却含做人、处世、为官之理，依印行事能成正果。"

我大奇，愿闻其详，请举一例。他说，比如你要刻一"王"姓之印。现在已知"王"字的天格为土属，还须把姓名核实清楚，按其名的五行，金、木、水、火、土的序次换算其与父辈、侪辈与子辈相生与相克的关系，得出其名的地格与人格为何属，在布置与刻治中施以"助"技。如笔画之势，布局之态。

他又说：从形式而言，真印在印材、文字、布置与刻治的基础上增加"刻制礼仪"，包括审度天时（避雷风雨电）与立升印本。礼仪是中华民族文明的象征，貌似形式，实可通于宇宙天地的本性。真印需在心诚的自身大前提下进行，在刻印前须选其吉日、吉时，沉心静气，沐浴，按师傅所传之法打印稿刻之。

从根本上说，真印的原理是推变之印，须及石真、字真、图真、格真等四真皆具之"天人合一"的要求，方能构成升变的基础，而祈抵升华的目的。在《礼记•礼运》中已有提示。"真"字在《说文》匕部，从匕、从目、从、从八；匕即化也，有变化之意，故称真印。俗话说："谋事在人，成事在天。"以印玺沟通天地灵气，使之按照人的意愿信息而变化。我得此传授，又经过数十年研究，发现凡刻真印与人者必验，但我自己也必大病一场。"

啊，我明白了。元茂治印不是刀与石的碰撞，而是身与心的结合。至于真印的得主是否真灵，还要看自身的修炼，但元茂的创作确是一片真心。

二、周一波画人物

周一波先生要出版画册了，请我写几句话。我要告诉读者的是，对这本书你千万不要只当画来读。从这里读出来的是人生。

未见其人前先见过他一本书法集。我一下为他的字所吸引，苍劲、悲怆、稳重。线条极富张力，墨色或枯或淡，总之不肯走什么饱满、圆润之类的常轨。那时我正有感于社会上常有许多无名的好字。脑子里转着想编一本《无名书法家集》，一波当时也还属无名。再一打听，他本来就不是书画界的人，是一位市委书记，管着陕北的那片黄土高坡。几年以后初见面，我又是一惊。他既不是画家型的儒雅风流，也不是官员型的指点江山。言语木讷，神情谦恭。中等个，人略瘦，肤微黑，脸上看不出艺术家的光彩，也没有高官的光环。倒像一个未脱农民味的乡镇干部。这就是一个艺术家和副省级干部？（其时他在艺途和仕途上又都进了一步）我这个老记者曾阅人无数，就努力用目光扫描着他的全身，想找出一点答案。

答案就在他的画册里。我一边细品着这本书，一边与他聊天。这是一本写意人物。既然是写意，就是舍形而取意。"意"即意境。画我不大懂，做文章的意境，我是分为三层的，即形境、情境、理境。大致类绘画的工笔、写意和抽象（如漫画、毕加索的画等）。一波的写意是捕捉黄土地上农民生活的情与理，而对形却尽量舍去。你看他的人物，脸上几乎没有五官，全靠人物的势态传神。一幅《卖柴图》引起我的注意。一个山里汉在集市上守着一担柴禾等人来买。一根扁担横穿，两捆柴禾落地，他正坐在扁担上。这时故事来了。一般情景是卖柴人焦急地等待买主上门，或高声叫卖，或疲倦地观望，或无奈地抽烟。但是现在这个卖柴人却掏出一把口琴，忘情地吹了起来。周一波说：那就是我。是写他小时的生活。他出生在陕西的深山里，童年又赶上三年困难时期，家里很穷，从有一点力气起，就砍柴、卖柴（他现在的身形还留有小时挨饿吃苦的影子）。一次卖柴时听见谁家窗户里传出竹笛声，按捺不住心痒，就循声而去。回到家里，砍了一根竹子，自制为笛。他是有艺术天赋的，以后不管是卖柴，进工厂打工，还是后来当干部,都离不了音乐和绘画。他还会吹埙,那是一种出土古乐器,会的人不多。他说生活就是欢乐,就是要自己找乐子,再苦也能找到乐趣。因为身上有了农民的基因,他以后做了书记也总能发现农民的苦与乐,这是他施政的依据,也是他作画的题材。有一幅《舔碗》,是画一个孩子吃完饭后正仰面把碗上的玉米面糊舔尽。现在城里人无法理解,而这确是当年农民勤俭节约的好习惯。类似的还有很多,如《洗衣》《推磨》《农家乐》等。也有一些是揭示农村新生活中的新问题。如《讲话稿》是讽刺干部下基层,空话太多,讲话太长。《寻找狐狸精》则是讲商品经济下,进城打工,人口流动,出现的"第三者插足"现象。总之,从传统到新潮,他敏锐的目光和艺术的笔触为我们展现出了一卷中国农村的民生、民情图。这就是他写的"意",民意。这之前有谁用写意画法表现过农民?徐青藤是写意画的鼻祖,最有代表性的是那幅《墨葡萄图》,"笔底明珠无处卖,闲抛闲掷野藤中",发泄文人的怀才不遇,好像没见到他画农民。郑板桥当过地方官,县官,比周一波小一级,最有名的是那幅竹子图,"衙斋卧听萧萧竹,疑是民间疾苦声",以竹写情,但未见直接画农民;齐白石出身农民,倒是有许多白菜、萝卜图。现代的官员画家,以泼墨笔意画农民,周一波恐怕是第一个。正是:笔起笔落皆有意,墨浓墨淡总关情。大风吹过黄土坡,还从纸上听民声。这大概也是中国美术馆为他出画集的初衷。

从技法上讲,周一波也独成一格。国画有没骨画法,他的写意人物却特殊,我称为"没面画法"。我问他上过什么专业学校,有什么师承,居然都没有。就是靠自己的兴趣,多看、多画。后来在陕北工作,刘文西等名家常去那里写生采风,他热情接待,抓紧时间当学生。齐白石也是自学成才,他曾有一首诗谈自己的学画体会:"青藤雪个远凡胎,缶老衰年别有才。我欲九泉为走狗,三家门下轮转来。"这应了那句话,兴趣是最好的老师,天赋加勤奋就能成功。

这画册里表现的是陕北农民的民生、民意,也是周一波的人生。

三、胡顺江写字

应邀考察武当山之文化,一路风尘,刚入住宾馆用饭,抬头见墙上一幅书法:"廉和静美"。我停箸歇碗,一时竟忘了吃饭。主人李发平书记说:"这字好？"我说："深得魏碑之神，厚重质朴之气袭人，是何人所书？"李说："不是什么名人，本地相熟的一个朋友，名胡顺江。如喜欢可约一见。"当天下午看城市广场，左为武当剧院，题写者未落名；右为武当博物馆，为国内一书法名家所写。我说："此字不如他字。"李说："他字正是胡字，从不落名。"我又驻足许久，最喜武字起笔那一短横，泰山压顶，如飞来之石，却又威中有秀，重而不泥。令人想到长城上的老砖，金字塔上的条石。以后三天在景区各处多见胡字，真的皆不留名。

我不懂书法，从不敢写字，也不敢评字，但这并不妨碍表达个人所好。正如不是歌手也爱听歌，不是厨师也爱美食。于书法，人人说的名家，我常不以为然。如王羲之我嫌其秀；米芾我嫌其僵；苏东坡我嫌其肥等。就是当代名家也常对不上脾气。不是他们的字不美，俗话说，饺子吃多了还腻。倒是无意间会发现一些好字，如在野山偶见好花，让你眼前一亮。那年在豫西一个小县的招待所里，也是吃饭，墙上有一幅《岳阳楼记》，惹得我一饭三回头，就是当地一退休干部所写。一次在山西绵山景区，看指路牌、景点说明，竟见字忘景。一问是山下一焦化厂工人所写。真是深山藏古寺，藏龙又卧虎。所以每每想编一本《无名书法家选》。今天又碰着这根神经。

武当三天，我天天提到胡字。直到临走的前一天晚上才有缘去造访。其居为一普通宿舍楼的底层，让他改造成"顺江书院"。门前小院有花草树木遮阴，虽数米之深，却有曲径通幽之效。旧式民居，高门槛，一对清代抱鼓石，两扇老榆木大门。门前一方踏石，上方方正正刻四个字：福寿康宁。进门是一短走廊，天花板上有字，柱上有字。敞式客厅，厅口一对明代盘龙小石柱，背景墙砖痕、短檐、汉瓦，墙上有一大佛头，两边书"纳云为画，坐地行文"。贴墙根有一从鄂西深山淘来的老猪槽，油黑发亮，槽内悠闲地游着几尾金鱼。厨房更别致，风箱砖灶，锅底却吐着煤气火苗，石头水缸，一个百年以上的剁柴墩。墙上也有三个字：菜根香。卧室打横一张清代雕花木床，脚下一个石头火盆。最有趣的是墙上镜框里供着一张他父母的结婚证，字迹清晰，朱红大印，保存得十分完好。时间是1953年，即是他出生前11年。我说："这些东西你从哪里淘来？"他说："一点一点，积累了30年。""这和写字有什么关系？""开始只知写字，后来才悟到字是有根的。"本来我最喜的就是他字里的沉稳，原来其根在这里，在这片千百年来汉水所浇灌，父老所耕作，武当文化所濡养的土壤里。

一般中国人写字，向来先从欧、颜、柳、赵学起，但如果要成家没有不寻根到篆书、金文甚而石鼓、甲骨的。如果要写出自己的个性呢，又还得找到属于自己的那片土壤，扎下根去，长一棵与众不同的大树。

那晚相见甚欢，清茶一盏，不觉夜已过半。

莱山之夜 <small>（随笔十章）</small>|张 炜|

《北京文学》（精彩阅读）2012 年第 4 期

　　这是一场无始无终的奔波。莱山之夜，山雾笼罩，疲惫不堪，却常常无法入眠。林涛阵阵，不断听到小鸟的叫声一荡一荡远逝。再次打开笔记，注视这幽深的莱山夜色，这所见所闻所思……

烧焦的黎明

　　这个让人无语的冬天。这个噩梦一般的真实。它是在这片土地上、在这个冬天里发生的吗？

　　不幸的是，它记录得准确无误——时间、地点；还有，无数人共同目击……

　　这就像我们刚刚经历的亲人的死亡那么真实。它们几乎同时发生在我们眼前……

　　这真是个无语的冬天。我曾一遍遍地谴责遗忘，但我此时宁可遗忘。我现在终于明白了人们为什么要遗忘。一个人既无法规避又无法逃离，只得求助于遗忘……

　　而我求助于长吟。

　　我只让自己的长吟接续下去。我想起了那个携琴走遍大地的歌手。这就是我的回应吗？

　　我不知道，因为我此刻只想着那个挥动手臂、鲜血四溅的歌手……

为我记住了那冲天的红焰和／凝结中缓而不畅的流淌／那声夏然而止的呼号／我记住即不敢遗忘的／那个一生只会经历一次的黑夜／还有等待酷夏的烧焦的黎明／／此刻一切都潜伏在瓦砾之后／黑洞洞的枯目里有顽石／它会弹跳出灾殃和死亡／她已在传说中永生／美丽的黑发消失于腥咸的雾霭／跟随那个传说的是一个幸运者／一个更为纯稚的男孩／这是多么恐怖的长路／让同行者忍受一生的耻辱／从此只有咽下污脏的残渣／在阴风积聚之地痛苦喘息／磷光飘流的旷野与谷地／没有一丝五彩霞光／怎样回告那声炙烫的呼救／怎样忆想母亲的眼睛／我顽石一样的躯体啊／我等待破碎的双拳啊／电火飞蹿的弧光里有什么在爆响／有什么在尖利地泣鸣／一切消弭净尽的空地上／是不散的浊烟和狐臭／是洗而又洗的独子的泪滴／／静静地流淌　缓缓地走过／它在默想自己的平原／一路的渺渺无声和低徊／长长的蜿蜒寸进与决意／它汇集了多少不屈的无辜灵魂／／静静地流淌　缓缓地走过／……

我这会儿只渴望听到无声之声。这种倾听不曾让我失望，如同一个独立的时刻中，目测那平静的大洋……反复翻找这一沓报刊，只想找到一个声音。没有——我不得不正视的是，在整个的一次悲惨长旅中，几十个人，唯一曾经高声反抗过的，仅有一人……他们在令人惊栗的残暴面前，都出奇地相似：胆怯与冷漠。

我总觉得冥冥中有一种神秘的力量，它在对我们的全体实施一次抽样检查。它这样做的目的只是为了一个日久不获的结论：人类还配不配活下去？

这是一个久而不获的结论……

这次长旅……

"智识者"们——我不由得又想起那个城市，那个小窝，那一次又一次的争执、莫名的聚会……据那些一再倒霉，也的确是生不逢时的人说，他们直到今天才幡然醒悟："恶"才是推动历史的杠杆呢！于是要理所当然地对"恶"树立莫大的敬畏才对！

我恍惚中尚不知就里，但不知怎么首先想起的是我居所前的那个公园——所有的公共设施都遭到无端的破坏；那些美丽的、做成各种造型的园灯，刚刚安装一个星期就被全部砸毁了。那座城市的大街上一度再也找不到一部投币电话、磁卡电话，因为刚刚安装了30多部，不到三个月就全部被拆掉、砸毁……今年春天，在植树节里刚栽上的珍贵树木，特别是街道旁的，一夜之间都被人一一拧折……

我嗫嚅道："可是……"朋友说："你就别'可是'了，你先要适应……"

我在漆黑的夜色中惊惧地望着，口吃地说："不过……"

朋友们惊愕地互相对视，发出"他！他！"的惊叹。后来他们又笑了。我从笑声中听出了怜悯……

今天我突然觉得这次长旅中就有我，有我的朋友们；这次长旅似乎根本就没有终点……

可是我不想退出

朋友激动得双手颤抖。他不停地说下去——

我长时间为怎么评判这个时代而痛苦。因为我只要一刻不把这个问题想个明白，心里就不会安宁，也不会有正确的、合乎时宜的行动；我的生活将变得没有意义。已经许久了，我习惯于从全局而不是局部、从长远而不是眼前去看待问题了；我变得不那么以偏盖全，也不会简单地意气用事；我有能力从全部的繁杂中综合出最重要的结论。如果我从根上否定眼前的一切，我是指我们正在做的、经过我们多年努力形成的生活状态，那么我就等于否定我自己。我不能这样，也不是为了自己对自己的安慰，而是其他：是实话实说，是为了能够对生活有一个科学和理性的评判。眼前的混乱无序、肮脏，都达到了一个极数。可是任何人同时也会发现这是个充满了活力的时代。惊人的创造力像一夜之间从地底冒出来似的，我们拥有了从未有过的速度，拥有了从未有过的模仿力和创造力。我有时真想为这些放声高唱起来。我真的无法不为这些而兴奋。这里面包含了许久以来梦寐以求的东西，这些都来之不易。我如果不懂得珍惜这些，那我就太简单也太褊狭了。要指责一个时代是非常容易的，但要做到准确和公允就不那么容易了。眼下我们的生活走到这一步，也许包含了许多必然性。我明白，我们既然走过来了，那就必须如此，舍此我们就没有了出路。但这只是结论的一个方面。

我同时也看到，我们付出得太多太多了。我们一边向前，一边践踏，而且常常在毁掉至为宝贵的东西。请相信我说的都是自己看到的，经过深思熟虑的，我不是过忧，也不是随意乱说。我们也许在这么短的一段时间内，一下子释放出的恶魔太多太多了，多到了我们已经无力承受，快要毁掉自己的地步。我们在设法最大限度地遏制它们的事情做得实在太少。我们在犯罪。有些东西的失去是不可复得的，这些不必我来解释了，它的恶果已经非常明显了。也许我不适合做这样一个进程中的最激进的参与者，因为我还不够强大，特别是心理的强大。可是我不想退出。

我看着朋友。我想说的是，我也不想退出。

人所不知的交易

到了深夜，惊魂甫定，我才开始细细回忆小时候，回忆那场可怕的大水，那次死里逃生，不知什么时候才睡去……

睡梦中我却清晰地看到了水中精灵的模样——它们嘻嘻笑，要与我做一场可怕的交易。交易的细节在睡梦中那么清晰，以至于醒来许久我都当成了真的，吓得一动不动。我躺在那儿想：我将对家里人藏匿这场交易，所以谁也不知道我是经过了那样可怕的一场才得以生还的。

我从睡梦中得知，我那次大水中的生还，带回的只是一个躯壳，我的魂灵已经变卖了，从此我成了另一个人。

极力回忆全部的细节。

那一天，精灵们说需要我的"魂灵"，这对它们有用处：它们每造一个新人都需要索取一个"魂灵"。它们又要造一个新人了——这个人以后我会看到的。精灵们要用一种奇怪的方法先使我丧失记忆。因为我如果记住这场交易，他们也就算失败了——我会把失去的魂灵重新辨认出来，寻找回来。精灵们让我丧失记忆的方法，就是在送我离开的时候，给我喝一碗迷魂汤——它们盛在粗瓷碗里，有点像稀泥浆，喝下去就把什么都忘记了。

值得庆幸的是，我以前听外祖母讲过类似的故事，所以那时我悄悄地留了个心眼——我趁精灵们不注意时，只喝了很少的一口，而且没有下咽，它们一转脸，我就把汤吐了。就这样，我摆脱了它们的魔法。

它们认为我真的失去了"记忆"，开始让我进入做灵魂交易的场所。一个精灵把我领进去，厉声问："你进来不后悔吗？"我说："后悔，没有不后悔的——你们送我回去吧。"这样说时，我害怕地看着前面的一片沼泽。我知道从这儿走去就要经过那片沼泽，走进那片沼泽将会发生什么？这是再明白不过的了。一个精灵摆了摆手，一个和我差不多大的人出现了。那个精灵指着他对我说："看见了吧？他像你一样进来了，可又很倔强，不愿交出自己的魂灵，那么我们只好放他走了。"说完挥一下手，那个人就往前走去。

我亲眼看见那个人在沼泽前犹豫了一下；但别无它途，只得举步向前。他刚刚走了不远，两腿就开始往下陷，接着陷到了胸口。他喊着："救救……"最后一个字还没有发出来，沼泽就漫过了他的头顶。那儿冒出几个气泡，什么都没有了。

一片死亡的沼泽。

这时我才明白，不知有多少好孩子都在这里消失了，他们谁也回不去。我如果能够生还，那就必须留下自己的魂灵。多么可怕啊！从此以后我将变成一个没有魂灵的孩子。我心里发怵，说我这样回去时，家里人会认不出来……

精灵们笑了，它们说放心吧，你看上去哪里都不会变，只不过是把内心深处一个很小很小的闪闪发亮的东西交出来而已，其他地方一点儿没变……我觉得那个精灵说话时带着很重的土音，后来才知道它是河湾里千百年来的一个土著，这个土著尽管变成了魔鬼，却仍旧葆有很重的乡音。可这确实是死亡的声音。

它又说："孩儿哩，交下那个发亮的东西就好哩。那时候你拍拍屁股走哩，你看。"它说着一挥手——沼泽上马上出现了一道铁桥，在阳光下闪亮……我明白，当我把自己的灵魂交出来之后，就可以踏上那座桥，平安地到达彼岸，重新回到家里。

这是多么可怕的交易啊。

我在任何时候都不会同意，我知道这是欺骗，欺骗自己的亲人。可是没有办法——我害怕那片死亡的沼泽。我哭着，望着天空。我不知哭了多久。我要回去，我不愿淹没在这片死亡的沼泽里——就这样我伸出了乞求的手。

我闭着眼睛。我觉得手里有了东西。我知道那是无形的钱币——出卖魂灵的报酬。接着它们说：

"好吧，你进到里面去吧，一会儿就成。不要怕，一点儿不痛。"

我全身颤抖，脸都发青了。我在地上滚动。"救救我，救救我，快呀，救救我……"

一些穿白衣服的人，他们带着口罩，将我推到一个小黑屋里。

我知道这就是换掉魂灵的地方了。我慢慢昏迷过去。不知什么时候，突然有个闪电一样明亮的东西掠过我的双目——我知道就在这一瞬，我的最可宝贵的东西被取走了……不过真的一点儿也不疼。只是一瞬，什么都结束了。

我心里空空的，多少有点被抽空的感觉，但一会儿也就习惯了。

我眼前出现了一个亮闪闪的铁桥，它架在沼泽之上，我踏着它跨出了沼泽……

……

那一个夜晚我身上一直湿淋淋的。我大概是蹑手蹑脚溜进屋子的。所有人都睡着，午夜刚刚划过它的标界线。

那一天，我梦醒之后就哭起来。我是一个被摘走了灵魂的人，我完全变成了另一种人。可是我最大的不幸，恰是我依然记住了那一切——那场不光彩的交易。我要带着这种屈辱和所谓再生的沮丧，过完我的一生了……怎么办呢？

这就是我仍然记得的一个梦中的故事，一个直到中年还仍然不能遗忘的清晰的梦境。

"救救我，救我——"我这时仿佛又听到了那长长的呼喊。这声音来自昨天还是今天？我不知道。

我站起来，觉得内脏一阵抽痛。

我们有许多不同

这之前，我曾通过一个朋友的关系，到一处废弃了的宗教旧址居住过一段时间。很久以前，那里的庙宇就拆掉了，已经改成了军事封锁区，真正是"闲人免进"。可那里只有简单的几个兵在看守，他们也很寂寞。果然，当我住到那儿的时候，很受欢迎。我在离他们营房很远的地方找了一个小住所，一口气住了十几天。满山遍岭的野生果实，还有野兔和松鼠之类。松鼠在高高的树上从一个枝丫跃到另一个枝丫，让人欢喜得喊出声来。我常常出去采很多浆果，桑葚一会儿就可以采下一大包。整个的一片山林几乎没有一处露着泥土，只在山的顶部才有一些岩石裸露出。我那次真是一个人独处了，只带了很少的几本书，但几乎没怎么读。需要读的深奥东西实在不少了，但它们不全是停留在字面上。我一想起许久以前这里有一帮与尘世隔绝的人物，他们在过另一种生活，就有些激动。这种奇怪的选择充满了诱惑。那个秋天，我望着那些坍塌的庙宇，心事怎么也收不住。我知道他们是为了免除烦恼，或者是为了追逐一种心境而来。可是烦恼在当年真的可以远离他们、真的进入了另一种心境吗？我看到的是满目青山，一片碧绿，是各种各样跃动的野物……在这片与悠远神思浑然一体的世界中，我试图在冥想中沟通那些远逝的古人，猜悟叠生……

旅途上，我还能想起在宗教旧址度过的日子。夜深了，几条鱼在黑漆漆的水里炫耀自己。它们发出扑通扑通的声音，一阵阵诱惑旅人。好了，天亮时我一定设法逮到你。火苗蹿跳着，夜的声息远远逝去。水已开过好久。我取一点茶。春夜的清冷被篝火驱掉，我离火很近，脸被烤得发痒。但那种温暖的感觉让人舒服极了。我的帐篷在火苗下闪动。多好的一个单人帐篷。这些年里我背着它走了很远。围绕它我曾经有过不少愉快的联想，它究竟给了我多少欢乐，简直无法历数。它与奔走、旅途，与一切活鲜动人的经历连在一起，消融了痛苦，滋生了希望。

还是初到一个杂志社工作不久，有一次在一个俱乐部认识了一位女棋手。她刚刚从一场赛事上下来，战绩不错，非常得意，圆脸庞上那一对眼睛显得非常纯洁。她看上去比实际年龄要小得多。我们一块儿喝咖啡，谈了很多故事。不知我们的话题怎么拐到了帐篷上来了。她说：

"现在的男人哪，没劲。干吗不带一杆双筒猎枪，背着帐篷到大森林里过上一段？打裹腿，扎腰带，如果可能的话，再领上一条狗……"女棋手神往地看着我。那一刻她的小鼻子红红的。大概是刚刚做了一回胜者吧，整个人容光焕发，欲望高涨。

那次相聚不久，她打听着找到我家。时值夏日，她穿了一双很别致的布料凉鞋，没穿袜子，一双脚白得刺眼，像一个不谙世事的少女。实际上她的年纪已经不小了。她要教我下棋，还再一次谈到了带帐篷和猎枪到森林里去的事情，热情洋溢。但后来我发现她对人对事对书本，都缺乏一种执着认真的劲儿，不过是向往一种并不新鲜的概念而已——谈过也就忘了。

这个夜晚我又在想那个女棋手。奇怪的是，我一直有一顶小帐篷，这是我的一个附属品，一个当年让我发烧的东西，纯粹是个人拥有；但我就是没有对她说起过这些……火苗蹿跳着。我在想，此地离我的东部还有多远？我知道从这儿一直往前就能走到芦青河的发源地——砧山和鼋山。我发觉自己在一种混混沌沌的感觉中，在苍苍茫茫的大山里，从来都会活得挺好。人和人的生活有多么不同啊，也许在这个时刻，我熟悉的那些人正在玩一些古老的把戏哩。还有那个女棋手，她只是说说而已，我们之间有许多不同……

爱耍一根大棍

朋友约我去看一个现代派画展，说是这些年来这座城市里举行的最棒的一次画展。"那是真正的现代派，不是伪现代派。"

他送来了门票，可我不知为什么耽搁了几天，这张票也就废掉了。后来他又约我看一个故去的老画家纪念馆，我答应了。

纪念馆建在一所几十年前的庄园里。这座庄园是一个清代遗老留下来的，保存完好。深宅大院里每一块砖头、每一块怪石，都向我们诉说着主人的故事。那个人可能活得很来劲，具有超人一等的耐心，在当年竟然处心积虑地搞了这么一处居所。

朋友说，当时这所庄园所处的位置恰好是一座城市的边缘地带，靠近西郊。现在你当然很难感觉当时这里的气氛了。我说无非是有点荒凉吧？朋友说主要是有泉水，"那个老头很懂地理，他会看风水，修建时把一处不大的泉子圈在了里面。你看到这些小拱桥了吧？弯弯曲曲都有水，在整个庄园里循环，都是活水。现在的水都臭了，黑了，里面生不出鱼了。那个活泉干了。"

我想这世上大概没有不干的泉水。一个一个厅看下去。故去的老画家声名显赫，他的一生就是一幅丹青长卷。"有很大的天才吗？"我一边看一边自问。我在想这个大天才究竟对于我们的生活有多少意义？不错，它们一幅一幅罗列在墙壁上，被当成了珍品，在铝合金橱子里静静地呆着，里面有柔和的灯光，有经过调节的温湿度。其实它们当初只是那个老人用一支毛笔在宣纸上涂成的罢了，老人喜欢这样玩——这会儿就该如此珍惜吗？

朋友在一边讲得口吐白沫。他说这个天才画家如何如何了不起，并且有一个怪癖：爱耍一根大棍。我笑了。"在院子里装神弄鬼，大声吆喝，嚷叫一些京剧唱词。还有个毛病，爱打老婆。"

这引起了我的注意。"他老婆是一个很贤惠的小脚女人，为他端茶送水，对他无比崇敬。在她眼里，老画家是一个神。他高兴起来就打老婆。他可能是太烦了。"

"打老婆可以解烦吗？"

"大概可以吧。"

"那大家的老婆都活不久了。"

我想起了身材娇小的一个女子，她可爱的、像猫似的一张圆脸。如果将她痛打一顿，让她泪流满面，委屈得要死要活，那不仅残忍而且简直——幽默。

每个展厅都冷冷清清，好几个展厅里一个人都没有。一个 20 岁左右的女孩背着书包，拿着一个写生本，一边看一边偶尔画上几笔。朋友小声告诉我：她可能是艺术学院的学生。这个小女孩打扮得很洋气，不是特别漂亮，但很吸引人。我觉得她很帅。这么帅的小女孩也爱艺术，我真为艺术感到自豪。

他瞥着墙上的画，有时也瞥几眼那个小女孩。好的女孩谁都喜欢，指挥千军万马的那些将军也不例外。你本身就是一件艺术品，还这么热衷于艺术。太多的艺术堆积在一块儿就会发腻。女孩老在画画停停，心很细。我们终于没法和她步调一致，不得不遗憾地先一步离开了这个展厅。另一个展厅里悬挂了据说是画家最杰出的一幅大画，差不多占据了整整一面北墙。不过我实在看不出这幅大画有什么好。它有些芜杂，线条紊乱。朋友说：

"你看他的用笔，大气啊！"

大气个屁。

"你看他的笔就那么一弯，嘿，就是一只小鸟啊。你眯着眼看一看。"

我什么也看不出。

寻找那些大心灵

我眯着眼看了许久，看不出这幅画妙在哪里……这个展厅里的人相对多一点。朋友也不知多少次来看过这幅画了，这一次还是那么专注。他越瞅越近，不动了，到后来不得不回头寻找我。他提高声音喊着，我躲在边上没有应答。他激动万分地用手朝那幅大画猛地一指，然后又反身奔到我的面前，说：

"不可思议！"

这时有一个尖头尖脑的 40 多岁的男人，一直在不安地看我。我觉得他在慢慢地向这边挪动。我没有在意。后来由于他走得太近了，我才不得不认真起来。我发现走过来的这个男人长着一对三角眼，脸色蜡黄，有稀稀疏疏的红胡子。我真是厌恶极了。可就在我最厌恶的时候，他突然伸出手来说：

"你是……先生吗？"

我点点头，一只手很不情愿地往上抬了抬。他一下就把它捉住了："哎呀，我终于看到您了。"

我一愣。

"我是您的崇拜者，我听过您……我听过您，哦，那是在一个夏天的……"他搓着手，"可惜我没有纸……这样吧，"他在衣兜里急急地翻找，后来又把手插到了裤兜里，他掏出了一个很小的纸头，把它托在掌心上说，"您能给我签个名吗？"

我像突然来到了外星球似的。不过我毫不犹豫地抓起笔来，在那个纸头上签了名字。

"谢谢，谢谢。我太激动了，谢了……"

他把纸头捧在眼前认真地看了一会儿，然后又小心翼翼地折叠一下，掖到了衣服最里层的一个内衣兜里。

这时候我招呼了朋友一声，向这个男人点个头，赶紧溜了。我有些慌。

走出展厅，朋友嘴里咕哝着："伟大的艺术啊！"

我不知道他是说那幅画，还是在说其他。"伟大的艺术的力量啊……"他这样咕哝着，看着脚下的鹅卵石小径。我提议在小径旁的一个石桌那儿坐一下。刚坐下，朋友就到一边的一个小冷饮部里搞来了两瓶饮料和几袋鱼干。

　　我们撕吃着鱼干，喝着饮料。我发现朋友背了一个很时髦的挎包。他松松垮垮地背在肩头，就是不愿摘下来。我拉开挎包翻了一下，发现里边是一个速写本。我笑了。停了一会儿，他说：

　　"怎么样？你生活在这些艺术品之间，偶尔还能遇上个把崇拜者，不是挺好吗？我们其实用不着惶惶不安，像丢了什么东西似的……"

　　我没有作声。他的话题可够沉重了。他又说："从来没有人让我签字，不过我的字可比你棒多了。我的毛笔字写得尤其好。"这一点我倒承认。他说："妈的，有个人名气比我大多了，走到哪里都有人围着他。实际上他倒不是成就大到那样，不过是名声大，动不动就参加艺术讲座，上电视办展览，熟悉他的人多。这家伙办画展的次数特别多。他的性格很外向，这样的人看上去，我是说和实际才华比，显示出来的往往要多上一两倍！"

　　我想他估计得如此准确，很有意思。

　　"不过老签字也捡不了多少便宜。有一次他把一支几千元的金笔给弄丢了：在大学里老有一帮少男少女围住他，他累得满头大汗，最后走出大厅，一拍衣服说，坏了，那支笔不知随手交给了哪个热爱艺术的毛小子……他赶紧反身，大厅里的人已经走散了。"

　　我笑了。

　　他咂着嘴："就这样，那支笔算给弄丢了。挺棒的一支笔，我们都没有那样的一支笔——你有吗？"

　　我说我没有，我顶多用过几百元一支的金笔。

　　"还金笔？几百块钱也算金笔？"他转而又说那个人："这小子极幽默，常常编一些奇怪的滑稽歌谣，写在笔记本上。他一口气能写很多，这会儿不知都丢哪去了——什么'长得虎背熊腰／其实是个流氓／积极要求进步／冬天穿条皮裤。'"

　　他说着合掌大笑，"孩子年方十八／从来不穿裤衩／长征去了延安／吹牛一个顶俩。"

我们离开石桌时，又听他念了几首滑稽歌谣。

离开这所美术纪念馆的时候，他问："怎么样，玩得有意思吗？"

"我觉得这座深宅大院很棒。可惜现在给糟蹋了。"

"天哪，我第一次听人这么讲。不要忘了你是一个什么人，你应该沉浸到真正的诗意之中，去寻找那些大心灵……我相信你会好起来的。现在不行，看什么都无心无绪的。你的精神需要调整……"

我觉得在这整整一个下午的时间里，他总算说了几句有意思的话。尽管全是书上的话，但好像挺深刻。我将记住他刚才的劝导——后来当我一个人的时候，就常常琢磨这几句话。不错，也许这回真的让他给敲准了。我只是这个世界上微不足道的一个生物，也许我真的应该老老实实地待在这座城市里，做点得体的、体面的事情，不再东张西望，更不要想三想四——我要静下来，读读书，好好地做点事情了。

我们喝得更来劲儿

"现在已经没有了'大心灵'。"我牢牢地记住了这句告诫，不看现代人的诗章，不看那些胡涂乱抹的奇怪话语。我只想寻找更冷峻、更庄严的东西。我想听听屈原的歌，想听听"坎坎伐檀兮"，想听听"诗三百"。我记得很早以前，我曾经在打开的那些陈旧书页面前激动得热泪盈眶，打湿了诗行。可是啊，那毕竟是很早很早以前的事情了——这种激动已经很久没有来临了，偶尔来到也不像过去那么强烈。我想这就像我观察童年走过的那些印象深刻的田野景物一样，今天已经再也没有往日那种奇怪的感受——心灵深处猛地一颤——没有了，消失了。想一想，最可怕的问题是，作为一个生命的性质改变了，我已经没法感悟真正的美与崇高，丧失了这种能力。我变得更加成熟也更加冷漠了。这就是问题的症结所在。不过我要尽可能地使自己在这个黄昏里沉浸……

不断地翻找着伟大的诗章。我找到了那位大诗人屈原，他对有香味的植物真是入迷；还有艾略特，他有个奇怪的感觉，特别是对荒原景色——他说在身后的冷风里，甚至听见了"白骨碰白骨的声音"……

伟大的天才思路怪异，敏锐而生僻，像一位老小孩一样。我见过艾的照片，额头鼓鼓像个大头娃娃……屋子里真的太冷清了，其他人都走开了，我面对的只有这些沉默的巨人，他们装订成一册一册的大书。我强迫自己走进他们的世界。可是我很容易就能从这些世界里走出来。我现在觉得这屋里除了沉默的巨人之外，在一天天漫长而又短促的时光里，还应该有一些会叫会走的小生灵，比如说一只猫，可爱的像少女一样美丽的猫。不过以前我们曾养过一只，后来是它自己的恶劣行为把不错的前程断送了。家人总是抱怨说：

"好是好，就是胡乱解溲。"

我不知在一种没有灵感也没有激情的日子里，一个男人怎么活下去。灵感这个东西据说不可以寻找。既然如此，就得等待它自然而然地慢慢降临。要有耐性，要学会忍受。可是等待灵感，这对于一个诗人来说不是一桩真正的苦差吗？太苦了。我发现那些真正的天才都有一些了不起的机会，灵感简直就放在手边上。就像我在平原上看到的那些幸福的老头一样，他们手边总有一个痒痒挠。什么时候要用，抓起来就是一下。可是我们这些庸人到哪儿去找那样美妙的机会呢？我又想起了"职业"问题——家人都鼓励我找一个"职业"，好像我真的没有"职业"似的。不错，我在很大程度上可以说是失业了，自己也有这样的感觉；可我既然是一个能够纵横涂抹的人，那事儿难道不可以称其为"职业"吗？有人不止一次告诉我：这个世界上可不需要这样的一门"职业"。如果真是这样，历史上一位又一位巨人难道都是纸扎的老虎吗？不，心灵之歌永远是属于心灵的，健康的人不会拒绝心灵之歌。那些拒绝者的一颗心已经被暗中抽掉了，他们是空心人。

无论是眼前的庸人和故去的圣杰，无论是侏儒还是巨人，那些前赴后继的寻找者绵绵不绝。有人显示了空前的才能，甚至建起了自己的纪念馆，一座高耸的丰碑——尽管来去匆匆，但还是把自己活的灵魂凝固在纸页和砖石之上——凝固了，死亡了。谁看到一个活鲜的生命是凝固的？你看到的只是黑白分明的眼睛，是热情四射的眸子。他们之所以动人，魅力无限，就因为他们是活着的。可是我却在不断地被告诫：要凝固，以某种方式凝固在这座城市里……

这座城市里有很多雕像，它们之所以令人崇敬，就是因为它们已经凝固了。它们显得庄严、伟岸、牢靠。

是的，一种稳固和牢靠感赢得了普遍的尊敬。人的一生总会听到一种隐隐的呼唤，呼唤你快快成为一座雕像。一个人只要活着，就开始自觉不自觉地雕凿自己，寻找心目中的蓝本，有的还真的"成功"了。可是有人不愿凝固，于是就不断地舞蹈、喝酒、幻想，我"担心腰子出毛病……"可是我们喝得更来劲儿。

人类最可怕的顽疾

人在 20 岁以前，要忘掉一个感动的场景是很难的。我甚至直到现在还能回忆起某一天在石榴树下看到的那个身上有着白色斑点、靠伸缩躯体而爬行的一只软体虫——我胆怯地伸出食指探摸时体味到的那种奇怪的、无以名状的触感……它怎么也不能够从记忆中驱除。而后来，我经历了多少足够大的事情，其中的许许多多差不多全忘掉了。我在生活中所进行的所谓的重要思索和推导，有时会在一转眼的工夫就忘个一干二净……

可怕的退化。我们将用什么办法与之抵抗？无数的遗忘会把我们引入某种背叛——一个人如果允许自己这么快地遗忘，人类也就太危险了。我自己知道，人在某个时刻对于事物的领悟和质询有多么重要。缺少这些，人就会处于难堪的幼稚和肤浅之中。一个人不能不去领受崇高的体验，不能不去思索关于意义、希望、爱和被爱，以及诸如此类的一些问题。可惜这种时刻在人的整个生命当中只占小小一瞬，稍纵即逝。一个人将很快把这一切重要的经历和感觉全部遗忘，就像电脑中被删掉的磁盘一样。这种损失是无可挽回的，甚至不能够复制，难以追忆。

随着时间和事件的不断推移和积累，激动、铭心刻骨的震撼，一切波澜，都会逐渐减弱，以至于了无痕迹。于是我们每一次寻找就不得不从零开始，并且没有了总结和比较的机缘。重犯一些原有的错误是必然的。我们不可能把某一个时刻所感知的全部加以发展和贯彻，灵感的闪电不再刺破茫然的夜色。

怎样战胜遗忘？这将是人类所面临的最大难题。就我个人而言，在我无所留意的那些日子里，或许已经永远地丧失了无数至关重要的感觉、事件和经验。

多少痛不欲生，令人不忍回想。

类似的事情还有很多，比如我们曾经遭遇过的巨大苦难和危机，仅仅相隔几年的时间差不多也就忘掉了。可怕的遗忘啊，是它使我们不断地流血流泪……我们的堕落、所有的耻辱，差不多都与遗忘有关。我多少次默默地下定决心，要与遗忘挑战，要记录昨天的一切，观察到的一切、感觉到的一切——一切事件，一切激动、忧愤、慨叹，以及它们之间的联系；我特别要记下那片平原和山区，还有我的茅屋，连同潜于深处的情思、朋友、同胞，所有的故事……只要是感知的、目击的、可以交给明天的，都一一记录下来——不仅记录在心中，还要记录在纸上，要无一遗漏地转叙给无数的朋友，让他们与我共同拒绝和提防一种人类最可怕的顽疾：遗忘……

　　这个想法曾使我陷入长长的激动。激动之后又是担心：如果战胜遗忘的决心也被遗忘呢？

　　天哪，遗忘，我们到底用什么来战胜你呢？难道你真的是一个不治之症，比癌症、比正在蔓延的艾滋病还要可怕 10 倍吗？

　　也许真是这样。我们真的要听任一次又一次的重复，让悲剧循环往复，以至于无穷……苦难和欢乐不断重现，血泪成河，欣悦似海。欲望和悲伤，无边的苦难，惆怅连接着绝望；找到的可以丢失，丢失的可以当成崭新的东西重新找到。也许没有这一切，没有这么多的抱怨和不可挽回的缺憾，没有黑色与残杀，也就没有了世界，没有了天空旋转的星体……

　　比如一个活生生的人死于非命，当时大家何等惊讶和恐惧……也仅仅是几年过去，现在很少再有人提到这个人了。我们甚至回忆不起他的双目和下巴……遗忘使人变得冷酷，使滚烫的心变凉。可是有时人们又乞求遗忘，让它援助，让它疗伤。

　　比如眼下，我多想忘掉那片平原，忘掉剩下一片残枝败叶的田园、那生出水草的荒凉沼泽、黑水浊流的芦青河……

　　平原上一段长长的时光，竟然是由一分一秒堆积而成，如今又被挤压成一个薄片。薄薄一片，上面叠印着一些乱七八糟的痕迹，像是由一只手不经意涂抹而成。我低头辨认昨天，想从中发现什么，想听到往日的声音，哪怕是一声微弱的呼唤——这呼唤真的出现了……漫漫时光啊，它耗去了我的青春，可是它仅留下这张薄片……我不知更迭不息的岁月最后还会留下什么……

我与那个茅屋附近的村庄，还有海滨小城形形色色的人物，积下了多少恩恩怨怨。欢乐和痛苦，无法解脱的纠缠、大大小小的故事，一时纷至沓来。我有时不愿回忆，只想把一切都忘掉，以重新开始自己的生活。命运也许真的让我忘掉奔走的欲望，只呆在青灯黄卷的日子里。我将迷恋纸页，依恋城市，在此地而非他乡，培植起老酒一样醇厚的友谊。我将伴随着衰老，走进自己新的光阴。

痛苦地陶醉和消受

我在这个小小的空间里，不由得想象散落在这座城市中的各色朋友——如今你们身在何方？忧伤？欢愉？

久违了。我怎么会闭塞在自己的角落里，看地老天荒……将远途上的朋友一个个想过。蓦地，一股熟悉的悍拗之气扑面而来。渐渐沉浸到一个世界中，以至于流连忘返，忘记了时间，空荡荡的感觉一扫而光。这种撞击会让我打个愣怔。是的，生活总是在猝不及防的时刻，向我发出一声呼唤。一种更逼真更切近的感觉再次攫住了我。

我凝望窗外。我不知道在这个时刻里，那位遥远的朋友怎样了？想象中他应该弹起自己的三弦琴，在大地上行走——不，他的那双满是老茧的大手正攥紧一把斧子，噼啪有声劈开一块疤节盘结的木头，准备一盆过冬的炉火。

我自惭形秽，爱着，想念着。我在一种巨大的温情面前谦恭而真实。我因为这种爱而安定下来，鼓励自己终将坚定踏实地走上大道。

很久很久没有这样感动了。我的探问和遥望无休无止，最后等待感奋像退潮的海浪一样淡远，露出一片斑驳的滩涂……家人厮守的是一个不值一提的男人：有时满嘴疯话，一无是处，肮脏而慵懒。他卑微的灵魂，他的低劣和粗俗、无可挽回的沦落……可他有时也纯洁无私，宽容而狭促，却怀有无所不在的悲悯和感激。是的，天生的悲天悯人，不是一个懦夫；他富有同情心，他善良——非常善良。他这样自我鉴定和追究：他将因为不可饶恕的恶习而加倍地惩罚自己。他懂得自责也懂得犒赏。他会记下自己的忏悔……他在小屋中，就像牢笼里关着的一头卷毛狮子，打着瞌睡吼叫，声声低沉。

是的，我怀念着荒原，那儿有各种各样的动物，那儿是我的故地、我真正的家！我睡梦中也将奔向那里，我低沉的咆哮里压抑了多少狂妄和欲望。这个可爱的牢笼就筑在一座城市的心脏，忍受着这座熊熊燃烧的、从四面八方汇集而来的人欲之火——那个神话中的一只金猴在炉中炼出了一副火眼金睛，而这座城市的高炉啊，毁掉的却是一个勇敢的骑士——先毁掉他的骨骼和精神，让他变得像破棉絮一样肮脏，再随便扔在一个角落里任人践踏⋯⋯

朋友，让我们尽快地聚到一起吧，喝酒，听刺激的音乐，以此求得一点痛疼的缓解，逃离这城市的恐怖⋯⋯今天我们如此不安、焦躁、困倦，一双利爪伸而又蜷！此刻谁也不会理解我们，无论是神灵还是鬼怪，都听不到我们真正的声音！曾几何时，那两个胡须浓密而蓬松的老人互相对视，然后感叹：

"一个幽灵，在欧洲大地上徘徊⋯⋯"

如今这幽灵啊⋯⋯我和我的朋友为了追逐和捕捉这个无所不在的幽灵，曾秉烛夜读，通宵达旦。我们年纪轻轻就流出了昏花的眼泪。眼泪啊，不仅冲走了一切懊恼和悔恨，还带来了欢歌。我们把自己的歌唱给了少不更事的姑娘，唱给了一对对纯洁无邪的眸子，回报丰厚。有一个空洞的、常常豪情万丈的诗人，歌唱着炉中之煤——我们于是就自诩为这种煤。可是我们燃烧成何等模样！21 世纪说来就来，现在的年轻人、中年人，都不再是那样的煤了，都不再燃烧。大家都在忙着寻找一个现实的支点。因为没有支点就没法撬动这个星球。

待下去？这个城市所能搞出的所有奥妙和神秘，只不过在消磨好人的时光。去看画展，去听音乐，去咖啡厅，去那些隐蔽角落里沾一手奇怪的肮脏，去痛苦地陶醉和消受，直到死亡⋯⋯

你将逃往何方

这个城市看起来真是越来越热闹了，比十几年前热闹得多，简直是从头到尾都变了，变得面目全非，像一个淳朴村妇浑身挂满了珠宝。实际上我们都知道，它也许根本就不是那么回事，这些令人眼花缭乱的饰物大多都是一些仿真品⋯⋯透过窗户看去：不远处的立交桥、街道，到处都在拥挤，到处都人满为患。可是我觉得那熙熙攘攘的人群中也许没有一个不寂寞，他们恰恰是因为寂寞才走到了一起。

那个若有若无的声音暂时被我甩在了身后——那是无时不在的催促之声——"走啊！走啊！"……是的，就是它在催促我，催促我上路，它已经在我的耳畔回响了几十年。还好，有一段时间我真的听不见那声音了，它不知何时渐渐变得淡远，以至于彻底消失了……都认为一个浪子早就应该迷途知返了。可我知道，如果真是一个浪子，他将再一次逃离。这是怎样的一座城市啊，地处交通枢纽，各处的人蜂拥而至，人流如织。你走到广场上、车站前，会时不时地在拥挤的人海面前感到震惊：这么多人，他们从哪儿来？到哪儿去？无论是白天黑夜，雨天雪天或隆冬酷暑，总有一群群的人在这座乌烟瘴气的城郭里穿行、挣挤，发出无穷无尽的喧哗。这真是一个谜，一个无从破解的奇迹。一个人面对着这座城郭，有时会惊得目瞪口呆，手足无措，但最后也就许习以为常：人么，不能像一个围棋子那样，一经落下就得定在自己的点上，直到有一只大手把它剔掉为止——这种等待其实是一种煎熬和苦挨，你只要有灵魂，就会被烧灼。你忍不住了就得赶紧跑开，跳起来，一口气逃得很远很远……

下一步你又将踏向何方？在哪里停留？哪里才是你命中的驿站、最后的归宿？

我站在窗前，有时不知不觉间揪疼了自己的头发。一切都需要从头开始了。我像大街上这些匆匆赶路的人一样，走啊走啊，像被什么催逼着，一刻不停地走了几十年，就像骏马摘掉了缰绳，让秋风吹拂着蓬乱的鬃毛，迎风一跃跑下去，跑下去，直到今天的困顿踉跄……当我独自待在小窝里时，很快会坐立不安。我打开了音响，想闭上眼睛好好听一会儿音乐。多么好的、久违的享受。可是要享受这个可得有个能力有个心情啊。在这安静的时刻里，一个人倾听吧，好好听吧。倾诉之声，不，一个男人的激越之情；还有对我来说绝不陌生之物——寂寞！他，遥远而伟大的朋友，他也在用声音吐露一腔幽情，告诉自己的寂寞。正因为寂寞，他才开始了伟大的倾诉。他的倾诉化为庄严而又神秘的经典，永远萦绕在人世间……

大街上的人行色匆匆，各自奔向自己微不足道的猎物，或赶回自己的小窝——这当中的许多人都在不为他人所知的某个地方焦虑和欣喜，有的还疯狂着呢。有人想抓住自己的鹰，梦想之大比得上蒙古可汗。妈的，白日梦再好，让现实的浊水一冲，什么都完了。而我呢，好日子都留在了昨天。昨天等于进取心和约束力，而今全是壮志未酬身先死之类的浩叹、感慨、烦死人，等等。如今我摇摇荡荡，倒也显得自由而真实。我觉得现在的世道上也真的难找一个坦然自如、无牵无挂的人了。要真能这样，多了不起啊。我怀疑这个城市里有谁能做到这一点。

我踏上离家不远的立交桥，在人行道上溜达了一会儿，再拐到下面一层。桥下黑洞洞的。大桥上是隆隆而过的各种车辆，而下面却是另一个世界。在一个个粗壮的桥墩下面，永远有做不完的各种把戏。卖报的、摆书摊的、算命看手相的，还有卖工艺品的——我买了一个木雕，雕刻的是一个非洲女人，耳朵上还有仿金耳环，脖子上有粗笨的项链。那个女人的脖子很长。我一眼看出这不是出自东方人之手，它跟我在国外跳蚤市场上看到的木雕一模一样。当时我的一个同伴就买走了这样一个木雕，他很兴奋，说要把它摆在自己的客厅里。我这会儿竟然在家门口买到了一尊完全相同的木雕，而且价格便宜 10 倍。小摊旁边是一个看相算命的人，我正被他的目光所吸引：双目锐利，从一开始就尖利利地盯住我。我明白他们这种把戏，很早就领教过，可这时倒痒痒得想试一下。他们无论如何算的是"命"啊。我蹲下来……

夏日即将逝去。我的焦虑啊，像潮水一样把人淹没。潮水过后该裸露出欢乐的岛屿。那一双双眸子啊，将把我引向远途。我抚摸着胸部，那里正在不停地敲击，传递出一种清新有力的节奏……

生　灵 |浇　洁|

《北京文学》(精彩阅读) 2012 年第 6 期

又在沿河路看到那只白底黑纹的狗了。只要看到它,三五步内一定能见到我的朋友蝶玉,听到她甜腻腻地唤着:"欢欢,欢欢……"那叫欢欢的狗倏地蹿到主人脚边。蝶玉俯身捋着它的毛,而后便开始和我忘情地夸欢欢,滔滔不绝。

不会生育的蝶玉完全把狗当孩子养着:我每天都会跟它刷牙,擦身。每餐都另做新鲜的饭菜给它吃。它半岁大来月经,一年两次,我怕它坐在地上,引起经期感染,自缝了一条卫生带帮它系上,一连半个多月,我每晚临睡前用淡盐水给它清洗。有一回它生病,我急得半夜抱它上医院……

多年前,我看过这样一句话:"爱一个人要像爱宠物那样去爱。"如果我们对待自己的家人能如此关怀体贴,何愁不和睦呢?

小时候不听话,奶奶总会如此吓唬我:"卖你去诱海参!"说的是,早先有的人家困窘,孩子养不活,忍痛卖掉。买主把买来的孩童养胖后,缚了,放到海里当诱饵。不多久,孩童身上便吸附着许多噬血的海参……

因而爱一个人要像爱宠物那样去爱,并不是一件简单的事,它需要你有一定的能力。而爱本身就是恒久忍耐,又有恩慈。

当夜灯在河面舞蹈,变幻着摇曳多姿的彩裙时,蝶玉遛着狗和我说:"有那么几年,瑶平是我的主宰,我是他的开心果。一听到他按门铃,我就像现在的欢欢似的,伸手仰脸地迎过去,围着他撒欢。直到有一天,我发现他和别的女人相好。多少个夜晚,我望着天花板辗转到天亮,日日夜夜都头痛。以致愁坏了一只肾，不得不做了摘除手术。肾，多像我十几年来所坚守的信仰。那段日子，尽管他讨好地炖好鸡，我仍咽不下。不知怎的，一离婚，"蝶玉说到这，眼睛一亮，望着我笑，"唉，同样的东西，吃到嘴里真香，真好吃！"

蝶玉灿烂着笑脸，皮肤圆润光洁，颇有点时光倒流的青春风韵，"我现在的老公对我是真心地疼，在他身边，我心安安稳稳的，娘边女一样，家务想做就做一点。不像我的朋友玲玲，离异后，当情妇，像件物品被男人包来推去。人未老珠已黄，心无所依。大冬天，好端端地散着步，袖子捋起，撩起羽绒服，大庭广众之下露出前胸，笑嘻嘻地对人说，'让阳光晒晒补补钙！'"

受宠的人是幸福的，幸福像水里升起的朝阳，掖不住迷醉的光晕。

有这么一位老领导，虽六十多，脸色白皙，气质优雅，两只眼睛山雀一样溜亮，脑后扎着一条少有的乌蛇般摆动的麻花辫子，显得年轻、精神。

她养过两只鹦鹉。那鹦鹉很惹人爱，竟把别家的鹦鹉唤引了来。两只成三只，三只变四只。她喜出望外，又买了一个鸟笼。没想到过了两天，全飞了。原来，鹦鹉很玲珑，用嘴叼起门栓打开了笼子。

之后，她又养过一只乌龟。养了四五年，由鸡蛋般小长成碗碟大。慢悠悠、万事不急的样子，让人喜不自禁。每次听到主人开锁的声音，它就会盘着笨憨的身子，"叭叭"地赶来迎接。一次她去外省开会，匆忙中忘了在盆里盛上水。大热的天，半个月后回家，乌龟趴在卫生间的便缸里，头长长伸向窄小的缸口，生生渴死了！这次失误，让她伤心念叨了好一阵子。

说起自己的宠物，那心灵秘密的花蕾，老领导头头是道："你们知道么？动物也有同性恋。我养过两只鸽子，日久生情，常常你亲亲我的嘴，我吻吻你的嘴，互相啄理羽毛。开始，我以为它们是一对公母。岂料有一天，两只鸽子同一天生起蛋来。我不忍心，特意去买了两只公的来。想不到，那一对情人对这两只公鸽不理不睬，卿卿我我如故。这两只公鸽也蛮有本事，见它们不搭理，就把别家的母鸽引到自家笼里来，赶都赶不走。听人说，鸽子助旺不扶衰。那几年，我家的日子过得特别顺……"

看样子，养宠物犹如读书，能让人产生对生命的认同感，变得智慧、宽容。再说，茫茫人海，除了血脉亲情，已难觅恒定、温暖的情感，冷漠无常、信誉缺失像流行病毒，让人防范不及。某些珍贵的品性被欲望饕餮后，人，在某种意义上已逊于动物。要活得像动物一样简单，植物一样自然，已成为当今人类的共同理想。

前几天，读到这样一则真实的故事：九江市林业汽车修理厂，有个名叫傅文启的门卫，收养了一条狼狗，喂养得彪悍硕壮，威风凛凛，故取名"赛虎"，且挑起了半个门卫的担子，至此，厂里经常发生的偷盗事件销声匿迹。2003年11月，傅文启的同事在市场买了一只死土狗，厨师剥皮后，炖了准备给三十多个职工尝鲜。炖到半熟，厨师挑了几块肉想犒劳一下赛虎和它的几个孩子。孰料，赛虎自己不吃，还把扑上去争抢的几个孩子执意轰开。面对愈来愈喷香诱人的狗肉，职工们拿好碗筷纷纷围到锅前，赛虎使出浑身解数，多次冲大家吼叫、长嚎、拉扯……欲"告知"有毒，但劝阻未果。正下箸的紧急关头，赛虎毅然决然吞下扔在地上的那几块肉，用死警示，救了三十多人的生命！它死后半年，忧伤过度的傅文启也追随而去，年仅58岁，并按他的遗愿，葬在赛虎墓旁。

宠物与人相依的挚诚竟到如此地步！世间万物，哪怕顽石劣土，只要给予爱，无不让人感受到自然造化的神奇与物性的尊严。怨不得，春秋时期的斗鸡、唐宋清时的蟋蟀，遍及全国风行一时，且为了一己的娱乐，乃至倾家、殃民的地步！而今，所宠之物五花八门，养者的心态也各不相同，但大多是为了消磨时间，寄养心情，且有愈养愈热的趋势。有钱花不了的，还煞有介事地把宠物精子冷冻保存起来，创建了宠物精子银行。人是宇宙的精灵、万物的灵长，如此宠物，何不多关心身边需要关爱的人。

大千世界，宠物救主的事数不胜数，可也有为了宠物不惜舍弃一切的。芥川龙之介的小说《阿富的贞操》讲了这样一个故事：战乱时期，一个女主人逃亡中忘了带上自己心爱的花猫。她年轻貌美的女佣人——阿富自告奋勇，雨中冒着生命危险回家寻找。家中躲着一个带枪的叫花子，贪恋阿富的美色，威吓她，如若不交出贞操，就杀掉花猫。阿富竟然答应用宝贵的贞操换取花猫的性命，只因如不这样，"心里过意不去"。叫花子起了怜悯之心，没有凌辱她。在这个故事中，阿富似乎也成了主人圈养的宠物，懂得知恩图报。小说结尾，写了当上将军的叫花子与被丈夫深爱着的阿富，一个坐在马车上，一个站在路旁，近距离欣慰互望的细节，是那样静谧地打动了我。让我想到痴爱与忠诚的代价，想到世间万物的牵连，想到人性本善的力量，想到时间的魔幻戏法……

　　生活是一张潦草的米浆图，只有在某种特定之物的点染下，才显现该有的清晰。我难以忘怀的是小时候家里的那头黄牛。牛虽然有些笨拙，但耳聪心明，人讲的话都能听明白，实在是被人穿了牛鼻头梗，奈何人不得。关于牛鼻头梗，母亲有一句谜："一小截木头摆在凉亭。"这截类似棒棒糖的木头，穿过牛鼻后，系上麻绳，牛就只得乖乖地被人牵着走了。因为那根在我们人眼看来只有手指头大的绳子，在牛眼里足有柱头粗！以至，哪怕是一根它可以随意嚼吃的稻草绳，牛也把它看得那么神圣而顺从。父亲说，牛比一些人还懂得犁路，犁田时知道一圈圈均匀地绕着走。人疲了，需放泡尿或抽支烟，只要呼一句"喔——"牛就会停在水田中央，悠然地甩着尾巴歇一晌。

　　牛是这样地善解人意！慈善的父亲，对于家中的主劳力——牛格外珍爱。特别对那头伶俐温驯，不像水牛嗜滚泥浆，爱干净的黄牛。父亲会想方设法让它吃饱睡好。冬天没有可吃的青草，父亲要么拿细糠拌仔谷（半瘪谷），用温水调好；要么把萝卜红薯擦成丝拌上谷子撒上盐，煮烂了喂它。母亲总爱唠叨，我家的牛吃得比猪还好！栏里常换干爽的稻草，不像别家的牛，霜冻天，住四面敞风的草篷，睡烂泥浆。所以这头黄牛被父亲调养得膘肥体壮，走起路来像匹马似的，"嘚嘚嘚"格外轻快。它出奇地聪颖，只要父亲拿出牛鞍，牛就知道要去干活了，会自动跪下两前腿，低头顺角让父亲轻意地套上。犁田耙地时，父亲从不用像村人那样拿竹枝抽打，只需轻轻地吆喝，牛就会把要犁的田翻得又平又细。此时挽着裤脚跟在牛后头扶犁的父亲，其骄傲自得的神情，俨然骑在马背上驰骋疆场的将军！累了休息时，父亲会把牛带到有水有阴的地方，而后抽出别在腰间的长竹烟斗，边美美地吸烟，边静看啃着青草的牛，那亲切劲宛若与好友默契相坐。农闲时节，去山上放牛，我们只需清早把它放上山，无论多远，这头黄牛从不用我们像村人那样翻山越岭地找上几个小时。傍晚了，会认得路自己回家，不必担心它会去偷吃别人的菜和庄稼。

　　这头黄牛和我们朝夕相处了十一二年。它老得实在走不动了。母亲和父亲商量，把它卖掉换一头牛犊子。一向顺良如牛的父亲坚决不肯。

　　父亲无法释怀一头牛被活生生宰杀时的惨烈：腊月年边，吃过早饭后，太阳寒颤颤地晃动着。村人在庙背一棵老樟树下,垫了厚厚的一层稻秆,备好了几根粗麻绳。有人从牛栏里牵出老牛。那老牛蹒跚着步子,被牵到庙背时,似乎已看出了自己的命运。拿眼睛怜兮兮乞求地看着大家,大滴大滴的泪,"唰唰"地淌下。父亲望着一向任劳任怨、温良哀鸣的牛,不由得心里一颤,眼睛也模糊起来。只见一人用一块黑布蒙上了牛眼睛,然后,另几个人用粗绳套好了牛的四只脚。接着,屠夫高高抢起大铁锤,朝牛脑门上狠狠地一砸。立即,绑着牛脚的四根绳齐声用力向一边拉,牛应声重重而倒!早已候着的两根碗口粗的木杆死死地扼住了牛身牛脖。此时牛还喘着气。屠夫可不管这些,迅速用尖刀捅进了牛脖子喉管。血,喷涌而出……

母亲说,黄牛老死的那天,牛和父亲对望着,眼中都淌下了浊泪。黄牛在父亲知己般温柔的泪眼中,先向父亲跪下前蹄,而后才慢慢倒下,无限留恋地闭上了大大的眼睛。那段日子,每天必抽烟的父亲,难过得很长时间没有抽烟,且一直保存着那截黄牛鼻头梗。

对于猫和狗之类的动物,原先清贫勤劳的村人,根本就没有多余的闲情去照管,也没有剩余的食物去喂养,更谈不上宠了。养猪,纯粹是为了过年零存整取。养鸡,是舍不得掉下的几个饭粒。养狗,无外乎是为了清扫小孩子的随地排泄物。当然,训练后用来上山赶取猎物的"发山"狗除外。

相对于这些豢养的动物,我喜爱的还是花。花不会像我家看门护院的黑花狗那样,我砍柴时来山脚下迎接,拔猪草时不离左右地相伴,但它是那样安静地撩动人心。

我和母亲最爱的,是老屋前后那些散发幽香、不用耗神管理的"野"花了。只要随手撒一把籽,就会在墙角石缝露出粉红笑脸的胭脂花,我常用它搓揉了搽指甲;侧门水井旁野生的紫薇,我们叫它癫痫花,最会招惹蜂虫,"嗡嗡"地吵闹不休;牛栏边废砖瓦堆里,不经意间开出的大朵大朵蓝紫色绣球花,我跟母亲怄气时把它扯碎了泄闷……年少的我懵懂张扬,就像抛掷贵如春雨的光阴,青涩、残忍,直到母亲从外地讨来一株月季。这月季大如芙蓉,形似玫瑰,美艳恣肆,俗称"花中皇后"。因为扦插时,母亲在坑里埋了半簸箕鸡粪,这年5月,月季长得足有一人多高,一下子绽出18朵,全是含苞待放的俏模样,风姿娴娜。我看书累了,瞧她们一眼,立即神清气爽。一天黄昏,一位邻里大婶到我家串门,临走时看花漂亮,胡乱掐去一朵。谁料想，过两天，另 17 朵花相约凋零。母亲说，这花是气死的，它和人一样会怒会笑能感知。随后，母亲和我聊起了她童年时的一件事。

在浙江老家四合院门前，多年来长着一株蜀葵花，又叫一丈红。茎高二三米，修长挺立，直射蓝天。总状花序单生于叶腋，由下而上，次第开放。硕大的花瓣，白瓣红蕊，红中嘁白，锦绣夺目，且花期很长。外婆称它"门神花"。一年，门神花发了三根茎。三串花像三位靓丽的少女，冰清娇艳。这年初秋，家里闯进几个贼匪，抢夺了财物后，看到门神花，不解恨地举刀一通乱砍，眨眼间，枝残叶落，香消玉殒。蜀葵花，分株、分根、扦插、播种都能活，栽种后，来年春天会自发生长开花。奇的是，这株接连开了十来年的门神花，被刺砍后，没过几天便连根枯死。

"纵教雨黑天阴夜，不是南枝不放花！"花是有骨气、有灵魂的。每每回到老屋，看到自长自艳的胭脂花时，我都会想起外婆家那株卓傲高洁的门神花。

"天地与我并生，万物与我为一"，世间万物与人如伴侣和谐相长，并蒂开花，一荣皆荣，一毁俱毁。我们在人生漫长的旅途中，一路上都会不断地遗忘与丢弃，但直到最后都不能遗忘动物般的真诚，丢弃植物般犯傻的能力。它们能防止我们灵魂的枯竭，保持温润向上的春气。

而天地间，我们所宠所爱的生灵，裹挟着神迷气韵的生命，是流浪身躯之外，或静若花草或动如脱兔的一个个我们，偶尔被伤害，更多是感动，那穿越自身溅起的细小波浪，像内心擎起的火把，驱逐着光阴屯积的黑暗与无奈，把脚下的日月照得锃亮。

又到河水变瘦万物葱茏的夏季。一轮皎月像印在刚浆染过的蓝布上，天净蓝得没有一点杂质。晚饭后散步，我又在河边遇上了蝶玉和她的欢欢。我和蝶玉禁不住诱惑，像孩子们那样，下河接受清凉之水的柔抚。欢欢趴在岸边青草里，望着我们抑或聆听着欢腾的虫鸣。一切都那么美好得令人陶醉。蝶玉像打水漂捡起石子般，忽然低声敛容，看着我认真地说："我们女人哪，其实男人也一样，要多爱些自己。爱自己，是终身浪漫的资本。"

我生君亦生，君隔我寸心，我离君咫尺。亲爱的，沿着古老的印迹，穿过那片迷茫的树林，你就能找到我。

于是，天地清明，欢乐流淌……

写给天堂的父亲 |王 军|

《北京文学》（精彩阅读）2012 年第 7 期

送走父亲那天，刚好是我生日。因为轮回，因为悲伤，所以有更深的记忆。农历十月十六，成了心中无法磨灭的痛。一晃八年，天堂里的父亲，是否安好？

三年前，家人将您的小盒子，从那间陈列室搬到了这片叫卧龙岗的公墓，您是否满意？

选择卧龙岗，您的儿女煞费苦心。

曾看过一个又一个公墓，卧龙岗进入了我们的视野。

卧龙岗原名"王宝岭"。相传唐开元元年，唐玄宗册封大祚荣为渤海郡王，渤海国建立，并每年向唐朝贡。是年，渤海郡王去唐朝贡，途经松花江南岸"王宝岭"叹曰："此岭如巨龙横卧，真乃天杰地灵之地也。"故后人将王宝岭改称为卧龙岗。

卧龙岗龙脉走势奔腾活跃，茔场山环水抱，气聚风藏，水口紧锁——左青龙，右白虎，前朱雀，后玄武。春夏间，山青水绿，蝶舞蜂鸣，鸟语花香。这里没有尘世的喧嚣，只有归根复命的平静、祥和……这里，男女老少都沉睡在各自的空间里，像被时光施了魔法，没有脚步的呼唤可以惊醒他们。

父亲的名字叫国龙，母亲又出生在宾县，卧龙岗应该是一个好选择。躺在这里，视野开阔，阳光普照，汩汩溪流迸涌着金色波光。这里该是一个很好的人生后花园。

您是不是已经习惯了这泥土下的新家？我们第一年请您回家过年，是打着灯笼送您来的，仿佛提灯穿过黑夜，让您认识泥土下的家。一阵风吹来，轻轻地送您回家。

上一次来看您是在春意浓浓的一天，带着爱子率儿一起来的。您未曾谋面的小外孙一路上不停地问我，妈妈，姥爷的家怎么这样远啊，我们什么时候能到？

此刻，秋意阑珊，冬天的脚步迟迟，小草依然郁郁葱葱，暮秋的天显得那样高，我已感到阵阵凉意。正午的岗前停着零星的车，墓前有凭吊的亲人。

昨夜，我做了一个梦，梦见父亲让我去给他打扫院子。您一辈子爱干净，是不是墓前有了杂草？托梦的您，在忌日里想和家人团聚？

至亲至爱的父亲走远，却走不出我的思念。这是一种无时不在的联系方式，它流淌在空气中，随花儿开放，随雪片飘落，来无影去无踪。

父亲墓前的几棵松树像是长高了不少，我轻轻地清扫着落叶，然后把冥钱、香烛、果品摆好。

父亲啊，在飞速流逝的时间里，我依然记住的是你的体温，从抚摩我头发的大手上传来，从怀抱我的臂弯中传来，从背负我的脊梁上传来，化作我此时的泪……

父亲70年的人生，像一株饱经风霜的庄稼。

父亲出生于辽宁省大连市附近的小镇，当时，家境逐渐衰弱，满腹经纶的爷爷抑郁而死时，父亲只有12岁，最小的叔叔刚刚出生，奶奶带着五个孩子，用柔弱的双肩支撑起了家。

父亲小时候比较聪明，读书成绩很好，据说还曾被敲锣打鼓戴着大红花送回家。爷爷去世后，只上到小学四年级的父亲就在老师的叹息中永别了他的书包，和奶奶一起种地，承担起大爷读书的学费和几个姑姑叔叔的生活。所以后来看到户口本上文化水平那栏写着"初小"两个字，我就会笑他。但父亲受爷爷熏陶写得一手好字，也算书香传家。母亲是上完了初中，而写的字却没有父亲写得潇洒。在我上学的时候，每逢有家庭作业或者考试试卷要家长签字，我一定是要等父亲回来亲自签的！

父亲做事悟性很高。当年跟着师傅学瓦工，没多久就学会了全套手艺出师，而且远近闻名。乡里乡亲的很多人到处打听，一定要请父亲帮忙砌灶台、垒火墙、补屋顶等，他干的活儿，让人放心。父亲因为手艺好，活儿也多。拜师的人也络绎不绝，他因此带了不少徒弟。辗转到北大荒靠这个手艺分配到了农场的砖场。

虽然不是农民，但是父亲对土地有别样的感情。父亲和大多数上了年纪的中国老百姓一样，对"吃"怀有一种潜在的恐惧和极欲的渴望，随之对土地也产生了一种强烈的占有欲——他珍惜粮食就像珍惜自己脉管里的血，善待脚下的土地就像善待自己的生命一样。

父亲一下班，便一个人扛着锄头向荒地里走去，那黑油油带着新鲜腥味的泥土，在他赤裸的趾缝间吱吱地钻来钻去，那麻酥酥的春风从他微白的鬓角边轻轻拂过。这时，父亲的唇边通常会像花儿一样绽放一些古老而亲切的民歌，所有的青苗都在向父亲致敬。父亲的锄板在青苗间犹如庖丁解牛一样游刃有余，因为他深深地懂得：家里，有着像燕窝中嗷嗷待哺的三个"黄嘴燕雏"，那渴望的眼神容不得他有一分钟的慵懒！

善良的母亲收留了几个没有户口的亲属，全靠父亲辛苦劳作开垦的土地打粮吃。收获了，一穗穗金黄映照着父亲的脸，父亲抹一把颈间的汗，苍老的皱纹笑成了秋天怒放的菊花……

那时，还是小女孩的我，感受的不止是餐桌上的快乐，还有那小园中嫩黄瓜沾着的露水，还有那夏日里西红柿闪动的光泽，那是父亲辛勤的汗水啊！

在我小时的眼中，父亲就是昂首挺胸的伟丈夫。他宽广的胸怀，为我们阻挡风雨。他慈祥的目光，关怀着我们成长。在我幼弱的心中，父亲就是一棵参天树，不管是大雨滂沱还是雷鸣电闪，只要有父亲在身边，我们就感到十分安全温暖。记忆中，我们家的房子是农场场部最后一栋草房，父亲的单位几次给他老少间，都因为我们姐弟上学每天要走六七里路而被他推掉。我们幸福，只有父亲受苦了。一天往返六七里路，遇上风雪天气，父亲只得步行，甘苦自知……

父亲从一个返城知青那里买了一辆二手自行车，大"金鹿"牌。这辆车成了他的交通工具，平常父亲还用它往家里运柴火，运秋收的粮食，成了我们家的大货车，我们姐弟都在他的车上度过了快乐时光。

难忘秋天，最美好的事情，莫过于父亲用自行车载着我们姐弟三人一起去地里收玉米。母亲主张把孩子放在家里，以防我们帮倒忙；但是父亲说，他要亲眼看着自己的三个儿女才放心，于是我们有了更多的自行车之旅……

父亲骑车总是风风火火。从家里到开荒地，一路上，凹凸不平的煤渣小道常常会将我们高高地弹起又落下，虽然每一次弹跳，都会颠得屁股生疼，但我依然会一见路上有人，便炫耀似的把手中的车铃按得清脆响亮，还得意地趁机向路边的伙伴扮个鬼脸，那感觉绝对超爽。

最刺激的要数过桥了，每天来来回回四趟，每趟都会经过两座水泥桥，在我们姐弟一声高过一声的"冲啊！""加油！"声中，父亲如同脚踩风火轮，弯腰弓背一阵猛蹬，就冲上了桥中央的制高点，还没来得及换口气，又是一段下坡猛溜，风儿划过脸庞，舒爽惬意，接着又是一波冲击与起伏。碰上大风，上下坡还得靠后座的姐弟轮流下去推一把，负重的父亲从不叫苦。

有一次，一个在生产队工作的我家亲属结婚，父亲要带着我和弟弟参加婚礼。母亲给我们穿得厚厚的，裹得严严的，生怕冻坏了。想到要坐父亲的自行车，又能吃到喜糖，我们兴奋得手舞足蹈。

坐上父亲的自行车，他稳稳地向前骑行，北大荒的路多半儿是山路，一会儿上坡，一会儿下坡。赶上上坡，父亲就弓着身体，费力地前行……说说笑笑中，十几里的路程很快就到了。

回来时，赶上了刮"大烟炮"，那漫漫长途是真不好过！大棉袄，抵挡不了严寒，风一吹就透了，冷入骨髓。看着父亲的眼眉、胡须、帽子两边都挂满厚厚的白霜。上坡时，父亲只能驮动一个，我就在后面走，父亲带着弟弟骑一段路再回来接我。坐在后座上，父亲用力地蹬着车，没过多久，就看到他脸上的汗珠了，在冷彻里晶莹。父亲迎着风寒，而我挡在他宽大的背后，紧紧地贴着他的棉衣，在寒冷中我感觉出丝丝暖意。

我在回忆中默默祭奠，一张一张黄色的纸，金的、银的、红的元宝和大面额的冥币，被火贪婪地舔食，转瞬消失了。我的泪滴中满含眷恋，也有一份深深的愧疚，粗心的女儿竟浑然不知，疾病的毒藤，何时悄悄蔓延父亲的全身，最终吸走了慈父的生命。

您走后的第一个假日，我打开了您带着锁的箱子，那里有您厚厚的日记，小本子都是我们姐弟作业本的背面，上面工工整整写着家庭生活的大事记。蓦地，一行记录着您身体状况的字映入我的眼帘：×月×日上腹隐痛不适。×月×日轻微饱胀。×月×日疼痛、恶心，伴体重减轻，逐渐消瘦……当时，我们把所有的精力都放在脑血管病母亲的身上了，母亲术后还有您精心的照料，怎么就没想到您能有病呢？父亲，要是发现您衣带渐宽时，就带您去看医生；父亲，要是一开始吃饭打嗝，我就领您去做胃镜；父亲，要是我发现您脸色煞白时，我就带您去医院……多少个要是，女儿都没做到。而为了这个家，您从来都没有善待过自己，带着病体，支撑着这个家，照顾着妈妈。您的脸惨白时，病魔窃笑着折磨您的时候，您仍然认为自己是家庭中最坚实、最靠得住的男人吗？父亲，您想到过生命是如此脆弱？

2003年夏天，把父母从农场接到哈尔滨，本来，这正是我的父母可以享受天伦之乐的开始；本来，这正是我们一家可以过着衣食无忧，快快乐乐生活的开始。这一切，被这一个电话无情地击碎。

给父亲做胃镜的医生是一个远房的大姨，对于她的话，我深信不疑，所以当时闪过大脑的那一丝侥幸也很快被理智扑灭了。

我突然觉得自己好冷，从衣柜里捞出一件已经放了好久的外套披上，觉得自己还是虚弱得很。犹豫了好久，打了个电话给姐姐。我的心就像一叶孤苦的扁舟突然发现了茫茫大海中的小岛一样，我的眼泪不争气地掉了下来。

父爱仿佛岁月缕缕的涓涓细流，缓缓融入我生命的田野，流入我们儿女梦中的城堡。父爱如春天的雨露，润湿我的人生；如夏日阳光，温暖我的心田。在生命的航行中，父亲就是我们茫茫大海之中的导航标，就是我们漫漫人生路上的指引灯。每当我遭遇失败痛苦、困惑、绝望之后，我就会想起父亲，想起了他一个理解的注视，一句轻松的安慰，一声温馨的鼓励，让我出走低谷，激励我勇往直前。那时的父爱，就是一剂抚平我们心灵深处忧伤的灵丹妙药；而在我成功快乐时，一个淡淡的微笑，一声平平的鼓励，也会让我感觉温暖，在心底留下美好的回忆，那时的父爱，犹如前进路上的温馨港湾！有父亲的日子，那该是我们人生一个多么幸福的时刻……

为了父亲，我把所有的积蓄拿出来，决定和死神赌一把。给父亲做了手术、化疗……向自己单位领导请假，带着父亲和母亲回老家探亲，去观看故宫、天安门广场……我深知，这个时候精神支持是多么重要，而别人都做不到。陪父亲聊天，鼓励他去交朋友、锻炼身体；让父亲忽视病房墙壁上那血红的十字；买父亲最喜欢吃的营养品，给父亲补身体……我的努力，亲朋好友的付出，还是阻挡不了死神靠近的脚步。半年多时间，父亲还是带着遗憾离开了我们。甚至连喊痛的力气也没有了，安详地，慢节奏地停止了呼吸。人生，在您 70 岁时画上了句号。

辛劳一生的父亲，慈祥和蔼的父亲，与您的永别，长歌当哭。

从莫名的痛苦中走出，风雨吹动我岁月的枝条，如铁的光阴里，我仍是您柔韧的女儿。

在村庄里闲走 |李雪峰|

《北京文学》（精彩阅读）2012 年第 7 期

有一些路你不会知道

路是缔结村庄的藤蔓。一条歪歪扭扭的路东一扭，就结出一个瓜一样的村庄；西一斜，就又结出了一个瓜一样的小村庄。

一个村庄的盛衰，一个村庄的大小，一个村庄是古老还是年轻，你看一看它的道路就能琢磨清楚了。人总是在路上，村庄里的人也是这样。有时是沿着越走越宽的路走向遥远的远方他乡，有时是肩扛锄镐，从村巷的路上踅向杂草掩膝的田塍小路，有时是腰插刀镰沿着羊肠小道去山冈上砍柴寻药，有时是踩着总是湿漉漉的泥路去了井台或河湾。一个人在村庄里走动生活了一辈子，但他却不会说村庄里的路自己全知道，因为总有一些路他琢磨不清楚。我从分娩出生，直到十八九岁的时候，一直生活在这个叫米家坪的村庄里，我知道沿庄稼地中间的一条两尺来宽的小道，左拐右踅一直可以从村南走到村北头那座古柏上吊着一小段铁轨权当钟敲的学校。我知道跳过一道矮矮的篱笆，从两旁长满灰灰菜或者苍灰色艾蒿的一条几乎不甚分明的小路上一直向西走，就可以出其不意地一下子深入到那果树间总是间种着西瓜、花生之类作物的河滩果园里。我也知道，如果不怕清晨浓重的露水洇湿透鞋子，我们懒散的小脚沿街后屋檐下那条总是杂草横生的蚰蜒小路小心翼翼地走，然后穿过总是弥漫着淡淡腥膻味的韩家牛羊栏子，再从铁器老是叮当作响的综合厂北边那道豁了口的斑驳老墙上翻过去，神不知鬼不晓就可以溜到村北头小学的后院里，让那个总是驼着公鸡腰、鼻梁上架着酒瓶底眼镜拦在学校大门口查巡学生迟到的老校长失望得踱来又踱去。当然我更知道，那条晴天铺满了厚厚尘土，一落雨就车辙零乱的大路是通往远方的。还有那印满了牲畜蹄印，路两旁的草总是被啃噬得没有了叶子和芽尘的小路是村庄里的牛羊们来来往往必经的。

十六七岁的时候，我几乎把庄子里所有的路都走得烂熟于心了，我甚至知道某条小路的某段地方总是长了一棵爬来爬去的涩萝秧，它锯齿般的翠绿色茎蔓不是附粘住你的裤角，就是把你的脚踝剐出一道道红线般隐隐作痛的表皮伤。我还记得村东的那条小路旁，总是长满了野草莓，那些野草莓的藤叶又浓密又细碎，花朵只有米粒大小，蜡黄蜡黄的，就像洒在绿茵间的一粒粒金沫。而紧靠庄西那条河边的小路上，几乎没有什么人去走，但它依旧荒凉得什么草也不长，只有河风散乱无章地不时拂吹起一缕缕细烟般似有似无的灰尘。那时候，我曾经三番五次地在村庄的巷道和小路上故意闭上眼走来走去，我心里知道哪里有一个小洼，落脚时要小心；也知道哪儿立有一棵枸子树，路过时要略略侧一侧身，免得一不小心会蹭住它。我没有被路边的树、残墙、土塄碰住过，也没有被小路上的坑洼坎坷趔趄过，甚至没有被路上的藤蔓和路旁的庄稼磕绊过，我洋洋自得地对总坐在村头大皂荚树下的人们说："咱这个庄子，没有一条路是我没有走过的。"

过了两天，东头的赵四叔找来了。他是一个下套子的好手，糟践红薯的野猪，偷啃玉米的猪獾，把麦田搞得一团糟的野兔，甚至那些贼得防不胜防就叼食了鸡埘里鸡鸭的黄鼠狼，只要赵四叔下了套子，三五天内它们的皮张就毫无疑问地挂在了赵四叔家那堵朝东的屋墙上。赵四叔提了个铁丝挽结的铁夹子，他把夹子扔给我说："村北那块玉米地里猪獾闹得厉害，你去把它们治了。"我再三问了些下夹子的要领，就提了夹子去了村北的玉米地。但一直费尽心机地折腾了五六天，我连猪獾的一根毛发也没夹着。我去找赵四叔，他带着我走到那片被猪獾折腾得东倒西歪的玉米地边，然后弯下腰去在地头眯着眼寻找。我问他找什么，赵四叔说找路呢，你不是说这个村子所有的路你都知道吗？你给俺找一找哪是猪獾走的路？猪獾走的路？我愣啦，赵四叔找了半支烟工夫，便把那夹子下进了地塍边的一丛灰蒿里。第二天我跑去一看，一只肥得灰嘟嘟的猪獾正被夹得龇牙咧嘴束手待擒呢。赵四叔笑着问我说："这些野物的路你不知道吧！"

又过了几天，白果树下的冯伯找来了，他说刚出洞的蝉正肥正嫩呢，走，咱们捉蝉去。我们一起来到了村西河边的鬼柳林里，在树的腰身上绑上了一个个巴掌大小用竹篾撑开的蛛网，单等夜露正浓时那些刚出洞的嫩蝉出来自投罗网了。第二天清晨赶去一看，冯伯的每张网上差不多都牢牢地粘住了一只已经挣扎得奄奄一息的蝉，而我的许多蛛网上连一只飞虫也没有，只有一滴滴饱满得颤颤抖抖的澄亮露珠。冯伯说："蝉的路你不知道吧！"

村庄里叫鸡鸟在清晨振着羽翅外出觅食的路我不知道，它们在黄昏时慵懒飞回来的路我不知道。田塍上，那些褐红色或紫黑色，像一节一节彩色小火车的蚰蜒的路，还有那些背着透亮的蜗壳的蜗牛的路，那些红薯秧子、葛藤、地边那些野刺玫的路，我都不知道。我甚至不知道许多村庄里的灵魂返家的路，许多个夜晚，在冥寂时分，我听见一声一声苍凉的招魂呼唤声。有时那唤声飘在庄后的那傍山的通往外面的大道上；有时，那呼唤声起伏在几乎被庄稼挤得密不透风的庄后田间垄埂上；有时，那声音逆着呜咽的夜晚的鹳河，显得潮湿而凝重。但我知道，那些远走的人都是沿着各自选择的路径离家远行的，只有在他们离去的路上一声声呼唤，他们漂泊的灵魂才能踩着月光回到自己的村庄里来。

神静的夜晚，我常常一个人思谋村庄里的路，琢磨那些我所知道或不知道的路，我知道或许一个人就是一条路。有些路，我熟悉，但还有许多路我并不知道。它们，或许是老家屋后的一枝藤蔓，被风一吹就乱了自己灵魂的方向；也或许是一只田埂上的蚰蜒，一根草茎就可以改变它们梦想的路径；甚至是一只缓缓爬行在作物茎叶上的蜗牛，一滴露珠就使它们的旅途变得艰辛而迷惘。但我从不去探究每个人的来路，因为我清楚，在这个世界上，在这个嘈杂而纷繁的尘世里，有许多的路是我永远都不会知道的。

一个人需要知道的，不过是自己梦想远行的道路和自己迢迢回来的归程。

有一些花朵是为你开的

一个人在白云苍狗的岁月里能同多少朵花相遇？

一朵花在绽开和凋零之间能与多少人相遇？

我思谋过很多次，但我总也思谋不清楚。在这个叫米家坪的小村庄的后面，是我曾经耕种过十多年的庄稼。农历四月时那毛茸茸青麦穗上一粒粒数也数不清的小麦花，五月时庭院里火焰一般的一朵朵石榴花，田塍上的荠荠菜银沫似的小白花，屋檐下像指甲大小蜡黄蜡黄的黄花苗花朵，还有村南头那棵老皂角树上米粒般大小，凋落时能谢落厚厚一地的皂角花，甚至村巷里那歪歪斜斜一树一树一嘟噜一嘟噜的紫色或白色的槐树花，或者西边山岗上一枝条一枝条的迎春花和连翘花，草丛里一簇簇淡蓝淡蓝的桔梗花或一大朵一大朵褐红色的打碗花。当然还有许多许多我叫不出名字的或红或白或黄或紫的无名花，它们或许曾经在四月的时候把花瓣飘落在我的头发或衣襟上，也或许它们的花粉沾惹在我的鞋子或被露珠泅湿的裤角上，但我没有弯下腰来细细打量或关注过它们，甚至没有为它们稍稍地逗留过。我知道那些花儿不是为我绽开的，它们是属于村庄的，是属于村庄里所有来来往往荷锄捐镐的人们的，是属于那些早出晚归在村庄与山冈上、村庄与河湾里的牛羊牲畜和嘎嘎大叫的鸭鹅家禽的，是属于那些被花色惹得兴奋地跳来跳去的鸟儿和那些嘤嘤嗡嗡的蜜蜂的。

我们的庭院和邻居们的庭院里也养着花，有的是一树几乎要把五月浸透得粉红的芙蓉，有的是一开就有碗大小的深红色的芍药，自然在初春时也会有一树一树雪白色的梨花和濡红色的一团团杏花。但我也清楚，它们也不是为我而绽开的，它们只是因为主人的殷勤和秋风渐紧时那一树一树硕大而甘美的果实。而一个人与一朵花的真正相遇，是灵魂与灵魂的一种相遇，是一种不能等待的偶然，是苍茫岁月中一种似梦似幻的邂逅，是一种无法说清但也无法逃避的渊缘。

在花海似的村庄里生活了十多年啦，但我从没有被一朵花打动过，也没有被一朵花点燃过，我甚至说不出路旁或庭院里许多花朵的名字。每每我看到有同伴被一朵花招惹得神魂痴醉时，或者看到一朵花被人喜欢得爱不释手时，我就有一些莫名的好笑和莫名的惆怅。我问整天眯着浑黄老眼坐在村头皂角树下的年迈老祖母说："为啥我就喜欢不上一朵花儿呢？"老祖母笑了说，那是你还没有遇上那朵为你才绽的花朵。我对老祖母的话深信不疑，我知道没有人会不喜欢花朵的，只是遇上或没有遇上罢了。但总有一朵花是为我而绽开的，也总有一朵花是只为你而绽开的，我们只需静静地等待着和它相遇。

　　直到 20 岁那年秋天，我一个人到庄西枯叶满地的山坳里打柴。傍晚的时候，当我满身疲惫地扛着一捆重重的枯梢趔趔趄趄走到一片落叶如毯的涧间阔地时，似乎突然被什么绊了一下子，双腿一软就仰面跌倒在那金黄金黄的厚厚落叶上。我实在太累了，也没有力气马上就翻身爬起来，我只好信马由缰就仰躺在那弥漫着枯叶焦香和厚厚落叶层下那腐殖质腥香交织的谧凉林地上。在闭眼深深呼吸的时候，忽然嗅到有一种淡淡的却又清新别致的暖暖馨香，那馨香比兰花清洌，比野梅甘饴，是我从未感知到的一种芬芳。循着花香，轻轻扒开厚厚的落叶，在蓬松的落叶下，我发现了一朵指甲大小的花朵。这朵花瓣沿呈粉红，但由瓣沿向内过渡成褐紫，但花蕊周围却是一圈清爽的天蓝色。尤其是花蕊，那针尖般大小又细密的蕊柱，红蓝紫相间，像用彩线绒一根根小心翼翼地绣上去的。在轻轻的晚风中，那奇异的芬芳涟漪一般从中弥漫开来，就像一掬掬暖暖的香水，柔柔地彻底淹没了我的心魂。我想用颤颤的指尖轻轻地触抚它，但又怕自己的手太糙会伤了它；我想用自己的嘴唇去小心地亲吻它，但又担心自己的气息太浊会污了它。我远远地拢着手护着它，就像呵护着一只稍不留意就振翅飞走的蝴蝶，就像呵护着一只汪着惊恐的鹿眼的驯鹿，就像呵护着一缕风轻轻一拂就会飘散的弱弱云岫。我静静地望着它，它也像温润的眼睛一样默默地望着我。直到夜幕从四周的涧谷深处不知不觉漫过来的时候，我才用枯叶小心地覆遮住它，然后才意犹未尽地荷柴离开了。第二天我又赶到那里，但翻尽了枯叶，寻遍了周遭所有的石缝，却再也寻不到那一朵花儿了。直到纷纷扬扬的大雪封山之前，我都像一个怅然若失的落魄之人，在那一片不大的林涧间低头找来寻去，但都未能再找到它。我曾问遍了村庄里所有见多识广和那些一生都浪迹在林莽沟壑之间的采药人，但他们谁都没见过这种花，更没有人能够说出这种花朵的名字。好多年来，我一直在思谋，为什么我就在那儿跌了一跤呢？为什么就我一个人看见过那一朵花儿呢？为什么只是匆匆的一次偶然相遇便从此杳无影踪了呢？是不是它就是为我一个人绽开的？在我和它那短暂而温馨的相遇之前，我和它是不是已在冥冥中等待了几千个流年呢？

　　人不能两次踏进同一条河流，一个人也不能两次同一朵花相遇。也许，为了能和你的一次不期而遇，一朵花从种籽到花朵，再从花朵到种籽，已经和你期许了几十年、几百年。而一个人因为要和一朵花邂逅，也可能已在岁月的沧浪之河上蛰伏了几十年、几百年。佛祖拈花微笑，可能是他终于和他有着宿缘的那朵花相遇了，而只为我们一个人绽放的那一朵花在哪儿呢？我思忖，它肯定不在那些人海如潮的花圃或公园里，也一定不在你家庭院或阳台上的殷勤伺弄中，也不在你阳春三月踏青时的刻意寻觅中。它可能在你田塍间一个人踽踽独行的寂寞低眉间，也可能在台阶缝隙中你的一次不经意注视间，甚至在你匆匆忙忙来不及短暂驻足的风尘旅途上。因为，真正的相遇是没有约期的，真正灵与灵的相逢是一种注定的却无法永恒的邂逅。

你寻觅到那朵为你才静静绽开的花朵了吗？

你被一朵花点亮过你的心魂吗？假若没有沉醉过，那么你就到小路边、田塍上、山野间、河谷里，甚至屋檐下寻觅吧。这世界上，总有一朵花是为你而绽开的，总有一缕芳香是在为你而静静酝酿的。

有一些眼睛你不会看见

仲春的时候，村庄的藤蔓们开始张张扬扬地爬架了。庭院棚架下那几株毛茎和叶子上都密布着茸茸白毛刺的葫芦，墙角那几棵肥得嫩茎透明、阔叶敦厚的南瓜，菜畦间的黄瓜、豆角藤蔓，还有院子间那或纵横在架上或盘结在大树上的嫩绿色的葡萄藤，以及院墙角落下的几窝丝瓜、苦瓜、梅豆，地头的几棵木耳菜。当然山野里蓬勃的藤蔓就更多了，湿漉漉小径两旁的涩络秧，草蓬中刚刚孱弱摇曳的牵牛花，山路两边一蓬一蓬刚抽出细叶的覆盆子，山洼间的山刺玫、猕猴桃、野葡萄、八月果，甚至从布满斑斑绿绿苔藓的庭院青石台阶缝隙里挤出的野草莓和抓地龙，它们都颤颤嗦嗦地挺起了腰身，小手一样伸出了它们准备抓住什么东西的茎须。

我知道它们想迫切地抓住一些什么，从潮湿又深暗的泥土里醒来，从过往岁月的落尘中醒来。它们不过想像村庄春天的炊烟一样爬得更高些，以便眺望未来的时光；它们不过想像村西的河流一样，抓住倾斜的旷野和大地，让自己走得更高更远一些。往往这时节，母亲便会吩咐我砍来一些细竹或木棍，让我给那些豆呀瓜呀地搭架。

第一次给藤蔓们搭架的时候，我只有十二三岁。我把砍来的细竹斜插在我家菜畦的豆苗圃中，然后三个五个地用细绳结成一蓬豆架。豆架扎成后，我就蹲在那张张扬扬的豆苗间歇息。我发觉许多豆苗已经伸开了它们绿莹莹的茎须，它们像一双双只抓住了阳光和风缕的小手，无依地让人有些莫名地心疼。我把它们细微的茎须一根根用手小心翼翼地捏住，然后往我刚搭成的豆角架上轻轻地缠绕。但刚缠绕住五六棵，倏忽一阵清风吹来，它们便被吹得又撒开了手去，缠绕了大半天，也只有一两棵若即若离地攀住了豆架。我回家告诉母亲说，我准备第二天带些丝线，把它们一棵棵系到豆架上去。母亲笑着说："不用的，只要你把那些豆架扎上了，豆苗会看见的，它们会自己抓上去。"

　　我根本不相信，豆苗会看见，难道它们也长有眼睛吗？

　　第二天我赶到菜畦里就十分惊讶了，一夜的光景，那些豆苗果然一棵棵把细细的茎须都绕在了邻近的豆架上，那一根根翠绿的茎须就像透明的一根根绿线，把豆架绕得紧紧的，甚至有三五棵更张扬的，一夜的时光，已经在豆架上绕上两节须了。那些矮矮的豆苗，一棵棵都向豆架倾斜着身子，离豆架稍远的，甚至夸张地把身子向豆架明显地探了过来。我很诧异，难道这些豆苗真的长有眼睛吗？要不它们怎么就看见了我给它们扎的豆架呢？

　　我家的院子里还有一块围起来的菜畦，母亲怕鸡鸭溜进去叼食菜籽菜苗，就围着菜畦扎了一圈半个腰身高的篱笆。有一年春天，猪栏的角落里忽然绽出了三五株油绿油绿的牵牛花。我们寻思，那可能是我们给猪栏割青肥时顺手带回了几颗牵牛花的种子吧？也思谋长在猪栏里的东西还能长出什么气候来？何况猪栏里也没有供它爬高的地方，稍稍向左伸长一点点，还不就被栏里那头又肥又懒的乌克兰肥猪给一嘴扯着吃掉了？偶尔在猪栏边的树荫下歇凉儿，我曾三番五次看见那头猪拼命伸长着又粗又短的脖颈，张着贪婪的长嘴直向那一丛牵牛花前蹭，但只是差了那么一点点，气得那猪就在猪栏里一迭声地哼哧着叹息。我想那头猪不过太心急了些，待那牵牛花一旦长大，一旦够着了，还不是它一嘴就能连根扯过来的吗？但那牵牛花就像看透了那只猪的企图，偏不向这边长上一点点，它的茎须只贴着那边的墙壁向右前伸展，好多次我都看见牵牛花的茎须被风摇得从墙壁上滑落下来了，但一夜的工夫，它就又贴上那光滑的墙壁继续向左伸展了。二十多天后，牵牛花的茎须终于远远地伸展到了那圈界地篱笆上，它也就一下子张扬起来了。或者一天，或者一个夜晚不留意，它就绿蛇一样在黝黑的篱笆上爬出了一大段。五月份的时候，它已经把篱笆爬满了，并且绽出了一篱笆或紫或红的喇叭花，招惹得邻家的蜜蜂成团成团嘤嘤嗡嗡地直往我家的院子里飞。我想不透，那牵牛花只差那么一点点儿，为什么它就不向猪栏里长，而偏偏就知道远远地贴着墙壁向篱笆伸展它的藤蔓呢？是不是它真的有眼睛，看见了栏里的那头猪，又看透了那头猪的不怀好意和那一圈篱笆的安详和宽容呢？

我没有看见也想不明白，一棵草或一朵花儿是不是真的也有一双自己的眼睛，它们在看见风霜雨露的同时，是否也看见了这世界上其他一些东西？但我知道，许多东西是能够看见阳光的，譬如一棵林地里的小草，许多阳光都被大树茂密的枝蓬遮掩了，但只要有一线阳光从稠密的枝叶间漏下来，这棵草便会向那缕阳光探过自己的身去。还有许多的藤蔓，即便有一棵树或一蓬架离它们有六七尺远，但它们似乎已经望见了，远远地就把自己的蔓萝向那树或那蓬架遥遥地、遥遥地伸过去。

几年前的时候，结识过一位老花匠，他在花房和庭院桌几上养了许许多多的花。我到老花匠家去赏花，一树一树一盆一盆的花绽得鲜艳而热烈。我伏在花丛间一朵一朵地看花。老花匠说，你看这些花，这些花也睁着眼睛在看你呢。我说花有眼睛吗？老花匠笑着说，每朵花都有自己的眼睛呢。风姿绰约的人来看花，那些花就显得更加仪态万方；满身浊气的来看花，那些花便会变得萎靡而冷艳啊。

我说不清楚那些花啊草啊的有没有眼睛，但我知道许多东西是有自己的眼睛的。你回到自己阔别的故乡去，别人看那不过是一片被炊烟氤氲透了的黑黝黝泥土，你却看见泥土里的云母一粒粒向你亮亮地眨起眼睛来。你来到老家的庭院里，树上的叫鸡鸟、喜鹊鸟不慌不忙地撒给你一串又一串清亮自如的啼鸣。如果是陌生人进了去，那些鸟儿便会顷刻都噤了声去。你回到老家去探亲，许多人都惊喜地说前些天做梦看见你回来，今天果然就回来了。而一个陌生人即便到你家的村庄里去接二连三地游了好几回，但是依旧没有一个人能在梦里看见他。

"我看青山多妩媚，料青山见我应如是"，这世界上有许多的眼睛我们看不见。你故乡一花一木的眼睛，你故乡井里的那一双眼睛，你故乡云影的眼睛，你故乡泥土的眼睛，你故乡杨树上那一树一树的眼睛，你乡人梦里的眼睛……许多许多的眼睛，虽然我们没能注视过它们，但它们却在处处时时地注视着我们。

　　许多东西我们不能用眼睛看见，但是许多另外的眼睛却能清楚地看见我们。生命藏不住任何秘密，岁月也遮掩不住任何灵魂的瑕斑，因为，总有一些眼睛我们不能看见，但总有一些眼睛在大地上默默地注视着我们和岁月。

酒宴拾趣 （三则）|王梓夫|

《北京文学》（精彩阅读）2012 年第 12 期

饭局上的座次

大凡有饭局的人多非等闲之辈，有权的有钱的有所谓身份的，总之是有头有脸的。有头有脸的人娇气、敏感、小心眼儿，他们都很在意自己的身份，脸皮儿薄。因之，席面上的座次往往成了东家最头疼的事。

宴席上的安排，最简单办法就是事先写桌牌，宾客来了找到自己的名字入座就是了。但这是正式场合，大多饭局都非正式的，有许多还是随意随机的，摆桌牌显然是弄事。这时候宾客之间多是推推让让，霎时间复活了泱泱大国的礼仪风范。

食客们都有十足的经验，入席之前先要看清主座在哪儿，一般大宾馆的餐桌事先便布置好了，酒杯上插的餐巾，总有一只是与众不同的。档次低一点儿的餐厅多无此讲究，于是人们便按约定俗成的规矩，将对着门口或者靠近里面窗户的那个座位当作主座。认清了主座之后便自知冷暖，掂量着自己该坐在那个座位上。掂量好了也不能就座，还要假戏真做地谦让一番。谦让分两个层次，一是看谁的头脸最大，二是看谁做东请客。一般地说，东家当仁不让地该坐首席。但必须东家与来宾中头脸最大的那个人不相上下才行，否则依然要"敬陪末位"。让谁呢，一般的情况下都是让官最大的那个人，也就是所谓的"领导"。而领导多是说千篇一律的话，大家随便坐，都是朋友嘛。你可千万不要把这当成领导的指示，果然随便坐了，便会"一人向隅，举座为之不欢"。席间除了领导，或许还有年纪大的或有一定声望的长者，这时候领导也会真多假少地推举为上。一般来说，长者也不要倚老卖老，说句"寿不压职"后，依然要把主座让给领导，这叫给面子。

主座确定后，下面的依然在谦让，却简单多了。应该以右上左下的原则，确立"第二主宾""第三主宾"的位置，但大多不讲究，只是依照各自的身份将两个扇面形围成一个圆形即可了。

如果有谁看不出眉眼高低坐错了位置，便会出现很尴尬很不快的事情。中间如果他醒悟过来，知道"越位"了，也会芒刺在背如坐针毡收不了场。曾经在一个场合上前后两任长官相遇了，老长官年纪大又德高望重，新长官非但年轻且政绩平平人气低微。新长官让也没让便坐在了主座上，结果这件事一直被当作新长官笑柄抑或丑行在坊间议论至今。

我是不大讲规矩的人，身边也有几个厌恶繁文缛节的同怀，常常在私下聚会上便有意打破这些规矩，别出心裁地按年龄坐，按女士优先坐，按女男搭配坐等等，也其乐融融。

友人某公，当过某国营大宾馆的总经理，深谙此中圭臬，无论多大场面都撑得起来，且滴水不漏，宴席上便少不了他的运筹周旋。他记性好，见面熟，知道官场上的贵贱，知道商场上的高低，知道名利场上的尊卑，也知道社会各界的长幼，安排的座次便无可挑剔。有了这个本事便也有了特权，常常耍些小把戏将他看重的人推上一位或者将他不待见的人推下一位，上下只在一椅之间，而又有充足的理由，别人没有什么察觉，只是当事人心里小有不快而他则小有得意。当然，他也有犯难的时候，遇上两位不相上下又不好得罪的宾客，他往往就不那么得心应手了。这时候如果我在场，便将我夹杂其间以释嫌解困。我常说，我就是麻将牌的"惠儿"，当啥都行。玩笑。

玩笑也别掉以轻心，诸公若有幸参加饭局的时候，特别是有官员在场的情况下，还是留个心眼为妙。

饭局上的酒官司

逢饭必有酒，尽管中央三令五申下戒酒令也没用，上有政策下有对策如此可见一斑。酒文化的主旋律便是敬酒，敬酒规矩因地域而异。譬如内蒙古是姑娘举着金杯银杯在你面前锲而不舍地唱歌，你不喝她不走；譬如东北是"右手端杯朝左转，全封闭带甩干"；再譬如河南敬酒是先让你喝三杯，这看来不公平，究其根源却极有人情味儿。那时候穷，酒有限，当然先让着客人喝了。

在京言京。京城的敬酒似乎斯文些，也公平些。第一杯酒当然是主人或者特邀主座上的贵宾先领，算是开席吧。然后就是依次给居于首位的领导敬酒，一般的是紧挨着领导左右的人先敬，可以不离座位，甚至可以不站起来。因为能与领导毗邻的也是有身份的人。主座左右敬完了，便不分座次了，多是末座者抢着来到领导身后，领导亦可起身，亦可不动屁股，看对方的身份和年龄。所谓敬酒，其实就是碰杯，这可是有大讲究的。你去敬酒，杯子一定往下碰，你的杯口大约碰在被敬者的杯腰处，然后一口干掉，算是恭而有礼。

给领导敬完了酒不能回到自己的座位上，顺势依次围着桌子转一圈儿，叫做打一个"通关"。关于这个规矩，我用两句话概而括之，一是"争先恐后"，二是"面面俱到"。

打"通关"不仅仅是敬酒了。要充分凸显"通关"二字的玄机，字面上讲，便是"疏通关系"，这多少引进了些许西洋酒会上的形式。敬酒时因为是相对独立，便可说点悄悄话亲热话，甚至也可以谈些拜托的大情小事。举着酒杯一下子把关系拉近了，什么事都好商量。

领导也要挨个敬酒，或者叫回敬，但不必站起来打"通关"。有两种办法，一是举着杯叫着你的名字"过电"，就是用酒杯在面前的桌边上磕一磕。你呢，可以同样地"过电"，尊重一点便站起身来，举起杯子向领导致以感激之情。有时候，领导限于酒量或者嫌麻烦，也可以将桌上的人分分类，笼而统之地敬几杯便可。

说到酒量，一定会令人望而生畏。现在请客吃饭都讲究开大桌，一桌十几个人，你每个人要敬一杯吧，每个人还要敬你一杯吧，加起来就是二三十杯，谁有这么大的海量？所以我说京派喝酒相对斯文一些呢。这里面有两个"偷手"，一是倒酒时多用大杯，你可以端着大杯去敬酒或接受敬酒。大杯不必干，喝一口便可，口大口小自行掌控。讲究一点的是大杯倒酒小杯喝，这样你去打"通关"的时候，端着大杯还要举着小杯，用小杯敬酒。相互也劝，但不过分，甚至还嘱咐对方"少喝点儿"，或者说"我干了，您随意"。

笔者的经验是，越是大的场面越不容易喝多。大场面肯定会有一些不大熟悉的人，客客气气亲亲热热，话到礼到，酒则点到为止。容易喝多的是同事朋友间聚会，又有规矩又不按规矩办，吆五喝六，轮番轰炸，割头换颈，义薄云天，从豪言壮语到胡言乱语到自言自语到低头不语。

酒类似于人体炸弹，你想用它去征服别人，牺牲的却是自己。

饭局上的捧与逗

进国外的餐厅如夜近槽头，无论有多少人在就餐，感觉到的只是沙沙的咀嚼声。我是说感觉到的，并非真正听到的。也有人在交谈，亦如闺房密语，丝丝如缕绝无聒耳之噪。而我们国人的餐馆则不同了，大餐馆如大市场，小餐馆如小市场，且胜于市场，呼天喊地排山倒海汹涌澎湃。时下尊孔风潮又盛，盛到将孔庙搬到国外办学校、将圣人推向银幕赚钞票的地步，然而连老夫子"食不言寝不语"的圣训都当鸡肋扔到餐桌下面去了。

回过头来说单间雅座，这里虽无市声之喧哗，却也此起彼伏热闹非凡。当然，雅座总有雅处，这里的热闹是有层次的，有主旋律的，有抑扬顿挫轻重缓急起承转合的。掌控主旋律的主唱当然是居于首座的领导或曰首长。领导放下酒杯开口说话的时候，全桌的人都要举目聆听。不光聆听，还要随声附和。不管领导说的是什么，都要看成是"思想"，而"思想"是圣明与神圣的。假若领导兴之所至讲了段笑话，无论可笑不可笑，大家都要笑，不单要笑，还要说精彩并借题向领导敬酒。大多数情况下，领导讲的笑话是老掉了牙的。再有领导平时面孔绷得僵死了，很难有讲笑话的天分。他讲笑话不过是做出一副与民同乐的姿态，心里明白就行了，不可认真。

糊弄好领导之后，别的人也需要说话。酒桌上说话虽无定规，却也有俗则。不管你的话有没有新意，幽默不幽默，精彩不精彩，但切忌长篇大论，一定要给别人留下说话的时间。话语权如同饮酒一样，你不能抱着酒瓶子咕咚咕咚往自己肚子里灌，应该学学河南人谦恭有礼，先让别人喝三杯。我有个朋友，无论说什么事情都是从头说起，前因后果中间过程拐弯抹角连吃带喝铁笊篱不漏汤，两三句话能说清楚的不值一提的闲事，他能给你侃半个钟头。他兴致勃勃地说，你还不能顾自夹菜喝酒，怕他感觉你不尊重他。人是好人，毛病却也不小，都不愿意跟他一起喝酒，除非有能封得住他嘴的人。

酒桌上说话是一种交流，交流是多方开口的，是大狗要叫，小狗也要叫的。但是交流也是有主有次的，是有捧逗关系的，领导在场，逗角永远是领导。即使是属于自己发言的时间，只要领导一开口，众人都要进入捧的角色，把话语的主动权还给领导。一次一个小哥们儿说兴奋了，领导要说话了，他的嘴还不闭上。于是领导恼了，暗暗地嘟哝一声，这孩子不懂事。假如"这孩子"是这位领导的属下，其后果是可想而知的。

酒后吐真言，言多语失，酒桌上常有恶语相加翻脸无情的事件发生。童言无忌，酒言亦无忌，失了口要想办法找补回来。为了热闹有时会说一些"险语"，"险语"一定要考虑好设计好再开口。一次余与某领导共饮，酒过三巡忽然放肆，曰：某领导不是什么好人。举座皆愕然，面面相觑目光直射过来。又曰：当然也不是什么坏人。依然沉寂无声，大有提心吊胆之态。再曰：他是什么人呢，他是"一个高尚的人，一个纯粹的人，一个有道德的人，一个脱离了低级趣味的人，一个有益于人民的人"。这是毛公当年对白求恩的评价，引用于此，众皆大笑齐称精彩。

应该注意的是，酒桌上不能因言伤人。一是要清醒，雅俗得当，把握分寸；二是要控制，不可信口开河；三是席面上有"外人"在，一定要给朋友面子，即使最好的朋友，也不要开有损其形象的玩笑。

酒是个女妖，她能把你蛊惑得迷迷瞪瞪腾云驾雾得意洋洋，也能将你推进陷阱和深渊。

时光滴落 |李成琳|

《北京文学》（精彩阅读）2012 年第 12 期

读　脸

读一张脸就是读一个人。

人海茫茫，每天从我们眼前掠过的"脸"不计其数，我们来不及读或不可能读。但，匆匆一生，总有一些脸，让我们在浏览或细读时沉淀于生命的记忆里。

偶然的相逢，蜻蜓点水般的浏览那张脸，微笑里有一点或许并不自知的怯生生的感觉，这怯生生泄露的是那个人的忠厚。我并没在意。不过，忠厚总是比狡猾更让人亲近。尽管，匆匆相逢，又匆匆相别，与生命中无数的"匆匆"一样转瞬即逝，却因这怯生生而于"匆匆"的背景上"定格"。

在一个沉寂的场合，突然听到一阵敞笑，肆无忌惮的笑。扭过头去，将那笑声剔除，看到的便是一双眯缝着的小眼睛和一张大敞着的嘴，鲜明反差，极具漫画效果。你会觉得这张脸上的笑容很彻底，很有感染力，让你的嘴角也不自觉的微微翘起。再读那笑声，是一种很纯净、没有心机的笑，像孩子的笑，明亮、单纯、自然，为的可能只是很不起眼的一句话或某个不经意的细节，只是由着性子呈现着自己，坦白着自己。这样的一张脸，让人心生羡意。

也有的脸不笑，安静地立于闹烘烘的脸群里，却能从中读出一种恒持的沉静与平和，还有坦然，有专注，有包容，有如茶一般慢慢漾出的书气与雅气。读出的这一切都是淡淡的，旁观的欣赏也是淡淡的，甚至是不自觉的。但直觉会告诉你，这是一张天生的做朋友的脸——善的底子上绘有宽容与接纳的花纹。这写在脸上的善意让人不易设防，而且，可以信赖。

也有异常严峻的脸，冷的，陌生的，拒人于千里之外的，闪烁着刀剑一般的寒光。这严峻里或许有痛，甚至有泪，有不足为外人道的山高水长，峰回路转。这样的脸在让人心悸的同时也可能心生钦仰。严峻里有冷静，陌生里有沉稳，而那寒光里已剔除了冲动和作戏的元素，坦荡着诚实的些微暖意。

还有的脸写着陌生也写着熟悉，写着虚幻也写着真实，写着沧桑也写着激情，写着坚毅也写着柔和，写着真诚也写着尴尬，写着硬朗也写着伤感……

我们总是在找寻一张脸，找寻一张亲切而温暖的脸，或许是这个世界上最动人最美好的一张脸，找到这张脸，心才会安定。这张脸上有天真有成熟，有智慧有诗意，有人生的要义，有生命的本朴和真实。

相由心生。读一张脸就是读一颗心。如果仅仅是用眼睛读脸，总是会读倦的；只有用心去读心，才会有不倦的源头活水汩汩而来……

谁来读诗言？

写下这题目，内心很复杂。瞅一瞅那束之高阁的缤纷诗集，仿佛在仰望那些逝去的美好时光。曾经夜夜捧读的沉醉呢？曾经笔笔誊抄的激情呢？曾经字字推敲却胡乱涂鸦的断章呢？

在熙来攘往的匆忙中，诗歌似已渐渐淡出我们的生活。

还是有一些片刻，在晕头转向目眩神迷之时，从书桌的一隅抽出一本薄薄的诗集来——已被我翻得有些皱折了，铅笔、钢笔、签字笔的划痕已像我桌上堆叠的"乱物"那般亲切了。是一位"熟人"的集子，却是从书店里自己淘回来的，是我近几年所买的为数不多的诗集之一。

"当我安静地坐下／在心的附近，灌木会更加繁茂／会有更多的细节／像鲜艳的小瓢虫，清晰地出现……"诗人说，好的诗歌，就像松树在生长中分泌的松香一样，带着松树的生命的强烈而真实的气息，这气息令人清新。而这清新可以让我的四周拉起一道帷幕，把一切烦躁、纷乱与无奈都挡在了外面。我在一个轻灵而敏锐的世界里信步,有一些瞬间,神清而气爽。

史铁生说:"内心是一个过于巨大的世界,有时,我觉得它对我而言,能够遮蔽我所面对的外部世界。"好的诗也是一个"巨大的世界",我们从中获得的抚慰,既是片刻,也是永恒。

十多年前,有一个叫张凤的女孩子写了好多断章,悄悄的拿给我看,问可不可以称作诗?

那些她不以为诗的断章读得我心花盛放。

有一天,我把冰心《繁星》里的几首短诗和张凤的断章一起抄在了黑板上。只有我和张凤知道哪些诗是她的。我叫大家品读后找出冰心的诗并说明理由。

那天的课堂讨论很热烈。但大出我和张凤意料的,是大家公认的两首冰心的诗竟然是张凤的!当我宣布这结果时,班上大部分同学的目光都向坐在后排的张凤投去了惊讶和赞叹!

这么多年过去了,这一幕却始终鲜活地映刻在我的记忆里。于我,于张凤,于那个班上的每一位同学,诗是否生发出一种别样的意义?冰心和张凤,她们的"碰撞"是如何击中了我们内心最柔软的部分?

十多年后的今天,我的书桌上有一叠厚厚的诗稿,是一位72岁的老先生数十年辛勤耕耘的"果实",沉甸甸的。他是一个"老税工",常年在山区里穿梭。别人熟视无睹的风景,在他眼里却处处充满了诗意。

这位老人名叫赵崇舜。他的耳朵已听不见任何声音了,可他一直在倾听他内心的声音。他在诗中叹:"全民都向钱,谁来读诗言?"但他还是不倦地听,不倦地写。在他安静的世界里,诗是他所能听到的最缤纷的声音。翻阅这样的诗稿,其实是在翻阅一个人的心灵日记;而让我感动的,除了诗词本身,不也有他享受这个过程的不倦情怀?

台湾有一位作家说,可以把人分为男人和女人,富人和穷人,东方人和西方人,但还有一种很重要的分法,就是把人分成诗人和非诗人。所谓诗人,并不一定是写诗的人,而是指那些对人生有审美追索,有精神预设和精神指向的人,能营造并拓展自己生命的"后花园"的人。这样的人,能从平凡的世界里发现美,从平凡的生活中发现诗意。

你是"诗人"吗?在熙来攘往的匆忙里,我们是否该安静地问问自己?

石上水中

　　黄昏时分，下了一天的雨仍在滴滴答答的下着。我举着伞，走在那条日复一日行走的青石路上。脚上是一双旧靴，我隐隐感觉有雨的凉意在一点一点的渗入，便愈加小心的低头前行。

　　走着走着，眼前仿佛突然有一张帷幕拉开了，我一下子被镇住，在路中央站住了，我睁大了眼睛：这是怎样通透的一个世界啊！是一幅画，还是一个梦？我感觉到一种久违的震颤，电光火石一般的震颤！怎么会是这样的一幅图景呢？怎么会有这样的一种惊喜呢？我日日在这条路上走，下雨的日子也经历了无数，如此的"美景"却生平第一次得见——在雨水轻漾的青石路上！

　　在黄昏的余光中，清亮的水里有多姿的树和树上的花，有老城的墙和墙上摇曳的蒿草，还有一些如五线谱一般的电线，那点点滴滴的雨珠便仿佛是那五线谱上的音符。如此简洁、疏朗又丰富的一幅画，它震撼我的是那恍惚间呈现给我的一个深不见底的透明世界！那么纯净，那么悠远，甚至，那么深情，真有让人一头潜下去的诱惑——那是怎样空灵的一个世界啊！

　　我低着头，站在那里，有一种莫名的晕眩，让我挪不开步子。有人从我身边走过，他一定奇怪我站在路中央低头愣怔的姿态。我如何告诉他，我发现了另一个世界？发现了我们于日复一日的熟悉里不经意间忽略的世界？我如何让他停下奇怪的脚步，和我一起分享这平凡小路于雨水浸润间的神奇？

　　我只能往前走，感觉自己正潜游于这水中的世界，轻盈，柔曼，甚至飘然的前行。我走得很慢，脚下的风景也在一点一点的演变。我看见丰盈的枝条变得清疏而干涩，五线谱也没了踪影，雨点的音符点缀出孤单和寂寥。我看到一种静静的绝望，仍然很美，是一种清寂的美，淡定的美，如八大的画，疏疏数笔，却暗含禅意。还是，舍不得。

　　天渐渐有些暗了，我走在石梯上了。不再有完整的画面，石梯把那些画面分割成一块块碎片，恍若记忆的断章，偶而灵光一闪，偶而交错杂乱，偶而一片空白。那世界不再空灵，我感觉自己浸透凉意的双足既在时光的隧道里穿梭，又在不经意间践踏着这些无辜的碎片。有一种罪感，我开始小心翼翼的挪动自己的脚步，我想尽量保持那些碎片的完整，如画之一角，虽有残损，也是美之见证。

再往上走，碎片也不复存在了。杂乱的脚步，昏黄的灯影，不再清亮的雨渍，石梯还原为世俗的面目，热闹，庞杂，还有点脏。我把头抬了起来，仿佛从一场大梦中苏醒过来。

石梯结束，我上了大路。路灯已经亮起来了，行人匆匆，道上满铺着彩色的瓷砖，再多的雨水也无法让它生成另一个世界。那"彩色"足够强大，足够眩目，雨水只能是那"彩色"世界的匆匆过客，悄无声息的就流入那暗黑的地下水道了。那样的暗流，又如何能承载那青石雨地里所呈现的天上的梦？

天上的梦？那个空灵的世界不正是天上的梦在青石的雨地里生成的吗？是清澈的雨成就了她，是洁净的青石承载了她！她婀娜着她的舞姿，她跳跃着她的音符，借着黄昏的余光，轻唤着凡世的知音。那袅袅娜娜的梦影，我看到了；那滴滴答答的天籁，我听到了；她的空灵，她的神奇，她的深不可测，她的妙不可言，我也真真切切的感觉到了！她赋予了这个安静的黄昏以美的灵动，也赋予了这条平凡小径以神性和诗意！

天黑尽。沉溺于那无边无际的暗夜，怅怅的怀想那路，那雨，那画，那梦。我知道，即便是天上的梦，也注定是短暂的，但短暂并不能淹没其诗的质地和美的灵性。虽然她注定要被世俗的灯火所遮掩，所覆盖，但那石上水中之大美已深铭我心。还有什么，比这更重要呢？

一　天

早晨出门的时候，发现天在下雨。就择了一件橘红色的棉袍儿，希望这个阴霾沉沉的天有一点亮色。

举着伞，在雨中行，去赴一个久违的约会。滴滴答答的雨声，扣击着一些久违的记忆。

推开那间咖啡屋的厚重木门，便听到从窗边飘飞过来的熟悉笑语，她们已经到了。三个老朋友，住在同一个城市里，却很久不曾晤面。在电话里感叹最多的，就是一个忙字。忙，是理由，也是现实。

彼此端详寒暄过后，坐下来，话语滔滔，比窗外的雨点还来得密实。桌上三杯咖啡，三杯加了柠檬片的白开水，话题有久远的过往，也有新鲜的当下。我们在咖啡和柠檬水之间徜徉，恍惚之间，我不知道那飘着醇香的过往是眼前浓酽的咖啡还是清亮的柠檬水，也不知道融有诸多困惑的现实是相对复杂的咖啡还是相对单纯的柠檬水？

那个上午，就是那杯咖啡，有飘溢的醇香，有警醒的兴奋，有醇厚的回味；那个上午，就是那杯柠檬水，有清亮的单纯，有解渴的润泽，有微酸的回甜……近午的时候，一束阳光突然射进了窗棂，抬头一看，发现那两座高楼的夹缝里，竟有一轮微微泛白的冬阳在顽强的驱逐那些灰白的层云！

太阳出来了！我们惊喜的叹，也开心的笑。在阴霾和淫雨交替的冬日，阳光是多么稀罕的礼物！

揣着这阳光，回到办公室。桌上的稿子堆成摞了，泡上一杯新绿，一篇篇的看下来、改下来，就恍若阳光一点点的消解层云。时光若鸟，飞得如此轻快。停下来，品那清澈的新绿，内心安详。

这时候，来了一位老作者，交给我一篇手写的杂论。陪他在沙发上坐下来，正准备给他泡茶，却发现他手里拎着一只玻璃茶缸，里面红红绿绿的煞是醒目。他告诉我这是他自制的养身茶，其配方，其功用，其神效，话语滔滔，我若坠五里云雾。

还是捧来自己的青瓷杯。那新绿的叶芽，安静的氤氲。便走了神，尽管礼貌的弦依然在，却弹奏出别样的旋律了。

太阳躲进云层里了，黄昏的天又显得心事重重。在一个酒店的大堂，与两个外地同仁初次会晤。没有茶杯，小桌上空空如也。话语滔滔，陌生的共鸣与熟悉的兴致，如缕缕的风，荡漾着心事重重的云。偶然的相逢，偶然的对话，没有谁知道，明天是否会有咖啡的会晤，或者，茶和柠檬水的会晤？

回家的路上，又有细雨开始飘了。却无需举伞，丝丝细雨飘在脸上，自有一份别样的惬意。素色的棉袍儿，因细雨的浸润而渐渐有了一些斑驳的"花纹"。一个电话把我拉到离家不远的一个饺子馆，有大学同学从北方出差刚抵重庆。一瓶地道的高粱酒，一盘正宗的北方饺子，几碟下酒的小菜，滔滔话语，一泻千里，把这个夜晚彻底灌醉。

醉眼朦胧中，已近子夜。细雨，仍丝丝缕缕的下。

这一天，雨水，阴霾，阳光，层云；咖啡，柠檬水，绿茶，白酒……橘红色的棉袍儿，像一只沉重而轻灵的鸟儿，飞掠其间。话语滔滔，是这一天美丽而伤感的幕布……

孤独与沦为孤独的心

去朋友的山间别墅玩，发现一只小猪和一只小鸡异乎寻常的友情。

在别墅后院的山坡上，未经刻意修整的花花草草间，首先听到的是一只小鸡短促却不断的清鸣，然后便看到和着那清鸣节奏而来的一只黑白色的宠物小猪。那小猪不足一尺，圆耳方头，憨态可掬；走在它近旁的便是那只先闻其声的小鸡，灰黑色，拳头般大，但它鸣叫的颈项伸得长长的，细瘦的脚杆也向上顶着它的身子，它仿佛在努力让自己高大一点，为了和小猪匹配？

它们一大一小，一胖一瘦，行影不离。小猪像一个沉默的智者，悠闲自在，踱着方步，在花草间穿梭。那小鸡叽叽喳喳，像只小鸟般在小猪身前身后跳来跳去，想努力赶上小猪的脚步；有时赶不及了，它索性跳到小猪的背上，扇动着它的翅膀，像个骄傲的旗手。见我们这一帮庞然大物的出现，小猪便向山坡旁侧的一间小屋跑去，小鸡自然也紧随其后，并以飞的姿态冲进了它们的避风港。

那是用砖头砌成的一间茅舍，胡乱堆着一些杂物，却仿佛是它们的迷宫。小猪倒还安静，低着头仿佛在沉思，小鸡却在那些乱物间腾跳欢鸣，仿佛不停的在寻找着什么。好象互不相干，却一静一动相谐相融，让人暗生感慨。

朋友告诉我，这小鸡可不是我们见惯的家养的小鸡，而是从武陵山的野鸡养殖场不远万里带回来的。本来有6只，有的走丢，有的夭折，就剩下这一只了。而小猪也非家常的普通小猪，它永远长不大，就这么娇小玲珑的成为人类不忍宰杀的宠物。这只宠物猪和那些小鸡几乎是同时被带回这山坡的，它没有同类，特立独行，或许亲眼目睹了小鸡与兄弟姊妹的离散，本来孤独的心便与沦为孤独的心有了碰撞？继而有了相谐相随的缘分和情意？是惺惺相惜，还是相依为命相濡以沫？

看到小猪和小鸡的相亲相爱,想起《小王子》里狐狸对小王子提出的"驯养"的愿望:"要是你驯养了我,我的生活就会变得充满了阳光。"狐狸说,它会辨认出一种和其他所有人都不同的脚步声,听到别的脚步声,它会往地底下钻,而小王子的脚步声,会像音乐一样,把它召唤到洞外。还有,因为小王子金黄色的头发,本来与狐狸毫不相关的麦田,也会变得很美妙。狐狸说,它会因此而喜欢风儿吹拂麦浪的声音,并想起驯养过自己的小王子……

小猪和小鸡也被彼此"驯养"了吗?狐狸说,本质的东西用眼是看不见的。但我们看到小猪和小鸡把每天的时光都交给了对方:小猪在,小鸡的世界就在;小鸡在,小猪的世界就在。它们在那个清闲的山坡上,追逐,嬉戏,不一定吃一样的食物,也不一定同栖同息,但安定和温暖的光阴,一定是它们一起营造的。

我们离开的时候,小猪仍在草丛里沉思,小鸡还在它近旁叽叽喳喳的蹦跳,那样的图景真让人羡慕呵。人世间的勾心斗角,在这样的图景面前,应该有怎样的惭愧和怅惘呢?